Wolltair

Birgit Susewind

Birgit Susewind

Wolltair

Wollsträubende Gutenachtgeschichten

Shaker Media

Bibliografische Information der Deutschen Nationalbibliothek
Die Deutsche Nationalbibliothek verzeichnet diese Publikation in der Deutschen Nationalbibliografie; detaillierte bibliografische Daten sind im Internet über http://dnb.d-nb.de abrufbar.

Illustrationen
von
Udo Schnaars

Freunde des Humors in der Kunst empfehlen:
www.kunst-udo.de

Printed in Germany.

ISBN 978-3-86858-178-9

Shaker Media GmbH • Postfach 101818 • 52018 Aachen
Telefon: 02407 / 95964 - 0 • Telefax: 02407 / 95964 - 9
Internet: www.shaker-media.de • E-Mail: info@shaker-media.de

„Sie zogen aus, um Wolle zu machen
und kamen geschoren zurück!“

Sprichwort

Wolltair

Gewidmet allen Schafen dieser Welt, insbesondere meinen über alles geliebten Rhönschafen,die mich so vieles gelehrt haben, die unendlich viel Glück in mein Leben, das meiner Kinder, meiner Freunde und vieler anderer Menschen bringen, und meinem kraftvollen Freund Moliere, genannt Molli, einem beeindruckenden und sehr liebenswerten Texelbock.

Wollsträubende Gutenachtgeschichten
und jede Menge Widdersprüche.

Vorgeblöke

„Man kann auch ohne Schafe leben, aber es lohnt sich nicht, oder sagen wir einmal so: die Lebensqualität bliebe begrenzter und durchaus sinnvolle Möglichkeiten spirituellen Wachstums für den Hausmenschen ungenutzt, somit der verständliche Wunsch nach Vollkommenheit eben oft nur ein Wunsch. Der Alltag hätte einfach nicht diesen leuchtenden Sternenglanz, den die Schafe mit ihrem unbestechlichen Blick auf den Alltag des Lebens werfen. Alles erschiene komplizierter, wo doch alles eigentlich ganz einfach ist, jedenfalls aus Sicht der Schafe. Und da in jeder noch so kleinen Welt einer Recht haben muss, haben in dieser Welt die Schafe immer Recht. So ist das eben und nicht anders. Wir Menschen werden uns im Verlauf dieser Lektüre daran gewöhnen müssen, dass Gras der Inbegriff von einer Weisheit ist, die wir garantiert nicht mit Löffeln gefressen haben. Sei es drum, Glück ist ein Gefühl, und einem der wahrhaftig glücklich ist, dem ist es eben völlig egal, ob er Recht hat oder nicht. Doch als ein wunderbares Gottesgeschenk, obwohl sie nicht alle „Dorothee" heißen, sind sie ja da, die Schafe, mit ihrer gradlinigen Vorgehensweise das Leben zu meistern, die Wiesen rauf und die Wiesen runter, als unkompliziertes Vorbild für jene Menschen, die wissen wollen, was es nebst diverser Wollarten und schmackhafter Käsesorten auf sich hat, mit dem Schaf, dem unbekannten Wesen.

Wir Schafe sind ja so, wie wir sind bereits vollkommen vollkommen. Immer vollkommen entspannt, wenn wir vollkommen rund über die vollkommene Landschaft ziehen. Ein willkommener, vollkommener Anblick der Ruhe und des Friedens. Wiesen gibt's fast überall, Schafe auch, also hat der stressgeplagte Mensch von heute, der schönsten der Freuden, nämlich der Lebensfreude, trotz

Wohlstand und Internet zunehmend verlustig, die Wollbuddhas als lebendige Meister des entspannten Seins meistens unmittelbar vor der Haustüre, oder in erreichbarer Nähe! Weder nach Tibet, dort ist es selbst mir zu kalt, noch nach Indien, da ist es mir zu schwül und heiß, noch nach sonst wohin! Hier, wo ich jetzt mit meiner Klaue aufstampfe, ist das wahre und einzig Seligmachende zu finden! Gras und Ruhe, inmitten meiner grünen Wiese! Und zwar, und das ist das Beste, ganz ohne Jetlag, Sprachbarrieren und Pillen gegen Durchfall. Noch nicht einmal den üblichen Stau auf der Autobahn muss man mehr in Kauf nehmen, um in diesem allgegenwärtigen Quell der Entspannung ein erfrischendes Bad zu nehmen! Hier ein praxisnahes Beispiel, was jeder Familienvater kennt, welche Verwirrung und welchen überflüssigen Stress der Mensch gewöhnlich veranstaltet, auf der Suche nach „Entspannung und Erholung“:

Kaum dass man seine Heimstadt zu Beginn der Ferien im Rückspiegel sieht, kommt der Verkehr meist auch schon zum Erliegen. Und nur, weil alle Eltern auf die Sekunde gleichzeitig ihre Wagen starten, nachdem vermutlich der Bürgermeister auf dem Kirchturm den Startschuss abgegeben hat. Würde die daheim auf ihrer Balkonloge gebliebene Oma mal kurz die Augen schließen, könnte sie sich, mit etwas Phantasie, als Zuschauer des alljährlichen Rennens von Monaco fühlen, bei so viel gleichzeitig aufheulenden Motoren zu ihren Füßen. Ruhrpottbalkon mit Monacoblick, so was gibt es doch an keinem noch so mondänen Urlaubsort. Was für ein sportliches Ereignis und das jedes Jahr!

Oma schnickt mit dem Feuerzeug den Deckel von der eisgekühlten Bierflasche, legt entspannt die Füße aufs Geländer und schwankt noch unentschlossen zwischen Havanna und Rillo: „Welche von euch schnuckeligen Schornsteinchen darf ich denn am wenigsten?“

Jeder Wagen will das alljährliche Rennen in den Urlaub gewinnen, als gäbe es einen eigenen Sandstrand als Trophäe oder einen kostenlosen Aufenthalt in einem Südseehotel, mit so vielen Michelinsternen, dass selbst die amerikanische Flagge zur Schamesröte wechselt.

Die erste Etappe des Rennens endet dann meist erst einmal für unbestimmte Zeit auf der angrenzenden und zum Durchstarten ausgebauten Autobahn. Die Schnellen rollen das Feld von hinten auf und stehen jetzt bereits in der „Poleposition“. Die Langsamen rollen das Feld von hinten wieder ein und präsentieren eine spektakuläre Neuinszenierung des berühmten Elefantencrashs, aus der legendären Dschungelbuchverfilmung von Disney, so dass am Ende der Schlange eine interessante Skulptur entsteht, die man, was jetzt modern ist, auch „Kunst aus Schrott" nennen könnte. Und da Kunst die Menschen schon immer zu Diskussionen angeregt hat, denn jeder hat grundsätzlich den einzig wahren Geschmack, kommen auf diese Weise viele Leute unkompliziert miteinander ins Gespräch, rundum ein und dasselbe fesselnde Thema. Jetzt geht es darum, dass erst einmal - mit Hilfe schlicht blau gekleideter Schlichter und Schlichterinnen aus dem Blaulichtmilieu, die allerdings nur mühsam zur Wanderausstellung vordringen -, geklärt werden muss, welcher Künstler für welchen interessanten Teil der neu entstandenen, einmaligen Skulptur die Urheberrechte hat, obwohl das Ganze ja eigentlich ein Denkmal der Fähigkeit spontaner Zusammenarbeit von Menschen ist, die sich noch nie zuvor begegnet sind und nun ein gemeinschaftliches Gesamtkunstwerk erschaffen haben, das obendrein noch eine Plattform für emotionale Selbstdarstellung und hitzige Diskussionen bietet. Die Menschen umschreiben diesen höchstkreativen Prozess mit dem schlichten Ausdruck „Auffahren", mit dem sozialen Hintergrund, etwas mehr Platz auf der Autobahnauffahrt für nachrückende Fahrzeuge zu schaffen. Der Mensch ist also vom Kern seines Wesens doch gut!

Auf der Autobahn könnte der Verkehr nun eigentlich ungehindert fließen, jedenfalls rein theoretisch. Tatsächlich bleibt lediglich der berüchtigte Gasfuß im Leerlauf in Bewegung, um den angespannten Kreislauf des sportlichen Rennpiloten in Gang zu halten und um für Sound und Nebel zu sorgen wie auf dem Autoskooter. Die für die Orientierung und die rechtzeitige Beachtung von Verkehrszeichen zuständige Begleitperson auf dem Beifahrersitz fächelt, ähnlich dem afrikanischen Elefanten, frische Luft ins stickigheiße Cockpit, aber nicht mit den Ohren, sondern mit der Landkarte. Die Kinder sitzen gelangweilt hinten und quengeln sägend an den Nerven der Erwachsenen, denn sie wollten von vornherein lieber bei Oma auf dem Balkon bleiben, um dem Rennen von dort aus mit Chips und Cola zu folgen.

„Dürfen wir jetzt endlich Musik hören?" „Dauernd die blöden Staumeldungen und die dämliche Reklame!" „Papa, unser Stau hat schon fünf Kilometer!" Erscheint dann just im falschen Moment noch genau das Richtige, um den Blick wieder auf das Wesentliche zu lenken – z. B. eine malerische Schafherde, als Sinnbild des friedvollen Daseins, inmitten einer herrlichen Landschaft, die man, obwohl eigene Heimat, noch nie zuvor neben der Autobahn wahrgenommen hat -, jubeln alle Kinder und wollen aussteigen:

Oooh, guck mal wie süß!“ „Und die Lämmchen, Mama, wie goldig!“ „Papa, fahr doch mal rechts ran! Bitte Papa!“ „Au ja, bitte Papa!“ „Fahr doch einfach auf dem Standstreifen bis zur nächsten Abfahrt und dann wieder runter!“ „Kommt überhaupt nicht in Frage!“ „Ich hab aber keinen Bock auf den blöden Stau und den blöden Urlaub!“ „Das geht jetzt nicht! Ich kann doch nicht einfach....!“ „Warum nicht? Ich will aber!!!“ „Ich auch!“, und so weiter.

Mutter ist strikt dagegen. Die Kinder sind frisch gewaschen und gut angezogen und dann der strenge Geruch nach Schaf im Auto und später im Foyer des Hotels: „Da wird mir schlecht.“ „Der Hund stinkt doch auch, vor allem wenn er nass ist und das stört dich nicht!“ „Erstens ist, das was anderes,“ – „Warum?“ - „zweitens liegt der bei Oma auf dem Balkon.“ „Oder bei dir im Bett!“ „Ich verbitte mir das! Ich will mich doch nicht blamieren und nach Schaf riechen, wenn ich ankomme! Vermutlich müssen wir dann erst in einer öffentlichen Badeanstalt duschen, bevor wir ins Hotel dürfen!“

„Habt ihr sie noch alle?“ Vater schreit und verdrischt stellvertretend das völlig unschuldige Lenkrad. „Schafe riechen aber gut, und die Lämmchen nach Milch!“ „Ruhe jetzt, sonst setzt es was.“ „Was denn?“ „Aua, der hat mich gehauen!“ „Jetzt reicht´s!“ „Stimmt gar nicht, die blöde Kuh hat mich getreten!“ „Ich hab gar nichts gemacht!“ „Gleich fliegen alle raus, wenn ihr jetzt nicht sofort den Mund haltet!“ „Au ja, mach doch, Papa!“

Das ist die Chance! Jetzt, in diesem alles entscheidenden Moment, verprügeln wir nicht wie sonst, anstatt des Lenkrades, die restlichen Insassen des Fahrzeugs, sondern lassen den Wagen ganz einfach stehen, inmitten des Staus, als ein Denkmal für einen, der es geschafft hat „auszusteigen“! Wir lassen das Steuer los und nehmen das unseres Lebens fest in die Hand wie einen Hirtenstab und folgen auf unserem neuen Weg, den jahrtausende alten Wegen der Schafe. Mit etwas Glück landen wir vielleicht sogar irgendwann in der spanischen Estremadura. Möglich wäre es! Die Schafe wüssten, wo es lang geht, wenn der Mensch, der ohne Navi als behindert gilt, sich mal nicht einmischen würde. Kein Stau, kein Geplärr, kein Stress, sondern friedvolle Stille und sich treiben lassen, mit den Wogen einer Schafherde, die sich gemächlich durch Täler und über Höhen zieht. Aus Nizza, Monte Carlo, Südsee oder „Was weiß ich nicht wo", werden nun der nächst gelegene Wald, nebst Wiese, Schafen und Baggersee, zum wohlverdienten Urlaubsparadies; und billiger ist es auch. In der Ferne wälzt sich die träge, hupende, stinkende Schlange, wie eine unwirkliche Fatamorgana. Das geplagte Familienoberhaupt schickt seine völlig überraschten Lieben - bei einer Flugzeugreise wären sie vermutlich aus allen Wolken gefallen -, nebst Budget und Gepäck allein in die Wüste und entspannt mit ausgestreckten Beinen glücklich am Wiesenrand, ans Meckern und Blöken ja nur allzu gut gewöhnt.

„Was hat denn Papa nun schon wieder?" „Mama, es ist doch gar nicht Vollmond, oder?"

Was wir Schafe zu blöken haben versteht selbst der Intellektuellste. Wollgurus, naturgewachsen auf heimischer Scholle, die nicht versuchen euch Gras zu verkaufen, als einzig selig machendes Konzept für die „innere Fülle", obwohl das bei uns Schafen naturgemäß immer funktioniert. Wir verkaufen auch keine sündhaft teuren Workshops über Weisheit, weil das ja sowieso unmöglich ist, obwohl ja viele Halbweise durchaus bestens davon leben. Und das geht so:

Du bekommst dort für ein großes Geld ein kleines Stück des unendlichen Nichts, also nichts, weil es niemand gehört, wenn ich das richtig verstanden habe, in dem aber angeblich alles gegenwärtig ist. Es heißt „das Nichts", weil du nichts merkst, hörst, siehst, geschweige denn riechst oder schmeckst, außer Deiner Einbildung, und die kannst du getrost vergessen. Wenn dann das Gegenteil deiner Erwartung eintritt, bist du eindeutig auf dem richtigen Weg. Zwar nicht auf deinem, aber das ist egal. Der Zustand vor dem Urknall war vermutlich ähnlich, und in der Ursuppe wurde auch nur im Trüben gefischt. Wenn du dann lange genug auf die schöpferische Explosion in Deinem Sonnengeflecht gewartet hast und nichts aber auch gar nichts passiert ist, wirst du langsam bereit zu erkennen, nach mühevoller Überwindung zahlloser innerer Widerstände, dass das Nichts noch lange nicht nichts ist und dass du noch nicht hoch genug gestiegen bist, auf der Leiter zum Paradies oder schlimmer noch, vermutlich eine

Sprosse übersprungen hast, um den Weg zum Nichts unverschämter Weise abzukürzen. So was Unsoziales gegenüber deinen Brüdern und Schwestern auf dem Weg. Das darf man nicht und zur Strafe gibt es keinen leckeren Apfel zur Belohnung, obwohl du schon längst Vegetarier bist. Wir Schafe hätten zur Erleuchtung von vorne herein, und hinten heraus, die Williams- Christ-Birne gewählt. Nun musst du, nein, du darfst die Leiter noch mal ganz runter und von vorne anfangen. Ist das nicht schön? Aber das ist nicht so schlimm, wenn es jetzt noch nicht klappt, aus dem Nichts leckeres Gras zu erschaffen, weil bei dir - bei allen anderen funktioniert es angeblich gleich beim ersten Versuch -, der lang ersehnte Götterfunken weiterhin ausbleibt, denn du bist ja, Gott sei Dank, unsterblich und du möchtest es sicher im nächsten Leben noch einmal versuchen. Hast du dann jahrelang geduldig gewartet und gegrübelt, was das Ganze mal gekostet und dir eigentlich gebracht hat, bist du geheilt und hast was gelernt und weißt, du hast endlich nichts. Nichts vom Nichts und ansonsten auch nichts mehr. Vorher hattest du eindeutig mehr, aber das war nichts wert! Jetzt ist es was wert, aber nur weil nicht mehr dein selbstsüchtiges Ego davon profitiert. Das Ganze fällt, im weitesten Sinne, in den stark strapazierten Bereich der passiven Lebenshilfe (Hilf dir selbst, dann hilft dir Gott!), der vermutlich genauso so dehnbar ist wie unser Pansen. Genauso funktioniert das! Schließlich, und das ist das was wirklich einleuchtet, müssen die „Heilsbringer" ja auch von irgend was leben, und trotz Buddhas Lehre von der Leere und der Last der irdischen Verhaftung und vom Segen des Loslassens müssen sie ja auch bezahlt werden, die Weisen und die Läden, in denen man die Landkarten mit den kürzesten Wegen zum Paradies und die Anleitung zur Seligkeit erwerben kann. Vielleicht einfach mal Spaßes halber den Ort Paradies im Navi eingeben, mal sehen wohin das führt.

Bis du auf diesen Wegen ans ersehnte Ziel gelangt sind die Äpfel längst geerntet und wir alle verhungert. Gott sei Dank – und dafür danke ich ihm wirklich -, geht es auch schneller und preiswerter. Am besten ist es natürlich, gleich als reines Lamm und mit unbefleckter Seele und ohne schlechtes Karma auf die Erde zu kommen. Doch wer nicht als Braten enden will, trotz des lupenreinen Karmas, muss sich was einfallen lassen! Bei uns Schafen brauchst du die Leiter nicht, um ins Paradies aufzusteigen, sondern um für uns die Äpfel vom Baum zu pflücken. Wir beißen voller Unschuld selbst in den Paradiesapfel, so kommst du auch nicht in die Versuchung, mit den üblichen Folgen und Schwierigkeiten. Das schafft gutes Karma für dich. Dann sind wir glücklich und lieben dich. Und wenn wir dich lieben, bist auch du glücklich, und alles ist in Gras! So einfach ist das mit dem Paradies. Die Äpfel, das Gras und die Weisheit gibt´s auf unserer Wiese gratis.

Ich grase, also bin ich! Wir Schafe bewegen uns immer grünen Bereich. Wenn die herrliche Natur mal ausnahmsweise irgendwo nicht völlig zubetoniert ist, gedeiht alles was wir brauchen von ganz alleine in Bioqualität und gehört jedem, der mal probieren möchte. Wir ermuntern dazu, die Klauen zu gebrauchen, die Augen zu öffnen, den Mund zu halten, außer zum Singen und Blöken, sonst einfach nichts zu tun, als mit uns zu wandern und zu grasen. Und bloß nichts dabei denken, was bei dem Dauergeblöke einer stattlichen Schafherde ohnehin kaum möglich sein dürfte! Und wenn der Mensch dann endlich nicht mehr funktioniert und vor lauter Geblöke den Verstand verloren hat, dann steht auch seiner Seligkeit nichts mehr im Wege! So einfach ist das.

Wir Schafe folgen dem Hirten, und dabei denken wir gar nichts. Er führt uns zu neuen Weidegründen, dort fressen wir uns satt, käuen anschließend wieder und sind zufrieden. Also woran hängt es nun? Was ist nun mit dem häufig gepriesenen Ausbruch aus den gesellschaftlichen Zwängen, dem Aufbruch in eine von Sinn und Geist erfüllte Gegenwart, im Angesicht der göttlichen Schöpfung? Und dann sind wir Schafe auch noch Vegetarier und leben den Frieden. Bei uns kommt das Wetter aus den Wolken, nicht von der Kanzel, und wenn wir beständig unsere Schafsmantras vor uns hinblöken, eintönig und einsilbig, wüsste ich nicht, was uns die tibetanischen Gebetstrommeln und stundenlang heruntergeleierten Mönchsgesänge an Wirkung voraus hätten. Kahl geschoren werden wir einmal jährlich auch und das schon länger, als irgendwo Klöster stehen.

Obwohl, so ein Klostergarten, mit seinem Gras, seinem Obst und Gemüse, seinem Frieden und seinen Beeren, ist doch was Herrliches. Da passen wir hin! Allerdings, die üblichen Arbeiten sind uns untersagt. Wir wandern wie die Mönche und können uns und andere mit unseren Gesängen in Trance lullen, denn wir sind der Chor der blökenden Verklärung! Wir schaffen es damit, jedem gestandenen Schafshirten, nebst meinem geliebten Hausfrauchen, den allerletzten Nerv zu töten, bis jeder verzweifelte Versuch ihrer Gehirne nachzugrübeln gescheitert ist. Nach anfänglichem Widerstand, der bald aufgegeben wird, folgt die Erlösung auf der Klaue. Ich wette, kein Schafshirt, der den morgendlichen Sonnenaufgang mit seinen Schafen über den Hügeln und Weiten der Natur teilt, möchte mit irgendeinem Bänker, hinter dem Tresen einer schlecht gelüfteten Bankfiliale, tauschen. Wir erretten mittlerweile, allein durch unsere heilsame Gegenwart, die wund geriebenen Psychen stressgequälter Manager, nebst ihrer bedürftigen Psychiater, wenn sie im Sommer mit uns über die Wiesen ziehen und des Winters, gegen bares Geld, dass in unsere Futterkasse fließt, unseren Stall ausmisten dürfen. Sie leisten Sozialstunden, zum höchsten Wohle ihres Selbst und der Allgemeinheit der Schafe. Das stählt den Körper, leert den Geldbeutel und reinigt neben dem Stall auch noch den Geist! Gut angelegtes Geld, wie ich meine. An dieser Börse kann man nur gewinnen, vor allem, wenn man nichts mehr zu verlieren hat. Denn nur wer sich wahrhaft glücklich fühlt ist reich, oder?

Wir hören zu, geben keine Widerworte, wundern uns über nichts mehr und sind und bleiben das, was wir immer waren, ein archaisches Haustier, welches den Menschen seit Urzeiten begleitet, ihm letztendlich nebst Freundschaft, Ruhe, Zeit, Wolle, Milch, Käse und Weisheit nahezu alles liefern kann, was der Mensch zum Leben und zur Erleuchtung braucht. Geradezu ein in Wolle verpackter Einkaufsmarkt der Superlative, wo man für gutes Gras fast alles Wichtige haben kann. Wir haben uns kaum verändert, geschweige denn an die Mode angepasst. Wir stehen für das Alte, Gute, für den unumstößlichen Wert – der sonst ja kaum mehr irgendwo zu finden ist -, für Ruhe, Treue und Verlässlichkeit. Wir sind, wie wir sind und waren vermutlich schon immer so!

Wenn das keine verlockenden Aussichten sind, mit uns dem Göttlichen in und um uns zu begegnen? Ihr braucht uns nur gelassen hinterher zu wandern. Mit Schafen immer geradeaus über die duftende Blumenwiese. Spätesten am Ende der Wiese und des Tages, geht die Sonne unter und euch ein Licht auf! Bei jedem Wetter, den Hintern im Wind, die Nase im Gras, stets in der Gegenwart und in frischer, würziger Luft, ohne Gedanken an Vergangenheit und Zukunft. Stellt euch das vor: Euer Kopf mit nichts drin, inmitten einer Herde leerer Köpfe, ohne schädlichen Gedanken, somit bereit für die Fülle und mit allen Sinnen nur die Lust und den Genuss am Augenblick. Gigantisch, nicht wahr? Ist doch allemal besser, als irgendwann durchzudrehen und zum „Röllchendoktor“ zu müssen, oder? Und obwohl wir Schafe aussehen wie die Wolken am Himmel, stehen wir mit vier strammen Beinen, den Säulen der Weisheit, auf dem Boden unserer Tatsachen, den herrlichen, saftig grünen Weiden, die der Gott der Schafe wie smaragdgrüne Gobelins an die Hänge, auf die Hochebenen und in die Täler gewebt hat. Wir interessieren uns nur für die Leckerlis in eurer Hosentasche, nicht für Titel und Orden an eurer Brust. Und des Nachts geleiten wir den Menschen sogar bis ins Reich der Träume.

Man kann auch ohne Schäfchen einschlafen, doch dann träumt man schlecht! Daher ist Schäfchenzählen seit alters her, bei Einschlafproblemen der Großen und Kleinen, ein leicht anzuwendendes Rezept, ein beruhigendes Mantra, ein anerkannt wirksames Mittel ohne Nebenwirkung.

Aber nicht jeder Mensch, vor allem nicht der hinter grauen Betonmauern eingesperrte Stadt -und Hochhaustyp, kann sein Schlafgemach mit der zum Einschlafen nötigen Menge an Schäfchen füllen. Manche Menschen, vor allem solche unter „Strom“, zählen mitunter bis hundert, ehe ihnen die Augen zufallen. Auf einer Wiese kein Problem, aber spätesten im sechsten Stock würde es kompliziert. Man stelle es sich einmal bildlich vor, die hundert Schafe im Schlafgemach, und außerdem wird Schafen im Aufzug schlecht, und wir müssten dann alle mal eben schnell auf den Balkon. Wir sind ja ans Pferchen gewöhnt, aber nicht in Liften und auf Balkons in schwindelnder Höhe.

Da wir aber meinen, dass jeder Mensch ein Recht auf ein beruhigendes Schaf und einen ruhigen Schlaf hat, haben wir Wolltairs Gutenachtgeschichten aufgeschrieben, ich und mein Hausfrauchen. Entspannendes, erheiterndes Baldrian zum lesen sozusagen.

Eine unbeschwerte Schmunzellektüre, die uns leichter ins Land der Träume hinübergleiten lässt, für all diejenigen, deren Schlafzimmer klein, aber deren Horizont groß ist und über Lammkotelette und Wollsocken hinausgeht. Für jene, die gerne einmal über sich selbst und uns Schafe, oder noch besser mit uns gemeinsam, natürlich in erster Linie jeweils über den andern, lächeln möchten. Und, ganz nebenbei, auch noch ein kleiner Ratgeber für uns Schafe, zum geduldigen Umgang mit unseren Hausmenschen.

Schaf und Mensch, einst und jetzt im kurzen Überblick

Mit den Menschen verbindet uns Schafe mehr, als wir wahrhaben wollen. Auch wir betonen lieber Unterschiede, denn Gemeinsamkeiten, obwohl wir uns ja gerne tolerant, weltoffen und aufgeklärt geben. Damit sich Schafe und Menschen zukünftig ein wenig leichter verstehen und die stressgeplagten Menschen besser und ohne Pillen einschlafen können, ist nun endlich ein universelles Nachschlagewerk für alle „Felle" entstanden.

Wir Schafe stammen von den Mufflons ab, was jeder weiß und was ohne Schwierigkeit erkennbar ist. Wir haben schon immer gerne Gras gefressen und kein Haus gebraucht. Wir lassen uns ein dickes Fell wachsen, oder ein dünnes, was gerade in ist, ganz nach den Modelaunen der Natur. Schick, zeitlos und zweckmäßig in Wolle gekleidet, das kommt an, bei Mensch und Tier. Wolle macht Schafe!

Es fiel uns stets leicht, uns Veränderungen anzupassen. Sehen wir es als Herausforderung zu überleben und sich zu entwickeln. Wie mühelos wir das meisterten, spricht zweifellos für unsere Intelligenz. Auch der Mensch ist in Verhalten und Aussehen seinen Vorfahren im Wesentlichen ähnlich geblieben. Er sitzt noch immer gerne auf Bäumen oder darunter, isst deren Früchte und bewirft uns gelegentlich damit, wie wir noch hören werden. Allerdings hat er sich teilweise leicht zurückentwickelt, da er nicht mehr so gut klettern und geschweige denn, so exakt zielen kann wie seine Urahnen. Des Weiteren ist sein Fell degeneriert, das heißt, nahezu vollständig verschwunden, und er braucht Klamotten. Wollkleider machen Leute.

Er trägt seine letzten verbliebenen Fellreste unter den Klamotten, denn er schämt sich dafür. Nur die Fellreste auf dem Kopf, seine Haare, darf man sehen. Dort hat er zu viele, zu kurze, zu lange, fast keine oder unsichtbare. Die Frisur ohne Haare heißt Glatze. Auf seine Frisur ist er stolz oder chronisch unzufrieden damit, meistens Letzteres. Wir Schafe erscheinen im Winter in unserer vollen Wollpracht und sind zurecht stolz auf diesen üppigen Haarschmuck. Manche Menschen schneiden ihre kümmerlichen Fellreste solange ab, bis sie dann irgendwann gar nicht mehr nachwachsen. Nun haben sie keine Haare mehr, oder nur noch an den falschen Stellen, dafür aber Depressionen und brauchen einen Hut.

Ein falsches Fell für den Kopf – sie nennen es Perücke oder Toupet -, eine Art Prothese aus Haaren, die sie vermutlich jemandem, der zuviel davon hatte, ausgerissen haben, soll gegen diese Depressionen helfen. Nur die Fellreste im Gesicht der männlichen Exemplare - man nennt das wie bei den Ziegen einen Bart -, widersetzen sich hartnäckig jedem Versuch, sie dauerhaft loszuwerden. Darunter wird dann auch wieder gelitten. Und wenn es des Leidens noch nicht genug ist, zupfen sie sich die Haare aus, die zwar richtig üppig wuchern, aber nur dort, wo sie kein Mensch haben will: Aus der Nase, aus den Ohren, im Gesicht und an den Beinen der Damen und an manch anderen Stellen, an denen man anscheinend lieber nackt bleiben möchte. Das tut weh. Na, wenn das kein triftiger Grund ist zu leiden?

Und dann diese sündhaft teuren Wundermittel, die die Haare wieder wachsen lassen sollen. Sie entfalten ihre spektakuläre Wunderkraft, wenn überhaupt, immer nur an den denkbar ungünstigsten Stellen. Hätten die Menschen so viele Haare, wie Gründe zu leiden, wäre ihnen Winters warm, bräuchten sie weder Klamotten noch Hüte und müssten nur einmal, und zwar im Sommer, geschoren werden.

Leiden scheint der vorherrschende Gemütszustand des Menschen zu sein. Das tut mir Leid. Wenn sie viel arbeiten, leiden sie unter der Arbeit, wenn nicht, dann unter der Langeweile. Das verbindet uns nicht. Wir Schafe sind meistens guter Laune.

Der Urmensch hatte noch deutlich mehr Fell, um Wind und Wetter zu trotzen. Leute von heute haben auch meist ein Art dickes Fell, was aber nicht wärmt, sondern eher dafür sorgt, dass ihren Mitgeschöpfen kalt wird, und dazu eine lange Leitung, auf der sie gewöhnlich ziemlich lang herumstehen, bevor sie es, wenn es zu spät ist, endlich bemerken. Leider hat sich auch die vorgewölbte und wehrfähige Stirnplatte des Steinzeitmenschen, die sein großes Gehirn schützte, stark abgeflacht und degenerativ zurückgebildet. Das mindert den Spielwert des heutigen Hausmenschen für uns Schafe beträchtlich, wegen des Boxens meine ich. Sein Kopf samt Inhalt scheint insgesamt etwas geschrumpft. Früher, so habe ich gehört, konnte der Mensch aus Tee sogar Wurst machen und eine Leberwurst beleidigen, das macht ihn mir sympathisch, denn ich bin Vegetarier.

Ich gebe ja zu, dass dafür der moderne Mensch heutzutage den Winter im Sommer in einem Kühlschrank einsperren kann, dafür rächt sich der Winter, indem er mit einer einzigen Schneeflocke den gesamten Stadtverkehr in Frankfurt zum Erliegen bringt. Auch ist der moderne Mensch in der Lage aus schmackhafter Milch Wasser herzustellen, das nach nichts schmeckt, aber dafür zehn Jahre haltbar ist, und seit neustem, ganz ohne Hilfe von Kuh, Ziege oder Schaf, daraus Gummi zu produzieren, das sich Hartkäse schimpft und sogar ähnlich riecht, als Pizzabelag dient, aber beim Kauen so laut quietscht, dass man sich in der Pizzeria bisweilen wie auf einem Rangierbahnhof fühlt. Ein Einsatz des Analogkäses (unanständiger Käse) zur Herstellung von Bioautoreifen wird in Umweltschutzkreisen lebhaft diskutiert. Der Dialog zwischen Mensch und Haustier wird aber so kaum gefördert, denn hier kommt die Kuh nur noch als Topmodel für die Verpackung zum Einsatz, aber völlig im Einklang mit dem heute weit verbreiteten Tierschutzgedanken. Der Mensch braucht, wenn er es überhaupt überlebt, sicher noch einige zehntausend Jahre, um sich an diese Ernährungsrevolution zu gewöhnen. Aber vielleicht muss er ja seiner eigenen trägen Evolution mit so radikalen Methoden auf die Sprünge helfen, wo ihm die Viren und Bakterien, in ihrer Anpassungsfähigkeit an neue Umstände, ganz schön was vormachen. Die haben das Überleben durch Anpassung gelernt, dank Penicillin und Co.! Ein Förderprogramm für die Intelligenz von Kleinstlebewesen, das, wie ich meine, ein voller Erfolg war.

Wir Schafe empfehlen Gras, Blätter und Kräuter, nebst frischer Luft und der Gründung eines Menschenschutzvereines. Nicht dass wir uns hier missverstehen: die kleinen, ansteckenden Biester, die Bakterien, haben die neue und gefährliche „Pseudomilch“ nicht kredenzt, und sie haben sie, trotz ihrer den Menschen deutlich überlegenen Widerstandskraft und Anpassungsfähigkeit, auch schon nicht überlebt. Sie siedeln verständlicher Weise lieber in Lebensmitteln, als in Totmitteln. Wenn die Bakterien was machen, dann machen sie es gleich richtig. Sie beteiligen sich nur an der Herstellung von „anständigem" Käse.

Manche Menschen gehören eigentlich im weitesten Sinne zu den Fleisch fressenden Pflanzen. Man nennt sie dann eine „Pflaume". Andere wiederum scheinen Zwitterwesen mit Pflanzenanteilen zu sein denn sie haben einen Rosenteint, eine Pfirsichhaut, manche gar einen Apfelhintern oder einen Birnenpopo! Mein Frauchen hat eher einen Kürbispopo, wie ich finde.

Wenn ich ehrlich bin, sind wir Schafe gar keine echten Veganer, obwohl wir nur Pflanzen fressen, denn die Pflanzen werden von den Bakterien in unserem Pansen verdaut, und wir leben genau genommen von dem, was die Bakterien für uns daraus gemacht haben, mal fein ausgedrückt. Der Steinzeitmensch war offensichtlich sehr vielseitig, hatte keine Pflanzenanteile und kannte keine Automaten, deshalb brauchte er auch mehr Hirn, um zu denken und um auch außerhalb von Kühltruhen und Fleischtheken erfolgreich zu jagen. Er muss ein ganz außerordentliches Geschöpf gewesen sein, denn er konnte auf Bäume klettern und mit Schlangen um Früchte kämpfen, anstatt, mit Äpfeln in der Plastiktüte, inmitten einer Schlange an der Kasse zu stehen. Fähig zu überleben, ohne Aldi, im Süden und im Norden; heute kaum mehr vorstellbar, dass es einmal so einen tatkräftigen, selbstständig denkenden und handelnden Menschen wie jenen der Steinzeit gegeben haben soll.

Nur die Jäger zeigen vereinzelt noch einen gewissen Ansatz in Verhalten und Jagdeifer. Sie sind getrieben vom Erbgut ihrer Ahnen, wenn sie schon vor Sonnenaufgang, inmitten der Natur, blau und verfroren auf der Lauer liegen oder eher sitzen. Versuche diese, noch relativ gut an den Kreislauf der Natur angepasste, Spezies Mensch wieder vollständig in Wald und Flur auszuwildern scheinen möglich und werden in Fachkreisen umfassend vorbereitet. Erst einmal auf der roten Liste der bedrohten Arten, würden die letzten Träger dieses steinzeitlichen und unersetzbaren Genmaterials vermutlich bald nur noch im Zoo zu bewundern sein und sicherlich nicht als Besucher. Engagiertes Schwarzwild erteilt mittlerweile schon kostenlose Kurse in erfolgreichem Treibjagdverhalten für Jäger und Hund, nur eben umgekehrt. Lediglich der Transport des Jägers in den Wald wird bisweilen zum Problem, da noch nicht alle vierspurigen Waldwege ordentlich beschildert, befestigt und als naturnahe Autobahnen ausgebaut sind und unter dem Hochsitz meist weder ein geräumiger Parkplatz für den notwendigen Geländewagen, noch eine Haltestelle für den regelmäßig zwischen den Ansitzen verkehrenden Shuttlebus zu finden sind. Der Weg zurück aus dem Wald zum hungrigen Stamm, mit einem erlegten Mammut auf den Schultern, mal als mutmaßliche Beute, ist ja auch wirklich unzumutbar.

In einem Jägermärchen der Gebrüder Grimmig heißt es, auf einer fürstlich veranstalteten Treibjagd seien einst für die zahlungskräftigen Gastjäger, die ja alle bei der Diplomatenjagd etwas anderes vor die Flinte haben wollten, als Mitglieder gegnerischer Parteien, zuvor extra die Fasane in Käfigen herangekarrt worden. Die verwirrten Vögel hätten aber nicht gewusst, dass sie, nach dem sie freigelassen worden waren und die Flinten vermutlich fälschlicher Weise für Photokameras gehalten hatten und sich auch noch ordentlich in Positur setzten, vor dem Abknallen hätten auffliegen sollen, um für die nötige Adrenalinausschüttung zu sorgen, die es für den echten Jagdkick braucht. So habe die Jagd denn mehr auf dem Boden stattgefunden, und man hätte die Luftgewehre eigentlich gar nicht gebraucht. Sicherlich wären die zivilisierten Tiere dem Lockruf „Putt Putt" und einigen gestreuten Maiskörnern ganz artig und ohne jeden Widerstand gefolgt. Aber hinterher sei dann trotzdem alles aufgeflogen!

Außerdem hätten marodierende Wildschweinrotten, unter ihrem legendären Anführer „Robin Wood", die Waldtore eingerannt, um sich auf den Äckern der umliegenden Bauern dem Problem der ungebremsten Verbreitung des Genmaises anzunehmen. Die Operation „Letzter Schmetterling" konnte zur vollsten Zufriedenheit abgeschlossen werden. Auch die Umwandlung eines geräumigen Golfgeländes im Spessart, in einen großzügigen 5000-Lochplatz, geht vermutlich auf das Konto der Robin Wood-Bande.

Nun ja, man kann nicht alles haben. Obwohl die Menschen das ja pausenlos versuchen. Sie kaufen erst im Supermarkt ein und überleben dann unter schwierigsten Bedingungen und völlig auf sich gestellt, allein mit ihrem Navi und Handy, inmitten des undurchdringlichen Dschungels des Stadtparks, unrasiert und fern der Heimat.

Der moderne Mensch hat eine sehr viel empfindlichere Stirn, als der Steinzeitmensch. Man nennt das im Volksmund „eine weiche Birne". Um die dahinter sorgsam versteckten, bisweilen noch vereinzelt vorhandenen, denkbereiten Gehirnteile wirkungsvoll zu schützen, tragen viele ein mehr oder weniger dickes Brett vor dem Kopf, was zwar unsichtbar ist, aber trotzdem da sein soll. Wir sollten uns hüten, dagegen anrennen zu wollen, meint mein Frauchen. Es wäre Erfolg versprechender den Versuch zu machen, den Kölner Dom einen Meter weiterzuschieben, als es mit diesem außerordentlich hartnäckigen Hindernis aufzunehmen und auch sinnvoller und gesünder, Brett und Magen des Menschen mit Diplomatie und Humor zu umgehen.

Ich schätze den offenen Kampf von Mann zu Mann ja mehr als die Diplomatie. Wenn nur das mit der weichen Birne nicht wäre! Also eine ganz neue Herausforderung für mich. Die Sache mit dem Humor ist aber etwas, was mir durchaus liegt. Na dann gut Nacht!

Euer Wolltair.

Mein Steckbrief:

Name und Geburtsjahr:	Wolltair, geb. 2003.
Rasse:	Rhönschaf. Dank Napoleon, der uns Rhönschafe bis nach Frankreich treiben ließ, das „Königliche Schaf"! Obwohl ich es jetzt nicht gerade amüsant fände, wegen eines kleinen Franzosenkaisers von der Rhön bis nach Paris laufen zu müssen, um dort, wie der Rest der verbliebenen Aristokratie, einen Kopf kürzer gemacht zu werden. Wie alle kleinen Männer konnte Napoleon es nicht ertragen, dass es Größeres, Bedeutenderes gab als ihn.
Geschlecht:	sehr männlich!
Sternzeichen:	Widder (Was sonst?)
Motto:	„Blöken ist nicht mein Ding, sondern Handeln!"
Berufe:	Philosoph, Macho und Oberhaupt meiner Schaf und -Hausmenschenherde.
Hobbys:	Fressen, Fressen und nochmals Fressen, Schmusen, der Mensch im Allgemeinen (Nachbarn, Postboten usw.) und mein Hausfrauchen im Besonderen, sowie knackige, rassige Rhönschafdamen. (Und wisst ihr was das Beste ist? Es sind alles gelockte Blondinen!)

Idole:	Shaun das Schaf, Arnold Schwarzenegger, Ottfried Fischer (wegen des beeindruckenden Pansens), Otto und seine Männer allein im Wald.
Lieblingsfarbe:	Rot, was ich auch öfter sehe.
Lieblingsworte:	Mein, alles mein, ich, Leckerli, blöder Eunuch.
Sport:	Boxen, Mittelgewicht.
Gewicht	100 Kilo mit Wolle, 94 Kilo ohne Wolle.
Größe:	100 cm mit Wolle, 90 cm ohne Wolle.
Besondere Kennzeichen:	schwarzer Kopf, leichte Ramsnase, insgesamt von imposanter Erscheinung, dabei sehr typvoll, herrisches Auftreten, außerordentliche Intelligenz, usw.
Missionen:	Die Emanzipation des Schafs. Die artgerechte Haltung des Hausmenschen

Ich und mein Hausfrauchen, damit ihr wisst, mit wem ihr es eigentlich zu tun habt:

„Darf ich mich vorstellen? Mein Name ist Wolltair oder Wolltähär. Je nach dem, wie ich gerade Lust habe zu hören, wenn mein Hausfrauchen nach mir ruft, kann mein Name um etliche Silben verlängert oder verkürzt werden. Ich kann mit Fug und Recht behaupten, das wichtigste Schaf auf unserem Bauernhof zu sein. Ich möchte euch allen lustige, lehrreiche und spannende Geschichten von uns Schafen erzählen, den vielleicht beliebtesten Schafen der ganzen Welt.

Mein Frauchen behauptet ja im Ernst, (Wer ist eigentlich Ernst?) es liebe nicht nur uns, sondern alle Geschöpfe des Göttlichen, welche auch immer das sein mögen. Na dann picken wir uns mal welche raus. Wenn Frauchen so aufschneidet, bekommt es immer seinen esoterischen Blick! Alles Hochmut, Wunschdenken und blanke Theorie, nach meiner völlig unmaßgeblichen Meinung. Machen wir mal in Gedanken mit Frauchen Picknick in seiner eigenen Küche und dann noch einen kleinen Ausflug ins Wohnzimmer. Mitten hinein in die Welt der ach so niedlichen Geschöpfe, die obwohl gewöhnungsbedürftig, ja wohl auch alle aus der angeblich ausnahmslos von Frauchen geliebten göttlichen Schöpfung stammen. Irgendwo müssen die Biester ja schließlich herkommen. Und man findet sie eigentlich überall, aber je kleiner sie sind, desto schwieriger sind sie aufzuspüren und desto standhafter trotzen sie jedem Putzangriff und den dazu gehörigen Radikalmitteln. Eigentlich müsste die durchschnittliche Hausfrau, bei ihrem völlig alltäglichen Einkauf im Supermarkt, einen Waffenschein und eine Lizenz im Umgang mit Umweltgiften vorlegen, bei all dem gemeingefährlichen Zeugs, was da im Einkaufswagen landet. Gott sei Dank ist mein Hausfrauchen in Sachen Seife eher neutral.

Nun wollen wir der bedingungslosen Verbundenheit zu aller Kreatur mal etwas näher auf den Grund gehen: Alles soll also geliebt werden, somit auch Vogelspinnen. Ausgerechnet mein Frauchen und mit Vogelspinnen kuscheln! - Vermessenheit und Größenwahn, auch solche zweifelhaften Tugenden, die mir bei den Menschen öfter begegnet sind. – Der Schöpfer dieser wenig schmeichelhaften Kreaturen hat sich sicher, da er ja kein Mensch ist, was dabei gedacht, als er sie erschuf. Vermutlich kann er sie dann auch mögen.

Die Hunde in ihren Körbchen und auf der Couch und die damit zwangsläufig auftretenden winzigen Mitbewohner in Kissen und Ritzen wären der Katastrophen doch eigentlich schon mehr als genug. Hunde sind ja, bei genauerem Hinsehen, die reinsten Insektenhotels mitten im Wohnzimmer. Sie sind vermutlich dichter bevölkert, als das Ruhrgebiet und verseucht von allerlei Notdürftigkeiten, so dass man die Ruhr durchaus kriegen könnte, würde man nicht regelmäßig einen chemischen Feldzug gegen die „verbissenen" Heerscharen führen.

Aber jetzt, vielleicht noch als Sahnehäubchen, eine fette, schwarze Vogelspinne, mit was weiß ich wie vielen haarigen Beinen, möglichst auf dem Fernsehkissen, auf dem auch noch, zu allem Überfluss, mein Portrait in voller Winterwolle, als Einladung zum gemütlichen Kachelofenkuscheln, verewigt ist. Ich mag keine Spinnen! Dort, an jenem denkwürdigen Ort, den jeder Mensch kennt und braucht, um sich vom Alltag zu erholen, da, wo einem eigentlich allein schon von meinem Anblick warm ums Herz werden sollte, packte einen dann womöglich das eiskalte Grausen, anstatt der Ofenwärme, der nackte Horror auf dem eiskalten Rücken, anstatt der Entspannung, oder? Alfred Hitchkock würde sich hier bestimmt nicht freiwillig hinsetzen, eine Vogelspinne und direkte Nachfahrin der urzeitlichen Megarachne in Pizzagröße am Hinterteil, um dann noch einen seiner lauwarm dagegen erscheinenden Krimis sehen zu wollen, wegen des schaurig schönen Nervenkitzels!

Da gibt es, dem Himmel sei Dank, bei den Damen, und zwar bei ausnahmslos allen, eine völlig natürliche, vermutlich angeborene Grenze, damit ihre zügellose, alles vereinnahmende, gefräßige, mütterliche Liebesfähigkeit nicht die gesamte Schöpfung verschlingt. Eben die typisch weibliche Art, auf ganz bestimmte, aber an sich total harmlose Ereignisse, eben so und nicht anders zu reagieren, aber immer extrem, schwarz oder weiß, entweder oder. Ich müsste eigentlich hier gar nicht das plötzliche Auftreten von harmlosen Mäuschen und dünnen Spinnchen erwähnen und auf die mit Sicherheit ohrenbetäubenden Folgen hinweisen.

Ein gellender Schrei! Es muss sich bei dieser Lautstärke ganz klar um eine furchtbare Katastrophe handeln! Und alle Männer, die selbstlosen Retter und logischen Denker, die bei jedem Kratzer, Blut auch nur riechend, gewöhnlich bühnenreif in Ohnmacht sinken, vernehmen den Schrei, rücken aus mit Helm, Wasser und Löschzug, sind alle sofort bereit zu kämpfen, zu retten, zu löschen, mit Schaum und Bier, das Feuer und den Durst, ja, sogar beinahe zu sterben, Hauptsache fast den Heldentod, für das Weib, das anbetungswürdige Geschöpf, welches vermeintlich in Lebensgefahr schwebt. Ein Mann tut eben, was ein Mann tun muss! Doch wie sieht die Wirklichkeit, der harte Alttag für die Männer der Feuerwehr denn tatsächlich aus? Schlimmer, viel schlimmer!

Da wird von den Damen, wegen einer Küchenschabe in der Suppe, die Sirene ausgelöst! „Huch, ich bin in der Aufregung an den Knopf gekommen!“ Die Feuerwehr rettet die verzweifelte Küchenschabe, die sich mit letzter Kraft an eine grüne Bohne klammert, die auf einem Fettauge schwimmt, sonst wäre der Einsatz ja völlig umsonst gewesen. Nach dem Löscheinsatz ist die Suppe wässrig; ein Alptraum für jede Köchin. Zehn zusätzliche Löschzüge mit Martinshorn und Blaulicht – nur mal vorsichtshalber, man weiß ja nie -, rücken nach und blockieren die Hauptstraße. Katastrophenschutzmanagement - das kann man in Hamburg mittlerweile studieren und in Frauchens

Küche ein Berufspraktikum absolvieren -, ist die halbe Miete. Der Stau, den die Feuerwehr verursacht, reicht schon bis auf die nächste Autobahn.

Tja, wenn es um die Insekten geht, werden selbst sanfteste Menschenweibchen, mit Mausefallen, Giftgasdosen und Fliegenklatschen bewaffnet, plötzlich zu eisgekühlten, rächenden Killerladies. Die Nachbarn werden aufgefordert, aus Sicherheitsgründen mindestens zwei Tage Türen und Fenster geschlossen zu halten. Weit gefehlt, wer weiblichen Sanftmut, Mütterlichkeit und ein barmherziges, alles liebendes Herz voller Mitleid erwartet. Die Stimmchen von Spinne und Mäuschen, Schabe und Schnake – vermutlich so dünn wie ihre Beine – und ihr Flehen um Gnade verhallen ungehört. Flucht zwecklos, sie werden gnadenlos gejagt. Blutverschmierte Wände, heruntergerissene Gardinen, alles egal.

Die Amazone in der Frau bricht durch, auf einem Steckenpferd, das sich im Notfall in fast jedem Kinderzimmer finden lässt, oder auf einem Besen durch die Wohnung reitend. Sie trifft alles, was im Wege steht. Treibjagd im Reihenhaus! Ohne jede Sentimentalität wird gehetzt, gescheucht, gesprüht und geklatscht. Der Hund macht sich samt Flöhen unsichtbar, um sein Leben fürchtend, bis der Blutrausch, den jeder Treibjäger kennt, abgeebbt ist. Die Falle schnappt zu, die Fliegenklatsche knallt. Der Giftgasangriff in der Küche war erfolgreich. Mehrere erlegte Exemplare liegen auf dem Boden und kleben an Wand und Fensterscheibe, von denen die Opfer leicht und spurlos mit Fensterklar und Küchenrolle entfernt werden können. Die Wohnung war ohnedies renovierungsbedürftig. Die Feuerwehrleute konnten wieder bis auf die Fußmatte vor der Haustür zurückgedrängt werden. Sie hatten ihre Stiefel nicht abgetreten und Abdrücke, ähnlich denen prähistorischer Dinosaurier, auf der Auslegeware hinterlassen. Wenn dann langsam der staubgraue, totgeglaubte, aber nur leicht betäubte Hund, friedlich auf der Couch in Frauchens Armen liegend, aus seiner Flohpudernarkose wieder zum Leben erwacht, glaubt jeder an ein Wunder, ist auch der Sanitäter verrichteter Dinge entlassen und sogar die Vogelspinne freiwillig ausgezogen, um sich umgehend in eine sichere Bananenkiste des nächstgelegenen Supermarktes zurückzuziehen.

Natürlich, Ausnahmen gibt es aus Sicht der Damen auch. Die sind dann nicht eklig, sondern süß und werden sogar bedenkenlos auf den

Nachwuchs losgelassen. Allerdings heißen diese Ausnahmen in der Regel stets gleich: Nämlich Micky mouse und Thekla, die niedliche Spinne aus dem Heldenepos „Die Biene Maya". Aber dann bei Alfred Hitchkocks „Die Vögel" völlig eisgekühlt und unbeeindruckt Kartoffelchips schreddern! Nun gut, trotz meines beispiellos guten Willens, mich in mein Frauchen hineinzuversetzen und meinem unermüdlichen Bestreben alles bedingungslos zu verstehen und hinzunehmen; hier ist schon wieder so ein verflixter Widerspruch! Toleranz, neben all meiner tiefen Liebe zu Frauchen, scheint die Lernaufgabe.

Tja, das mit der tiefen Liebe, auch so ein blinder Fleck im Dasein meines Hausfrauchens. Nachdem es mir gelungen war seine süßliche Sissiromantik abzuspecken und die eingeschränkte Vorstellung, wie denn die wahre Liebe zu sein und der dazu gehörige Prinz auszusehen hat, durch echte und wahre Werte zu ergänzen, indem ich Tatsachen schuf, ist das Glück bei uns eingezogen. Und etwas Wichtiges gelernt hat Frauchen auch noch: Ein verwunschener Märchenprinz muss nicht immer ein gewöhnlicher Frosch sein. Vielleicht darf es zur Abwechslung mal ein Wollfroschsein? Manchmal geht ein ratloser Blick in unsere Runde und Frauchen scheint sich nicht schlüssig zu sein, welchen es jetzt zuerst küssen soll. Keine Frage wen, oder?

Wir Schafe sind zumeist umgänglich und guten Willens. Mit Leckerlis lassen wir uns gerne mal vom Gegenteil unserer eigenen Meinung überzeugen. Die Menschen nennen diese probate Mittel das Schmieren. Wenn es schmeckt? Außerdem gibt bekanntlich der Klügere nach! Ist der Apfel köstlich, sind Grundsatzdiskussionen überflüssig und Prinzipien hinderlich. Schließlich sind wir keine Korinthenkacker, auch wenn es auf unserer Wiese so aussieht. Der Schein trügt. Kleine Geschenke erhalten die Freundschaft, und Liebe geht durch den Pansen. Von welchem Schaf war das noch mal? Egal.

Selbstverständlich sind alle herzlich eingeladen, uns Möhren, Äpfel und trockenes, Brot mitzubringen. Wir sind gesellig und mögen Besuch. Ich schätze ja besonders die klebrigen Mohrenköpfe als Gastgeschenk, nur so als persönlicher Hinweis auf eine schmackhafte Möhrenalternative. Sie sind zwar auch nicht gesünder als Möhren, schmecken aber eindeutig besser. Das weiß doch jedes Kind. Und ich bin der Widder, der ihnen nicht widersteht. Sündhaft süß, mit dunklem Kopf, genau wie ich, das verbindet. Gelegentlich bekomme ich einen

Mohrenkopf von Frauchen. „Aber nur einen, weil du so süß bist, und es bleibt eine Ausnahme", flötet es dann und schaut mir lächelnd zu, wenn ich es mir schmecken lasse. Eigentlich essen wir Schäfchen am liebsten frisches, saftiges Gras im Sommer und duftendes Heu im Winter. Kohl, Salat und ähnliche Pflanzen schmecken zwar gut, bekommen uns jedoch schlecht und wir kriegen Bauchschmerzen. Mein Frauchen achtet darauf, dass ich nicht zu dick werde, denn mein Appetit ist riesig und meine Kugel rund. – „Nachher passt Du nicht mehr in deine Wolle, wenn Du so weiter frisst!" – Frauchen weiß, wovon es spricht, schließlich kennt es die ungeschminkte Wahrheit eines unbestechlichen Umkleidekabinenspiegels nur zu gut: „Soll ich Dir so ein Photo an die Heuraufe hängen?" Ich überhöre diese Bemerkung; ein Gentlewidder weiß, was sich gehört.

Die fette Rolle in meinem Nacken, die Nackenrolle in Frauchens Bett, die drallen Speckrollen – von den diversen Sahnerollen – um Frauchens Hüften und, zu guter Letzt, die gewichtige Rolle, die ich in seinem Leben spiele, sind die wichtigsten Rollen in Frauchens Dasein. Manchmal meine ich, ich sollte auch ein wenig auf Frauchen aufpassen, wegen der Rolle, aus der es hin und wieder fällt. Da tut es noch mal einen ganz gehörigen Knall.

Ich finde, dass ihm ohnedies Wolle am besten steht. Frauchen im knackigen, kirschroten Rolli, aus meiner Wolle gestrickt - zwei rechts, zwei links, eine fallen gelassen -, das wäre doch der sexy Knaller für ihren ersten „Sheepwalk". Da würde jedes dieser blutleeren Magermodels vor Neid erblassen. Leider kann Frauchen nicht stricken und ist allergisch gegen Wollsocken.

Ich bin das klügste, zärtlichste, weichste und stärkste Schaf, das Frauchen sich vorstellen kann. Wenn ich ja nicht so genau wüsste, dass es kaum zu Übertreibungen neigt! Mein Hausfrauchen, hört sich das nicht gut an? Ich werde bedingungslos geliebt und zwar so, wie ich bin, neige weder zu Depressionen, noch zu chronischem Übergewicht. Meine Fülle ist stets jene meiner Wiese. Ich habe keinen Diätplan und bin völlig normal. Etwas Fülle um den Pansen kleidet mich und erhöht meinen Kuschelfaktor. Wenn man so will: Der philosophische Ansatz eines gesunden Mannes im gestandenen Mittelalter! Frauchen findet mich einfach umwerfend. Na ja, mit meinen sprichwörtlichen Dickschädel bleibt manchmal kein Stein auf dem anderen! Lasst euch überraschen, wie abenteuerlich und kunterbunt ein Schafsleben sein kann. Für heute habe ich schon genug erzählt und euch vielleicht etwas neugierig gemacht. Frauchen kommt gleich und bringt uns ins goldgelbe Strohbettchen, bleibt noch eine Weile da, um sich zu entschleunigen, wie es immer sagt, und um zu kuscheln. Von wegen entschleunigen. Zu mir sagen immer alle, ich muss mich bremsen.

Da unser Frauchen leider nur zwei Arme hat, gibt es gelegentlich Raufereien, aber so gerecht wie eben möglich werden alle Zärtlichkeiten unter uns verteilt. Ich werde insgeheim natürlich ein bisschen vorgezogen. Verständlich, oder? Bleibt aber unser Geheimnis! Manchmal sind Frauchens zweibeinige Lämmchen dabei. Dann haben wir vier oder sogar sechs Streichelarme, und es ist ganz besonders gemütlich. Also dann gute Nacht, meine lieben Freunde, schlaft gut und träumt einen schönen Traum. Morgen erzähle ich euch, woher ich komme, wie ich aufgewachsen bin und aus dem naiven Böckchen einer wurde, der die Welt versteht und wie ich allmählich lernte, mir einen vergnüglichen Reim auf das Verhalten meiner Hausmenschen zu machen.

Meine Kinderstube

„Obwohl ich zur alten Landschafrasse der Rhöner, der „Haute Wollee“ der Schafe, gehöre, kam ich auf einem einsam gelegenen Bauernhof im Vogelsberg zur Welt. Droben, von unserem Hochplateau aus, auf dem einsam und am Waldrand gelegen mein malerisches Elternhaus steht, hatte ich, nachdem der Nebel von der Morgensonne gehoben worden war, eine wunderbare Sicht auf meine eigentliche Heimat, die Rhön. Eine blaue Hügelkette überspannt dort im frühen Licht den fernen Horizont. Da stand ich oft stolz, Seite an Seite mit meinem Papa Rammses, schaute und lauschte seinen Geschichten von rassigen Rhönerinnen, kahlen Kuppen, steilen Felsen, grünen Hügeln und lieblichen Tälern, die er alle einst mit seiner Herde erwandert hatte. Da schwang Schwermut in der Stimme meines sonst so lustigen Papas. Ob er wohl manchmal Heimweh hatte?

Meine Kindheit verbrachte ich unbeschwert an frischer Luft, inmitten einer riesigen Geschwisterschar. Wir bildeten eine stattliche Herde. Papa Rammses, „der mit der dicken Nase“ und unser aller Papa, war auch mollig und rund, so wie ich. Er trug lange, fransige Wolle um seinen massigen Körper. Auf seiner Ramsnase, von der er den Namen hatte und die wie eine Banane geformt war, welche zwischen den Augen heraus und vor den Nasenlöchern wieder hineinwuchs, waren drei dicke Querfalten. Mit seinem grimmigen Blick aus stechenden Augen, dem schwarzen Kopf mit breiter Stirn, die die Angriffs- und Verteidigungswaffe der Schafe ist, sah er ziemlich majestätisch und finster aus, fast ein bisschen zum Fürchten. Beeindruckend und kraftvoll war sein massiger Körper, den er stolz und dennoch elegant zu bewegen wusste. Aber natürlich nie schneller, als es unbedingt sein musste, es sei denn zum Angriff. Er machte alles gemach und mit Umsicht, denn Energieverschwendung war ihm zuwider. Das schöne Fett sinnlos zu verbrennen, das man sich so mühevoll angefressen hatte, war für ihn völlig inakzeptabel. Er war geradezu der Erzfeind des Diätgedankens. Ein richtig archaisches Urviech und fähig auch magere Zeiten wohlgenährt zu überdauern. Er liebte es, seine runden, weiblich anmutenden Damen zu beschützen, und ihre mütterliche Weichheit wusste er sehr zu schätzen. Wir prachtvollen Lämmer waren sein ganzer Stolz. „Was für ein Jahrgang!", schwärmte er allmorgendlich, wenn er uns eingehend, nach dem Verlassen des Stalles, gemustert und durchgezählt hatte, als wären wir keine Schafe, sondern Flaschen voll edlem Wein.

Ich sehe Papa von all seinen Kindern selbstverständlich am ähnlichsten. Die Menschen hatten großen Respekt vor Papa Ramses, so wie heute vor mir. Wenn unser Herrchen gelegentlich die Weide betrat, um nach uns zu sehen, beobachtete ich, dass der eine den anderen nie auch nur eine Sekunde aus den Augen ließ. Fremde Leute hätten sich beim Anblick meines imposanten Vaters sicherlich nicht ohne triftigen Grund auf unsere Wiese gewagt. Für uns Lämmer war Papa Rammses stets ein angenehmer, friedlicher Zeitgenosse und geduldiger Spielgefährte, mit dem man kuscheln und auch tüchtig raufen konnte, der immer Zeit hatte und der jedes gefährliche Abenteuer mit uns bestand. Wenn er Mittagspause hielt und genüsslich wiederkäute, durften wir sogar auf seinem breiten, weichen Rücken herumklettern. Er bereitete uns auf das Leben vor und zeigte uns, was ein echter Widder können und wissen muss.

Wir Jungwidder lernten von ihm die wichtigsten Lektionen des Kämpfens. Ich strengte mich mächtig an, um ihm beim Boxen zu imponieren. Zuerst blickte ich ihm finster ins Auge, so wie ich es bei ihm beobachtet hatte, denn Einschüchtern ist die halbe Miete, fixierte ihn mit einer gewissen Herablassung, nach dem Motto: „Na Kleiner, ist was?", nahm dann langsam rückwärts Anlauf, die Stirn angriffsbereit, die Minibanane nach vorne gewölbt, und los ging es. Ich war bestens im Bilde, denn ich hatte mir jede seiner Bewegungen eingeprägt, wenn er mit den halbstarken Böcken kämpfte. Die hätten ihm zu gerne den Rang des Herdenchefs streitig gemacht. Ich kann euch sagen, da ging es manchmal ganz schön zur Sache. Er war wendig und geschmeidig, schnell und treffsicher. Drei Jungs gegen ihn, da hat er nur mal eben verächtlich mit der Klaue gekratzt. „Na was ist los? Ihr habt wohl die Wollhosen voll?“ Die Köpfe sind aufeinander geknallt, dass es nur so donnerte. Das sah richtig echt aus und hörte sich auch so an. Ich zog es vor, dezent und möglichst unsichtbar im Hintergrund zu bleiben, nur um nicht im Wege zu stehen, versteht sich. So sah ich alles ganz genau, von hinten unter Mamis Euter durch, hatte einen schattigen Logenplatz und nahm, wenn es dann und wann zu aufregend wurde, einen beruhigenden Schluck warme Milch. Genau wie im Kino. Nur das wir, anstatt des beliebten Popkorns, das Haferkorn bevorzugen.

Die Halbstarken gaben meist schnell auf, wenn Papa Rammses dann, nach einer Weile leicht genervt, mal richtig draufhielt. Erst als ich selber ein Halbstarker wurde, verstand ich, dass es keine echten Kämpfe waren, sondern nötige Rangeleien, in denen wir lernten, uns zu behaupten. Es sah aber tatsächlich richtig gefährlich aus. Wir Schafsjungs fühlten uns stark, nahezu unbesiegbar, so wie die halbwüchsigen Menschenjungs auch, und wollten Eindruck schinden. Jeder versuchte der Tollste zu sein und zu diesem Zeitpunkt noch seiner Mami zu imponieren. Ich war schon damals unerhört mutig im Kämpfen. Da ich aber noch sehr klein war, musste ich in die Luft springen, um Papas Stirn überhaupt treffen zu können. Er hat nur ein bisschen mit dem Kopf geschubst, den er für mich, seinen kleinsten Sohn, vermutlich etwas tiefer halten musste, und schon lag ich auf der Nase. Ich rannte sofort meckernd zu meiner Mami, beschwerte mich und ließ mich mit ein paar Schlückchen süßer Milch und ein paar aufbauenden Worten trösten. Sie versicherte mich stets meiner unübertrefflichen Qualitäten und meiner zukünftigen Unbesiegbarkeit. Das prägte sich mir unauslöschbar ein, genau wie bei Alexander dem Großen. Mütter haben eine nicht zu unterschätzende Macht über das Unterbewusstsein ihrer Söhne!

Bei meinen Brüdern bekam ich es schon bald mit einer gewaltigen Übermacht zu tun. Ich raufte was das Zeug hielt, ließ mich aber nicht unterkriegen. Ich war zwar der Kleinste, aber ein wendiger, schneller Wollflummi und im Zweikampf schwerer zu treffen. So machte ich aus meiner anfänglichen Schwäche schon bald eine Stärke. Mami war ja so stolz, sie glaubte an mich, und das hat mich stark gemacht.

Auf unserem Heimathof ging es uns Schafen immer sehr gut. Unsere Zieheltern kümmerten sich stets liebevoll. Wir grasten auf saftigen Wiesen, und nur selten störte ein lautes und stinkendes Knattermobil unseren Frieden. Als ich drei Monate alt war, trieb Herrchen unsere Herde, mit Hilfe des alten gutmütigen Bernadiners „Zottel“, den Berg hinunter auf die Waldwiese, und ich durfte als jüngster Sprössling mit. Ich habe stolz meine hübsche Mami begleitet, bereit sie gegen jede Gefahr zu beschützen; den gefährlichen Hund hätten wir nun wirklich nicht gebraucht. Hier, inmitten des lieblichen Waldtales, sprudelte eine glitzernde Quelle, und alte Laubbäume spendeten Schatten. Es war ein stiller und friedlicher Ort, verborgen, voller Geheimnisse, ein herrliches Paradies für Schafe. Manchmal, früh am Morgen, konnten wir die Tiere des Waldes beobachten. Das war spannend, denn außer einem Pferd, der Hauskatze, dem Hund und ein paar Vögelchen, die lustig in Zweigen zwitscherten, hatten meine Geschwister und ich noch kein Tier gesehen. Unser Herrchen besuchte uns jeden Tag, in unserem entlegenen Sommerquartier, stets von dem treuen Zottel begleitet. Der war immer ganz erschöpft, von dem langen Weg, schwitzte unter seinem wuscheligen Fell, legte sich hechelnd unter einen Baum und ließ die rosa Zunge heraushängen, während wir Schäfchen Salz und süße Haferkörner schleckten. Das esse ich heute noch für mein Leben gerne. Ihr wisst doch, wie das ist, wenn man etwas Leckeres mit einer schönen Erinnerung verbindet. Kaum hat man den vertrauten Geschmack auf der Zunge, ist man wieder daheim bei Muttern, auf der verträumten Waldweide im Tal oder sonst wo, wo es einmal unvergesslich schön war.

Eines Tages, es war Juni und schon sehr warm, kam Herrchen mit einem fremden Mann auf unsere Wiese. Wir beäugten den Fremden äußerst misstrauisch, ließen ihn nicht in unsere Nähe und blieben alle ganz dicht bei unseren Müttern. Papa Rammses nahm das Ganze absolut gelassen. Er war der ruhende Pol, sonst wären wir vermutlich alle sofort in Panik geraten, so wie heute mein Frauchen, wenn was nicht sofort klappt, die Kinder zu spät heimkommen, oder irgendwas weg ist, was es partout nicht finden kann, uns zum Beispiel. Wir wurden in einen engen Pferch getrieben und drängten uns so dicht aneinander, dass ich kaum noch Luft bekam. In dem heillosen Durcheinander verloren wir Lämmer schnell unsere Mütter und blökten alle aufgeregt durcheinander. Herrchen und der Fremde holten ein Schaf nach dem anderen aus dem Pferch. Da ich kein

Dreikäsehoch, sondern nur ein Zweikäsehoch war, konnte ich außer vieler dicker Bäuche kaum etwas sehn. Jedes Euter, das ich in meiner Verzweiflung anzapfte, gehörte irgend einer falschen Mutter und ich bekam dauernd eins drauf. Frustrierend, kann ich euch sagen. Mein Entsetzen war grenzenlos, und ich bekam Angst. Mein Geblöke ging in dem undurchdringlichen Stimmengewirr einfach unter. Ich suchte völlig kopflos nach meiner Mutter, geriet ständig an falsche Euter, wurde geschubst, gestoßen und weggejagt. So eine trampelnde Herde kann für ein kleines zartes Lämmchen, wie ich eins war, ganz schön gefährlich werden.

Plötzlich waren lauter fremde Schafe um mich herum. Sie waren, zu meinem Erstaunen, auf einmal alle nackt! Die ganze Herde geriet in Aufregung, alles blökte, boxte und rannte kreuz und quer. Da hörte ich, Gott sei Dank, die vertraute Stimme meiner Mama, und da war sie auch schon wieder schützend an meiner Seite. Aber auch sie sah ausgezogen irgendwie befremdend aus, und ich erschrak erstmal tüchtig. Ich erkannte zwar ihre Stimme, das vertraute Profil und den guten Geruch, aber wo war ihre lange, weiche Kuschelwolle? Ich wagte mich zuerst gar nicht mehr zu ihr hin und fragte mich, ob meine Mami auch wirklich die echte war, aber dann stupste sie mich zärtlich und blökte mir leise ins Ohr: „Na komm schon, ich bin es doch." Ich atmete durch und suchte ihr prallgefülltes Euter. Nach dem ersten großen Schluck warmer, süßer Milch fühlte ich mich gleich getröstet und viel besser. Alles war gut.

Es ist nach anfänglicher Verwirrung und ein paar Streitigkeiten um die Rangordnung, denn wer anders aussieht, muss erst mal beweisen, dass er auch tatsächlich der ist, wer er vorgibt zu sein, bald wieder Ruhe in die Herde eingekehrt. Unser Papa hatte allerdings auch seine Wolle gelassen und gehörig von seiner stattlichen Erscheinung eingebüßt. Wie man halt so aussieht, wenn man alle Haare verloren hat. Keiner nimmt einen mehr wirklich ernst und am wenigsten man sich selbst. Das kratzt ganz schön am Selbstwertgefühl, oder meine Herren?

Papa Rammses überspielte es jedoch erstaunlich gekonnt, stand zu seiner Ganzkörperglatze, zog den Bauch ein, ließ seine Muskeln spielen, trug den Kopf etwas höher, präsentierte seine schwarze, Furcht einflößende Banane, die immer dann herhalten musste, wenn ein Machtverlust drohte, schaute etwas grimmiger als gewöhnlich, und sofort war das demolierte Selbstbewusstsein wieder frisch aufpoliert. Papa Rammses schwarze Stirn schimmerte wieder wie ein glänzender Kühlergrill in der roten Abendsonne, wenn er unbewegt auf dem höchsten Punkt der Wiese stand, um, wie immer vor Einbruch der Dämmerung, seinen Blick schweifen zu lassen. Wir jungen, respektlosen Widder kicherten heimlich ein bisschen, als Papa Rammses, lässige Herablassung demonstrierend, an den etwas jüngeren Damen unserer Herde vorbeistolzierte. Sein Kopf,

der jetzt dicker schien, da die mächtige Halskrause verschwunden war, wollte nicht mehr so recht zum restlichen Körper passen. Wir Halbstarken hatten natürlich gut lachen, denn wir waren, in diesem unserem ersten Sommer, im wahrsten Sinne des Wortes noch einmal ungeschoren davongekommen. Papa, dem natürlich keine unserer kleinen Respektlosigkeiten entging, entgegnete lediglich grinsend: „Glaubt mir, der nächste Sommer kommt bestimmt!“ Es war ihm verständlicherweise ein wenig peinlich, nur leicht bekleidet so schamlos von seinen vielen Frauen und seinen halbstarken Lümmeln, in prächtiger Wolle nun kaum noch kleiner als er, gemustert zu werden. Bei jedem weit ausgreifenden Schritt ließ er betont seine festen Muskeln spielen, die sich wie feine Wellen von der Schulter bis zur Flanke und über den runden Pansen bewegten. Er tat besonders würdevoll, mimte den Souverän, ganz so, als bemerke er es nicht, das leise Tuscheln, Kichern und Raunen hinter vorgehaltenen Klauen. Meine Mami hingegen sah richtig elegant aus, in ihrer leichten Sommerwolle.

Ich lernte nun, dass der fremde Mann ein Schafscherer war und nun jedes Jahr im Juni kommen würde, um uns vor der großen Sommerhitze von der Wolle zu befreien. Wir Schafe sind sehr stolz darauf, dass aus dem Vließ unserer Schur tolle warme Winterpullover gemacht werden, die man mit bunten Farben färben kann. Wenn der Schafscherer kommt, packt er mich mit einem geschickten Griff - denn freiwillig setze ich mich garantiert nicht auf den Scherbock -, setzt mich mit einem Ruck auf mein Hinterteil, damit ich mucks Mäuschen stillhalten muss und er mich nicht mit der scharfen Schermaschine schneidet. Ich zeige natürlich kein bisschen, wie groß meine Angst vor der lauten Brummschere ist. Unsere Schafsvorfahren, die Mufflons, scheuerten sich die Wolle im Frühjahr an Baumstämmen ab. Diese Methode funktioniert bei uns leider nicht mehr zufriedenstellend.

In unserem friedlichen Tal haben wir Lämmer den ganzen Tag gespielt, köstliche Milch getrunken, das erste Gras probiert und im Schatten geschlafen, von unseren Müttern behütet, die stets mit wachsamen Augen in unserer Nähe blieben. Der Schafscherer war schnell vergessen. Wir fühlten uns in unserer Herdengemeinschaft absolut sicher. Nirgendwo ein Feind, mit dem man den Ernstfall mal hätte üben können. Ab und zu versuchten wir durch Aufstampfen und den stieren Blick den Zottel einzuschüchtern. Wir spielten Überleben in der Wildnis. Zottel war das egal, er hängte die Zunge heraus, schwitzte und hechelte wie gewöhnlich.

Heute noch warnen wir unsere Artgenossen durch festes Aufstampfen mit dem Fuß, wenn wir glauben, dass uns Gefahr droht. Diese Erschütterung nehmen alle Schafe der Herde wahr, hören auf zu fressen und beäugen aufmerksam ihre Umgebung. Wenn uns, zum Beispiel, ein fremder Hund zu nahe kommt, stellen wir uns dicht nebeneinander, senken die Köpfe, starren ihn an und versuchen ihn einzuschüchtern. Nützt das nichts, dann ab durch die Mitte. Diesen Fluchtinstinkt aus früherer Zeit haben wir beibehalten, und dass erklärt auch, warum wir so leicht in vollem Tempo auf und davonlaufen und alles umrennen, was unsere Hausmenschen bisweilen an den Rand der Verzweiflung bringt. „Könnt ihr blöden Biester nicht mal stehen bleiben?" Nein, wenn wir nicht wollen und nichts kriegen können wir das nicht! Für diesen Fall haben sie besonders schnelle Hunde, die bellen und nicht beißen, um uns wieder einzusammeln.

Im wahrsten Sinne des Wortes ist ein Sack Flöhe mitunter leichter zu hüten. Man muss sich das vorher überlegen, ob man uns haben möchte oder die Flöhe. Entscheidet man sich stattdessen für den Hund, bekommt man die Flöhe meist gratis dazu. Möchte man mit uns Kontakt aufnehmen, muss man sich ruhig bewegen, darf sich aber auch nicht wie ein Räuber anschleichen. Ein Stück trockenes Brot, leckere Möhren, freundliche Worte und etwas Geduld erleichtern den Annäherungsversuch beträchtlich. Da wir neugierig sind und die Absichten eines Menschen förmlich riechen können, lassen wir bestimmt nicht lange auf uns warten. Nur wenn es sich nicht lohnt oder die Menschen mit angeblichen Leckerlis locken, die wir dann nicht kriegen, erlahmt unser Interesse schnell.

Ja, ich hatte mit meinen Geschwistern eine herrliche Kinderzeit, und wenn ich schlafe, träume ich noch oft von diesen unbeschwerten, vollkommen glücklichen Tagen. Wir haben genauso gespielt und getollt wie die Menschenkinder, waren übermütig und auch manchmal ungehorsam. Wir wurden von unseren Müttern innig geliebt, gestreichelt und auch erzogen. Ich glaube, es ist ganz ähnlich wie in der Welt der Menschen, nur umweltfreundlicher, denn wir brauchen keine Windeln.

Aber auch in unserem Leben gibt es das Schicksal. Eines Tages fiel der erste schwere Schatten auf mein unbeschwertes Dasein. Das, was geschah, hat alles für immer verändert. Noch heute verfolgt mich in gelegentlichen Albträumen die Erinnerung an jenen Schreckenstag, im Juli des ersten Sommers meines Lebens. Davon erzähle ich euch morgen, denn jetzt bin sehr müde, und mein Frauchen kommt gleich, um uns ins goldene Strohbett zu bringen. Jetzt schlaft gut, meine Freunde, und träumt einen schönen Traum."

Das Unwetter

Schon am frühen Morgen dieses Sommertages war es ungewöhnlich warm. Der kühle Tau auf den Gräsern stieg wie ein nebliger Dunst in die Luft. Unsere Wiese erinnerte eher an eine Waschküche. Es wurde bereits am Vormittag drückend schwül, und wir Lämmer hatten keine rechte Lust zu spielen. Es war anstrengend, und wir kamen schnell ins Schwitzen. Träge sind wir mit der Herde zwischen der glitzernden, kühlen Quelle, die mitten auf der Weide sprudelt, und den dichten Schattenbäumen hin- und hergewandert. An diesem Tag zog ich einen erfrischenden Schluck Wasser der süßen, warmen Milch aus Mamis Euter vor; das war wirklich eine Ausnahme. Ich legte mich faul unter meinen Lieblingsbaum, eine mächtige, alte Buche, um wiederzukäuen, denn da wir mehrere Mägen haben essen wir alles sozusagen zweimal. Klingt kompliziert, ist aber effektiv.

Ich lag also, wie schon gesagt, schläfrig auf der kühlen Erde meines gemütlichen Schattenplatzes. Fast die gesamte Herde hatte sich zum Ruhen unter die Bäume gelegt. Ich bin dann irgendwann eingeschlafen, bis mich ein dumpfes, bedrohliches Grollen weckte. Es war ganz düster geworden, der Himmel hatte sich verfinstert, und die Sonne war hinter den bleigrauen Wolken verschwunden. Mir wurde etwas mulmig zumute, denn die Herde war unruhig und drängte sich dicht unter den Bäumen. Die Mütter blökten aufgeregt nach den letzten Lämmern, die noch unbeschwert auf der jetzt schattigen Wiese herumtollten. Man konnte die Unruhe der alten Schafe richtig spüren. Wenn doch nur unser Hirte gekommen wäre, um uns zu beschützen und an einen sicheren Ort zu bringen. Aber leider warteten wir vergebens.

Dann ging alles ganz schnell. Ein greller Blitz fuhr in einen der Bäume, es krachte entsetzlich, eine wilde Sturmbö riss eine riesige Pappel um. Äste peitschten auf mich ein, splitterndes Holz stürzte herab. Ich hörte meine Freunde schreien, spürte eine stechenden Schmerz im rechten Hinterbein, dann bin wohl ohnmächtig geworden. Ich weiß nicht, wie lange meine Ohnmacht gedauert hat, irgendwann wurde ich von laut dröhnenden Motorsägen geweckt. Mein Herrchen war mit zwei fremden Männern dabei, die herabgestürzten Bäume zu zersägen. Auch ich war, wie viele meiner Freunde, zwischen dicken Ästen eingeklemmt und es dauerte eine Weile, bis ich befreit wurde. Ich zappelte vor Angst und versuchte vergeblich aufzuspringen, um zu meiner Mama zu laufen, die ganz in meiner Nähe lag, sich aber nicht rührte. Noch nicht einmal auf mein entsetztes Blöken konnte sie mir noch eine Antwort geben. Mein Bein schmerzte, und ich fiel sofort wieder hin. Mein Herrchen nahm mich auf den Arm und trug mich fort. Ich sah die Herde erschöpft im Gras liegen. Manche Tiere standen auf und hinkten, andere lagen leblos zwischen den umgestürzten Bäumen. Ich war unendlich traurig und schrie nach meiner Mami.

Heute weiß ich, dass eine Herde immer einen Hirten braucht, der sie in der Gefahr an einen sicheren Ort bringt. Auch wir Lämmer sind schutzbedürftige Kinder und folgen unserer Herde blind, so wie auch die Herde immer ihrem Hirten folgen muss, egal wohin er sie auch führt. Meine Mama habe ich nie mehr wieder gesehen, sie war von einem Baum erschlagen worden. Ich lernte damals, dass man bei einem solchen Unwetter auf der freien Wiese sicherer ist als unter den Bäumen. Ich war beschützt, mein Leben wurde gerettet.

Jetzt bin ich ganz müde geworden, denn diese traurige Geschichte zu erzählen erschöpft mich noch heute. Mein Frauchen kommt sicher gleich, um mich ins Strohbett zu bringen und mich noch ein bisschen zu streicheln, so wie jeden Abend. Darauf warte ich immer sehr. Wir Schafe sind Gewohnheitstiere und lieben die angenehme Rituale beim Zubettgehen. Kommt Frauchen einmal später, kann ich gar nicht einschlafen, und wir warten alle, bis wir seine zärtliche Stimme hören. Jetzt schlaft gut, meine lieben Freunde, und träumt einen schönen Traum. Morgen Abend, wenn ihr wollt, erzähle ich euch, wie es weitergeht."

Kranke Schäfchen brauchen Pflege

„Mein Herrchen trug mich auf dem Arm nachhause, und ich wurde im Stall in ein weiches, goldgelbes Strohbett gelegt. Mein damaliges Frauchen kam mit dem Tierarzt, um ganz vorsichtig meine Wunden zu verbinden, und der gab mir dann noch einen Pieks, den er eine „medikamentöse Infiltrationstherapie" nannte, in mein Hinterteil. Was da wie Feuer in meinem Allerwertesten brannte, war schlicht und ergreifend eine Schmerzspritze. Ich wollte mich wehren, aber Frauchen sagte, indem es mich mit festem Griff packte und eine sehr entschlossene Miene mit drei Stirnfalten aufsetzte, dass es sein müsse, und ich solle schön stillhalten. Drei Stirnfalten und ihre Bedeutung kannte ich von Papa Rammses, also war ich gehorsam und wurde anschließend tüchtig gelobt. Dann legte Frauchen mir eine große Portion duftendes Heu direkt vor die Nase, aber mein schier unersättlicher Schafshunger wollte sich nicht einstellen, denn ich war traurig und fühlte mich einsam. Die Pferde, die neugierig über ihre Boxentüren schauten, mit geblähten Nüstern schnaubten und die Augen aufrissen, als wäre ich ein Ungeheuer, konnten mich beim besten Willen nicht über den Verlust meiner Mami, meiner Geschwister und der zuckersüßen Milch hinwegtrösten. Ich bekam Heimweh und Sehnsucht und einen entsetzlichen Durst. Das Wasser, welches man mir in einer kleinen Schüssel bereitgestellt hatte, war feindselig kalt und schmeckte nach nichts. Ich war bockig und habe lieber meinen Durst ausgehalten. Wir Schäfchen können die Einsamkeit schwer ertragen, wie alle Herdentiere wünschen wir uns nichts so sehr wie mindestens einen Artgenossen. Ich wäre ganz sicher vor Kummer gestorben, wenn mein Ziehfrauchen nicht eine wunderbare

Idee gehabt hätte. Am nächsten Morgen legte es mir eine meiner kleinen Schwestern ins Stroh, denn auch sie war am Beinchen verletzt und musste gesund gepflegt werden.

Ich wollte vor lauter Freude auf sie zuspringen, da warf mich ein stechender Schmerz in mein Strohbett zurück. Die Kleine schien mir noch trauriger als ich zu sein, und da ich sie trösten musste, vergaß ich ganz schnell meinen eigenen Kummer. Nun hatte ich eine wichtigere Aufgabe zu erfüllen, als mich selbst zu bemitleiden, schließlich war mir ein kleines, schutzbedürftiges Schafsmädchen anvertraut worden. Die Erfüllung verantwortungsvoller Aufgaben begann ich somit schon in früher Jugend mit Eifer zu üben. Es war zwar immer noch ein wenig ungewohnt, auf meine Frühstücksportion Milch zu verzichten, aber da ich nun nicht mehr so einsam war und gebraucht wurde, meldete sich bald mein knurrender Pansen, und zusammen mit meinem Schwesterlein schmeckte uns das duftende Heu so gut, dass die ganze Portion im Nu verputzt war. Wie hat uns das Frauchen da gelobt.

Anfangs machten unsere Zieheltern bei jedem Krankenbesuch noch ernste Gesichter. Sie sagten: „Hm!“ oder „Mal sehen!“ und schüttelten dabei besorgt den Kopf, kratzten sich am Kinn und sahen mich mitleidig an. Sie fürchteten wohl, dass mein Beinchen nicht mehr richtig heilen würde und dass ich dann nie mehr würde laufen können. Da kannten sie meinen unbändigen Lebenswillen aber schlecht und außerdem, ich war wichtig, ich hatte eine Aufgabe, und was gibt es Besseres, um eine schnelle Genesung zu fördern? Mein Schwesterchen humpelte schon wieder umher, und sie sagten, während sie nickten: „Ach das wird schon wieder.“

Aber eines Morgens strahlten sie vor Freude, denn ich stand mitten im Heu und futterte tüchtig, war zwar noch etwas wacklig, aber ich hörte genau, wie Herrchen wieder sagte: „Ach das wird schon wieder.“ Es hat sich nicht mehr am Kinn gekratzt, sondern mit dem Kopf genickt, und das heißt in der Körpersprache der Menschen, dass sie mit etwas einverstanden sind; so was konnte ich als Lamm schon gut unterscheiden. Ich war richtig stolz darauf, meinen Zieheltern eine solche Freude gemacht zu haben und versuchte einen kleinen Bocksprung. „Nur mal langsam“, sagte mein Herrchen: „Sei nicht so übermütig!“

Wir kleinen Schafspatienten erholten uns rasch, unter der fürsorglichen Pflege unserer Menschen, und bald kam der Tag, an dem wir in die Herde entlassen werden sollten. Ich freute mich schon riesig, aber es kam natürlich alles ganz anders, als ich es mir gedacht hatte. Ein neues großes Abenteuer stand mir bevor. Nun bin ich wieder müde vom Erzählen, und mein Frauchen kommt gerade zur Stalltür herein. Ich kann ihre liebe Stimme hören. Sie ruft mich immer beim Namen, und ich blöke eine Antwort zurück. Sie versteht zwar nicht genau, was ich sage, aber sie weiß immer wie ich es meine, denn sie lacht glücklich, wenn sie mich anschaut. Was ich ihr zublöke, ist auch immer was Liebes, und das wird natürlich nicht verraten. Und nun, meine lieben Freunde, muss ich in mein weiches, goldgelbes Strohbettchen. Wenn ihr Lust habt zuzuhören, erzähle ich euch morgen Abend, wie es weitergeht. Und jetzt schlaft gut und träumt einen schönen Traum.

Erster Umzug

„Früh am Morgen kam mein Herrchen in unsere Schafskinderstube, nahm mich auf den Arm und trug mich hinaus. Mein Schwesterchen und ich, mittlerweile fest aneinander gewöhnt, stimmten natürlich sofort ein lautstarkes Protestgeblöke an. Wir Schäfchen mögen plötzliche Veränderungen und Trennungen gar nicht. Neuen Situationen treten wir stets misstrauisch und abwartend gegenüber, denn die Vorsicht ist ja bekanntlich die Mutter des Porzellanschäfchens, und erscheint uns die Situation bedrohlich, rennen wir erst mal auf und davon. Können wir dem Konflikt nicht ausweichen, sind wir durchaus wehrhaft, und es wird, wenn nötig, mit unserer harten Stirnplatte geboxt. Das kann für unseren Gegner richtig schmerzhaft werden. Ein paar blaue Flecken gibt es allemal. Das habe ich schließlich von meinem Papa gelernt, und ich war ein aufmerksamer Schüler.

Herrchen trug mich bis vor die Stalltüre und, oh Schreck, da stand der dunkle, große Kasten, mit den seltsam runden Füßen drunter. Der Kasten hing an Herrchens Knattermobil, und ich hatte manchmal von meinem Stall aus beobachtet, dass öfter Artgenossen von mir einsteigen mussten und fortgebracht wurden. Mein Ziehfrauchen war auch da, klappte die Seitentür des Kastens herunter, und darin schienen sich die beiden ausnahmsweise mal einig zu sein, ich sollte da hinein. Natürlich war ich ganz anderer Meinung und strampelte wie verrückt, schlug mit dem Kopf um mich und versuchte von Herrchens Arm zu springen. Das hatte seine liebe Not mit mir, denn ich war wahrlich kein Leichtgewicht mehr. Dennoch war aller Widerstand zwecklos, und ich wurde ohne Gnade in den dunklen Bauch des hölzernen Ungetüms geschoben. Obwohl ich versuchte, meine Klauen in den Boden zu stemmen und kräftig dagegen zu halten, die

Türe wurde zugeklappt, und ich saß im Dunkeln. Herrchen war ein Schlaufuchs. Es hatte vorsichtshalber auch die Rückseite des Kastens verschlossen, denn es wusste ganz genau, dass ich sehr mutig war und sofort versucht hätte wieder hinauszuspringen, um zu meiner kleinen, traurig blökenden Schwester zu gelangen. Dann ging die Fahrt los.

Es rumpelte und schaukelte, und ich musste meine Beine weit auseinanderspreizen, um nicht umzufallen. Nach einer Weile legte ich mich vorsichtshalber hin, das war sicherer, außerdem war mir schon ganz schwindlig von dem Geschaukel. Gott sei Dank, waren die harten Planken dick mit Stroh bedeckt, so habe ich die Fahrt ganz gut überstanden. Das Gefährt hielt an und hörte auf zu brummen. Ich hörte die vertrauten Stimmen einer Schafherde. All meine Angst war im Nu verflogen, ich würde auf die Wiese zu meinen Freunden kommen, so glaubte ich jedenfalls.

Aber denkste, schon wieder hatte ich mich geirrt. Die Seitentüre wurde mit lautem Quietschen geöffnet, und nicht ich durfte hinaus, sondern zwei meiner Brüder mussten ebenso unfreiwillig wie ich hinein und wurden unsanft in das Wageninnere geschubst. Und stellt euch nur vor, auch Papa Rammses stieg ein, ganz artig, gelassen und ruhig. Er hatte ein Ledergestell, das die Menschen Halfter nennen, um den Kopf und führte an einem langen roten Strick mein Ziehherrchen hinter sich her, das auch brav und folgsam mit in den wackeligen Kasten einstieg. Dieses Schlüsselerlebnis sollte zu einem späteren Zeitpunkt mein Leben entscheidend beeinflussen. Menschen waren offensichtlich dressierbar, diese Erfahrung hat sich mir damals unauslöschlich eingebrannt. So sah also die Beziehung zwischen Mensch und Schaf in Wirklichkeit aus. Wie habe ich Papa Rammses bewundert. Herrchen durfte ihm sogar das Halfter abnehmen und wieder aussteigen. Die Seitentüre wurde mit einem Rums zugeknallt, ich bekam von Papa einen Begrüßungsknuff, als wollte er sagen: „Wo warst Du denn so lange?“, und los ging die Fahrt.

Wir lehnten uns gemeinsam in jede Kurve, links, rechts, links, rechts. Unsere fettgefutterten Pansen schwappten gleichmäßig hin und her. Langsam fuhr das Wackelgefährt über den holprigen Waldweg. Wir hatten keine Ahnung, wohin die Reise gehen sollte, waren ein wenig ängstlich und neugierig zugleich. Nur Papa Rammses, dem schien das alles eher egal zu sein. Er hatte Wichtigeres zu tun, gähnte erst leicht gelangweilt, legte sich hin, streckte mit hörbarem Seufzen ein Vorderbein aus, rückte seinen üppigen Pansen zurecht und käute dann völlig entspannt wieder. Man hatte der gute Nerven. Endlich kamen wir auf eine Straße, die nicht mehr so holprig war. Das Gefährt wurde schneller und mir ganz mulmig. Nach einer Weile und vielen weiteren Kurven, ein paar mal links, dann wieder rechts und so fort, hielten wir an. Es ruckte einmal tüchtig, wir flogen nach vorne, dann ruckte es wieder, wir flogen nach hinten. Es ging rückwärts geradewegs in eine duftende Wiese hinein. Papa Rammses hörte auf wiederzukäuen, erhob sich, streckte sich, indem er den Nacken einrollte, das Maul auf die Brust drückte und ein Hinterbein ausstreckte, denn es war offensichtlich Zeit auszusteigen.

Der Duft der Blumen und Kräuter stieg uns in die Nasen. Die Rampe wurde heruntergeklappt. Mein Papa, mutig wie immer, traute sich ohne Zögern auf die wackligen Bretter, natürlich nur auf Herrchens Zurufen hin, wie sich dieses – typisch für Menschen -, arroganter Weise einbildete. Papa tastete erst vorsichtig mit den Vorderfüßen, sprang mit einem beherzten Satz bis auf die grüne Wiese und wir allesamt hinterdrein. Papa Rammses dicke Nase war sofort in dem verlockenden Grün verschwunden, ohne dass er sich auch nur einmal umgeschaut hätte. Hauptsache Fressen, deshalb war er ja auch schon etwas füllig geworden und setzte einen Bauch an. Er graste genüsslich und als er den Kopf hob, steckten goldgelbe, leuchtende Löwenzahnblüten zwischen seinen schwarzen Lippen, deren Stängel immer kürzer wurden, bis sie schließlich ganz in seinem kauenden Maul verschwanden. Uns Halbstarken war der Appetit erst mal vergangen. Wir hielten uns dicht an Papas Seite. Nicht dass wir uns gefürchtet hätten, einfach nur sicherheitshalber.

Große Häuser umstanden die Wiese. Fremde Leute liefen vorbei, ohne uns auch nur einmal anzuschauen. Stinkende Autos knatterten pausenlos vorüber, und niemand nahm Notiz von uns. Ein großer brauner Hund bellte aus seinem angrenzenden Garten bedrohlich zu uns herüber, und jetzt ließ Herrchen uns auch noch alleine, knallte das quietschende Eisentor zu, bestieg sein Knattermobil und brauste einfach davon. Nein, hier gefiel es mir kein bisschen! Am liebsten wäre ich heimgelaufen. Als es dunkel wurde legten wir Kleinen uns ganz dicht an Papa Rammses mächtigen Bauch. Mittlerweile fast ein

Doppelrammses von gigantischem Fassungsvermögen. Er hatte soviel köstliches Gras gefressen, dass er wie ein kugelrunder Schafsballon aussah, mit schwarzer Nase und schwarzen Ohren vorne und einem weißen Stummelschwänzchen hinten. Im Umkreis dieses Bauches hätten locker noch drei weitere Lämmer Platz gefunden, um Papa komplett zu umrunden. Papa Rammses fürchtete sich nicht, und das machte Mut.

Wir gewöhnten uns schnell an die neue Umgebung. Der braune Hund wedelte schon freundlicher, wenn wir an seinem Zaun vorbeigrasten. Ein fremder Mann brachte täglich frisches Wasser, verschwand aber stets sofort wieder. Viele Leute auf der Straße strömten mit leeren Händen in ein gegenüberliegendes Haus hinein und mit vollen Händen wieder hinaus, aber niemand sprach mit uns. Ob wir unsichtbar geworden waren und nur der Hund uns noch sehen konnte? Wir waren keineswegs unsichtbar; dass nicht alle Menschen freundlich sind, lernten wir leider schon sehr bald.

Für heute sage ich euch gute Nacht, meine lieben Freunde. Ich bin müde. Meine Brüder kuscheln schon im goldgelben Strohbettchen und käuen wieder, während sie auf Frauchen warten. Etwas will ich euch aber noch verraten. Kinder mag ich sehr, die wurden meine ersten Freunde in der fremden Welt und streichelten uns, wenn kein Mensch uns ansonsten beachtete. Vermutlich haben sie die besseren Augen und können die Tiere wirklich sehen. Wie es weiter geht, erzähle ich euch dann morgen, wenn ihr wollt, und jetzt schlaft gut und träumt einen schönen Traum."

Der Apfeldieb

„Mein Ziehherrchen hatte sich schon länger nicht sehen lassen. Offensichtlich waren wir aus den Augen und aus dem Sinn. Eigentlich wissen wir Schafe nicht was Zeit ist, wir tragen auch keine Uhren, aber wenn man uns einmal an einen bestimmten Rhythmus gewöhnt hat, erscheinen wir pünktlich wie verabredet und immer zur selben Zeit am selben Platz. Herrchen war früher stets ganz pünktlich; er schien es zu hören, wenn mein Magen knurrte; er hatte sicher gute Ohren oder mein Bauch grummelte besonders laut. Gras wuchs ja eigentlich genug auf unserer Wiese, hungern mussten wir sicherlich nicht, aber die appetitlichen Erinnerungen an diese süßen Haferkörnchen, die köstlichen Möhren und Brotstückchen haben meine zahlreichen Mägen jeden Abend heimgesucht. Offensichtlich haben die Mägen die besten aller Gedächtnisse. Nur der fremde Mann mit dem kalten, langweiligen Wasser im Eimer, auf den war Verlass. Zugegeben, wir brauchen täglich frisches und ganz sauberes Trinkwasser wie alle Tiere, aber eine Kleinigkeit zum Naschen vor dem Schlafengehen bekamen wir sonst auch immer, darum warteten wir treu und brav, Abend für Abend am verabredeten Platz. Wenn ich morgens aufwachte und mich daran erinnerte, dass ich wieder einmal ohne Leckerli eingeschlafen war, wusste ich, dass ein weiterer Tag vergangen sein musste, ohne das Herrchen uns besucht hatte. Enttäuschend. „Kann man denn so süße Schäfchen vergessen?“, fragte ich mich insgeheim.

Es war August und die Äpfel an den Bäumen auf unserer Wiese wurden reif. Papa Rammses war geradezu ein Meister der Balance. Er stellte sich auf die Hinterbeine und angelte nach den begehrten Früchten. Fiel mal eine herunter, jagten wir Jungs hinterher, bevor die Begehrlichkeit den Hang hinuntergerollt und unter dem Zaun hindurch, im Straßengraben gelandet war und somit für uns unerreichbar, der Fäulnis preisgegeben. Die Apfeljagd machte uns solchen Spaß. Wir tollten, hüpften mit allen Vieren in die Luft, vollführten die kühnsten Bocksprünge und jeder wollte der Schnellste sein und den Apfel erbeuten.

Dann kam wieder der fremde Mann auf unsere Wiese, der nie mit uns sprach, einen leeren Eimer schaukelnd und klappernd am Arm. Er trug ein hölzernes Gerippe vor sich her. Es war wohl ziemlich schwer, denn er stöhnte und fluchte laut, machte alle drei Schritte eine Pause, stampfte das Gerippe auf den Boden auf, zog den Kopf zwischen die Schultern und schnaufte wie Papa Rammses nach einer Fressorgie. Wir beobachteten ihn misstrauisch. Er ließ uns ebenfalls nicht aus den Augen, besonders Papa Rammses, der regungslos witterte, das Kauen unterbrach, so dass ihm gerupftes Gras wie ein Ziegenbart am Maul hing. Dann lehnte der Eindringling das Gerippe an einen Baum - ausgerechnet an den mit den dicksten Äpfeln -, prüfte des Gerippes Standfestigkeit, indem er es einige Male unwirsch hin und her schob, ergriff den Eimer und kletterte behände hinauf. Das Ganze schien ihm nicht besonders viel Spaß zu machen, und überhaupt hatte ich von Anfang an das Gefühl, dass er weder Äpfel noch Schafe besonders mochte, die Äpfel für sauer und uns für dumm hielt. Ein kleiner Irrtum, wie sich schon bald herausstellen sollte. Denn es gibt süße Äpfel und kluge Schafe.

Das Eindringen ins Revier und das Erklettern seines Lieblingsbaumes, an dessen Fuß er bevorzug ruhte und genüsslich wiederkäute, und wo ihm gelegentlich eine der köstlichen Früchte, wie im Schlaraffenland direkt vor oder auf die Nase plumpste, missfiel Papa Rammses sehr. Er entlarvte, weise wie er war, den Fremden als dreisten Apfeldieb, der es, genau wie wir, auf die saftigen Begehrlichkeiten, die verlockend und köstlich vor sich hin dufteten, abgesehen hatte. In unserer Vorstellung wurden die süßen und verbotenen Früchte zu reinsten Paradiesäpfeln, und wohin das führen kann wissen wir schließlich alle. Aus unserer Sicht war es allerdings sonnenklar, wer hier aus dem Paradies hinausgeworfen werden musste. Keine Frage!

Papa Ramses beobachtete den Eindringling aus sicherer Entfernung eine ganze Weile sehr genau, und wir begannen langsam hinter ihm her schreitend, in immer engeren Kreisen den Paradiesbaum zu umrunden. Der Apfeldieb begann schneller zu pflücken. Als wir unsere letzte Spirale um den Stamm des Baumes gedreht hatten - mir war schon ganz schwindlig - und vorwurfsvoll hinaufschauten, bewarf er uns plötzlich und ohne Vorwarnung mit Äpfeln und schimpfte gleichzeitig laut. Das war seltsam! Wir sollten wohl verschwinden, wurden aber gleichzeitig mit den duftenden Äpfeln, an die wir sonst nur schwer herankamen, angelockt.

Der Klassiker des typisch menschlichen und irrationalen Widerspruchs, der einem im Umgang mit Menschen andauernd begegnet. Sie tun immer irgendetwas, damit es den Anschein hat, als wollten sie was ganz Bestimmtes, obwohl sie von vorneherein wissen dass sie etwas ganz anderes wollen. Vom Gegenteil, welches dann zwangsläufig passiert, waren sie dann angeblich von vorne herein überzeugt. Sie nennen es kurz: „So tun, als ob!" Wenn das alle so machen funktioniert es prima in der menschlichen Gesellschaft, jedoch nur so lange, wie sie unter sich bleiben. Aber wehe, einer ist direkt und geradeheraus, so wie Papa Rammses.

Der Apfeldieb versuchte offensichtlich Verwirrung zu stiften. Papa näherte sich in majestätischer Haltung und begann seine Nase an dem Holzgerippe zu wetzen. Dann rieb er seine Augendrüsen und markierte mit ihrem Duft das Holz des Gerippes, als eindeutig zu seinem Revier gehörend. Das machen Schafsböcke gerne, bevor sie dann richtig loslegen. Das wusste wohl auch der Dieb. Sein heftiger Apfelbeschuss bewirkte nichts, außer dass Papa, an Trommelfeuer auf seine Stirnplatte gewöhnt, stärker schubste, die Provokation, als willkommene Abwechslung in unserem ereignislosen Alltag, dankbar erwidernd. Das Holzgerippe begann erst leicht und dann immer heftiger zu schwanken. Der Apfeldieb musste sich fühlen wie ein Matrose im Korb eines in Seenot geratenen Segelschiffes. Endlich war mal was los auf unserer Wiese, die ansonsten täglich nahezu die gleichen lächerlichen Herausforderungen bot. Der Apfeldieb versuchte noch eine Weile dagegenzuhalten, kletterte aber plötzlich mit der Geschwindigkeit eines Eichhörnchens herunter. Ein wahrlich riesiges Eichhörnchen, in kurzen Hosen und mit strammen Waden. Kurz bevor es unten ankam hielt es inne, denn es musste wohl oder übel an meinem Papa vorbei, der entschlossen, mit stierem Blick und zu allem bereit, die letzten Sprossen des Gerippes sicherte. Er hoffte auf einen kleinen Boxkampf von Widder zu Eichhorn, die

Unsicherheit des Gegners überlegen auskostend. Er nahm imposant Haltung an, mit leicht angedeuteter Drohgebärde, forderte sein Gegenüber heraus, mit gewölbtem Genick, giftig stechendem Blick, die starke Stirn, nebst schwarzer, in der Sonne glänzender Bananennase, präsentierend. Das wirkte. Dass der mutmaßliche Apfeldieb der rechtmäßige Eigentümer der Wiese und somit auch aller Bäume war, konnten wir ja nicht ahnen. Dass unser Herrchen uns an ihn als Leiharbeiter zur Pflege der Wiese verliehen hatte, und das zu einem Grashungerlohn, wussten wir auch nicht. Woher auch? Man sagt uns ja nichts! Unklare Absprachen und dürftige Kommunikation. Wir handelten so unwissend also nur in bester Absicht.

Der Mutmaßliche kletterte, angesichts des übermächtigen Gegners, zurück ins rettende Geäst. Geschickt und flink hüpfte das Rieseneichhörnchen in blauen Hosen über die Sprossen, die wie Schiffsplanken bei schwerem Seegang schaukelten. Es setzte sich auf einen Ast, den es erst aufgeregt schüttelte, um ihn auf seine Tragfähigkeit zu überprüfen, und da oben wartete und wartete es. Armer Kerl. Im eigenen Knast arretiert. Ein Baumgefängnis, eine bis dahin unbekannte Art der Sicherheitsverwahrung. Und am Fuß ein tückischer Schafsbock, der im Ernstfall auch Ernst machte. Das Schaf, das omnipotente Wesen.

Die Zeit verstrich, aber langsam, sehr langsam. In jeder ungemütlichen Körperhaltung vergeht die Zeit, so glaube ich, besonders langsam. Wir Schafe interessieren uns nicht für die Zeit, es sei denn, wir erwarten Leckerlis oder andere Annehmlichkeiten. Abenddämmerung senkte sich sanft über unsere Wiese, die Sonne sank rot am fernen Horizont. Es wurde richtig romantisch auf dem Ast im Baumverließ. Männer in aussichtslosen und zudem lächerlichen Situationen schreien selten laut um Hilfe. Besonders dann nicht, wenn immer wieder Leute, vor allem weibliche, aus dem eigenen Dorf vorüberschlendern. Sie könnten die Feuerwehr rufen, und es würde wahrscheinlich zu einer dramatischen Rettungsaktion kommen, mit viel Publikum, einem bislang erfolglosen Zeitungsreporter, der schon lange auf eine solche Titelstory für das heimatliche Käseblatt gewartet hat und maßlos übertreibt wie alle Journalisten und zwar mit jeder Menge schlechter Publicity. Die Helden wären natürlich die Schafe, vier harmlose Schafe. Dann sitzt Mann eine Situation doch lieber aus, anstatt sich eine solche Blöße zu geben, auf ein Wunder oder eine Gelegenheit hoffend, möglichst unbemerkt zu entkommen. Danach würde die Geschichte genau andersherum erzählt. Hauptsache es merkt keiner was. Sag ich doch, immer so tun als ob! Wie musste er sich fühlen, als Gefangener auf dem Ast seines eigenen Apfelbaumes, wenn jeder Sperling, der lästernd vorüberflatterte, der Überlegene war. Klein, ganz klein, von einem freundlichen Widder und vier süßen, niedlichen Lämmchen übertölpelt. Schmach und Schande. Papa Rammses hatte in seiner mitfühlenden Weitsicht und schier endlosen Geduld beschlossen, dem arretierten Dieb im Baumgefängnis ausreichend Zeit zum Nachdenken über seine Taten zu geben, und darüber, wem denn die Äpfel aus unserer Sicht zu gehören schienen.

Tatbestand des Raubes und Beschusses von arglosen Bewohnern der Wiese. Als Tatwaffen konnten diverse reife Äpfel sichergestellt werden. Mutige Schafe handelten aus Notwehr. Täter verschanzt sich auf Großgrün – Großgrün, amtsdeutsches Wort für Baum -, bis an die Zähne mit Äpfeln bewaffnet. Dicke, harte Äpfel, große rotwangige Kanonenkugeln. Was für eine Schlagzeile! Der ganze Vogelsberg wäre auf uns Helden aufmerksam geworden.

Papa käute erst mal genüsslich wieder. Dazu nimmt er sich immer viel Zeit. Nach einer fast endlosen Weile, er hatte fertig wiedergekäut, legte er sich nieder, lehnte am Holzgerippe, streckte das linke Vorderbein aus, gähnte genussvoll und ruhte, mit der vom Kauen schwer gewordenen Ramsnase, auf der untersten Sprosse. Irgendwann, beim Ruf der ersten Eule, als er so richtig ausgeruht war und langsam neuer Tatendrang in ihm erwachte, wurde ihm langweilig, und sein Pansen begann bedrohlich zu knurren wie ein Löwe. Und da er Löwen verständlicherweise nicht besonders mochte, stand er auf, dehnte, streckte und schüttelte sich, entfernte sich langsam von der Leiter und begann zu grasen, um den nun schon vernehmlicher brüllenden Löwen in seinem Pansen zu beruhigen. Dem Dieb aber, der ja weder Fisch noch Vogel war, obwohl er zusammengefaltet auf dem Ast kauernd durchaus an einen Geier erinnerte, taten vermutlich alle Gräten weh. Wenn ich mir bildlich vorstelle, ich hätte, ähnlich dem Huhn auf der Stange, stundenlang auf einem harten Ast sitzen müssen, wo mir doch die Bequemlichkeit über alles geht, na danke aber auch.

Trotz schmerzender Glieder hat unser Dieb die erstbeste Gelegenheit genutzt, um fluchtartig „unser" Apfelparadies zu verlassen, mit einem wehmütigen Blick auf den vollen Eimer, der noch immer am Ast baumelte. Randgefüllt mit duftenden, rotwangigen Äpfeln, aber in Eile und Angst zurückgelassen, von einem, der gerade eben noch sein nacktes Leben retten konnte. Welch ein Triumph! Papa Rammses, der das natürlich mit seinem Panoramablick und mit weiser Voraussicht hatte kommen sehn, startete wie eine vom Katapult abgeschossene Kanonenkugel durch und klebte dem entsetzten Flüchtling förmlich an den Fersen. Genick gewölbt, die Ohren angelegt, die wehrfähige Bananennase im Anschlag, so dass der erfolgreich vertriebene Räuber, einmal mit knapper Not in Sicherheit, sich nicht mehr freiwillig in unser Revier wagte, Äpfel hin oder her. Der Eimer pendelte im Wind.

Danach, als unsere gemeinschaftliche Vertreibungsaktion, dank meiner unermüdlichen und heldenhaften Unterstützung, erfolgreich abgeschlossen war, haben wir uns dann eifrig und voller Hingabe des hölzernen Gerippes angenommen und es mit vereinten Kräften in kleine, handliche Stücke zerlegt. Der volle Eimer war unerreichbar geworden. Der Apfeldieb war erfolgreich in die Flucht geschlagen, sah uns sprachlos zu, und in den Baum klettern konnte er jetzt auch nicht mehr. Das erfüllte Papa Rammses mit Zufriedenheit, und er patrouillierte mit stolzgeschwellter Brust und imposant in Falten gelegter schwarzer Banane, von uns Zwergen andächtig eskortiert, noch eine ganze Weile am Zaun auf und ab, den sprachlosen und besiegten Gegner nun keines überflüssigen Blickes mehr würdigend. „Na warte!", jammerte dieser mit kläglicher, weinerlicher Stimme. Winkte ab, spuckte aus, und verschwand.

Das auf dieses Ereignis zügig folgende Wiedersehen mit unserem Herrchen hatten wir uns allerdings etwas anders vorgestellt. Die Begrüßung fiel unerwartet kühl aus und außerdem folgte ihm der vermeintliche Apfelräuber auf dem Fuße. Tja, obwohl wir so tapfer die Äpfel verteidigt hatten, rücksichtslos gegen uns selbst und mit vollem Körpereinsatz, wusste Herrchen unser strategisches Meisterstück offensichtlich nicht zu würdigen. Kein Lob, kein Apfel, nichts, er schaute nur auf das zertrümmerte Gerippe, murmelte etwas von seiner Haftpflicht, und ich freute mich schon, dass der Dieb nun von meinem pflichtbewussten Herrchen verhaftet werden sollte. Dann überlegte er es sich doch wieder anders, weil die Menschen ja andauernd ihre Meinung ändern, schüttelte den Kopf und sagte immerzu: „Zit, zit, zit", oder so ähnlich und drohte uns sogar noch mit erhobenem Finger. Jetzt waren wir wieder an allem schuld. Er machte jetzt doch gemeinsame Sache mit dem Apfelräuber, weil er offensichtlich auch an die Beute wollte. „Mutige Schafe verraten, wegen eines Eimers voller Äpfel!" Das wäre eine Schlagzeile für das Hosenfelder Käseblatt geworden. Das konnten und wollten wir so nicht hinnehmen. Schließlich ging es um mehr, als um ein paar, wenn auch leckere Äpfel, es ging um unsere Schafsehre. Der Apfeldieb blieb, wie erwartet, feige hinter dem Zaun, so sehr hatten wir vier gefährlichen Muskeltiere ihn das Fürchten gelehrt. Er schimpfte unentwegt; wir ersparen uns die Wiederholung, außerdem gibt es im Blökabular keine derartigen Redewendungen, um solche Beschimpfungstiraden zu übersetzen.

Mein Herrchen musste mit einem neuen Gerippe, die bereits gepflückten Äpfel samt Eimer selbst vom Baum holen, wenn er seinen Beuteanteil haben wollte. Er ließ meinen Papa, von dessen kämpferischem Einsatz scheinbar doch heimlich tief beeindruckt, vorsichtshalber nicht aus den Augen, als er im Baum herumturnte, offensichtlich unseren mutigen Entschluss befürchtend, die süße Beute gegebenenfalls erneut zu verteidigen. Es half nichts, er musste mit uns teilen, wenn er wieder heil herunterkommen wollte. Er warf einige Äpfel ganz weit von sich in die Wiese, um uns, so wie er meinte, mit Fressen abzulenken. So wurden wir irgendwie mitschuldig, obwohl ja Mundraub nicht strafbar ist. Ehre hin oder her, natürlich wollten wir auch an die Äpfel, was sonst, und es lag keineswegs in unserer Absicht unser Herrchen zu attackieren, schließlich teilte er mit uns die Beute, die wir dem dreisten Dieb streitig gemacht hatten. Der wollte alles für sich und nahm uns friedliebende Wesen auch noch unter Beschuss.

Unter Einhaltung eines Sicherheitsabstandes ließen wir den Apfelregen getrost über uns niedergehen. Herrchen fühlte sich mit diesem Arrangement bedeutend sicherer. Wir Schafe sind durchaus einfallsreich, wenn wir etwas haben möchten. Wir taten nur so, als hätte er uns mit seiner Schlauheit überlistet. Man muss die Menschen in ihrem Glauben lassen, sie wären allem gewachsen, grundsätzlich jedem andersartigen Wesen etwa so hoch wie der Apfelbaum überlegen und hätten alles im Griff, dann läuft es für uns meistens wie geschmiert. Wir fraßen schnell, um erst mal den Apfelnachschub zu sichern. So waren alle zufrieden, und wir freuten uns über unseren Anteil, der nicht unbeträchtlich war, oder nennen wir es doch unseren Lohn, den wir als unermüdlich fleißige Leiharbeiter, wie ich meine, wirklich redlich verdient hatten, oder?

Nun, meine lieben Freunde, muss ich ins goldgelbe Strohbettchen. Ich bin jetzt müde, ihr sicher auch. Wir hatten eine Menge Spaß miteinander, findet ihr nicht? Morgen erzähle ich euch eine besonders spannende Geschichte, wenn ihr wollt. Also, gute Nacht und träumt einen schönen Traum."

Eine ganz besondere Begegnung

„Immer gab es in unserer Umgebung etwas Besonderes zu beobachten, so hatten wir neugierigen Schafskinder niemals Langeweile. In diesem besonderen Haus gegenüber, gingen die Leute den ganzen Tag wie gewöhnlich ein und aus. Auf der Wiese nebenan wohnten zwei große, braune Pferde. Ab und zu kamen sie ganz dicht an unseren Zaun, und ich konnte ihren typischen Duft wahrnehmen. Ich glaube, alle Pferde riechen so. Ich kannte diesen Geruch schon von Zuhause, denn der Schafstall meiner Kindheit war ja direkt neben den Pferdeboxen.

Wenn die zwei großen Braunen und wir vier Schafe uns links und rechts des Zaunes versammelten, um in Gemeinschaft zu ruhen, waren wir eine richtige kleine Herde, in der wir uns sicher und geborgen fühlten. Wir Schäfchen lagen und käuten wieder, und die Pferde dösten im Stehen. Sie knicken dabei ganz geschickt einen Hinterhuf ab und können sich so ausruhen, oder sogar schlafen, ohne sich hinlegen zu müssen. Wenn ihnen dann in der freien Steppe Gefahr droht, durch wilde Löwen, Schafe oder andere schnelle Raubtiere, fliehen sie blitzartig in hoher Geschwindigkeit, ohne erst aufstehen zu müssen, denn das ist bei den riesigen Pferden viel schwieriger als bei uns und dauert länger.

Wir Schafe stehen erst mit den Hinterbeinen auf und dann mit den Vorderläufen, bei den Pferden ist es umgekehrt. Da kann man völlig durcheinander geraten, vor allem, wenn in einem der Nachbargärten auch noch ein Mensch versucht, sich mehr oder weniger elegant von seinem Sonnenplatz im Gras zu erheben. Je nach Figur, braucht er mitunter einige wenig elegante Anläufe, Verschnaufpausen und Kraftakte. Die Pferde schieben den Brustkorb mit den Vorderbeinen nach oben und springen dann mit einem Satz auf die Hinterbeine. Das sieht mächtig anstrengend aus und ist es vermutlich auch. Wenn wir Schafe das Aufstehen geschafft haben, ruhen wir erst einen Moment aus, dann wird sich kräftig geschüttelt, um die Frisur zu ordnen, das machen die Pferde genauso, ein gepflegtes Äußeres muss sein.

Am Wochenende, wenn normale Bürger wie wir sich ausruhen, wurden unsere großen, braunen Nachbarn immer „ausgeritten". Diese bemitleidenswerten Kreaturen. Das mutmaßliche Herrchen, nebst einer etwas üppig geratenen Rubensdame - die es vermutlich nur unter vollem Körpereinsatz und mit einem extralangen Schuhlöffel in ihre Reithosen geschafft hatte, denn sie bewegte sich in Zeitlupe, immer ängstlich den ultimativen Knall fürchtend -, kamen meist frühmorgens, um die Braunen aus ihrer sonntäglichen Ruhe aufzuscheuchen und von der Weide zu holen. Waren die Pferde dann erst einmal, dank mangelnder Intelligenz und überdurchschnittlicher Verfressenheit, mit Leckerli überlistet und eingefangen, ließen sie sich ziemlich missmutig abführen, mit gefesseltem Kopf, einem merkwürdigen Eisending im Maul und einem Tierhautsessel auf dem Rücken. Die Menschen nennen das Sattel, einfach schauerlich. Nun mussten die überlisteten Geschöpfe auch noch ihr Herrchen, nebst molliger Dame, die vermutlich mit Hilfe eines Lifters auf den, nun ziemlich stark durchhängenden, Rücken ihres armen Pferdes gelangt war, herumschleppen. Rund wie Papa Rammses war sie, wenn er ununterbrochen auf fetter Weide gegrast hatte, bis sich die Nähte seines Pansens dehnten. Ließ ich diese merkwürdige Karawane höckerloser Kamele - und Kamele mussten es ja wohl sein, wenn sie dieses Spielchen mitmachten -, an mir und meinem geistigen Auge vorüber ziehen, fühlte ich mich tief erleichtert, dass ich kein Reitschaf war und schwer arbeiten musste wie meine bedauerlichen Nachbarn.

Und was war der Lohn der Fron? Eine ziemlich magere Koppel, die bei trockenem Wetter mehr einer Wüste glich, denn einer Wiese, die sich aber binnen eines einzigen ergiebigen Regentages im Handumdrehen in eine Sumpflandschaft verwandeln konnte, mit viel Unkraut, das den Braunen offensichtlich nicht schmeckte, denn es war mit reichlich, von surrenden, blutgierigen Insekten umschwirrten, Pferdeäpfeln garniert und diente als Klo.

Leben um zu arbeiten, eine erschreckende Vorstellung. Bei meinem dringlichen Bedürfnis nach Ruhe und Entspannung, eine geradezu apokalyptische Vision eines Schafsdaseins. Körperlich arbeiten, dienen und nicht bedient zu werden, eine völlig verdrehte Welt. Ach wie gut hatte es das Schicksal doch mit mir gemeint, dass ich unter den zahllosen Inkarnationsmöglichkeiten die weise Wahl des Schafwerdens getroffen hatte. Wie richtig diese Entscheidung war, sollte sich im Laufe meines Lebens immer wieder bestätigen! Man muss eben, bevor man überhaupt daran denkt, eine Klaue auf diesen Planeten zu setzen, ganz genau wissen, was man werden möchte, ob das Karma gut ist und wie man sich sein Leben da unten, auf diesem abenteuerlichen und wunderschönen Planeten Erde vorstellt. Man wird sozusagen als der Entwurf des vollkommenen Schafes geboren. Um den Rest muss man sich dann selbst kümmern, was heißt: dauernd an sich zu arbeiten, die reichsten Weidegründe aufzusuchen und dort das grüne Gold zu finden, den richtigen Hausmenschen zu wählen, für Fülle zu sorgen, in Pansen und Geist.

Wenn die armen Pferde dann wieder, nach endlosen Stunden, von ihrem zweifelhaften Vergnügen des Spazierengehens nachhause kamen, waren sie stets nass geschwitzt und wälzten sich im dicksten Dreck, um ihr Fell zu trocknen. Dann mussten sie im Stehen schlafen, stets fluchtbereit, falls die Menschen noch mal kommen sollten. Um sich von den Strapazen zu erholen, dösten sie mit herabhängendem Kopf, sahen aus wie Schindmären, hauten sich missmutig gegenseitig die Schweifhaare um die Ohren, dass es nur so pfiff, um die Myriaden an blutrünstigen Bremsen und Mücken loszuwerden, die ihnen gnadenlos zu Leibe rückten. Die Blutsauger waren wir jetzt allesamt los, denn die stehen auf schwitzende Pferde.

Die sogenannten Reiter, die stundenlang faul auf dem Pferderücken herumgelungert haben, um sich an der Schönheit der Natur zu ergötzen, ohne ihre Cowboystiefel und die blinkenden Sporen dabei schmutzig zu machen, nannten ihre ermatteten Mären jetzt ausgeglichen, um sich herauszureden. Ich und meine Freunde sind um so ausgeglichener, je mehr wir fressen und je weniger wir dabei durch irgendeine Aktivität, außer der unserer unentwegt tätigen Kiefer, gestresst werden. Manche Pferde sind höckerlose Kamele, die zwar nicht als Wüstenschiffe, dafür aber als Karussell- und Wildwestschaukeln missbraucht werden. Oder habt ihr schon auf irgend einem Rummel ein Reitschaf auf einem Karussell gesehen, oder John Wayne auf einem Widder, in dem Streifen: „Auf dem wilden Widder, durch den wilden Westen“, oder: „Die Rhöner reitenden Ritter, auf ihrem Ritte durch die raue Rhön“? Papa Ramses hätte es ihnen schon gegeben, von wegen Reitschaf oder so! Wo wir doch die Erfinder des fiesesten und wirksamsten der Bocksprünge sind. Gott sei Dank, tragen die Cowboys - die ja dem Namen nach eigentlich Kühe reiten müssten, sonst hießen sie doch Horseboys -, den Sattel ja meistens selber schwitzend durch die Wüste. Entweder können sie gar nicht reiten, werden abgeschmissen, vom Kutschbock geschossen oder haben ein schlechtes Drehbuch für einen Film, in dem mehr gelaufen, denn geritten wird, weil sich zehn Indianer und fünf Cowboys drei Pferde teilen müssen.

Wenn unsere benachbarten Pferde verschwinden sollten, weil sie auf die romantische Barbequeparty an der Weidehütte immer Massen an Stechmücken mitbrachten, hieß es immer: „Go west!“, und wenn sie herkommen sollten, hieß es immer: „Come here!“, was sie, wenn sie den Sattel oder das Halfter sahen, immer falsch verstanden und abhauten.

Frauchen und Herrchen trugen zum Reiten meist Hüte im Marlborolook, mit großen, aufgebogenen Krempen, hatten eine Peitsche, statt eines Colts, im Anschlag und lange „Camelledershaps“ um die

Beine, sowie klirrende Rädchensporen an den Stiefeln. Sie versäumten es leider ihren Pferden anständig Deutsch beizubringen. So blieben diese armen Tiere immer halbe Immigranten, die ihre Muttersprache nicht richtig verstanden, keinen eigenen Willen mehr zu haben schienen und nirgendwo richtig zuhause waren, außer in ihrer Weidehütte, die wie ein Saloon aussah, mit einem Bonanzaschild und zwei Kuhhörnern über dem Eingang. Mitten in Hessen stationiert, als amerikanische Quarterhorses getarnt, vermutliche als verdeckte Spione unterwegs, unter dem Decknamen Fury und Flicka und dann ein Islandpferdebrandzeichen auf dem Hintern.

Da wird einem Rhönwidder mit einer ordentlichen Portion Nationalstolz doch ganz blümerant. Jetzt fehlt nur noch ein ägyptisches Nilschlammstampfschaf und der amerikanische Geheimdienst auf meiner Wiese. Und dann wundern sich alle über die Integrationsprobleme der ausländischen Mitbewohner. Gelegentlich mutierten die irritierten Camelpferde der Nachbarwiese zu einer Art wilder Mustangs, fielen in Trance und ihre Reiter in den Dreck, wenn ihnen der Marlboroduft von Freiheit und Abenteuer, von den lässig im Mund-

winkel baumelnden Kippen ihrer qualmenden Pseudocowboys and -girls, direkt und unverwechselbar in die Nüstern stieg und sie, wie von der Tarantel gestochen, ein wildes Rodeo vollführten. Anschließend brachten die Reiter ihren Gips mit auf die Wiese, ließen die Sättel im Spind und die Pferde kamen freiwillig, denn sie hatten ein schlechtes Gewissen. So verbrachten wir Schäfchen einen heiteren Sommer auf unserer saftigen Wiese, mit netten Nachbarn und viel Abwechslung.

Eines Tages war ein riesiger Trubel auf dem Festplatz unterhalb unserer Weide. Mächtige knatternde Wagen rollten heran, Buden wurden aufgebaut und ein großes eisernes Rad, fast so hoch wie der Kirchturm. Ein Stoffhaus wurde auf dem Boden ausgerollt. Viele Männer haben es dann mit lautem Geschrei über ein Gerippe gespannt, das mich irgendwie an das Kletterding im Apfelbaum erinnerte, nur war dieses hier viel größer. Nachmittags gingen viele Leute in gerader Haltung in das Stoffhaus hinein und abends schwankend wieder aus ihm hinaus. Irgendetwas Seltsames darin musste sie völlig schwindlig gemacht haben. Mir ging es mal ähnlich, nach dem Genuss zu vieler angefaulter Äpfel, da wollten meine Beine nicht genauso wie ich wollte. Ein höchst unangenehmer Zustand einerseits, denn wir Schafe müssen schließlich vier Beine koordinieren und nicht zwei, aber eigentlich war es ganz lustig. Wie viele Beine Papa Rammses an diesem denkwürdigen Tag hatte, war einfach fabelhaft; so eine Art Tausendfüßlerschafsbock.

Zurück zu dem Trubel auf unserem Festplatz. Bunte Lichter brannten, das eiserne Rad drehte sich die halbe Nacht, und ich hörte zum ersten Mal laute Musik. An Schlaf war nicht zu denken. Auch dieser starke Geruch, nach gebratenem Fleisch und Würstchen, war für uns Schafe ziemlich eklig, denn wir sind ja Pflanzenfresser. Immer wieder schaukelten und stolperten Leute an unserem Zaun vorbei. Manche blieben sogar stehen und hielten sich daran fest, sonst wären sie glatt umgefallen. Andere wieder haben auch vergeblich versucht, im Gebüsch wiederzukäuen, und dabei ist ihnen ihr ganzes zuvor geweidetes Futter aus dem Gesicht gefallen. Totale Dilettanten. Die Nächsten waren beängstigend laut, wild und ausgelassen.

Insgesamt schienen sich, bis auf einige Ausnahmen, fast durchweg weiblicher Natur, alle entscheidend zu ihrem Nachteil verändert zu haben. Zu schwankendem Gang kam jetzt noch Gegröle, Säuregeruch und schlechtes Benehmen. So ging es drei Tage und zwei Nächte. Dann bauten die Menschen wieder alles ab, das Stoffhaus wurde eingerollt, die Buden geschlossen, und keiner war mehr fröhlich, und vielen war schlecht. Scheinbar wird den Menschen immer schlecht, oder sie benehmen sich schlecht, wenn sie es sich mal so richtig gutgehen lassen. Gott sei Dank, es war wieder ruhig. Wir gingen gerade unserer Lieblingsbeschäftigung nach und grasten friedlich wie immer, an nichts Böses denkend, als drei lärmende Halbstarke an unserem Zaun vorbeikamen. Wir mögen keine lauten Menschen, also zogen wir uns etwas zurück. Plötzlich bückte sich einer der Burschen, ich sah es ganz genau im Augenwinkel, hob etwas vom Boden auf, zielte auf uns und warf. Ein Stein traf mich. Dann bückten sich alle drei abwechselnd, zielten auf uns, und ein wahrer Steinschauer ging auf uns nieder. Die frechen Jungs jaulten und grölten, und je mehr wir versuchten zu fliehen, desto größer schien ihr Spaß an dem bösen Spiel zu werden, uns als lebende Zielscheiben zu bewerfen Wir drängten uns dicht zusammen, in eine Ecke der Wiese, in der wir schwerer erreichbar waren; so konnten wir uns gegenseitig wenigstens etwas schützen, denn Fliehen war zwecklos; die Steine verfolgten uns. Das Schlimmste aber war, dass uns keiner der Vorübergehenden half. Sie bemerkten wohl nicht, wie groß unsere Not war. Nur unser Freund, der Hund, bellte laut und wütend, um uns zu verteidigen. Auch die Pferde fürchteten sich, denn sie rannten, mit erhobenen Schweifen und laut durch die Nüstern prustend, davon. Dann wurden wir doch noch, wie durch ein Wunder, gerettet.

Eine fremde Frau war durch das wütende Hundegebell aufmerksam geworden. Sie kam gerade schwer bepackt aus dem Haus, aus dem immer alle Leute schwer bepackt wieder herauskommen. Ich glaube, es ist so was ähnliches wie die Heuernte. Allerdings haben sie auch frisches Grün in ihren Einkaufstaschen. Wir Schafe müssten unsere ganze Wiese in Tüten verpackt mit nachhause nehmen, damit wir was zu essen haben, und weil das nicht funktioniert, fressen wir alles an Ort und Stelle auf. Die Menschen schleppen alles nachhause, denn sie essen lieber heimlich.

Die fremde Frau stutzte einen Moment lang, dann erkannte sie, dass wir dringend Hilfe brauchten. Sie ließ einfach alles fallen, was sie in den Händen hielt – es rollte in alle Richtungen davon -, und lief mit großen Schritten über die Straße. Sie schnappte sich die erhobene Hand eines der Burschen, der gerade wieder auf uns zielte, zwang ihn die Steine fallen zu lassen, packte den nächsten Steinwerfer am Kragen und schüttelte ihn laut schimpfend – ungefähr so wie mein Herrchen die Äste im Apfelbaum, so dass ihm sicherlich Hören und Sehen verging. Der Dritte, wohl ein Feigling, riss aus. Die beiden übrig gebliebenen Übeltäter starrten betreten auf ihre Füße, die im Kies malten, während sie sich eine Moralpredigt anhören mussten. Es ging eindeutig um uns, denn die fremde Frau zeigte stets mit dem Finger in unsere Richtung, während sie wetterte. Es kamen immer mehr Leute hinzu, und es bildete sich ein Kreis neugieriger Zuhörer um das Trio, die sich nun lautstark einmischten und ebenfalls auf die Halbstarken einwetterten. Seltsam, erst half uns niemand, dann fühlten sich plötzlich ganz viele auf einmal verantwortlich. Als sich nach einer Weile alle wieder zerstreuten, folgten die Steinewerfer der fremden Frau artig über die Straße, hoben die Sachen auf, die überall herumlagen, reichten ihr erst die Taschen und dann die Hände, nickten mit den Köpfen und schlichen, mit aufgezogenen Schultern, kleinlaut davon.

Diese Vorstellung hatte uns so beeindruckt, dass wir Schafe die Fremde spontan zu unserer Hirtin wählten. Da gab es nur noch eine Schwierigkeit. Wie sollte sie von unserer plötzlich entflammten Zuneigung erfahren? Zu unserer Überraschung besuchte sie uns noch am selben Abend und warf einige leckere, trockene Brötchen über den Zaun. So richtig zu ihr hingetraut haben wir uns aber noch nicht, der Schock und die nun aufgekeimte Angst vor Menschen saßen zu tief! Schließlich waren wir noch klein, bis auf Papa Rammses, und wussten noch wenig von den Menschen und ihrer Welt.

Wie mich meine Feigheit ärgerte, als die von uns gekürte Hirtin wieder fort war. Ich dachte, sie würde nie wiederkommen. Doch dann, am nächsten Morgen, ich traute meinen Augen kaum, stand sie am Zaun, rief und lockte uns mit Äpfeln. Süße Äpfel und trockene Brötchen steigerten meine Zivilcourage beträchtlich, das muss ich zugeben. Von nun an kam sie täglich, um uns zu beschenken. Wir prägten uns den Klang ihres Knattermobils ein, und wenn wir hörten, dass es um die Ecke bog, rannten wir wie verrückt über die Wiese, denn jeder wollte unbedingt der Erste sein. Ich war leider der Kleinste und deutlich benachteiligt, wenn es um die Verteilung der Köstlichkeiten ging. Mit mächtigem Ärger und einer Menge Anlauf durchbrach ich von hinten die dicke Mauer, aus drängelnden Schafsbäuchen, und sprang kurzerhand mit den Vorderfüßen auf den Rücken meiner gierigen Geschwister. So bekam ich stets die ersten Bissen ab. Die fremde, liebe Frau war außerordentlich mutig, denn sie streichelte sogar die breite, Furcht einflößende Stirn meines Papas, der es sich aber gerne gefallen ließ. Manchmal mussten wir warten; dann ging unser neues Frauchen erst in das Haus, mit den vielen Sachen, und kam mit knackigen Möhren zurück. Neugierig geworden blieben häufiger nun auch andere Leute stehen, um zuzusehen. Menschenkinder streckten die Hände durch den Zaun und wühlten vergnügt in unserer weichen Wolle. Jetzt wurden wir nicht mehr einfach nur übersehen, wir waren eine kleine Attraktion geworden, und das sind wir bis heute geblieben. Von nun an wollten wir, verständlicherweise, immer bei unserem neuen Frauchen sein und nicht mehr alleine zurückbleiben, um auf es zu warten. Ich war immer schrecklich traurig, wenn das laute Knattermobil um die Ecke verschwand, denn es bedeutete viele Stunden der Trennung. Das neue Frauchen war unsere Hirtin geworden, auch wenn es nichts davon wusste, und dem Hirten folgen wir stets blind, wenn er erst einmal unser Herz und unser Vertrauen erobert hat. Wir Schafe sind bedingungslos und absolut treu!

Wie es uns gelingt, unsere Hirtenfrau zu überzeugen, uns endgültig mitzunehmen, erzähle ich euch morgen. Jetzt nichts wie ins Strohbettchen. Schlaft gut und träumt einen schönen Traum."

Die Hirtin

Echte Hirten und Hirtinnen lernen mit der Zeit die Schafsprache zu übersetzen, wenn man nur tüchtig Blökabeln mit ihnen paukt, etwas Geduld aufbringt und sie in den für uns typischen Gesten der Körpersprache unterweist. Nehmen wir einmal das lang gezogene, Nerven sägende Bääāh, welches Überdruss und Langeweile ausdrückt, nach stundenlangem Warten auf Leckerchen oder Streicheleinheiten, während wir nahezu bewegungslos am Zaun warten, den Blick starr in Richtung der zu erwartenden Annehmlichkeiten. Oder den bedrohlich zum Angriff abgesenkten Kopf, mit vorgewölbter Stirnplatte. Zur freundlichen Begrüßung und bei der Freundlichkeit dem Menschen gegenüber wollen wir ja auch bleiben -, blöken wir in deutlich hellerer Tonlage so eine Art „Bööōh", was niedlich wirkt, an kleine süße Lämmchen erinnert und die erwünschten sentimentalen Gefühle auslöst. Die Hand wandert dann schon fast von alleine langsam in Richtung Hosentasche, dem vermutlichen Depot der Leckerlis. Nun rennen wir völlig aufgeregt durcheinander und wirken betont schutzlos und Papa Rammses kindisch.

„Och, bist du ein kastrierter Hammel?" Das Ganze führt nun zu leichter Verwirrung des Hausmenschen, bei gleichzeitig abnehmender Stresstoleranz, da er nicht genau einschätzen kann, was uns fehlen könnte. Er wird langsam panisch, darum redet er jetzt beruhigend, mit leicht zitternder Stimme, einem sogenannten Vibrato, auf uns ein, etwa so: „Ist ja gut, meine Kleinen! Ach was mach ich jetzt bloß?" Er will alles richtig machen, macht aber garantiert das Falsche und tätschelt Papa Rammses Stirnplatte, weil er da am leichtesten über den Zaun dran reicht. Papa Rammses will nicht schmusen und kuckt komisch! Das führt zur Irritation auf beiden Seiten. Jetzt fängt auch die Hand an zu zittern. Wir werden lauter. Die Leute werden aufmerksam, und das ist für den Menschen immer äußerst peinlich. „Was hat er denn mit den armen Tierchen gemacht, die sind ja so aufgeregt?“ Jetzt, da wir Publikum haben, wird deutlich schneller zum Leckerli gegriffen, um uns zu beruhigen. Er hat alles richtig gemacht, unser Hausmensch, denn genau die Leckerlis fehlten uns.

Ist das nicht gut, wie einfach und hochwirksam solche kleinen Manipulationen sind, die auf sein Wohlverhalten und unser Wohlergehen abzielen? Selbstverständlich wird, wenn möglich, am Zaun hochgesprungen und gedrängelt, was das Zeug hält. Schließlich will jeder verständlicherweise der Erste sein. Werden wir gestreichelt, sind wir ganz brav und still, bis auf gelegentliche kleine Eifersüchteleien. Auch sind wir Schäfchen geradezu Meister der dramatischen Abschiedsszenen und können mit unserem Herzschmerzgeblöke Steine erweichen.

Unsere neue Hirtin musste natürlich möglichst schnell lernen, uns richtig zu verstehen. Also verliehen wir unserer Sprache, die bisweilen für noch ungeübte Ohren etwas einsilbig klingt, die bühnentaugliche „Verdinote“, den leicht dramatisch übersteigerten Klang. Dem Ganzen wird noch der körperliche Nachdruck verliehen, mit eindeutigen und unmissverständlichen Gesten, je nach Temperament des Darstellers, wie Ankuscheln, tiefe Blicke, leises und extrasanftes Blöken, Seite an Seite im Gras liegen und vieles mehr. Leichtes Schubsen mit dem Kopf, wenn keine Möhren oder Brotstückchen mehr aus ihrer Tasche hervorkommen wollten, ignorierte unsere Hirtin - ein wahres Naturtalent im Umgang mit Schafen -, allerdings stets beharrlich, obwohl es für uns normal ist, den Willen, wenn nichts mehr geht, mit dem Kopf durchzuboxen. Hier hatten unsere Theater reifen Szenen keinerlei Erfolg. Eher die behutsam kratzende Bettelklaue war hier der Weg zum Ziel, denn der theatralische Auftritt.

So lernten wir unserer neuen Hirtin Kommandos zu geben, die sie nicht nur verstand, sondern auch ausführte, ganz nach unserem Willen und ein bisschen nach ihrem. Das zärtliche Reiben unserer Köpfe an ihrem Bein, erkannte sie schnell als ehrliche Geste der Zuneigung. Ich durfte sogar an ihr hochspringen, sie regelrecht zum Tanz auffordern, was ich als besondere Ehre würdigte. Zugegeben, ein ungleiches Paar, aber das Publikum war begeistert, wenn ich dabei in die schönen braunen Augen sah. Unsere frischgebackene Hirtin erwies sich schnell als geradezu außerordentlich gelehrig und wissbegierig. So studierten wir eifrig mit ihr unser umfangreiches „Blökabular". Dennoch schien sie noch immer nicht zu begreifen, dass wir nicht jedes Mal einfach zurückgelassen werden durften. Wir mussten doch mit ihr gehen, sie hatte uns doch sozusagen adoptiert, oder wir sie, aber das war ja nun wirklich vollkommen gleichgültig. Zum Abschied blökten wir täglich herzzerreißender hinter ihr her. Das war absolut ehrlich gemeint, ohne irgendwelche Manipulationsversuche in Richtung weiterer Leckerlis. Oft blieb sie noch mal stehen, drehte sich um, schaute wehmütig und kam wieder zurück, um uns ein letztes Mal zu kraulen, ein letztes Mal fest an sich zu drücken. Offensichtlich fiel es ihr ebenso schwer, von uns Abschied zu nehmen, wie uns von ihr Abschied zu nehmen. Sie konnte sich kaum losreißen, also was sollte das Ganze?

Schafe brauchen klare Verhältnisse und gerade in so entscheidenden Fragen, mit wem wir zukünftig unser Leben teilen sollen und wer nun letztendlich unser Hirte wird. Bei uns gibt es kein Abwägen, kein entweder oder. Wir folgen immer bedingungslos und unbestechlich dem Ruf unseres Herzen und dem, der Sehnsucht Nachdruck verleihenden, Rascheln der Futtertüte. Liebe geht nun mal durch den Pansen!

Eines Tages aber, gab es für mich endgültig kein Halten mehr. Ich nahm erst meinen Mut zusammen und dann Anlauf, rannte mit dem Kopf gegen den Zaun, weil ich unbedingt meiner Hirtin folgen musste. Einer musste jetzt nachgeben, entweder der Zaun oder ich. Ein Pfosten krachte und splitterte, ich verfing mich, unglücklicherweise, mit dem Kopf in den groben Maschen des Drahtes und war gefangen. Ich versuchte mich zu befreien, zerrte und zog, aber der Zaun hielt mich gnadenlos fest. Der Draht schnitt durch die Wolle, strangulierte meinen Hals, und ich kam, da ich mit voller Kraft dagegen hielt, in eine ziemlich bedrohliche Lage. Ich blökte verzweifelt um Hilfe, und meine Brüder und Papa Rammses blökten aus Leibeskräften mit.

Gott sei Dank, war mein Hirtin schnell wieder zur Stelle und befreite mich, bevor ich mich ernsthaft verletzen konnte. Sie hatte das fürchterliche Krachen und das aufgeregte Blöken gehört. Gerade noch rechtzeitig, sonst wäre sie mit dem Knattermobil verschwunden gewesen und ich vermutlich verloren. Nun, da mich meine Hirtin, sozusagen schon zum zweiten Mal gerettet hatte, gewann ich sie von Herzen lieb. Sie hielt mich noch eine Weile fest im Arm und drückte ihr duftendes Gesicht in meine weiche Wolle. Ich glaube, sie weinte sogar ein bisschen. Mein Gott, hatte ich durch meinen dramatischen Auftritt überzeugt und überwältigt. Jetzt wusste ich, sie liebte mich genauso sehr, wie ich sie liebte. Das Ziel meiner Wünsche war in greifbare Nähe gerückt.

Sie setzte sich zu uns, kraulte meine Halskrause und sagte immer zu: „Was mach ich jetzt nur?" Erst als die Aufregung vorüber war und wir Schäfchen uns wieder langsam beruhigten, kam ihr die rettende Idee. Sie ließ sie uns zwar an diesem Abend noch einmal allein, aber mit jeder Menge Leckerlis, die sie aus dem Bauch ihres Knattermobils hervorzauberte. Sie riss auch alle Äpfel, Blätter und Zweige, derer sie habhaft wurde, von den verbotenen Bäumen, um uns eine Weile mit Fressen abzulenken, was fast immer funktioniert, und schlich sich leise davon. Wir taten erst mal so, als bemerkten wir es nicht, denn Futtern hat immer Priorität. Aber am nächsten Morgen schon, war das neue Frauchen die zweite Sonne, die in unseren Garten schien. So sollte mein Herzenswunsch schneller in Erfüllung gehen, als ich es mir erträumen konnte. Sie holte uns zu sich nachhause. Endlich hatte sie verstanden, was wir uns schon so lange wünschten.

Hat man erst einmal das Herz eines Menschen erobert, hat man alles erreicht und gleichzeitig seinen Verstand, sofern vorhanden, ausgeschaltet. Alles Weitere ist dann einfach. Bist du erst mal im Herzen drin, gibt es keinen Weg mehr hinaus.

Im Herzen eines Menschen, der einen liebt, ist es schöner als im Himmel. Von unserem großen Tag des Umzugs erzähle ich euch morgen, wenn ihr wollt. Jetzt muss ich aber rasch ins goldgelbe Strohbettchen. Ich bin richtig hunde-, nein schäfchenmüde. Schlaft gut und träumt einen schönen Traum."

Wir ziehen um

Das neue Frauchen hatte sich noch am selben Abend nach unserem Besitzer erkundigt und ihn um die Reparatur des Schadens ersucht, den ich verursacht hatte. Mein Ziehherrchen reparierte bis in die Dunkelheit zähneknirschend, den von mir demolierten Zaun. Es war schon reichlich spät geworden, so dass kaum noch die Hand vor Augen zu sehen war. Fluchend und gelegentlich etwas von den alles verpäppelnden Frauen faselnd, die sowieso von nichts eine Ahnung hätten, wurde ungeduldig gehämmert und an dem störrischen Draht gezerrt. Ich verstand überhaupt nicht, worüber Herrchen sich so aufregte, mir gefiel das nette Frauchen. Uns schenkte Herrchen weiter keine Beachtung, und wir bekamen auch keine Äpfel, Karotten oder andere Leckerlis. Ich ahnte, dass es etwas mit dem Ärger zutun haben könnte, den wir ihm - aus seiner sehr einseitigen und typisch menschlichen Sicht verständlich -, in der letzten Zeit gemacht hatten. So hielt ich lieber etwas Abstand, obwohl mich Neugier und Spieltrieb plagten. Ich hätte so gerne den Werkzeugkasten umgeboxt. Manchmal gibt es für Bravsein und Nichtstören auch Belohnungen, darum ließen wir Herrchen nicht aus den Augen, die mir aber trotz größter Anstrengung und grenzenloser Neugier bald zufielen.

Am nächsten Morgen, wir hatten bereits ausgiebig gegrast und käuten gerade genüsslich wieder, fuhr unsere neue Hirtin mit ihrem lautstarken Knattermobil vor, hinter dem aber diesmal so einer von diesen, wenig Vertrauen erweckenden, dunklen Kästen, mit runden Füßen drunter, herrollte. Unangenehme Erinnerungen stiegen in mir auf. Das alles erstaunte mich. Außerdem hatte unsere Hirtin so früh am Morgen sonst nie Zeit für uns. Sofort rannten wir zum Zaun, um sie gebührend und mit lautstarker Vorfreude, auf kommende

Annehmlichkeiten, zu begrüßen. Sie öffnete die hintere Seite ihres Knattermobils und verheißungsvolle Düfte stiegen in unsere feinen, schwarzen Schafsnasen. Es roch nach Äpfeln, Möhren, Hafer und trockenem Brot. Allesamt Köstlichkeiten, die unsere Schafsherzen höher schlagen ließen. Die Hirtin öffnete das Eisentor und kam zu uns herein. Bisher hatte sie uns sicherheitshalber nur über den Zaun gefüttert, denn wir sind unsanfte Drängler und brauchen eine Menge liebevoller und konsequenter Zurückweisung, bis wir uns einer Dame gegenüber anständig zu benehmen wissen. Es ist schließlich noch kein Kavalier vom Himmel gefallen. Also ließ sie den Eimer lieber draußen, was wir mit Hilfe ausgiebiger Streicheleinheiten, wenn auch zunächst etwas uneinsichtig, hinnahmen.

Wenn man schon nicht ums Futter streiten darf, so kann man immer noch um die Aufmerksamkeit des Hirtenfrauchens raufen, und das taten wir dann auch .Zuerst haben wir es ja nur freudig umringt, da aber wieder einmal jeder der Erste und der Wichtigste sein wollte, und partout keiner einsah, dass dieses Privileg nun einmal ausschließlich mir zustand, wurde es schnell bedenklich eng für meine Menschenfreundin. Hinter Bergen von Wolle - nur eine Ideallösung für einen sehr kalten Winter -, war sie kaum mehr zu sehen. Das ging mir entschieden zu weit, und da ich mir mittlerweile sicher war, der Wichtigste und der Liebling unserer Hirtin zu sein, durchbrach ich den uneinnehmbar scheinenden Wall aus Schafshinterteilen und präsentierte mich meinen staunenden Brüdern und meinem überraschten Papa auf zwei, anstatt vier Beinen, indem ich kurzerhand an Frauchen in die Höhe sprang. Wenn es nicht einen Schritt nach hinten gemacht hätte, wären wir vermutlich zusammen umgefallen, aber es ging gut, und meine völlig verdutzte Schafsgesellschaft ließ uns gewähren.

Ach, wie hat Frauchen mich gedrückt und geherzt. Von wegen Schelte; sie lachte und belohnte mich für meinen Mut mit einem winzigen Leckerli, welches es geschwind aus seiner Jackentasche hervorzauberte und blitzschnell, ohne dass meine gefräßigen Konkurrenten es bemerkten, in meinem Mäulchen verschwinden ließ. Es schmeckte einfach wunderbar, und ich fühlte mich von diesem Moment an voll und ganz für mein Frauchen verantwortlich, sowie für die zukünftige Reihenfolge der Verteilung weiterer Leckerlis. Ich glaube, ich bekam sogar ein Küsschen auf meine, kleine schwarze Minibananennase.

Plötzlich aber zog ein weiteres Knattermobil unsere ganze Aufmerksamkeit auf sich. Wir reckten überrascht die Köpfe und stellten die Lauscher. Meine Zieheltern waren vorgefahren. Dieser laut scheppernde Klang war uns bestens vertraut, denn sie hatten ebenfalls einen dunklen Kasten mit runden Füßen mitgebracht. In diesem hölzernen Ungetüm waren wir alle schon mal unfreiwillig gereist, und von der vielen Schaukelei war mir übel geworden. Die eklige, mulmige Furcht war mir noch gut in Erinnerung. Und plötzlich zwei dunkle Kästen mit runden Füßen drunter? Rätsel über Rätsel! Das ließ Böses ahnen! Nichts und Niemand würde mich noch einmal in solch ein muffiges, düsteres Ding hineinbringen!

Meine Zieheltern stiegen aus, um meinem Hirtenfrauchen, das gleich zum Zaun geeilt war, die Hand zu schütteln. Wozu das gut sein sollte, verstand ich nicht, noch gefiel es mir besonders, darum hielt ich es für besser, die Szene argwöhnisch zu beobachten, zum Äußersten bereit, sollte meinem Hirtenfrauchen Gefahr drohen. Ich war wild entschlossen es zu beschützen und zu befreien, falls es auch, so wie ich damals, in diesen furchtbaren, dunklen Kasten gehen müsste.

Und dann, ich hatte meinen Gedanken kaum zu Ende gedacht, passierte das Unfassbare: Mein Ziehvater öffnete das Eisentor. So entstand ein großes, verlockendes Loch im Zaun, welches meine Ziehmutter, sicherlich unsere Fluchtgedanken lesend, sicherte, denn sie wusste genau, wir würden die erste Gelegenheit nutzen, alles über den Haufen rennen und mit samt Hirtenfrauchen und Leckerlieimer türmen, so weit uns die Klauen tragen. Wir nahmen, geordnet wie die Orgelpfeifen, Aufstellung, Papa Rammses Signal zum Angriff erwartend. Der schien mir nicht ganz so locker wie sonst zu sein. Seine Schultermuskeln waren angespannt, und er lehnte sich leicht zurück, wie ein sich spannender Flitzebogen. Das machte er, um sich selbst wie einen blitzschnellen Pfeil abzuschießen, wenn er es mal besonders eilig hatte, was selten vorkam. Er witterte und riss dazu die beweglichen Nasenlöcher der schwarzen Banane weit auf.

Wir witterten auch. Die Menschen wurden nervös, das konnte ich riechen. Nur unser Hirtenfrauchen blieb heiter und entspannt, lächelte und duftete nicht nach Angst, sondern lieblich wie immer, nach Schafnell Nr. 5. Nun wurde ein Gespann dicht an das offene Tor herangefahren. Es holperte, stotterte und quietschte. Meine Ziehmutter stand mit dem Rücken zu uns, wedelte und ruderte mit den Armen wild in der Luft herum. Das Gefährt landete in Hecke und Graben. Sie wedelte weiter; das Gefährt quälte sich Schlamm spritzend, mit durchdrehenden Rädern und aufheulendem Motor, wieder auf die Straße und dann rückwärts in die Hecke auf der anderen Seite. Mein Ziehfrauchen hatte plötzlich die Masern bekommen, denn ihr Gesicht war voller brauner Flecke.

Papa Rammses Augen blitzten. „Jetzt noch ein Fehler von meinem Ziehfrauchen, dann streiten sich die Alten, das kenn ich schon!" Das Fenster wurde runtergekurbelt, der Kopf meines Ziehherrchens erschien und hatte eine rötliche Färbung angenommen; er hatte wohl Fieber bekommen. Oder sollte zu unseren Cowboys, nebst Imigrantenpferden, jetzt noch ein Indianer hinzugekommen sein? Mein Ziehfrauchen ging instinktiv einen Schritt rückwärts und wir einen vorwärts. Es wurde gewedelt, gerudert, gebrüllt, gekurbelt und dann erneut in den Graben gefahren - mein Ziehfrauchen bekam noch mehr Masern -, bis das scheppernde Gefährt, nach gefühlten Ewigkeiten, endlich richtig geparkt war und mit dem Hinterteil in unsere Wiese hineinragte. Die Situation wurde langsam brenzlig, unsere Nerven waren zum Zerreißen gespannt. Jetzt war auch noch unser Fluchtweg blockiert.

Papa Rammses gab plötzlich und unerwartet das Zeichen zum Angriff. Ich war gar nicht drauf gefasst. Ein Wollpfeil schoss an uns vorbei, dass es in meinen Ohren sauste, und wir schossen hinterdrein. Ich hätte beinahe den Anschluss verloren. Alles lief völlig planlos, denn Papa Rammses, offensichtlich selbst etwas verwirrt, hatte wohl den richtigen Zeitpunkt verpasst. Ich war total durcheinander, und für ein noch gehörigeres Durcheinander sorgten wir dann auch, als meine Zieheltern mit vereinten Kräften versuchten, uns Schäfchen in diesen garstigen, schwarzen Schlund zu kriegen, der beängstigend an ein riesiges, aufgerissenes Maul erinnerte. Sie riefen und lockten und schwangen einen Eimer in der Luft, dessen Inhalt uns nun aber nicht mehr interessierte, denn einstweilen, und das ist für uns Schafe ungewöhnlich, war uns gründlich der Appetit vergangen. Nun wurden sie langsam ungeduldig und versuchten uns in die gewünschte Richtung zu treiben. Wir stoben erst auseinander, und anschließend formierten wir uns auf der kleinen Anhöhe eines Komposthaufens, zwischen Kartoffelschalen, Schafsmist und allerlei schlüpfrigen Gemüseresten, zu einem riesigen Wollknäuel, mit acht weit aufgerissenen Augen und sechzehn Beinen. „Spidersheep" war geboren und zu Allem bereit. Papa Rammses begann langsam mit allen Vieren im Kompost zu versinken.

Meine Zieheltern gaben die Jagd auf. Ratlos wandten sie sich, wild gestikulierend, an unsere neue Hirtin. Sie wollten sie vermutlich überreden, sich, anstatt unser, verladen zu lassen. Sie hatte das Spektakel leicht belustig am Rande mitverfolgt. Sie tuschelten, also durften wir wohl nicht hören, was sie besprachen. Ich wurde sofort misstrauisch, denn ich mag kein Getuschel und, wie ich es mir schon dachte, sie sollte verladen werden. Nun kam auch ihr Eimer mit den Leckereien zum Einsatz, der bis dahin noch unbeachtet am Straßenrand gestanden hatte.

Dieser randgefüllte Eimer, der sich völlig wehrlos mit ihr zusammen verladen ließ und ihr lockendes „Komm, komm", was zwar ein Hilfeschrei sein sollte, aber ganz anders rüber kam und in meinem Gedächtnis sofort mit den schönsten Erinnerungen eine Symbiose einging, dazu mein inniges Verhältnis zu dem Inhalt des Eimers und meine Entschlossenheit beide zu retten, setzten nicht nur meine, nein auch sämtliche anderen Schafsbeine in Bewegung. Es gab kein Halten mehr, und Spidersheep stürmte mit acht Augen, dem Mut der Verzweiflung und sechzehn Beinen den unheimlichen Kasten, wie eine schwer einzunehmende Festung.

Meine Zieheltern standen einen Moment wie versteinert und mit zum Staunen geöffnetem Mund, als hätten sie ein Gespenst gesehen. Dann stürmten sie hinterdrein, um uns den Rückweg abzuschneiden. Drinnen wurde erst mal sortiert. Mein völlig überrumpelter Papa und einer meiner Brüder wurden gepackt und ganz hinterlistig, aber erfolgreich, mit einer vollen Haferschwinge in den anderen, gähnenden Schlund gelockt, der sie sogleich und auf nimmer Wiedersehen verschluckte. Mit einem dumpfen Schlag waren die Türen zugeknallt, und wir saßen in Falle und Dämmerung, kopflos und unserer Autorität beraubt. Mein ebenfalls inhaftiertes Frauchen tröstete uns ganz liebevoll, mit dem schmackhaften Inhalt des Eimers, um uns abzulenken. Wir futterten erst einmal, ohne nach links und rechts zu kucken, denn um das Nebensächliche konnte man sich später immer noch kümmern. Wer sich nicht ranhält, für den bleibt bekanntlich nichts übrig.

Doch plötzlich verschwand auch noch unser Frauchen spurlos. Sie musste durch die kleine Seitentüre unbemerkt entwichen sein, vermutlich um Hilfe zu holen. Wir waren also allein, ohne zu wissen, wie es weitergehen sollte. Das Schlimmste aber war, dass Papa Rammses und einer meiner Brüder auch fort waren. Nur mein Bruder, der Hammel Hammlet, war mir geblieben. Unsere Hirtin, war sie vielleicht sogar zur anderen Seite übergelaufen?

Zweifel griffen mit eisiger Hand nach unseren verwirrten Herzen. Wie die spannende Geschichte weitergeht, erzähle ich euch morgen, meine lieben Freunde. Jetzt aber schnell ins goldgelbe Strohbettchen und träumt einen schönen Traum. Meinen Papa Rammses habe ich leider nie wiedergesehen!

Die überraschende Wende

Das Gefährt rumpelte los. Erst ging es langsam ein Stück rückwärts, es wurde gebremst, es kreischte und quietschte unter unseren Klauen. Ich schaute nach unten, schnupperte im Stroh, das den Boden bedeckte, und schon in der ersten Kurve, die neugierige Nase im Stroh und auf nichts gefasst, lag ich in eben demselben und auf dem Rücken. Es dauerte etwas, bis ich mich aus der Maikäferperspektive, alle Viere in der Luft, wieder auf den Bauch rollen konnte. Mein rundgefressener Pansen, der sich ähnlich eigensinnig wie ein gefüllter Ballon verhielt, gehorchte offensichtlich mir völlig unbekannten physikalischen Gesetzen und widersetzte sich erfolgreich meinem sonst so unbeugsamen Willen. Der ordentliche Anteil Wiese, welchen ich mir mit der üblichen Fressgier einverleibt hatte, drehte sich wie der Inhalt einer Waschmaschine in meinem Leib. Ein Kurvenkavalier schien unser temperamentvoller Chauffeur nicht gerade zu sein.

Mein Bruder, der Hammel Hammlet, übte Spagat mit allen Vieren als wollte er zum Männerballett. „Also, hält doch!“, gab er grinsend an, als er auf mein Malheur herabsah. Sein Pansen schwappte hin und her wie eine Hängematte bei Sturm, in der ein dicker Hintern liegt. Ich wurde von dem Anblick fast seekrank. Das konnte nicht lange gut gehen. Der zirzensische Balanceakt hielt exakt bis zur nächsten schnittigen Linkskurve, dann konnten wir uns wieder in die Augen sehen.

Trotz unseres Galgenhumors, machte sich jetzt das, mir so vertraute, mulmige Gefühl breit, denn ich reiste ja nicht zum ersten Mal dritter Klasse und wider Willen. Dass es auch erste Klasse geht, erfuhr ich später von einer höchst attraktiven Rhönblondine mit lockiger Wolle. Obwohl Hammlet und ich uns gegenseitig den bestmöglichen Beistand leisteten, war uns wenig wohl in unserer Haut. Irgendwie roch es hier drin fremd und nach anderen Tieren, aber ganz sicher nicht nach Schaf, das hat uns verunsichert. Wo wohl mein Frauchen geblieben war, mein Bruder und Papa Rammses?

Für uns Herdentiere ist es das Schlimmste, wenn man uns von allem Vertrauten ganz plötzlich trennt. Für Schafskinder bedeutet es in der freien Wildbahn den sicheren Tod, die beschützende Herdengemeinschaft zu verlieren. Das ist im Mandelkern unseres Gehirns noch immer tief verwurzelt, darum fühlten wir uns immer unbehaglicher. Wir steigerten uns hinein, würden unsensible Geschöpfe sagen, die von der zarten Psyche der Schafe keine Ahnung haben. So geht es sicher allen Tieren, die einfach irgendwo abgeholt werden. Uns hat jedenfalls niemand gefragt, ob wir einverstanden sind, so ganz ohne Reisebegleitung unterwegs zu sein, außerdem waren wir noch klein und völlig unerfahren. Ahnten wir doch zu diesem Zeitpunkt nicht, dass diese Reise zur Erfüllung unseres lang gehegten Herzenswunsches führte. Mit Papa Rammses an unserer Seite hätten wir natürlich auch dieses Abenteuer glänzend gemeistert. Es half aber nichts, hier mussten wir wohl oder übel alleine durch.

Das Gefährt rollte langsam weiter, und wir wurden, mal mehr, mal weniger sanft, durch viele Kurven geschaukelt. Es brummte und dröhnte gleichmäßig, und das hat mich schläfrig gemacht, so dass ich mich etwas entspannte. Ganz vorne in dem Gefährt war ein schmales, langes Fenster, das weckte meine Neugierde. Ich pirschte mich ganz langsam heran, und zu meinem allergrößten Erstaunen konnte ich nach draußen sehen. Mit weit gespreizten Vorderbeinen gelang es mir die Balance zu halten. Knattermobile, Menschen, Wiesen, Häuser, alles flog und raste an uns vorbei. Bäume und Mauern die sich bewegten, das hatte ich noch nie gesehen. Jetzt traute sich auch Hammlet nach vorne, und wir bestaunten gemeinsam mit Riesenaugen die seltsame, eilig dahinrasende Welt. Ein riesiger, schwarzer Hund zog seinen Herrn hinter sich her, schon waren sie wieder verschwunden, ein Knattermobil, groß wie ein Haus, raste auf uns zu, und schon war es wieder vorbei. Es begann uns fast ein bisschen Spaß zu machen, und vor lauter Abenteuerlust legte sich meine Angst.

Da bog das Gefährt in einen schmalen Weg mit vielen Löchern ein. Noch einmal wurden wir tüchtig durchgeschüttelt, dann war die Reise zu Ende. Das Dröhnen und Brummen verstummte, und es wurde plötzlich totenstill. Wir lauschten angestrengt, mit gespitzten Ohren, und kein Geräusch entging uns. In der Ferne ratterte ein Knattermobil vorbei, und ein Hund bellte ununterbrochen. Wir schauten ins Dunkel des Hängers, denn von dort schienen die Geräusche zu kommen. Dann hörte ich das Zuklappen einer Wagentüre, und dieser Klang war uns bestens bekannt. Unsere Köpfe flogen gleichzeitig herum, und als die Rampe endlich heruntergelassen wurde, sah ich unsere Hirtin. „Na ihr zwei kleinen Angsthasen, geht es euch gut?“, flötete sie. Und ob es uns gut ging und außerdem, was heißt hier Hasen? Wir schauten uns gegenseitig an, um uns zu vergewissern, ob wir vielleicht eine körperliche Veränderung durchgemacht hatten, die den Hasen rechtfertigen könnte. Uns fiel aber nichts auf! Ich zitterte nur ein ganz klein wenig.

Etwas wacklig und vorsichtig kletterten wir ans Licht unserer neuen Heimat. Etwas hatte ich nun gelernt, was ich nie mehr vergessen sollte. Es gibt im Leben eines Schäfchens nichts Wichtigeres und Schöneres, als ein Frauchen, auf das man sich bedingungslos verlassen kann. Schon wieder hatte es uns gerettet. Bei euch Menschen ist es sicher genauso, man braucht richtig treue Freunde, mit denn man durch dick und dünn gehen kann. Auf mich kann sich mein Frauchen natürlich grundsätzlich verlassen. Ich beschütze es in jeder Situation, die mir brenzlig erscheint, vor allem vor jenen Geschöpfen, die ich für mutmaßliche Feinde halte. Das sind, mit gelegentlichen Ausnahmen, fast alle, die sich ohne meine persönliche und absolut verlässliche Schnupperprobe meinem Frauchen nähern. Schafsnasen riechen alles! Wo es doch im Grunde so einfach ist, einen leicht reizbaren, eifersüchtigen und zum Angriff bereiten Widder mit einer stattlichen Ration Leckerlis von lauteren und harmlosen Absichten zu überzeugen.

Gelegentlich kam es zu unbedeutenden Missverständnissen und kleinen, aber unvermeidlichen Meinungsverschiedenheiten, zwischen meinem Hirtenfrauchen und mir, denn unsere Feindbilder waren naturgemäß etwas unterschiedlich. Es würde schon im Laufe der Zeit lernen, dass ich am besten weiß, was oder wer gut für es ist, sagte ich mir, und übte mich in Geduld.

Mich kann man nicht so leicht -, es sei denn, man ist eine Möhre -, an der Nase herumführen, denn diese funktioniert, neben meinen anderen sehr sensiblen, unbestechlichen Sinnesorganen, wie ein hochfeiner Seismograph. Durch den Duft verschiedener Leckerlis wurde mein Riechorgan auf wahre Höchstleistungen trainiert. Nur ein Hauch des köstlichen Apfelaromas, und meine Nase findet ihren Weg, wenn es sein muss, unter Einsatz einer geballten Ladung Körperkraft. Wenn ich jemand Fremden nicht riechen kann und ich auch ansonsten nichts bei ihm finde, was gut riecht und gut schmeckt, erwarte ich so lange respektvollen Abstand von meiner Hirtin, bis ich mir einen eindeutigen Überblick über die Lage verschafft habe.

Bitte immer drei Schritte hinter ihr, wie sich das gehört.

Ich bleibe dem Verfolger dann misstrauisch auf den Fersen, lege Kopf und Ohren schief, reiße die Augen auf, so dass viel Weiß sichtbar wird, schnüffle drohend an seinen Waden, gebe gurgelnde Geräusche von mir und scharre mit der Vorderklaue. Im Allgemeinen sind keine weiteren Drohgebärden nötig, um den Eindringling zu veranlassen, schleunigst unser Territorium zu verlassen. Mein Frauchen streichelt mich dann stets, um meinen Argwohn zu besänftigen; das genieße ich sehr und fühle mich vollauf bestätigt. Schließlich weiß ich, durch meine untrüglichen Instinkte, wie ich Frauchen bewachen muss und wer es wirklich ehrlich mit ihm meint!

Selbst die Hofhunde verstanden schnell, wer hier das Blöken hat. Sie gehen mir mittlerweile mit eingekniffener Rute aus dem Weg, bis auf den Dackel. Der ist ja aber auch was Besonderes, irgendwo zwischen Hund und den unergründlichen Tiefen, einer mir noch völlig unbekannten Wesenheit. Das Ganze mit den Hunden ist ja eigentlich nur ein Spielen mit meinen Kräften, und das gefällt mir. Ihr Verhalten mir gegenüber nenne ich angemessenen Respekt.

Das stärkt mein Ego. Das musste allerdings erst einmal in einer eindeutigen Rangordnung festgelegt werden, dazu brauchte es ein gewisses Durchsetzungsvermögen, angeborene Autorität, nebst einer kleinen Portion Widdermut. Glaubten sie doch tatsächlich, in ihrer grenzenlosen Vermessenheit, jeden erschrecken zu können, da sie zu mehreren auftraten, um mir als eine Art Hütehundeverschnitt zu imponieren.

Auch wir Schafe kämpfen schon mal, wenn uns das Ziel lohnenswert scheint, und nicht nur um Äpfel, Brot und Streicheleinheiten, sondern auch um Rang und Ansehen und aus reinem Vergnügen, genau wie die Menschen. Allerdings unterscheiden sich unsere Methoden gewaltig.

Morgen erzähle ich euch von unserem glorreichen Einzug in unser Königreich der Schafe von unserer ersten und unheimlichen Nacht in der Fremde und der Begegnung mit dem schwarzen Schaf. Jetzt aber nichts wie ins goldgelbe Strohbettchen. Gute Nacht und träumt einen schönen Traum."

Unser neues Zuhause und die Begegnung mit dem schwarzen Schaf

Unser neues Zuhause war einfach umwerfend. Wir bekamen ein komfortables und geräumiges Schafschlafzimmer in der Scheune. Hammlet und ich versanken bis zum Bauch im Stroh, und die Futterraufe, aus Holz gezimmert und in schafsgerechter Höhe an der Wand angebracht, war über und über mit duftendem, blassgrünen Heu gefüllt. Ganze getrocknete Wiesenblumen mit herrlichem Geschmack, Kräuter und grünliches, langstieliges, gedörrtes Gras, mit knusprigen Ähren dran. „Stallknecht weiß, was Hausschafe wünschen!" Mir lief sogleich das Wasser im Mäulchen zusammen, schließlich hatte ich seit einer ganzen Weile nichts mehr gegessen. In der Ecke stand ein Eimer mit frischem Wasser, daneben eine Leckschale mit Mineralien; es war an alles gedacht.

An der Türe waren mehrere Schilder angebracht, wohl für eine kleine Herde. Auf zweien stand bereits unser Name. Frauchen las ihn uns vor. Bis dahin wussten wir nämlich eigentlich noch gar nicht, wie wir nun offiziell heißen sollten. Wolltair und Hammlet, so hießen wir nun, mein Bruder und ich. Ich hätte stundenlang zuhören können. So wusste nun auch jeder Besucher sofort Bescheid, wer hier wohnte, sofern des Lesens mächtig. Wir hatten jetzt sogar eine Postadresse für Fresspakete und Fanpost, die sicherlich, über kurz oder lang, zu erwarten sein würde. Nun fraßen wir uns erst einmal in aller Ruhe satt. Hm, wie das duftete und schmeckte. Jedes Blümchen, jedes Blättchen, es mundete köstlich. Nach einer ausgiebigen Mahlzeit und mit frischem Wasser gelöschtem Durst, legten wir uns gemeinsam ins Stroh, zu wohlverdienter Ruhe und zum Wiederkäuen. Ach, war das herrlich. Frauchen saß zwischen uns, mit lang ins Stroh gestreckten Beinen, lehnte mit dem Rücken an der Wand, lächelte und sah außerordentlich zufrieden aus, während es unentwegt mit der einen Hand in der meinen und mit der anderen Hand in Hammlets Wolle untertauchte. Wir genossen es, so ausgiebig gestreichelt zu werden. So viel Zeit hatte unsere Hirtin noch nie mit uns verbracht.

Als ich ihr aus dem Hänger in unser neues Zuhause folgte, habe ich neben vielen neuen Düften immer auch den ihren wahrgenommen, also war auch sie hier zuhause und würde uns fortan nie mehr verlassen. Sie würde immer zwischen uns sitzen, um uns die Wolle zu kraulen, mit uns auf die Wiese gehen, um Seite an Seite mit uns zu grasen. Das Leben versprach herrlich zu werden. Leider kam es dann doch etwas anders, als ich es vorausgesehen hatte, aber dazu später.

Nachdem wir uns von den Reisestrapazen erholt hatten, folgten wir Frauchen ins Grüne. Das hintere Tor unseres Schlafzimmers lag deutlich höher als unsere Wiese, so mussten wir einen beherzten Sprung wagen, um dem lockenden „Komm, komm“ zu folgen. Da wir Rhönschafe aus dem Mittelgebirge stammen und ans Klettern und Springen gewöhnt sind, war es ganz einfach und machte sogar Spaß. Nach sicherer Landung haben wir gleich noch ein paar muntere Bocksprünge angeschlossen, um unseren grenzenlosen Übermut loszuwerden, der uns aber, schon einige Stunden später, von ganz alleine vergehen sollte.

Frauchen führte uns auf eine kleine, gemütliche Schafskoppel, die ganz dicht mit Bretterschwarten eingezäunt war. An der Seite stand eine niedrige Hütte, eine Art gemütlicher Schafspavillon, der fortan mein Ruhe- und Schmollplatz werden sollte. Hier zog ich mich später dann gerne zum Mittagsschlaf zurück, wenn es regnete, zu heiß wurde oder die ganze Welt gegen mich war. Leider hatten die Bäume einen dicken Mantel aus Brettern um den Stamm, so konnten wir Schafe gar nicht an der wohlschmeckenden Rinde knabbern, was doch geradezu eine unserer Lieblingsbeschäftigungen ist. Wir bekamen aber regelmäßig Äste, die beim Ausschneiden der Bäume anfielen zugefüttert. Rinde abziehen, Äste boxen, Stirn und Hörner wetzen, allesamt geniale Freizeitaktivitäten. Wir Rhöner gehören allerdings, sehr zu meinem Leidwesen, zu den hornlosen Schafrassen. Die Menschen haben uns die herrliche Krone unserer Art einfach weggezüchtet. Ein Eingeständnis ihrer Ohnmacht, mit so archaischen Urkräften wie den unseren, umzugehen, wie ich meine. Vermutlich hatten sie Angst vor uns. Irgendwie ja schon verständlich, wenn ich mich so in voller Pracht in der Oberfläche unseres Rosenteichs spiegele.

Man könnte sich beinahe geschmeichelt fühlen, sich das ganze fast schönblöken, wenn da nicht dieser aufgeblasene Heidschnuckenwidder in der Nachbarschaft wäre! Bei den Menschen kommen Hörner ja angeblich auch noch vereinzelt vor, aber da sieht man sie, obwohl sie ja angeblich unsichtbar sind, gar nicht gerne.

Gott, ist das kompliziert! Wir Rhönschafe sind auch ohne Hörner wehrfähig und gefährlich genug, aber der Pracht und –Protzeffekt, wenn die blonden Rhönerinnen vorbeischlendern, um den ist es echt schade! Nur kleine Horngruben auf dem Kopf blieben uns, und bei manchen Widdern findet man darin noch klitzekleine Hörnchen, und das sieht dann aus wie gewollt und nicht gekonnt. Wirklich mehr als lächerlich.

Insgeheim beneide ich ja den Heidschnuckenwidder in unserer Nachbarschaft, der stolz seine großen, gedrehten Hörner auf dem Kopf trägt, die allerdings ein wenig an Schneckenhäuser erinnern. An Schneckenhäuser von unheimlich langen Riesenschlangenschnecken. Dank des fest gefügten Fundamentes meines unerschütterlichen Selbstwertgefühles - Frauchen verwöhnt mich, die Köter kuschen, mein Bruder läuft immer hinter mir -, lassen mich die beneidenswerten Riesenschlangenschneckenhäuser meistens mehr oder weniger kalt. Einfach nicht hinkucken, dann ärgert der an sich ja ziemlich mickrige „Heidschnucki“ sich am ehesten.

Außerdem, wer braucht heutzutage noch diese Auslaufmodelle mittelalterlicher Streit- und Turnierschafe mit angewachsenen Hellebarden an der Birne? So eine Art ausgedienter und längst durch Zuchtselektion überarbeiteter Wikingerverschnitt. Und dann nennt er sich auch noch dreist Wikki!

Wir Rhöner sind das überzeugende und moderne Modell, eines an den Zeitgeist angepassten Milleniumschafes, nicht so ein Steinzeitrelikt, wie es auf prähistorischen Wandmalereien zu bestaunen ist. Nicht Wollmenge, Speckschicht und fette Keule sind gefragt, nein, Intelligenz, Schönheit und innere wie äußere Werte. Außerdem kann die Wolle einer Heidschnucke nur ein Flokati werden: kein Schal, kein Handschuh, kein Pulli, kein Strampler. Nur ein Bettvorleger für die Füße und Hunde, sonst nichts. Nicht große Hörner, Anpassungsfähigkeit ist gefragt, an die bisweilen leicht egoistischen Bedürfnisse des, manchmal etwas dekadenten, Hausmenschen, mit grundsätzlich defizitärer Kindheit, der ständig Zuwendung, Anerkennung und Bestätigung braucht, dass er Schäfchens, Kätzchens und Hündchens absolut alleinigstes und über alle Maßen und grenzenlos geliebtestes Wesen auf der ganzen Welt ist. Nein, was sag ich denn, im ganzen Universum natürlich! Der Mensch als Zentrum, um das sich die gesamte Aufmerksamkeit seines Haustieres zu drehen hat. Na Mahlzeit! Nein, da ich weder eine Fußmatte, noch eine Couchauflage werden will, also doch lieber das ungeteilte Interesse für den liebebedürftigen Hausmenschen.

In der Mitte unserer Koppel stand ein großer, alter Kirschbaum. Da lagen wir jetzt drunter und kümmerten uns erst mal ausgiebig um das vernachlässigte Ego unseres Frauchens. Mit seiner dichten Blätterkrone spendete der alte Baum wunderbar kühlen Schatten und wir drei faulenzten eine Weile gemeinsam. Frauchen musste irgendwann einsehen, dass wir, wenn wir nicht verhungern wollten, uns jetzt auch einmal um unsere eigenen Grundbedürfnisse kümmern mussten, nämlich das Fressen. Frauchen wollte aber lieber schmusen. Wir wollten aber nicht Hungers sterben, also begannen wir zu grasen. Erst ganz dicht um Frauchen herum, dann in immer größeren Kreisen und langsam von ihm weg, mit viel tiefenpsychologischem Feingefühl, wegen der zu befürchtenden Traumata für unseren Hausmenschen. Wir fraßen gleichmäßige konzentrische Kreise in die Grasnarbe. Frauchen wollte natürlich nicht, dass wir sterben und verließ lautlos die Weide. Vermutlich war es eingeschnappt! Wir hätten uns, mit seiner Entwöhnung von unserer ungeteilten Aufmerksamkeit, vermutlich mehr Zeit lassen müssen!

Das war wirklich ein aufregender Tag. Wir waren so mit Grasen und dem Erkunden unserer neuen Umgebung beschäftigt, dass wir erst mal nichts und niemand vermissten. Es gab andauernd etwas Interessantes zu entdecken oder zu beobachten. Aus dem Haus gegenüber kam ein kräftiger Hund mit schwarzem, langem Fell, der ein äußerst hochnäsig dreinschauendes Frauchen, mit fürchterlich strengem Blick, an der Leine hinter sich her zog. Das tun große schwarze Hunde scheinbar immer. Sein Frauchen musste riesige Schritte machen, um mitzuhalten. Und was tat der ungezogene Hund? Er zerrte es gnadenlos erst hier hin, dann dort hin, so dass der Arm seines Frauchens zu einem Teleskoparm wurde. Unverschämt schnüffelte er mit seiner glänzenden, schwarzen, triefenden Nase an unserem Zaun, und seine Lefzen blubberten und schlabberten gierig, wenn er unsere Witterung einsog.

„Wir treffen uns, wenn ich groß bin!", schwor ich mir bei seinem Anblick. Wir hielten es erst einmal für das Klügste, in sicherer Deckung zu bleiben, bis beide weitergegangen waren. Wir würden diesen Hund fortan dreimal täglich sehen, die Nase hektisch schnüffelnd am Boden, immer mit dem eingebildeten, großen, runden Frauchen hintendran, dessen Nase steil in die Luft ragte, das den Bauch herausstreckte, keinen Hintern zu haben schien, aber lange dünne Beine, die den schlabbrigen Rocksaum bei jedem Schritt in die Höhe warfen, und dessen gedehnter Arm, mit dem zerrenden Ungeheuer dran, wohl über kurz oder lang zum Laternenpfahl taugte. Meine Hirtin nannte die Dame eingebildet und hochnäsig und behauptete, dass ihre lauten Absätze klapperten wie die Kastanien, die im Herbst vom Baum vor ihrem Hause auf die Strasse fielen. Ich beobachtete das seltsame Paar immer morgens, wenn wir gerade aufgestanden waren und auf die Wiese durften, mittags, wenn wir wiederkäuten und noch einmal abends, bevor wir wieder zum Schlafen in die Scheune gingen. Sie waren sicherlich eine Art wandelnder Uhr, mit der hohen Nase als Zeiger, dem Hund als Gewicht an der Kette und seiner Rute als Pendel. Ihr Erscheinen am Horizont war so sicher wie das Aufgehen der Sonne am Morgen und ihr Untergang am Abend. Fortan würde ich jeden Herbst den Klang der scheppernden Absätze, der Frau mit der hohen Nase, mit dem den herabfallenden Kastanien verbinden.

Als es am ersten Abend in der neuen Heimat langsam dämmrig wurde, kroch aber doch, trotz allen unüberwindlichen Widdermutes und des vollgenommen Mäulchens, das Heimweh in mir hoch. Heimweh nach Zuhause, meinen Brüdern, meinen Papa Rammses, der mit seinem fettgefressenen Pansen stets wie ein schützendes Gebirge für uns war, an dessen Fuß wir behütet träumen konnten.

Ich war unglücklich, und so wie Hammlet dreinschaute, ging es ihm genauso. Wir hielten uns ganz dicht beieinander, und im Licht des Mondes, der bleich am Himmel aufgegangen war, sah alles fremd und feindselig aus. Sollten wir hier wirklich ganz alleine bleiben, und das schon gleich in der ersten Nacht?

Der Kirschbaum bekam einen zweiten riesigen, schwarzen Stamm, der sich über den Boden streckte und langsam, immer dünner werdend, auf uns zu gekrochen kam, um mit seinen Krallenzweigen und dürren Knochenfingern nach uns zu grabschen. Hammlet hatte plötzlich acht Beine: vier kurze, dicke, weiße und vier lange ,dünne, schwarze. Hinter mir her, lief ständig ein riesiges, unheimliches, dunkles Schaf, das heißt, es krabbelte eher über den Boden. Es floss ganz merkwürdig über die Maulwurfshügel, immer dicht auf meinen Fersen; ich konnte es einfach nicht abschütteln. Es ging mit mir zwei Schritte vor und zwei zurück, es wirbelte mit mir nach rechts und nach links. Wir tanzten erst zu zweit und dann zu viert. So erschreckten wir uns alle stets gemeinsam, und keiner entkam dem seltsamen Schattenballett.

Ich und Hammlet waren bald so müde, dass wir kaum noch auf unseren Beinchen stehen konnten, aber vor lauter Schrecken, die überall lauerten, fanden wir weder Ruhe noch Schlaf. Meine Beine waren erschöpft, weigerten sich mich weiter zu tragen und legten sich einfach hin, ohne mich um Erlaubnis zu fragen. Die Beine des schwarzen Schafes hinter mir legten sich auch hin, ohne zu fragen. Das schwarze Schaf war wohl auch müde. Niemand konnte mich zwingen neben einem schwarzen Schaf zu schlafen, das ich nicht kannte, das nichts blökte - obwohl es gleichzeitig das Maul öffnete, wenn ich blökte -, nicht roch, sich nicht vorstellte, von nirgendwo hergekommen war, plötzlich da war, dauernd hinter mir her schlich, immer längere Beine bekam, einen immer dünneren Hals und mir Angst einjagte.

Ich stand wieder auf und sah, das Hammlet auch neben seinem schwarzen Schaf lag. Ein Paar Schritte weiter probierte ich es noch einmal. Ohne Erfolg. Das schwarze Schaf, scheinbar ein Meister der Pantomime, machte mir immer alles nach. Hammlet konnte sein schwarzes Schaf, das riesige, spindeldürre Beine bekommen hatte und wie ein magersüchtiger Schafsdinosaurier aussah, auch nicht abschütteln. So standen wir herum, alle vier, und die schwarzen Schafe kamen immer näher und krochen schließlich über uns drüber, durch uns durch oder um uns herum, wenn ich und Hammlet regungslos verharrten, und erschienen seltsam verzerrt wieder auf der anderen Seite. Mir wurde schlecht und ich machte die Augen zu. Das waren eindeutig unerlöste Schafseelen aus dem Jenseits. Schatten, die nach uns griffen, um uns zu besetzen. So ein Mist! Irgendwann fing ich ganz jämmerlich an zu blöken, und Hammlet stimmte mit ein. Ich hatte in der Nähe des Hauses ein Geräusch gehört, und hoffte so, es wäre mein Frauchen, und es würde uns holen. Besser Frauchen, als die Geister. Gott sei Dank, es kam mit schnellen Schritten durch den Garten, um bei uns zu sein. Aber, ich wage es kaum zu erwähnen, wer war ihr wohl dicht auf den Fersen? Lang, dünn, schwarz und völlig geräuschlos und sah aus wie eine Hexe? Wir waren trotzdem erleichtert und alle Furcht war im Nu vergessen.

Frauchen hatte einen dicken Sack mitgebracht, den es unter dem Kirschbaum ausrollte. Nun lagen aber plötzlich zwei Säcke auf dem Boden, aber nur einer roch nach Leckerlis. Und in den Sack wollten dann auf einen Schlag alle hinein: die schwarzen, die weißen Schafe, das dünne und das dicke Frauchen. Am Schluss war nur das richtige Frauchen drin und der Reißverschluss zu, so dass nur noch der blonde Lockenschopf im Mondlicht leuchtete.

Erst wollten die schwarzen Schafe an unsere Seelen und jetzt, und das war der Gipfel, an unsere Leckerlis. Nichts gab es diesmal von Frauchen, der Sack blieb verschlossen. Und bevor ich mit denen, die nicht blökten, nicht nach Schaf rochen und somit vermutlich auch nichts schmeckten, teilen sollte, war es mir, trotz aller Gier, ausnahmsweise recht. So schliefen zwei weiße und zwei schwarze Schafe in friedlicher Eintracht, Seite an Seite mit Frauchen, bis der Hahn krähte und der schwarze Hund raschelnd unter der Hecke schnüffelte, die Kastanienabsätze klapperten und die Frau mit der hohen Nase die selbige noch höher reckte als sonst und mit einem vernehmlichen: „Also so was!“ ihre offensichtliche Missbilligung kundtat, angesichts unseres schläfrigen Trios. Die schwarzen Schafe hatten sich davongeschlichen und sich vermutlich in den schwarzen Hund verwandelt. Fortan blieb mir alles Schwarze auf vier oder zwei Beinen suspekt, das große Schwarze oder das kleine Schwarze, ganz egal.

Als meine Hirtin endlich erwachte, gähnte, sich reckte und dehnte, hatten wir den nächtlichen Schrecken längst vergessen, schon eine

Runde gegrast und nahmen das Maul schon wieder tüchtig voll. Ich schnupperte vorsichtig an ihrem Gesicht. Ich stupste sie, kratzte mit der Klaue an dem dicken Sack, in dem sie bis zum Hals steckte, und wenn sie dann nicht aufgewacht wäre, hätte ich sicher ein bisschen geboxt. Gott sei Dank, sie öffnete die Augen und den Sack und zauberte die köstlichen Leckerlis hervor, die mir nächtens mit ihrem herrlichen Duft doch noch süße Träume beschert hatten, und begann sofort zärtlich unsere Nasen zu streicheln. Sie lächelte uns glücklich an, und wir lächelten glücklich zurück.

„Ab heute Nacht schlaft ihr zwei besser in der Scheune, ihr seid ja noch so klein, und ohne den Schutz eurer Herde kommt ihr euch sicher sehr verloren vor." Ich dachte, ich könnte euch eine Freude machen, weil es nachts so schön kühl hier draußen ist, aber ich kann ja nicht immer bei euch schlafen", sagte unsere Hirtin. Sie hätte ruhig immer bei uns übernachten dürfen, nichts sprach dagegen, mich hätte das nicht gestört, ganz im Gegenteil. Ich hätte sie selbstverständlich mutig und ohne Rücksicht auf mich selbst, vor allen nächtlichen Gefahren und unheimlichen Schafsschatten zu beschützen gewusst.

Wie es weitergeht, und über das tolle Fest, das wir dann feierten, erzähle ich euch morgen und jetzt, ganz schnell ins goldgelbe Strohbettchen. Gute Nacht und träumt einen schönen Traum."

Geburtstagsfest

Es war wohl noch ganz früh morgens, denn die eingebildete Dame, mit der hohen Nase und dem schwarzen Hund, war noch nicht erschienen und hatte auch noch nicht wie die Kastanien, mit den Absätzen geklappert. Mein Frauchen flüsterte mit uns, schaute sich sorgsam um, ob die Luft denn rein sei und tat sehr geheimnisvoll. Es öffnete das Törchen unserer Schafsweide, und wir rannten alle drei wie geölte Blitze hinter ihm her durch den Hausgarten und verschwanden mit einem Satz in unserer Schlafzimmerscheune. Die überfüllte Raufe und die Leckerlis hatten eine magische Anziehungskraft. Frauchen schloss das sperrige Tor, so leise es eben ging, aber dennoch quietschte es eigensinnig. Frauchen legte den Finger an den Mund und hieß uns still zu sein.

Nun ist es für hungrige Schäfchen ein Kinderspiel das Mäulchen zu halten, wenn die Futterraufe bis oben hin mit leckerem Heu gefüllt ist und das gierige Mündchen mit selbigem ausreichend gestopft wird. Wir frühstückten also lange und ausgiebig. Zum Wiederkäuen legten wir uns genüsslich ins Stroh. Nach dieser doch sehr unruhigen Nacht, schien es ein Himmelbett für Schäfchen zu sein. Ich schlief herrlich, bis ein Sonnenstrahl, der durch einen Spalt im Scheunentor hereinblinzelte, mich an der Nase kitzelte und aufweckte. Geräusche, die aus dem Garten zu uns heraufdrangen, weckten nebst Bruder Hammlet auch meine Neugier.

Ich erhob mich, gähnte, streckte mich, wölbte meinen Rücken dabei wie der Kater der Bremer Stadtmusikanten und zog die Nase bis tief an die Brust. Jetzt noch einmal ordentlich den Körper geschüttelt, was, nach der völlig unmaßgeblichen Meinung meiner Hirtin, an den Startvorgang einer Wäschetrommel erinnert, die zum Schleudern ansetzt. Mit Höchstgeschwindigkeit wird so jedes juckende Stroh- und Heuhälmchen aus der Wolle katapultiert, sowie sonstige ungeladene Gäste und gleichzeitig die Frisur geordnet. Den Kopf halten wir dabei ganz ruhig und schütteln ihn erst, mit schlackernden Ohren, wenn unser Bauch wieder zum Stillstand gekommen ist. Das klingt kompliziert, aber schließlich benutzen Schafe keinen Kamm. Probiert es einfach aus und anstatt euch zu kämmen, schüttelt ihr ab heute nur noch wild mit dem Kopf.

Nach beendeter Morgentoilette schlurfte ich faul und träge durchs Stroh, kaute gelangweilt an den leeren Ähren, in denen außer Spelzen nichts Schmackhaftes mehr zu finden war. Aber auch nicht ein Körnchen war beim Dreschen übrig geblieben. Das ärgerte mich ein kleinwenig. Also fing ich ein bisschen Streit mit meinem Bruder an, der zwar nichts dafür konnte, aber ebenfalls gerade, gelangweilt und leicht reizbar, an einer leergedroschenen Ähre herumkaute und zwar ausgerechnet auf der, die ich jetzt aber nun mal ausgerechnet für mich haben wollte. Obwohl noch Tausende solcher leerer Ähren auf dem Boden herumlagen, musste er unbedingt auf dieser einen bestehen, anstatt, des lieben Friedens willen, mal ausnahmsweise nachzugeben. Aber so sind wir Schafskinder eben. Wenn wir uns langweilen, fangen wir gerne Streit an, außerdem wollen wir immer genau das, was gerade der Andere hat, etwa so, wie missgünstige Nachbarn und Kleinkinder im Sandkasten. Das Wort „mein" war auch das erste, was ich verstand, lernte und in die Tat umsetzte.

Ich versuchte Hammlet, mittels Körpermasse, einfach zur Seite zu drücken, um so meine unanfechtbare Machtposition zu demonstrieren; schließlich ging es neben der Ähre auch um die Ehre! Er aber hielt kraftvoll dagegen, verteidigte ebenfalls Ehre und Ähre, so als wäre letztere ganz besonders schmackhaft, geradezu ein Hochgenuss für den Gaumen und somit besser als meine, was ich in diesem Augenblick glauben wollte und musste, und was es festzustellen galt. Schließlich braucht man für einen ordentlichen Zoff einen triftigen Grund, denn Ordnung muss sein, und triftige Gründe lagen hier ja zu Tausenden herum. Im Klaueumdrehen war die schönste Rauferei im Gange, in der wir unsere Ehre und Ähren verteidigten. Wir drückten, rangelten, stemmten, was das Zeug hielt, raunten uns drohend und grollend hanebüchene Schafsunverschämheiten in die Ohren und gingen schließlich, da natürlich keiner nachgab, zum Boxkampf über. Mit einem lauten Krachen landete ich im Scheunentor. In dem Moment, als ich wie ein Meteorit einschlug, verstummte das Stimmengeschnatter im Garten so plötzlich, als hätte sich ein Gänseschwarm in die Lüfte erhoben oder unsere Nachbarinnen wären, beim verbalen Straßengefecht, mal für eine Sekunde einer Meinung gewesen, beim Neuigkeiten verbreiten, die sie wie die Partisanen, bei offenem Fenster und geschlossenen Gardinen, ausgespäht haben. Einen Moment lang hielt die Stille an, deren Spannung wir bewegungslos lauschen mussten, ob wir wollten oder nicht.

Ich beobachtete einen Sonnenstrahl, der von flirrendem Glitzerstaub umtanzt, durch eine schmale Scharte im Holz hindurchblinzelte und auf meine Nase schien. Kampf und aufgewühlter Staub beruhigten sich wieder, und mir fiel ein, dass ich durch diesen schmalen Spalt eigentlich hatte hinausblinzeln wollen, um das bunte Treiben im Garten zu beobachten. Diese dämliche Ähre war mir irgendwie dazwischen gekommen, um mich vom Wesentlichen abzulenken. Ich ließ von der Ähre ab, was Hammlet erstaunte. Er musste wohl oder übel einsehen, dass der Klügere, nämlich ich, nachgegeben hatte und verlor schlagartig das Interesse für die umstrittene Ähre. Aber, anstatt mich nun Frieden zu lassen, musste er jetzt auch ausgerechnet durch meinem schmalen Spalt schielen und quetschte mich zur Seite. Es dauerte nicht lange, bis wir uns wieder in die sprichwörtliche Wolle gerieten. Auch der Gänseschwarm war wieder gelandet und schnatterte erneut lebhaft.

Mir wurde das jetzt wirklich zu dumm. Ich hatte Frauchens Ermahnung, leise zu sein, vergessen und nahm Anlauf, um dieses vermaledeite Tor mit der Wucht eines Rammbocks aufzustoßen. Warum waren wir hier überhaupt eingesperrt? Auch das hatte ich vorsichtshalber vergessen. Es donnerte mehrfach gewaltig. Ich mühte mich nach Kräften, schließlich mussten die Holzplanken meinen Angriffen irgendwann nachgeben. Ich nahm immer wieder Anlauf, soweit mir die begrenzte Größe unseres Schlafzimmers Platz dazu bot. Anstatt jetzt mitzuhelfen, stand Hammlet nur dumm herum und kuckte blöd. Das Tor trotzte mir unnachgiebig. Im Garten war es wieder schlagartig totenstill. Meine Donnerschläge hatten die Gänse erneut zum Schweigen gebracht.

Gerade, als ich zum alles entscheidenden Schlag ausholen wollte, stürmte unsere Hirtin durch das hintere Tor herein, wo ich doch zum vorderen Tor hinaus wollte. Sofort waren all meine zerstörerischen Absichten vergessen. Meine Hirtin war da und meine Welt wieder in Ordnung. Da ich ja ein außerordentlich braves Schäfchen bin, welches kein Wässerchen trüben kann, schmiegte ich mich sofort ergeben und zärtlich an ihr Bein und ließ mich besänftigen. „So", sagte sie, „und ihr beiden kleinen Raufbolde kommt jetzt mit mir. Ihr werdet jetzt erstmal sicher und außer Hörweite untergebracht, sonst macht ihr mir noch die ganze Überraschung zunichte!" Da ihre Stimme energisch klang und wir uns ein wenig schämten, folgten wir ihr artig über den Hof und wurden auf der gegenüberliegenden Seite, fernab vom Garten, in einen Steinstall gesperrt. Dass ich nicht mit dem Kopf durch diese steinernen Wände wollte, musste Frauchen gewusst haben, also ergaben wir uns in unser unentrinnbares Schicksal, legten uns ins Stroh, käuten wieder und warteten ab.

Endlich war es dann so weit. Unser Frauchen kam, um uns aus der Haft zu entlassen. Wir gelobten leise blökend Besserung. Wir wurden wieder über den Hof geführt, diesmal aber nicht in die Scheune hinein, sondern in das Hirtenhaus. Frauchen lotste uns durch die Küche. In der Ecke lag ein Hund im Korb, der wie vom Blitz getroffen auffuhr, bedrohlich knurrte und vom „Aus!" meines Frauchens, wiederum wie vom Blitz getroffen, verstummte und mit missmutigem Gesicht in sein Körbchen zurücksank. Ich spürte deutlich seine giftigen Blicke, die uns eifersüchtig verfolgten, als wir uns gemeinsam mit Frauchen einem Kasten näherten, dem leckerster Brotduft entströmte. Die Klappe des Kastens öffnete sich, und wie von Zauberhand entfaltete sich eine Maschine, die mit lautem Getöse und einem sich schnell drehenden Rad das Brot in dünne Scheiben schnitt. Frauchen schob unsere schnuppernden Nasen energisch beiseite, denn die Maschine könne auch Näschen schneiden, besonders neugierige Schafsnäschen, wie Frauchen bemerkte. Die Maschine faltete sich wieder zusammen, verschwand im Kasten, und jeder bekam ein köstliches Stückchen des knusprigen Brotes. Ich sah genau, dass ein übriges Stückchen in den Hundekorb flog, wo ich es doch unbedingt für mich haben wollte, da es eindeutig mir zustand!

„Na warte, dir werde ich es noch zeigen!“, schwor ich mir insgeheim, als wir hinter Frauchen her aus der Küche eilten, immer den missgünstigen Hundeblick im Rücken. Tatsächlich hat jedes Paradies seine Schlange, genau genommen diesmal sogar zwei Schlangen. Der einen war nicht zu trauen, denn sie lockte mit Brotstückchen und schnitt auch Schafsnäschen, wenn man nicht aufpasste, und die andere hier konnte von hinten beißen, wenn man von vorne geschnitten wurde, knurrte, stank, schickte Giftblitze, hatte Schweineborsten, einen lächerlichen Ziegenbart, war ein Hund und lechzte nach meinem Brot.

„Ich hack dich in den Schinken, wenn ich dich mal allein erwische!“ bellte es hinter mir her. Ich konnte das anhand des üblen Tonfalls genau übersetzen. Ich spürte, dass hier zukünftig einiges, was offensichtlich im Argen lag, geklärt werden musste. Konnte sich das ein echter Rhöner bieten lassen? Ich würde wachsen und die Sache irgendwann in Angriff nehmen!

Na endlich, wir durften durch die Haustüre und über die große, breite Freitreppe Einzug halten in den Garten wie die gefeierten Stars. Pustekuchen, keiner beachtete uns. Hier sah alles außerdem höchst seltsam aus, und es waren, trotz vernehmlichen Geschnatters, überhaupt keine Gänse da! Bänder waren zwischen die Bäume gespannt, im Wind wackelten bunte Papierbälle, und es raschelte bedrohlich. Wir erschraken erst mal tüchtig, alles im Weg stehende umrennend und unserem Fluchtinstinkt folgend, als ein kleiner, giftiger Kläffer unter dem Gartentisch hervorgeschossen kam, den unsere Hirtin einen ungezogenen Dackel schimpfte, und dessen Angriff von einem deutlichen Kommando ebenso abrupt unterbrochen wurde, wie jener vorhin in der Küche. Sogar sein schepperndes Gekläffe verstummte. Das gefiel mir, und ich lernte daraus, dass mir ein Hund nicht zunahekommen darf, es sei denn, er würde sich mir bedingungslos unterwerfen und meine oder Frauchens, angeborene und Respekt einflößende Autorität akzeptieren. Vielleicht wäre dann ein Waffenstillstand denkbar. Im Augenblick fand ich diese irgendwie impertinent riechenden Kreaturen, von denen ständig neue Exemplare auftauchten, aufdringlich wie lästige Fliegen, die dauernd die Nähe meines, mir höchst persönlich gehörenden, Frauchens suchten und verscheucht werden mussten.

Ich und Hammlet, der sich diesmal nur deshalb dicht hinter mir hielt, weil er Angst hatte vorauszugehen, wurden durch den Garten geführt und wieder auf die Schafskoppel gebracht, auf der wir zuvor schon unsere erste, abenteuerliche Nacht verbracht hatten. Hier, vor Hunden und wackelnden Papierbällen sicher, die Vorderfüße auf dem Tor, nahmen wir einen tollen, störungsfreien Logenplatz ein. Vom Gartentisch, der so ähnlich wie Frauchen aussah, denn sie waren beide mit flatterndem Stoff umwickelt, wehte ein verführerischer Duft zu uns rüber, süß und nach Obst. - Die Menschen nennen es Kuchen, werden davon dick, deshalb wollen sie ihn nicht essen, essen ihn aber trotzdem, weil sie meistens das Gegenteil von dem tun, was sie vorher angekündigt haben und außerdem nicht mit uns teilen wollen. - Wir hätten zu gerne mal gekostet. Mitten auf dem Tisch standen leckere, gelbe Blumen, und mein Pansen begann, bei ihrem leuchtenden Anblick, laut und vernehmlich zu knurren. Ich bekam Heißhunger. Der Appetit war geweckt, und da niemand sich um uns kümmerte, grasten wir eine Runde.

Da hörte ich wieder die „klappernden Kastanien“, die man einfach nicht verpassen durfte, und sah die Frau mit der hohen Nase und dem zerrenden, schwarzen, schnüffelnden Hund. Plötzlich bekam die Dame eine noch höhere Nase, als sie sich neugierig über die Gartenhecke reckte, auf den Zehenspitzen wippend, so dass sie, von der Leine gezogen, fast das Gleichgewicht verloren hätte und um ein Haar vorn über ins Feindgebiet gekippt wäre. Sie zog die Augenbrauen hoch, presste die Lippen zusammen, ließ die Mundwinkel fallen und bekam einen langen Hals, ähnlich dem einer Schildkröte. Vermutlich sehen Spione so besser das, was sie eigentlich nichts angeht. Der garstige schwarze Unhold suchte wohl irgend etwas wahnsinnig Wichtiges unter der Gartenhecke. Dieses tat er sehr geräuschvoll, was Frauchens friedlich schlummernden Dackel aufschreckte, so dass er wütend aus seiner Deckung, unter Frauchens flatterndem Stoff, einem Torpedo gleich hervorschnellte und, wie irre bellend und knurrend, von innen in die Blätter der Sträucher biss. Der Dackel raste vor Zorn und hieb heftig Löcher in Hecke und Luft; immer auf der Jagd nach der schwarzen und feuchten, sich ständig in fremde Angelegenheiten mischenden Feindnase und der Absicht, mit seinem Raffzahn ihren Löchern noch weitere hinzuzufügen.

Der schwarze Wüstling tobte wiederum von der anderen Seite, ungeniert in die ihn nichts angehende Hecke schnappend wie ein gefräßiges Reptil und immer auf der Jagd nach der rotzfrechen, dreisten Dackelnase, die sich ihrerseits einen Dreck um die Größe der Nase des Gegners scherte, die hier, am Rande des „Dackelschen Hoheitsgebietes", frech und dreist herumschnüffelte, ohne eindeutig gesetzte und unmissverständlich duftende Grenzmarken zu respektieren. Der Garstige keifte wie wild, riss die Blätter ab und spuckte sie wütend wieder aus, weil er daneben gehackt und, anstatt des süßen Dackelblutes, gallenbittere Säfte zu schmecken bekam. Wusste ich es doch, Hunde essen keine Blätter. Sie bissen, rissen und spuckten um die Wette. Die Hecke wehrte sich ihrerseits mit kleinen scharfen Dornen und spickte schmerzlich pieksend die Hundenasen, was die Raserei im Wortsinne anstachelte, dass sie sie noch wütender rupften, als wäre sie gar keine Hecke, sondern ein Suppenhuhn, dem, anstatt Federn versehentlich Blätter gewachsen waren. Sie war alsbald im Kampfgebiet so zerfleddert, dass man hätte meinen können, es wäre eine kleine Windhose hindurchgefahren. Dass der schwarze Riese mit den gesträubten Nackenhaaren mindestens zehnmal so groß war, schreckte den Dackelzwerg nicht im Geringsten.

Das klappernde Kastanienfrauchen mit der hohen Nase reagierte, da weiblich, wie zu erwarten absolut artgerecht und kreischte hysterisch, woraufhin die hohe Nase auch noch rot wurde. Der kläffende, schwarze Fletscher musste dann leider noch eine ganze Weile rückwärts und seitwärts laufen, mit hängender Zunge und schaumigen Lefzen, da er sich nicht umdrehen wollte, um seine erzwungene Niederlage hinzunehmen, während diesmal sein Frauchen, gnadenlos und von Adrenalinstößen aufgepeitschte Kräfte mobilisierend, ihn hinter sich her schleifte und nicht, wie sonst, umgekehrt.

Meine Hirtin hatte ihren kleinen, rötlichen Torpedo, der jetzt erst richtig in Fahrt kam und der figürlich an ein verstopftes Stück Abflussrohr mit kurzen Beinen erinnerte, kurzerhand unter dem Arm festgeklemmt und seine schnappende, klappende Waffe entschärft, in dem sie mit der einen Hand, einem Maulkorb gleich, die Schnauze fest umklammert hielt. Das machte aus seinem Zorn Raserei. Es war nur noch ein unterdrücktes Wuff, Wuff zu hören, während er, wie ein kleiner wütender Drache durch die Nasenlöcher schnaubend, versuchte, sich mit seinen kleinen und strammen Schenkeln an Frauchens runden Hüften abzustoßen, um freizukommen. Es erwies sich als schwierig, diesen wilden Wurm festzuhalten, der mit den Krallen kratzte, so dass Frauchen aufschrie. Er wand seinen Körper, mit den rhythmischen Bewegungen einer durchtrainierten Raupe, rückwärts aus dem Schwitzkasten, so dass sich die überflüssige Haut, von der er mehr als genug hatte, nach vorne in Falten zu einer Ziehharmonika zusammenschob, mit nach Luft schnappender Schnauze, als löchrigem Blasebalg. Der Dackel schoss wie eine gezündet Rakete in seine Umlaufbahn, und beschrieb, von der Hitze des Zornes angefeuert, einen weiten Bogen durch die Luft, landete aber wieder sicher wie ein kleiner vierbeiniger Satellit im Gras. Vermutlich hatte der glühende Zorn ihn wie eine Rakete gestartet und seine Flugbahn um ein gehöriges Stück, über das gewöhnliche Maß hinaus, erweitert. Bis zum Ende der Hecke pfiff er wie ein Pfeil hinterher, von Frauchens ungläubigen Blicken verfolgt, dem verscheuchten Gegner noch deutliche Warnungen und verächtliche Drohungen nachschleudernd. Diese Runde ging eindeutig an diesen größenwahnsinnigen Dackel. Irgendwie imposant. Wir Schafe pflegen allerdings entschieden feinere und lautlosere Kampfmethoden.

Als die Dame mit der hohen Nase zu Ende geschimpft hatte und endlich weitergeklappert war, zog wieder Frieden in den Garten ein. Auf dem Tisch wurden kleine Feuer in Gläsern entzündet. – Wir nähern uns Feuer nie freiwillig, aber den Menschen scheint es Spaß zu machen. - Als dann alle Feuer brannten, begannen die Anwesenden auch noch zu singen. Das war, gelinde gesagt, etwas ungewohnt für unser empfindliches Gehör. Vor allem die hohen Töne, die sich irgendwie nie darauf einigen konnten, sich auf einer gemeinsamen Höhe zu einem harmonischen Klangbild zusammenzufinden, klangen so schräg, dass sich die Zaunpfosten bogen. Mit diesem, für empfindliche Hundeohren sicherlich auch recht unangenehmen, Gesang zur rechten Zeit, hätte man dem Dackel vermutlich einige Aufregung ersparen können.

Viele Kinder waren gekommen, und ganz zuletzt kam noch eines aus dem Hirtenhaus dazu, das offensichtlich alle schon vergessen hatten und dass der schrägen „Folgsmusik“ nicht hatte folgen wollen. Dann sangen alle ganz besonders laut und noch schräger; nur das vergessene Menschenkind sang nicht mit, stand da und ließ die Arme hängen, als wären es gar nicht seine, und es sah so aus, als schämte es sich jetzt dafür, dass es sie einfach mitgenommen hatte. Mein Hirtenfrauchen umarmte und herzte es, bevor es wieder wegrennen konnte. Dann begannen alle anderen es auch zu herzen, und es wollte gar kein Ende mehr nehmen. Bald war das arme Geschöpf vermutlich ganz und gar platt gedrückt, wenn das so weiterging. Sie versuchten es auf diese Weise zu überreden, doch noch mitzusingen. Es nützte nichts, es stand stocksteif da und hielt beharrlich den Mund.

Mir gefielen die Kinder viel besser als die Hunde. So viele kleine Streichelhändchen, nur für Hammlet und mich, welche Aussichten der Wonne. Wir sind als Kuscheltiere außerordentlich beliebt und meine Stoffkollegen finden sich in fast jeder Kinderstube. Alle Gäste setzten sich nun um den Tisch. Nachdem man sich wieder beruhigt und das schweigsame Kind halbtot geherzt hatte, verspeiste man höchst einträchtig, mit großem Appetit und unter Bergen von Sahne, dieses köstlich duftende, süße Ding aus Teig und Obst, das Kuchen heißt, und welches angeblich nie einer essen will. Jeder winkte erst einmal kopfschüttelnd ab – nur die Kinder nicht -, und nahm dann doch ein Stück, oder zwei, oder drei. Nie zuvor hatte ich die Menschen so voller Nächstenliebe erlebt. Keiner wollte es dem anderen zumuten, den gefährlichen Kuchen alleine aufzuessen.

Gott sei Dank, schien bis jetzt niemand an den gelben, saftigen Blumen Interesse zu haben. Diese waren sicher für uns bestimmt. Das kleine rote Abflussrohr hatte sich wieder beruhigt, hüpfte auf Frauchens Schoß, machte sich dort breit und verlangte unmissverständlich seinen Anteil des Kuchens ein. Kleine rote Abflussrohre bekommen aber von meinem Frauchen keinen Kuchen. Ein wirklich erstaunlicher Sprung, mit diesen kurzen Beinen vom Boden hinauf, mitten drauf auf Frauchens Schoß und das ganz ohne Anlauf. Im Gras musste ein Katapult verborgen sein, oder der Dackel hatte zwei angewachsene Sprungfedern, die nur so aussahen, als wären sie Beine. Der nächste Satz wäre dann vermutlich der auf den Tisch gewesen; dort warteten die für uns reservierten Blumen. Nicht auszudenken.

Das ging wirklich zu weit. Ich fühlte mich übersehen und vernachlässigt, und um mich nicht gleich mit dem Einrennen des Tors unbeliebt zu machen, stimmte ich mein sanftes, aber wirkungsvolles

Druckmittel an: mein unnachahmliches, auf die Tränendrüsen drückendes „Herzzerreißgeblöke“. Hammlet verpasste, weil er wie gewöhnlich nicht ganz bei der Sache war, beinahe seinen Einsatz und blökte vor lauter Schreck erst mal falschen Text. Der Dackel kläffte mit, was kaum anders zu erwarten war, der Schlittenhund fiel mit arktischem Wolfsmondgeheule ein, dass es einem, anstatt warm ums Herz, kalt an den Klauen wurde, und die aufgewühlten Menschenkinder ließen alles stehen und liegen und eilten herbei, um uns zu trösten. Sie hatten uns kleine, unscheinbare Lämmchen hinter dem Bretterzaun doch tatsächlich übersehen, was ja anscheinend Frauchens volle Absicht gewesen war. Nun waren aber wir der strahlende Mittelpunkt, die Attraktion und sollten es für den Rest des Tages bleiben.

„Echte, wirklich lebendige Stofftiere“, jubelten die Kinder. Es gibt nichts Sanfteres, nicht Zärtlicheres, als streichelnde Kinderhände. Frauchen öffnete unser Tor und mit den temperamentvollen Kräften unserer aufgestauten Ungeduld überrannten wir Stühle, stürmten den Tisch und fraßen die Blumen.

Nach einer kleinen Weile kamen die überrumpelten Gäste wieder vorsichtig aus ihren Deckungen hervor. Das Kind, dass nicht gesungen hatte, war kurzfristig unter dem Tisch verschwunden und lugte jetzt unter einem Deckenzipfel hervor. Nun war es soweit.

Meine Hirtin räusperte sich und hielt eine Rede auf das Geburtstagskind, das auf den schönen Namen Nicolin hörte und das nicht singen wollte. In einem feierlichen Akt wurde es zu Hammlets Hirtenfrauchen ernannt, nachdem man es unter dem Tisch hervorgezerrt hatte, wo es wohl lieber geblieben wäre, um in Ruhe mit dem Dackel seinen Kuchen zu teilen. Nach einer längeren Sprachlosigkeit freute es sich dann plötzlich doch, und, zur allgemeinen Erleichterung, sogar ganz schrecklich, oder es freute sich gar nicht, weiß der Hammel, denn es weinte wie eine löchrige Gießkanne.

Vor lauter Schluchzen wusste erst keiner so recht, was es denn für Tränen sein sollten. Solche des Krokodiles, denn sie waren ziemlich groß, oder solche der Freude, und ob die Kleine nicht vielleicht doch lieber ein anderes Geschenk gehabt hätte, als einen temperamentvollen, halbwüchsigen Rhöner?

Jetzt begriff ich erst so richtig die ganze Heimlichtuerei. Ich wusste doch schon immer, dass mein Frauchen mir ganz allein gehört und Hammlet ein eigenes Frauchen braucht, um welches er sich ab sofort und in Eigenverantwortung kümmern sollte!

Alt genug war er ja nun, für diese ehrenvolle Aufgabe. Dann vergingen ihm vermutlich auch die letzten Flausen und die Bockigkeit. Auch das Teilen würde er lernen. An seinem Hausmenschenkind würde er reifen, wie der Apfel am Stängel. Ich würde ihm schon den Marsch blöken, wenn er das kleine, süße Ding vernachlässigen sollte. Es hat dann ein bisschen gedauert, bis er einverstanden war und es einverstanden war; schließlich kannten sie einander ja noch gar nicht, das Kind und das Schaf und, ganz so, wie bei jeder gestifteten Ehe, brachte mein Frauchen, anstatt himmlischem Trost, einen himmlischen Toast aus, den ich mir mit viel Phantasie übersetzen musste, wollte ich ihn wenigstens in meiner Vorstellung auffressen. So bekam das Hauskind ein Haustier und das Haustier ein Hauskind, und nach einer Springflut überwältigender Gefühle kam die Ruhe der Ebbe, und alle verfügbaren Kinderhände und Kindernasen tauchten ein, in Wolle von Schafen und Felle von Hunden und mittendrin, wie ein kleiner leuchtender Stern, das frischgebackene Hirtenfrauchen, das so rote Wangen hatte, dass man an diesem Abend dachte, es müssten gleich drei Sonnen auf einmal sinken.

Hammlet genoss es sehr, so innig von der Kleinen gestreichelt zu werden. Vermutlich hätte er sich seinen Hausmenschen lieber selbst gewählt, aber jetzt, da das Püppchen schon mal da war und offensichtlich keinen Patenschafonkel hatte, konnte er ja nun schlecht nein blöken, zu dem süßen Ding! Alle warteten doch gespannt auf das Ja! Außerdem wäre das Nein sowieso liebevoll ins Falsche übersetzt worden, denn das Kind war des Blökabulars ja noch gar nicht mächtig. Und dann haben wir Schafe ja sowieso ein Herz für Kinder, das so groß ist wie ein Bierzelt am Münchner Oktoberfest. Und auch die Kinder haben ein Herz für uns, und das ist so groß, wie das ganze Himmelszelt, denn sie mögen die Lämmchen gern im Arm und nur dann im Bauch, wenn sie aus süßem Hefeteig gebacken sind.

Unwiderstehlich sind diese niedlichen Gören, wenn sie mit ihren Möhrchen und Brotstückchen kommen und blöken wie die Lämmer. Man versteht ja kein Wort, von dem was sie da blöken und auch nicht mehr sein eigenes, außerdem spricht mein Frauchen zu dem auch noch mit starkem saarländischen Akzent, aber das wird schon.

Wir lagen dann beide zufrieden zu Füßen unserer Hirtinnen, links und rechts des Geburtstagstisches. Sogar die kleine, mutige rote Röhre mit den kurzen Beinen, schien mir nun gar nicht mehr so unsympathisch, denn kaum klang es wieder nach klappernden Kastanien, sauste sie wie ein Pfeil zur Gartenhecke kläffte, knurrte, fletschte, spuckte Gift und Galle und abgerissene Blätter und vertrieb erfolgreich den garstigen Beller, nebst seinem eingebildeten Frauchen mit der neugierigen, hohen Nase.

Wir haben noch lange mit unseren Menschen gefeiert, an diesem schönen Tag, und waren die ganze Zeit mitten drin, was uns Schäfchen besonders gut gefällt. Als der Mond mit dem letzten „Kastanienklappern" aufgegangen war und die zwei kleinen und die große Sonne unter und die kleine rote Röhre noch einmal tüchtig gekeift hatte, brachten unsere beide Frauchen uns gemeinsam ins Strohbettchen. Das zweite Menschenkind fand nach einer Weile auch den Weg in den Schafsstall. Wie sanft, und vorsichtig es meine Nase kraulte. Überhaupt fand ich es besonders putzig, da es nicht blond war, sondern glatte, dunkle, halblange Wolle auf dem Kopf trug, in die man so schön die Nase hineinwuscheln konnte. Nur schaute es ein bisschen traurig drein. Ob es sich auch wünschte ein Schafsfrauchen zu werden.? Was kann man auch schöneres auf Erden werden, als ein Schafsfrauchen oder ein Schafsherrchen?

Und nun, meine lieben Freunde, nichts wie ab ins goldgelbe Strohbettchen. Morgen erzähle ich euch von spannenden Bekanntschaften, die wir machten, und wie wir uns einlebten, in unser wunderbares, neues Zuhause. Gute Nacht und träumt einen schönen Traum."

Weitere Ungeheuer?

Als wenn das schwarze Monster aus der Nachbarschaft, der Dackel Wiewaldi – wegen der barocken Formen -, und der eifersüchtige Broträuber Max, dieser ziegenbärtige Drahthaarrüde, nicht schon genug der lästigen Hundeplage gewesen wären. Normalerweise gibt es auf einem Bauernhof viele Schafe und wenig Hunde; hier schien es umgekehrt.

Am Morgen nach dem tollen Fest regnete es in Strömen, und um Streit fördernder Langeweile vorzubeugen, durften wir Schafe unsere Hirtin in den Pferdestall begleiten. Kraftstrotzende kleine Widder lassen sich allerlei einfallen, wenn sie nichts zu tun haben. Ganz genau wie die Menschenkinder brauchen sie genügend Auslauf, einen Lämmergarten, möglichst unter pädagogisch geschulter Aufsicht, da sie sich alleine nicht beschäftigen und nur selten, ohne sachgemäße und der körperlichen und der geistigen Entwicklung dienliche Anleitungen, alleine spielen können, um ausgeglichen und zufrieden zu sein. Kurz, damit sie den überforderten Eltern nicht auch noch auf den Wecker gehen. Ich wüsste überhaupt gar nicht, wie ich auf so einen Wecker draufkommen sollte. Ich bräuchte vermutlich eher eine Turmuhr.

Da wir keine Lämmergärtnerin hatten, kümmerte sich Frauchen selbst um uns, oder umgekehrt. Wir begleiteten Frauchen im Stall von einem Pferd zum anderen und sahen ihr aufmerksam beim Füttern zu. Was die für Portionen bekamen, da kam ich aus dem Staunen nicht mehr raus. Das Heu musste anscheinend schleunigst beseitigt werden, also halfen wir tüchtig mit. Pferde kannten Hammlet und ich ja schon aus unserer Kinderzeit, und wir fürchteten uns nicht vor den riesigen, schnaubenden Tieren, die aussahen wie höckerlose Kamele. Das heißt, einen winzigen, sehr knöchrigen Höcker haben sie ja, aber an einer für ein Kamel unvorstellbaren Stelle, direkt unterhalb des Halses. Das Ding heißt Widerrist, soll wahrscheinlich verhindern, dass die Männer ohne Sattel reiten und herausfinden können, wohin und wie herum sie den Sattel legen müssen, denn falsch rum sieht das sonst so komisch aus. Spätestens aber, wenn das Pferd zwar in die gewünschte Richtung läuft, der Reiter aber in die falsche Richtung kuckt, also rückwärts reitet, sollte man, so fern es dann noch möglich ist, anhalten oder abspringen, um die Lage des Sattel noch einmal genauer zu überprüfen.

Auch wie unser Hufschmied es immer wieder hinkriegt die Eisen richtig herum drauf zu nageln, grenzt ans Wunderbare. Sich trotz zahlreicher Fehlversuche nie entmutigen zu lassen, dazu gehört Charakterstärke. Die Pferde keilen dann so herum aus, wie die Eisen drauf gepasst hätten, und zeigen dem Hufschmied damit wo es lang geht, wenn er es dann nicht schon von selbst weiß.

Die Pferde begegneten uns bisweilen mit deutlichem Misstrauen. Pferde haben große Köpfe und vor allem, was da noch nicht drin ist, eine gehörige Portion Angst. Sie brauchen den vielen Platz im Kopf, weil sie offensichtlich vor allem, was sie nicht kennen, grundsätzlich erst einmal Angst haben. Wenn sie sich dann nicht mehr davor fürchten, was immer es auch gewesen sein mag, muss diese Erinnerung sicher im Kopf aufbewahrt werden, in dem bald nahezu alles zu finden ist, was fährt, brennt, schreit, fliegt oder aus Plastik ist.

Um der Erinnerung zum rechten Zeitpunkt auf die Sprünge zu helfen, jagen die Reiter dem Pferd Angst ein, die noch größer ist, als die Angst die den Fluchtreflex auslöst. Dann bleibt das Pferd stehen, weil es vor Angst erstarrt. Wenn es dann zu stark anfängt zu zittern, gerät der Reiter in die Gefahr herunterzufallen. Manche Pferde weigern sich danach beharrlich weiterzulaufen. Eine grobe Untugend, die man Verweigern nennt. Vor allem auf Turnierplätzen zu sehen, wenn die Pferde nicht über die Hindernisse wollen, da man ihnen ja vorher, unter Strafandrohung und mit Elektrozaun, eingetrichtert hat, gefälligst hinter den Zäunen zu bleiben und ja nicht drüber zu springen, was sie sonst natürlich allesamt machen würden. Nur unser Pony Lotte nicht, die passt untendrunter durch.

Dass der Kopf endgültig voll ist merkt man daran, dass sich die Pferde nun immer am selben Punkt und vor dem selben Gegenstand gleichermaßen erschrecken, auch wenn man hundertmal vorbeigeritten ist, und zwar an ein und demselben Tag. Sie können die Erinnerung daran, dass ihnen hundertmal hintereinander nichts passiert ist, einfach nicht mehr unterbringen. Spätestens dann sind die Pferde nicht mehr reitbar, kommen zur Bewegung auf ein Laufband, in eine automatische Führmaschine, auf die Weide und von dort aus, gut versteckt, was bei der Größe schwierig ist, in eine Eselswurst.

Wir Schafe waren also ganz offensichtlich noch nicht drin, in diesen großen Pferdeköpfen. Es gab, wie zu erwarten, einen kleinen Tumult, als wir mit Frauchen den Stall betraten. Ich wünschte mir in diesem Moment nur eines für mein Frauchen: dass seine Pferde noch genügend Speicherkapazitäten in den Köpfen frei hatten, sonst würde ich wohl bald keine Lust mehr haben, es in den Stall zu begleiten.

Tja, wir sahen ja auch schon ziemlich gefährlich aus. Manche Pferde sprangen mit einem Satz in die Ecke oder legten die Ohren an, als sie uns zum ersten Mal sahen, mit einem deutlichen „Iiih, was ist denn das?" im Blick. Sie waren nie aus Stall und Dorf heraus gekommen und hatten nichts von der Welt gesehen, vermutlich auch keine Schafe. Manche scheuten, andere versuchten sogar nach uns zu beißen, aber im Großen und Ganzen blieb die Pferdegesellschaft zurückhaltend und weitgehend gelassen und freundlich.

Ob diese Tiere wirklich so intelligent sind wie wir, was ihre mächtigen Schädel auf den ersten Blick vermuten lassen, und warum so viel Raum für so wenig Hirn, all diese drängenden Fragen konnte ich ja nun hinlänglich beantworten. Pferde erinnern nun einmal an höckerlose Kamele.

Können Kamele intelligent sein? Wer lebt schob freiwillig dort, wo es heiß ist wie in der Hölle, einem von der brennenden Sonne das Gehirn eintrocknet, es weit und breit nur Sand gibt und außerdem nichts zu fressen und zu saufen. Zweitens tragen Kamele und Pferde Menschen auf dem Rücken, und es sieht so aus, als wäre es für ihre Reiter auch nicht besonders schwierig, sie von dieser absolut überflüssigen Notwendigkeit gehfaule Leute zu schleppen zu überzeugen. In den meisten Reithallen mit Blechdach wird dieses unerträglich heiße und staubige Wüstenklima im Sommer sehr wirklichkeitsnah nachgeahmt, damit die Pferde sich lustlos und schwitzend, stundenlang im Viereck laufend, vollends als Kamele fühlen können, da ihr

Resthirn nach dieser Sonderbehandlung nahezu restlos verdampft sein dürfte. Vermutlich machen das die Reiter, um die Gehirnmasse des Pferdes auf ein ihnen ähnliches und somit dienliches Niveau herunter zu schrumpfen. Was für eine schauderhafte Vorstellung, eine Fron geradezu. Einige wenige höckerlose Kamele sind allerdings schlau genug, um von uns Schafen die Bocksprünge zu erlernen, die bisher eindeutig wirkungsvollste Methode, sich des lästigen Reiters, deutlich leichter als jeder lästigen Fliege, zu entledigen.

Die Fliegen können das Reiten sowieso viel besser. Man verjagt sie aus Neid auf diese Gabe, am Pferd wie eine Briefmarke zu kleiben, mit chemischen Keulen, die viel Geld kosten, nichts nützen und den armen Pferden mehr schaden, als den Fliegen.

Natürlich sind unsere zirzensischen und eleganten Bewegungsabläufe beim „Buckeln", wie die ungebildete Bourgeoisie der Reiter das Bocken nennt, mit dem „Sauerkrautstampfen" der Pferde kaum vergleichbar. Liegt der Reiter unten freut sich das Pferd. Die Reiter stehen im günstigsten Falle gleich wieder auf und, siehe da, sie können sogar selbstständig laufen, denn dafür haben sie von Gott Füße bekommen und keine Pferde. Sonst wären ihnen die Pferde doch an den Beinen festgewachsen, oder? Somit hätte sich dann auch das Abschmeißen, nebst möglicher Folgen, erledigt.

Manchmal müssen die Reiter mehrfach abgeworfen werden, bis sie wieder zu überzeugten Läufern werden und endlich einsehen, das es besser ist, und auch gesünder für alle Beteiligten, zu Fuß zu gehen. Haben Pferde den Rücken bekommen um faule Reiter zu schleppen und mit ihnen sogar noch über riesige Barrieren und Wassergräben zu springen, die man spielend leicht umgehen könnte? Nein! Ach, wenn in dem großen Kopf doch etwas mehr Hirn wäre! Wahrscheinlich bauen sich die Menschen überall unnötige Hindernisse auf, um sie dann mit fremder Hilfe zu überwinden. Haben sie das dann geschafft, natürlich ganz allein, sind sie erfolgreich. Wenn man ihren angeblichen Heldentaten zuhört könnte man meinen, sie hätten ihre Pferde über die Hindernisse getragen und nicht umgekehrt.

Rodeo nennt man übrigens Veranstaltungen, auf denen man dem zweifelhaften Vergnügen auch freiwillig nachgehen kann, sich von wild buckelnden und bockenden Viechern, wie Bullen und Pferden, abschmeißen zu lassen. Es sind viele hübsche Mädchen unter den

Zuschauern, in kurzen Röcken, Stiefeln und mit breiten Cowboyhüten auf dem Kopf, und es geht offensichtlich für die Cowboys darum, sich für diese Mädchen, auf möglichst heldenhafte und lächerliche Weise, die Knochen zu brechen. Menschenmännchen machen so was, um zu imponieren. Sie klettern auch auf noch viel höhere Dinger als auf Pferde und Kamele. Auf Berge zum Beispiel, frieren sich unterwegs halbtot, fallen herunter und sind dann meistens ganz tot, aber endlich berühmt. Vorher haben sie gelebt, da hat sich nur keiner für sie interessiert, aber erst mal tot, sind sie dann glücklich die Stars und in aller Munde und werden von den Mädchen beweint, von denen sie vorher belächelt wurden. Wo doch jeder noch so blöde Hammel weiß, dass die Gämsen, Steinböcke und Bergziegen das viel besser und auch eleganter können, das Hochklettern und wieder heil Herunterkommen, im Gebirge meine ich, denn sie sind dafür gemacht, und kalt wird ihnen da oben auch nicht.

Sie werden trotzdem nicht berühmt, denn das wird man nur, wenn ich das jetzt endlich richtig verstanden habe, wenn man etwas für Menschen total Unsinniges ganz besonders gut kann und zwar besser als alle anderen. Kommt man dabei um, ist man zwar tot, aber auch ein Held und somit unsterblich, das heißt man ist zwar gestorben, lebt aber trotzdem irgendwie weiter. Man ist also ein Gespenst, vor dem sich normalerweise alle, besonders die Frauen, nachts ab zwölf Uhr fürchten, obwohl es unsichtbar ist, es noch keiner gesehen hat, und trotzdem alle wissen wie es aussieht und sich anhört.

Trotzdem wollen alle Männer das können, was sie nicht können, und der, der es kann, oder es mit viel Glück überlebt hat, ist dann berühmt oder tot oder beides und solch ein Gespenst, vor dem die Damen sich dann ausnahmsweise mal nicht fürchten, sondern es beweinen und bewundern.

Menschen sind merkwürdig und kompliziert. Jedes Schaf, das länger mit ihnen zu tun hat, macht sich zwangsläufig irgendwann seine Gedanken. Mich berührt das alles nicht besonders, denn ich weiß ich bin Frauchens Liebling und der wichtigste Alleinherrscher über Hof, Hund und Leckerlis und der Oberaufseher an seiner Seite. Reste von Intelligenz sind noch vorhanden, bei meinem Hausfrauchen, was es für mich sehr liebenswert macht, denn es steigt nicht auf Berge, außer auf unseren riesigen Misthaufen, um von dort oben für mich herunter zu fallen oder zu erfrieren, damit ich endlich merken soll, wie toll mein Frauchen ist, bzw. wie toll es war. Außerdem mag ich, seit meiner Begegnung mit den schwarzen Schafen, keine Gespenster mehr.

Nur gelegentlich steigt Frauchen auf diese unberechenbaren, höckerlosen Kamele, als angebliche Gehhilfe, und außerdem könne man sie nicht spazieren führen wie die Hunde, da sie viel zu schnell laufen, zu große Schritte machen und man nicht mitkommt. So rundherum vernünftig scheinen Menschen wohl eher selten zu sein. Und sind sie es, wider Erwarten, doch einmal, nennt man sie heimlich Feiglinge.

Nach diesem philosophischen Ausflug zurück in den Pferdestall. Die Pferde und alle anderen Tiere auf dem Hof würden sich schon bald an meine hohe Position gewöhnen und als Frauchens Bodyguard respektieren, es sei denn, und hier kommen wir zu einem zu dieser Zeit noch ungeklärten Punkt, wir sind ein frecher, rachsüchtiger Drahthaarrüde, der auf den einfallslosen Namen Max hört, haben einen lächerlichen, braunen Ziegenbart, einen giftigen Blick und eine unstillbare Gier nach Schafsbrot und allem, was Schäfchen sonst noch gerne mögen, Frauchen eingeschlossen.

Als wenn ich es nicht geahnt hätte. Die Stalltür öffnete sich, und das kleine Menschenkind Anne, das mir äußerst sympathisch war, betrat mit dem miesen Max die Stallgasse. Er hopste um sie herum, schleuderte dabei unentwegt niesend seinen Kopf, in welchem er offensichtlich nicht mehr alle beisammen hatte. Scheinbar eines dieser lächerlichen hundetypischen Begrüßungsrituale, mit dem er jetzt auch mein Frauchen umtanzte. Langsam verschlechterte sich meine Laune. Er hatte uns Schafe, obwohl wir einen unverwechselbaren Duft haben und ziemlich groß sind, als verzogenes, degeneriertes Schoßhündchen, das er nun einmal war, nicht bemerkt. Wenig Hirn, schlechte Augen und eine degenerierte Nase, kein ernstzunehmender Gegner für mich. Und so was will Hofhund sein?

Toloose, nannte ich ihn bei mir, geboren um zu verlieren, natürlich gegen mich! Sein ergreifender Niesanfall erstarrte jäh, als er uns, nach gefühlten Ewigkeiten und halbblind vor Überschwang, endlich bemerkte. Lautstarke und rührselige Gefühlsausbrüche sind mir zuwider! Er duckte sich etwas, bekam einen stieren Blick, etwa so als sähe er weiße Mäuse, mimte auf gefährlich, sträubte das unordentliche Nackenfell, und mit dieser struppigen Halskrause kam er sich vor wie Maria Stuart persönlich. Er versuchte imposant auszusehen. Da müsstet ihr meinen Maria-Stuart-Winterwollkragen mal sehen! Mein Gott, hat mich Toloose' „So als ob" eingeschüchtert. Wir zeigten keinerlei Regung. Stand-bye-schafe!

Maxen brummte erst leise, dann vernehmlich. Frauchen brüllte: „Aus!", denn seine Alarmsirenen schrillten, Anne gab ihm eine Schelle, Max war beleidigt, duckte und schämte sich, ich fühlte mich bestätigt, und der geschlagene Gegner verzog sich. „Na warte!" maulte er leise. Schöne Aussichten für ein so friedliebendes Schaf wie mich. Dass sich die nächste Gelegenheit sozusagen postwendend bieten sollte, wurde uns schnell klar, als wir in der angrenzenden Futtergasse einen duftenden Heuhaufen als Zwischenmahlzeit beanspruchten; sehr zum Ärger von Maxen, denn der lag mittendrin, war noch immer beleidigt und zeigte keinerlei Bereitschaft aufzustehen.

Wenn es ums Fressen geht, kennen wir Schäfchen kein Pardon. Also, Schulterschluss und durch. Wir uns innig liebenden Geschwister waren uns einig wie selten. Wir wollten das Heu und nicht den Hund, also starteten wir erst mal ganz vorsichtig einen wohldosierten Scheinangriff in Richtung Maxens Luftraum; nur kleine sich steigernde Boxdrohungen, um ihn erst mal zu provozieren und aus der Reserve und damit aus dem Heu zu locken.

Da wir unsere vorangegangene Lektion, im Umgang mit aufmüpfigen Lästlingen, gelernt hatten, setzten wir dieses neu erworbene Wissen umgehend ein. Wir mussten ihn nur erneut laut und vernehmlich zum Knurren bringen, alles weitere lief dann vermutlich zu unseren Gunsten wie geschmiert. Man nennt das reizen! Vielleicht war er ja auch einsichtig, was seine aussichtslose Lage betraf, und würde uns kampflos den Vortritt lassen. Im Grunde war Max ja völlig unserer Meinung, denn auch er beanspruchte das Heu, zwar nicht zum Fressen, aber als Bett. Und wer lässt sich schon freiwillig sein Bett wegfressen, zumal, wenn er gemütlich mitten drin liegt.

Er begann leise zu knurren und funkelte teuflisch mit den kurzsichtigen Augen. Wir versuchten es diplomatisch und fraßen uns erst mal, am Rand des Heubettes, um den Feind herum. Wir beherrschen die Fertigkeit des Knurrens nicht und waren uns somit auch keineswegs der möglichen Folgen bewusst. Wir futterten uns ganz vorsichtig und mit unschuldigem Blick, sozusagen rein zufällig und ohne jede erkennbare Absicht, langsam näher an Maxen heran, sein langsam deftiger werdendes Gebrumme einfach überhörend. Das ärgerte ihn wie verrückt, und unser ignorantes Verhalten verstärkte sein Gebrumme wie ein Lautsprecher. Mit Maxens Bett schrumpfte dann seine letzte Hemmschwelle. Seine bernsteinfarbenen Augen glühten im Halbdunkel. Spacedog! Er vertiefte sein Knurren, hob die Lefzen bedrohlich, entblößte seine gelblichen Eckzähne und blaffte einmal, uns laut verwarnend, in die Luft.

Alarm!!! Mit quietschenden Absätzen schossen Anne und Frauchen um die Ecke, denn diese beiden waren sich der möglichen Folgen des Knurrens durchaus bewusst. Wir verhielten uns extrem ängstlich, verunsichert und eingeschüchtert. Das wirkte wunschgemäß. „Maximiliaaan!", wie er jetzt sehr streng genannt, das heißt, angebrüllt wurde, folgte widerstandslos und offensichtlich ferngesteuert der Richtung, in die Frauchens und Annes gleichzeitig gezückte Zeigefinger wiesen. Vermutlich war ja Maxens lächerliches Stummelschwänzchen eine Art getarnte Funkantenne. Mikrofone werden bei schlechtem Wetter auch manchmal mit Fell umwickelt. Der miese Max hatte die sprichwörtliche rote Karte bekommen! So ein Pech aber auch.

„Schließlich schlafen die Schafe auch nicht in deinem Futter!" zischte Anne. „Deren angebliches Futter war ja mein Bett, oder steht hier irgendwo ein Körbchen für mich im Stall?", nörgelte der arme Hund selbstmitleidig in sich hinein. Er war gekränkt und fühlte sich verraten, ich sah es ihm richtig an. Er zog sich in die Länge und ging in die Knie, legte unterwürfig die Ohren an, klemmte seine eingezogene Funkantenne,so gut es eben ging, zwischen die Hinterbeine und schlich sich geduckt von dannen, ganz wie es sich für einen blamierten Verlierer geziemt.

„Bravo Toloose, endlich hast du mal was richtig gemacht!", spottete ich. Obwohl ich nicht sonderlich sentimental bin, besonders nicht, wenn es ums Fressen geht, und es ja nur verständlich ist, dass ich vorgezogen werde, empfand ich Mitgefühl. Wir hätten ihn ganz klar auch ohne menschliche Unterstützung besiegt, aber seine Schmach, kampflos Feld und Bett räumen zu müssen, während er hilflos zusehen musste, wie sein Feldbett ihm buchstäblich Halm für Halm unter dem Hintern weg gefressen wurde, war mehr, als er verkraften konnte und sicher zutiefst demütigend für ihn. Für mich, als leidenschaftlicher

Krieger, absolut nachfühlbar. Von Beutetieren kampflos besiegt. Der Gipfel der Schmach für einen arbeitslosen Jagdhund, dessen kümmerliches, auf einen Bauernhof zusammengeschrumpftes Revier, in dem es noch nicht mal Hühner zu jagen gab, und in dem ihm jede Maus entwischte, es sei denn sie war lahm, blind und taubstumm, ihm jetzt auch noch von zwei unverschämten, halbwüchsigen Widdern streitig gemacht wurde. Wie musste ihm zumute gewesen sein?

Ich weiß wie es ist, wenn man kämpfen will und sich beherrschen muss, nur weil die Menschen keinen offenen Kampf wollen und lieber mit Listen oder Hinterlisten versuchen ihre Gegner zu besiegen. Dieses ewige Theater um Frieden. Ich glaube Frieden ist unter den Menschen nur dann, wenn sie alles unter den Teppich gekehrt haben. Deshalb hat auch jeder Mensch mindestens einen Teppich, je nach dem, ob auch alles darunter passt. Manche Leute brauchen ganz viele Teppiche, sonst kriegen sie ziemlich schnell kalte Füße! Und da jeder Frieden zum Leben braucht, sind sie ja so ordentlich und machen ständig sauber. Jedenfalls die Frauen. Ehrliche Menschen kehren nichts unter den Teppich, sondern haben einen Staubsauger!

Wir Schafe sind mutig, besitzen steinharte Stirnplatten, spitze, gedrehte oder sonstige Hörner, jedenfalls manche, und brauchen weder Teppiche noch Staubsauger? Dabei wollen wir Schafe einfach nur klare Verhältnisse und das, was uns zusteht, sämtliche Leckerlis und alle zu verteilenden Streicheleinheiten, und unser Heu ist kein Bett, schon gar kein Hundebett. Von da an hielten wir erst mal Waffenstillstand mit Maxen.

Beim Verlassen des Stalles, es goss in Strömen, wurde uns jedoch schnell klar, dass dieser Tag noch mehr Überraschungen auf vier Beinen zu bieten hatte. Ein großer, laut heulender Hund in weißgrauem Fell, einem braunen und einem blauen Auge, trabte, mit einem für einen Lästling erstaunlich freundlichen Gesichtsausdruck, auf uns zu. So was gab es also auch, und ich verspürte, neben meiner üblichen, überheblichen Ignoranz, eine gewisse sympathische, wenn auch schwache, Strömung. Ein Hund, der mir auf Anhieb sympathisch war, Edda genannt wurde, wollweiches Fell hatte und anstatt zu bellen lieber heulte. Das war schon fast wieder zu viel des Guten, und ich wurde wieder misstrauisch. Dieses Geheule war für unsere Schafsohren außerdem etwas unheimlich, denn es erinnerte uns an unsere Urfeinde, die Wölfe.

Dieser Wolf hier war also scheinbar harmlos. Wir haben einen untrüglichen sechsten Sinn für Gefahr. Ich merkte nichts! Hier drohte uns keine Gefahr, im Gegenteil, der Hund war freundlich, benutzte seine Zunge, nicht seine ziemlich großen, blütenweißen Zähne, und schleckte an meinen Ohren. Der etwas plumpe Annäherungsversuch wurde mit einem kleinen seitlichen Konter abgewehrt, und Edda hielt daraufhin respektvoll Abstand. Schließlich wusste nur ich, wann es nötig war, meine Ohren zu waschen. Noch hörte ich ausgezeichnet. Dieser Hund gefiel mir irgendwie. Er würde sich von mir erziehen lassen, er war von allen Lästlingen hier der größte und netteste und hatte damit eine gewisse Daseinsberechtigung. Kein Wunder, dass er so war, wie er war, ich konnte ja auch beim besten Willen keine, als Stummelschwanz getarnte, Funkantenne erkennen. Das erklärte alles. Edda hatte am Hinterteil eher eine Art Ventilator mit einem Rotorblatt, der sich wie wild im Kreis drehte und einen Mords Wind machte, bei Begrüßungen und ähnlich aufregenden Anlässen.

Man muss daraus nicht unbedingt schließen, dass der kleinste Hund auch immer der frechste ist. Ich habe als aufgeklärter Widder auch keinerlei Vorurteile gegen andere Rassen, Arten und Minderheiten, außer bei drahthaarigen Maxen. Aber ein plötzlich aus dem Nichts auftauchendes, wild herumhüpfendes, kläffendes Knäuel, mit einem peinlichen, von einem rosafarbenen Haarband gehaltenen Pinsel zwischen den Ohren, schnell wie ein unkontrollierbarer Vollgummiball, von dem man nie weiß, wohin er als nächstes springt, legte den Verdacht schon bald nahe, dass mangelnde Größe durch lautes und auffälliges Benehmen überspielt wird. Das ganze Spektakel dient nur der Vortäuschung von Mut und Größe und ist, bei aller belanglosen Winzigkeit, nichts weiter, als eine große Klappe.

Weit gefehlt, denn Mut hatte dieser zähnefletschende Mikroorganismus mehr als genug. Das Nerven polierende Gekeife, hier in einer besonders unangenehm hohen Tonlage, einem Schleifstein oder Zahnbohrer gleichend, entlarvte dieses irre, beißwütige, aus England stammende, unberechenbare und langhaarige Insekt eindeutig, als zur Spezies“ kleiner Hund“ gehörig und zwar ziemlich kleiner Hund. Dieses schwierig zu ortende Mistviech, namens „Yorki“, sprang doch glatt an mir hoch, überflog dabei seine eigenes Stockmaß um mindestens vier Etagen, und bevor ich überhaupt reagieren konnte, hatte es mit seinen rattenscharfen Zähnchen ein Monogramm in meine Oberlippe gestanzt. Es ging alles blitzschnell. Angriff schien diesem Zwergmonster die wohl einzig mögliche Verteidigung.

Ich hielt es für das Vernünftigste ihm zukünftig einfach aus dem Wege zu gehen, da ich weder über Insektenspray noch Tränengas verfügte, um es sicher abzuwehren, obendrein meine empfindliche Oberlippe auch künftig nicht mit Brillanten würde schmücken wollen. Die Wasserspritzpistole der zweibeinigen Lämmchen hätte vermutlich gute Dienst geleistet. Es reicht mir schon, dass meine Ohren, kurz nach meiner Geburt, mit einer ziemlich unangenehmen Lochschere zwangsgepearct wurden; angeblich ja nur, um meine Herkunft jederzeit genau nachvollziehen zu können. Von wegen nachvollziehen. Bei mir wird nichts nachvollzogen. Das geht niemand was an, und mit Vollzug will ich auch nichts zu tun haben. Sehr unverschämt, wie ich meine, einem wehrlosen Lämmchen Zuchtmarken an die Ohren zu heften. Es schadet der Schönheit und ist schmerzhaft. Oder möchtet ihr mit eurem Personalausweis ans Ohrläppchen getackert herumlaufen müssen? Wohl kaum! Der gläserne Mensch reicht mir schon völlig, ich brauche bestimmt nicht noch ein durchsichtiges Schaf.

Nachdem wir den Yorki an diesem denkwürdigen Tag überstanden hatten, darf der Hauskater, überschwänglich „Königstiger" genannt, aber in Wahrheit ein dahergelaufener schwarzweißer Straßenkater, natürlich, der Vollständigkeit halber nicht unerwähnt bleiben. Man muss sich ja ein komplettes Bild von den Bewohnern unseres Bauernhofes machen können, um überhaupt zu begreifen, welchen Herausforderungen wir Schafe gegenüber standen.

Der Kater trabte über den Hof, mitten durch Regen und Pfützen und schüttelte nach jedem Schritt, mieslaunig maunzend, das Wasser aus seinen Pfoten. Er umschnurrte Annes Waden, während er sich, unaufhörlich miauend, über das schlechte Wetter beschwerte, dabei seinen gesträubten, zitternden Schwanz nach oben ausrollend, wie eine schwarze Lackritzschnecke. Vermutlich steuern die Menschen nicht nur Hunde, sondern auch Katzen über solche merkwürdigen Funkantennen.

Anne, das zu diesem Zeitpunkt jüngste Menschenkind auf unserem Hof, rettete in einem strengen Winter diesen ihren „Muskelkater", als er noch ein kleines Kätzchen war, vorm Erfrieren. Er hätte den strengen

Frost ohne ihre Hilfe wohl nicht überlebt. Und zum Dank hat er sich hier dauerhaft eingenistet, dieser kleine Mäuseschmarotzer. Tja, wer Schafwolle trägt ist eben unbestritten im Vorteil. Wir mochten den „Tiger“, den Muskelkater, das „Lack- und Lederkätzchen“, wie er von Anne, nebst zahlloser anderer Schmusenamen, genannt wurde. Er war stets freundlich, besuchte uns mehrmals täglich, verjagte oder fraß die lästigen Mäuse, die immer an unsere Brotkiste wollten und umschnurrte zärtlich meine Beine. Er war unnahbar, machte was er wollte, schlich auf Samtpfoten durch den Stall, balancierte schwindelfrei auf dem Dachfirst, und keiner wusste wie er da heraufgekommen war, geschweige denn wieder herunterkommen wollte. Manchmal schlief er zusammengerollt in unserem Stroh und erinnerte an eine kleine Hefeschnecke, mit zwei Rosinen im Kopf. Aber wer hat denn keine Rosinen im Kopf? Er vertraute uns, der kleine schwarzweiße Tiger. Das gefiel mir.

Nun, meine lieben Freunde, da ihr jetzt einen kleinen Einblick in unser abwechslungsreiches Leben gewonnen habt, wird es höchste Zeit für mein goldgelbes Strohbettchen. Auch Schafe brauchen ihren Schönheitsschlaf! Morgen erzähle ich euch, was wir frechen, kleinen Lausbuben mit dem nichts ahnenden Postboten anstellten. Und jetzt nichts wie hinein gekuschelt und noch ein paar Streicheleinheiten von und für Frauchen. Also gute Nacht und träumt einen schönen Traum.“

Tolle Freunde, neue Spiele und ein arretierter Postbote

Wir verlebten eine wirklich wunderbare Schafskindheit. Unsere Menschenfreunde gaben sich solche Mühe, unsere Tage so abwechslungsreich zu gestalten wie möglich und unseren regen Geist zu beschäftigen. Auch bedachten sie uns mit Kostbarkeiten, schenkten uns Liebe, Leckerlis und Zeit. Wir dankten ihnen diese göttlichen Gaben, indem wir prächtig gediehen und Zufriedenheit ausstrahlten, was wiederum ihnen große Freude machte, denn sie waren aufrichtig interessiert an unserem Wachstum und Wohlergehen. Wir strotzten nur so vor Kraft. Wir lernten täglich etwas Neues dazu, selbst die Worte der Menschen wurden mit bestimmten, sich stets wiederholenden Gesten für uns verständlich. Obwohl ich fand, dass sie sich manchmal etwas zu kompliziert ausdrückten. Vermutlich dachten sie, wir verständen sie nicht. Darum hängten sie an bestimmte Wörter ihrer Muttersprache gerne chinesische Endsilben an, wie „chen“, „li“, oder „lein“. Ich halte diese drei für die häufigsten Varianten deutsch-chinesischer Wortschöpfungen. Sie sind vermutlich ein sinnvoller, wenn auch etwas kitschiger Beitrag zur Völkerverständigung. Schließlich gibt es auch chinesische Schafe, vermutlich mit Schlitzaugen, hohen Wangenknochen, schwarzen Köpfen und gelber Wolle.

Aber gilt das auch für den Umgang mit Schafen, die aus der hessischen Rhön stammen? Na ich weiß nicht. Obwohl, ein Völkerverständigungsschaf im diplomatischen Dienst zu sein, wäre vielleicht sogar eine reizvolle Herausforderung für mich. Und welcher starke Widder verspürt nicht irgendwann mal den Drang, mit voller Wucht gegen die chinesische Mauer anzurennen.

So wurde mit ein paar chinesischen Endsilben das Vokabular der Verniedlichung geschaffen, und aus Schatz Schätzelchen, Schatzili oder Schatzilein, und aus lecker ein Leckerli oder Leckerchen und so weiter. Es schien für uns Schafe einfacher zu sein, die Menschen zu verstehen als umgekehrt. Das Blökabular stellte vor allem die Erwachsenen vor einige Schwierigkeiten. Sie taten sich schwer, die paar Buchstaben die wir benutzen, um uns knapp und präzise auszudrücken, und denen wir mit unterschiedlichen Betonungen, Klangfarben und Lautstärken die entsprechende Bedeutung verleihen, zu übersetzen. Es mangelte ihnen ein wenig an Fantasie und Vorstellungskraft.

Die Kinder waren da viel gescheiter. Sie verstanden alles, sogar unsere Gedanken. Sie konnten im Klaueumdrehn die gesamten Blökabeln rauf und runter und in allen Tonlagen und Lautstärken aufblöken. Sie schrieben für die Schule ganze Aufsätze, worüber sie sich mit uns in „Bäh und Böh" stundenlang angeregt unterhalten hatten.

Mit Nicolin und Anne schlossen wir bald dicke Freundschaft. Wir lehrten die beiden eifrigen Schüler tolle Spiele wie Nachlaufen und Verstecken. Das machte riesigen Spaß. Wir jungen Böcke jagten uns gegenseitig über die Wiese; das war unser liebstes Spiel, und es erstaunte mich, wie schnell die Kinder die Regeln verstanden. Sie waren mit Eifer dabei, rannten über die Schafskoppel, versteckten sich hinter Bäumen und im Gebüsch, und wir hüpften mit den lustigsten Bocksprüngen hinterdrein. Wir haben sie natürlich stets sofort entdeckt, mit unseren unbestechlichen Spürnasen, obwohl wir herumblökten und erst mal so taten, als fänden wir sie nicht.

Bocksprünge sind übrigens unsere Spezialität. Wir wackeln mit dem Kopf und hüpfen seitwärts und mit allen Vieren gleichzeitig durch die Luft, wenn wir besonders gute Laune haben und übermütig sind. Frauchens Pferde lassen sich von uns gelegentlich inspirieren und machen das erstaunlich geschickt nach, obwohl sie keine Schafe sind.

Wenn der Reiter dann drauf sitzt, wollen sie sofort zeigen, dass sie was ganz Tolles gelernt haben. Die Reiter lernen von ihren Pferden dann das Fliegen, obwohl die Pferde keine Vögel sind. Leider verlernen die Reiter beim Fliegen das Lachen. Menschen können scheinbar nie zwei Sachen gleichzeitig machen.

Die eindeutigen Erfinder des Bocksprungs sind aber wir Schafsböcke, wie der Name ja schon sagt. Bei Heidschnucken sieht das witzig aus, denn ihr langes, fransiges Fell wippt beim Sprung in die

Der miese Max war mir mit seiner Scheinheiligkeit und seinem Unschuldsblick auf der Stelle wieder unsympathisch. Mäxchen, dass ich nicht lache, Wolltairchen hatte man mich noch nie genannt, und das würde ich mir auch verbitten. Und dann wurde auch noch Maxens lächerlicher Ziegenbart gekrault. Dieser triumphale Blick, den er mir zuwarf, während er durch seine bräunlichen Frontzähne zu grinsen schien, war mehr als genug, um meinen sonst so gut beherrschten Boxreflex auszulösen. Ich vergaß meine guten Vorsätze. Hammlet dachte an die Leckerlis und wurde nervös. „Alles nur wegen dieser dämlichen Blumen, die außerdem kein bisschen geduftet und geschmeckt hatten. Du kannst ja nie genug kriegen!", maulte er mich an.

Das war ja nun der Gipfel. Ich sollte jetzt plötzlich an Allem allein schuld sein. Frauchen bestrafte uns völlig zu unrecht, denn sie hatte ja überhaupt nichts probiert. Und außerdem waren die Dinger brandgefährlich, mit all den Stacheln dran. Meine Oberlippe sah nach dieser zweifelhaften Kostprobe aus wie das reinste Küchensieb. Ich würde ab jetzt vermutlich immer duschen, wenn ich eigentlich trinken wollte. Das interessierte hier keinen. Man müsste diesen zweifelhaften Verehrer wegen indirekter Körperverletzung belangen.

Manche Gärtnereien sind ja schon aus Sicherheitsgründen dazu übergegangen, ihre giftigen und stacheligen Strünke mit einem eindeutigen Warnhinweis zu versehen, auf dem zu lesen steht, dass das Dingen nicht essbar, sondern angeblich nur Deko sein soll. Nein, Rosen sind von Haus aus nicht giftig, von Gewächshaus aus aber manchmal sogar ziemlich giftig. Wollte der Kerl Frauchen umbringen, oder mit KO-blumen, anstatt -tropfen betäuben? Wenn ich den vor die Stirnplatte kriege! Unser Rosenfraß war ja fast die Heldentat eines Märtyrers, wenn man es genau überlegt.

„Zukünftig lasse ich bei allem, was ich an Unerlaubtem abfresse, immer eine Blüte für Frauchen übrig" blökte ich gekränkt. „Schaffst du nie!", stichelte mein ach so feiner Bruder.

Unsere Hirtinnen unterzogen sich am folgenden Abend einer heimlichen Beratung und ließen uns ganz schön lange schmoren. Sie besuchten uns nur kurz und ziemlich spät, aber dennoch, wir wurden tüchtig gekrault und gestreichelt, wie sich das ja für richtige Schafsfrauchen gehört. Man hatte uns die abgefressenen Strünke des heimlichen und völlig überflüssigen Verehrers verziehen. Das lange

Zappeln lassen war wahrhaftig Strafe genug. Menschen stopfen ja auch öfters völlig kopflos allerlei Essbares in sich rein, nur weil es appetitlich aussieht, obwohl es ungesund ist und eigentlich überhaupt nicht schmeckt.

Rosen, wie gewöhnlich! Wenn er wenigstens Möhren geschickt hätte, dieser dubiose Möchtegern und Einfaltspinsel, der glaubte bei meinem Frauchen landen zu können, mit ein paar eingekauften Strünken. Dieser Feigling, der einen anderen Feigling vorschickte, weil er angeblich keine Zeit fand, seinen eigenen Blumengruß selbst zu überbringen. Toller Kavalier! Angst vor Schafen, mit denen kleine Mädchen kuscheln! Meiner Meinung nach sagt das alles, und es sagt sich außerdem viel besser durch die Möhre, als durch die Blume, wenn man denn überhaupt etwas Wichtiges zu sagen hat.

Lasst Möhren sprechen! Ich vermute im Nachhinein sicher zu Recht, dass mein schafsverrücktes Frauchen damit leichter und nachhaltiger hätte beeindruckt werden können. Ein Bund Biomöhren, in leuchtend grünem Kraut, liebevoll auf einem Salattablett serviert, dieser Anblick, dieser Duft; die Verführung pur. Mit dieser raffinierten Biomöhrenmasche wäre ich bei jeder flotten Rhönblondine hundertprozentig gelandet, aber hallo!

Das wäre es vermutlich gewesen. Frauchen hätte ihm zu Füßen gelegen und zu unseren Klauen die Möhren. Ich schwöre beim heiligen Hammel, ich hätte sie unter Todesverachtung links liegen lassen, die Möhren. Was für eine schauderhafte Vorstellung! Na Gott sei Dank, hat er es nicht so gemacht, die Rosen gewählt und uns für den Rest sorgen lassen, so dass nur die Stacheln übrig blieben, wie bei den meisten Liebesgeschichten.

Von wegen: „Ach die Schäfchen werden sich schon an ihn gewöhnen!“ Werden sie nicht! Meinen Platz an Frauchens Seite nimmt so schnell keiner ein! Solche tollen Ideen wie die mit dem Möhrenstrauß, haben sowieso nur Schafsmänner. Wir wissen durchaus wie man Superfrauchen, wie wir sie haben, für sich gewinnt.

Was unsere beiden Hirtinnen damit meinten, als sie sagten, dass freche Rhöner Rangen eine Aufgabe bräuchten, und aller guten Dinge doch drei sind, erzähle ich euch gerne morgen, denn es erwartete uns eine große Überraschung, mit der wir nie gerechnet hätten und an die ich mich sehr gerne zurück erinnere. Und jetzt, mit einem Satz ins goldgelbe Strohbettchen, und als Betthupferl noch eine Möhre mit Kraut. Ich bin so müde vom Gutenachtgeschichten erzählen. Schlaft gut meine lieben Freunde, und träumt einen schönen Traum."

Aller guten Dinge sind drei.

Wenn Nicolin, Anne und Frauchen zusammen mit uns im Garten frühstückten, und das taten sie im Sommer bei gutem Wetter sehr oft, wussten wir genau, dass Wochenende war. Und auch diesmal war es wieder so ein wunderschöner Spätsommermorgen, mit blauem Hammelszelt, unter dem einige Wolkenschäfchen segelten.

Der Gartentisch wurde gemütlich und reich gedeckt. Die Brötchen, Äpfel und Möhren, die bei einem gemeinsamen Frühstück mit Schäfchen nicht fehlen dürfen, dufteten unbeschreiblich lecker. Ich versuchte aber erst gar nicht mit den Vorderbeinen auf Annes Schoß zu steigen, wie ich es bei Frauchen gerne tat und auch durfte, sondern benahm mich artig und zurückhaltend, sonst würde ich nichts abbekommen, das hatte ich schon durch leidvollen Verzicht gelernt.

Frauchen war nicht da, also zog mich keiner vor, das waren die nackten Tatsachen, mit denen es sich erst einmal abzufinden galt. Nicolin zog verständlicherweise immer ihren Hammel Hammlet vor und Anne, die ja noch keine Junghirtin war, den ziegenbärtigen Max, dessen triefende Lefzen und schnüffelnde Bettelnase mir heute wieder auffällig widerwärtig vorkamen. Ich war also der Gunst der beiden Menschenkinder hilflos ausgeliefert und musste mich mustergültig benehmen, auch wenn es schwer fiel.

Erst ein Leckerli für Anne, das ging ja noch, dann für Max, dann für Mulle – das ist Nicolins Kosename -, dann für Hammlet - langsam wurde es eng -, und ganz zuletzt erst für mich, als wäre ich ein auf Brosamen angewiesener Unterrhöner. Das erforderte äußerste Selbstbeherrschung beim Abwarten. Strategisches Vorgehen war angebracht, wollte ich an die begehrten Köstlichkeiten herankommen. Wahrlich keine leichte Aufgabe für mich und meinen knurrenden Pansen, wo ich doch solchen Appetit hatte und an prompte Erfüllung meiner Wünsche gewöhnt war. Für den äußersten Notfall rüstete ich mich innerlich zum Überraschungsangriff, denn keine meiner Strategien zeigten lohnenswerten Erfolg. Teller, Brotkörbchen und diverse Schüsselchen leerten sich mit bedrohlicher Geschwindigkeit.

Archaische Überlebensstrategien, die, seit Jahrtausenden erprobt, unser Überleben in den Steppen sicherten und sich jeder willentlichen Beeinflussung entziehen, können sich in solchen Krisensituationen urplötzlich und völlig unerwartet Bahn brechen. Gegen diese unterbewusste Steuerung, wenn der Mandelkern durchdreht wie ein Propeller und den Magen zum rotieren bringt, ist selbst der beherrschteste Rhöner machtlos. Es ist wie bei einer Marionette mit ferngesteuertem Fresszwang.

Alle Leute, die Diät halten sollen und in der Küche vor dem gefüllten Eisschrank sitzen, kennen das: Die Nase beginnt zu wachsen, und die Augen werden immer größer, der Magen knurrt. Die Brötchen beginnen extra intensiv zu duften und ebenfalls die Äpfel. Äpfel darf man aber bei Diät, also sinkt die erste Hemmschwelle. Spätesten nach dem Genuss der Äpfel, mit denen fing der Ärger im Paradies auch schon an, üben vor allem die verbotenen Leckereien eine noch magischere Anziehungskraft aus, der es mit äußerster Anstrengung zu widerstehen gilt, solange es eben geht, aber erfahrungsgemäß geht es nie besonders lang. Haltung bewahren!

Auch die lästigen Hunde waren, bis auf die Schlittenhündin Edda, an besagtem Morgen mit von der Landpartie. Ich persönlich mag Frühstück lieber ohne bettelnde Kläffer, denn dann muss ich weder mein Frauchen noch Brotstückchen teilen. Der miese Max - na wo war er wohl, und was tat er da? Genau, er bettelte wie immer impertinent, an Annes Bein gequetscht, wo ich doch heute mal an Annes Bein quetschend betteln wollte und ihren Trost gebraucht hätte, für ein abhanden gekommenes Frauchen nebst Brötchen. Aber nein, der miese Max musste sich ganz genau dort mit seinem Hinterteil niederlassen, wo ich jetzt aber grad mal sein wollte. Das fing ja gut an. „Absolut typisch!", dachte ich mir.

Der kleine, freche Yorki saß zum Glück schön weit weg, in höchster Anspannung auf ein Mauseloch im Boden fixiert. Der Dackel Wiewaldi beobachtete angestrengt sein eigenes, das unmittelbar daneben lag, und zu guter Letzt bewachte der Tiger ebenfalls noch ein drittes Loch in der Reihe, ohne sich von irgend etwas ablenken zu lassen. Die Maus nahm unbemerkt das vierte Loch und stärkte sich erst mal am Katzenfutter. Prima, die Lästlinge hatten nichts bemerkt und verharrten weiter regungslos in Hochspannung. Sie waren vermutlich noch für längere Zeit beschäftigt. Ein Hoch auf die Maus. Ob die Löcher die drei guten Dinge waren, von denen Frauchen neulich Abend gesprochen hatte? Ich war mir nicht ganz sicher, denn zu diesem Zeitpunkt konnte ich noch nicht bis drei zählen.

Und überhaupt, wo war eigentlich meine Hirtin? Ich wurde langsam unruhig. Das Frühstück war schon in vollem Gange, aber die Leckerlis flossen weiterhin rar und spärlich. Das passte mir nicht. Frauchen hatte mich nun mal daran gewöhnt, dass auf meine Bedürfnisse eingegangen und auf meine Wünsche gebührend Rücksicht genommen wurde. Ich stand neben dem Tisch und konnte, dank meiner stattlichen Größe, die ich schon erreicht hatte, gerade so über die Tischkante schielen. Von der anderen Seite schielte der miese Max über den Rand, und beim Anblick der sich darbietenden Köstlichkeiten tropfte es links und rechts aus seinen Lefzen, in einem fort wie ein undichter Wasserhahn. So etwas Unappetitliches!

Hammlet stierte fasziniert nach den liebevoll in einem hübschen Schüsselchen angerichteten, köstlichen, rotwangigen und betörend duftenden Äpfelchen. „Alles mein!“, hauchte er heiser und nur für mich hörbar. Mulle und Anne begannen ganz langsam, alles Essbare in die vermeintlich sichere Tischmitte zu schieben, so als wollten sie eine tickende Zeitbombe entschärfen, die jeden Moment, durch eine unbedachte Bewegung erschüttert, hochgehen konnte. Sie fixierten Hammlet und mich mit einem strengen Blick zur Seite. Warum bloß?

Bei Maxens Gier waren solche Vorsichtsmaßnahmen vielleicht verständlich, wegen uns wäre es doch nicht nötig gewesen; obwohl, während ich so überlegte und sich die begehrlichen Gefäße nebst Inhalt immer weiter von mir entfernten, ein Satz auf den Tisch, für junge und sprungstarke Rhönwidder wie mich einfach ein Kinderspiel. Den Max hätte es sicher auch mächtig beeindruckt, also ein triftiger Grund mehr.

Ich blökte mir innerlich Mut zu. Man muss mir meine Gedanken leider angesehen haben, denn Rhönwidderaugen lügen nicht. Ich bekam ein gedehntes und akzentuiertes „Wolltaihair“, über die drei Warnstufen: eine Betonung nach unten, eine nach oben und eine nicht ganz so weit runter, zu hören. Drei Silben, über drei verschiedene Tonlagen bedrohlich in die Länge gezogen, was schlicht und ergreifend bedeutete, dass äußerste Vorsicht geboten war und alle Handlungen vor ihrer Ausführung genau überlegt werden sollten, um einem soeben angedrohten Stallarrest vielleicht gerade noch knapp zu entgehen. Also unterdrückte ich den in mir immer weiter aufsteigenden Impuls, Maxens maßloser Verfressenheit zuvorkommen zu müssen. Ich hoffte durch feine Manieren und anständiges Benehmen weiterer Almosen teilhaftig zu werden. Das fiel mir ehrlich gesagt um ein Vielfaches schwerer, als ein Satz mitten auf den Tisch, und um so mehr, da meine standhaften Bemühungen umsonst waren. Ich bekam nichts, und was mich, während ich tapfer abwartete, noch zusätzlich empörte, war dieser mir ständig stärker in die Nase steigende Möhrenduft.

Ein Sprung auf den Tisch, die Möhre gepackt, ein Sprung vom Tisch, und ab geht die Post, malte ich mir aus. Es fehlte nur noch ein kleiner Adrenalinstoß, um die letzte Hemmschwelle zu überspringen. Da fing der miese Max einen fetten Brocken und brachte meine letzte Barriere zum Einsturz. Ich spürte wie meine mühsam bewahrte Selbstbeherrschung in sich zusammenfiel, so wie wahrscheinlich gleich der Tisch, auf den zu springen mein Körper, ohne mein willentliches Dazutun, jetzt ansetzte. Meine Hinterbeine senkten sich langsam, die Muskeln spannten sich, mein Körper hob ab und wurde in der alles entscheidenden Startphase umgelenkt.

Die Stimme meines Frauchens, die völlig überraschend vom Tor zu mir herüber tönte, bewirkte per Fernsteuerung einen kompletten Richtungswechsel. War mein Stummelschwanz etwa auch eine getarnte Funkantenne, mit der ich willenlos gesteuert werden konnte?

“Hallooo, wir sind daaa.“ „Hallo“ über drei und „da“ über zwei Tonlagen gedehnt, das hieß, meine Hirtin war nicht nur wieder da, nein sie hatte auch noch gute Laune und etwas mitgebracht. Und außer der guten Laune hatte sie nicht etwas, sondern jemanden mitgebracht. Und dieser Jemand ließ mich auf der Stelle alle Brötchen, Äpfel und Möhren vergessen. Und dann blökte dieser Jemand plötzlich auch noch zu mir mit vertrauter Stimme.

Deja vu! Ich war für einen Moment wieder auf der Wiese im Tal, mit meiner Mami, Papa Rammses, Zottel und meinen Geschwistern. Aber meine Hinterbeine wollten immer noch springen und setzten zum gewaltigsten Sprung an, den ich jemals in meinem Leben vollführte. Es war ein Freudensprung! Aber keine Bange, ich sprang nicht auf den Tisch, sondern fast übers Gartentor. Könnt ihr erraten, weshalb ich mich so freute?

„Bringt mal die Hunde ins Haus, und beeilt euch!" rief meine Hirtin sichtlich aufgeregt. Die Hunde mussten rein, und ich durfte draußen bleiben; das wurde ja immer besser. Widerwillig verließ Max, nach der dritten eindringlichen Aufforderung, den Tisch, sich mit missmutigem Blick die triefende Schnauze leckend. Die zwei anderen Lästlinge mussten wider Willen ihre gut bewachten Mauselöcher aufgeben. Nur der Tiger blieb, als eine kleine Statue einer Tempelkatze, regungslos vor seinem Mauseloch sitzen wie ein kleiner ausgestopfter „Katzenbuddha" im schwarzweißen Pelz, vom Diesseits unberührt und von den Kommandos der resoluten Damen. Er hielt, in Meditation versunken, den Kopf leicht schräg und lauschte über die energischen Kommandos hinweg, weltentrückt diesem Geheimnis der Tiefe nachspürend, welches nur er zu ergründen schien. Doch für Hammlet und mich konnte nichts spannender sein, als dieser Augenblick, dieses Wiedersehen.

Ich drängelte am Törchen und versuchte es auf zustoßen. Mir dauerte das alles entschieden zu lang. Ich wurde ungeduldig. Max schlich zäh wie ein alter Kaugummi und immer länger und niedriger werdend ins Haus, blieb alle zwei Meter am Boden kleben, drehte sich wieder und wieder mit bettelndem Blick und angelegten Ohren um, um wortlos nachzufragen, ob er denn wirklich, tatsächlich und unter allen Umständen ins Haus müsse, oder vielleicht doch, als Zaungast geduldet, auf der Treppe…? „Maax, schleich dich!", zischte es mit bereits leicht bedrohlichem Unterton. „Na, zieht deine Mitleidstour heute nicht?", zog ihn Anne auf.

Ätsch, dachte ich und begann das Tor stärker zu boxen. Von draußen kam sofort ein polterndes Echo. Jetzt wurde es lustig. Frauchen geriet leicht ins Schwitzen, um das teure Tor. Ich wurde so energisch von einer Kinderhand am Halsband fest gehalten, dass mir fast die Luft ausblieb, und Hammlet wude gleichzeitig von einem energischen Kinderknie gnadenlos zur Seite geschoben. Was diese kleinen, mutigen und unerschrockenen Gören für eine Kraft und Autorität besaßen.

Die Tür sprang auf, und mein Frauchen schob, mit einem erleichterten Stoßseufzer, einen meiner lang vermissten Brüder in den Garten. Diese Überraschung war meiner Hirtin gelungen. Wir drei Brüder hatten uns so lange nicht mehr gesehen. Nach dem rituellen Begrüßungsschnuppern, bei dem wir uns alle drei grummelnd im Kreise drehten, musste natürlich sofort die Rangordnung festgelegt werden. Uns tat abends ganz schön der Kopf vom Kräftemessen weh. Ich glaube meine Hirtin litt auch unter ziemlichen Kopfschmerzen, allerdings erst am nächsten Morgen. Sie hatte sich nachmittags zuvor mit ihrer Freundin Martha stundenlang den Kopf zerbrochen, was ja noch viel mehr schmerzen musste, als unsere Kämpfchen, welchen Namen denn der neue „Jemand“ bekommen sollte.

Die Damen saßen im Hof, diskutierten viel, lachten laut und wurden immer lustiger. Sie tranken braunes Wasser aus kleinen Gläsern, die man nur sehen konnte, wenn was drin war. Man sah die Gläser sehr oft, aber immer nur ganz kurz. Wenn sie wieder unsichtbar wurden, schüttelten sich die Damen immer heftig, begannen zu frieren und machten brrr. Als es zu regnen anfing, stand „Jemands“ Name immer noch nicht fest. Man spannte Schirme auf, verschwand darunter und rückte dichter unter das kleine Vordach des Hauses. Die Plauderei wurde ständig durch lautes Gelächter unterbrochen. Ich lehnte mich so weit wie möglich über den Rand unseres Gatters, und da ich weder etwas abbekam, noch richtig mitbekam, blökte ich wenigstens immer wieder lautstark dazwischen. Schließlich waren die Flasche und die Gläser leer und die Damen voll. Sie erhoben sich wie zwei schwankende Birken im Sturm von ihren Plätzen.

„Weißt Du was?“, sagte die eine schwankende Birke zu der anderen. „Nein“, antwortete die andere schwankende Birke erwartungsgemäß, denn die Unterhaltung wurde jetzt zunehmend einsilbiger. „Wir geben ihm einfach den Namen, der auf der Flasche steht.“ So kam also „Jemand“ zu dem Namen eines berühmten, spanischen Sherrys, namens „Tio Pepe“. Vermutlich hatte Tio deshalb Zeit seines Lebens einen so schwankenden Gang.

Und ich hatte endlich begriffen, was er bedeutet, dieser geheimnisvolle Satz: „Aller guten Dinge sind drei!" Und jetzt, mit einem riesigen Sprung, einem Freudensprung versteht sich, ins goldgelbe Strohbettchen. Es gab natürlich noch ein paar Reibereien zwischen uns drei Rhöner Raufbolden, bis eindeutig geklärt war, dass ich das Sagen hatte. Allerdings ging ich dabei, im wahrsten Sinne des Wortes, erst einmal baden. Aber diese lustige Geschichte hört ihr erst morgen. Und jetzt gute Nacht, meine lieben Freunde, schlaft gut und träumt einen schönen Traum.

Drei goldne Fische in Bedrängnis

Bisher waren wir zwei Rhöner nur ein Paar, und jetzt bildeten wir schon einen kleinen Herdenverband, auf den ich stolz war und für den ich mich verantwortlich fühlte. Es mussten exakte Regeln aufgestellt werden, über die Zuteilung der Leckerlis, das Benutzen der Ruhe- und Spielplätze und alles mögliche andere, worüber kampflustige Jungwidder in Rage geraten könnten. Manches wurde auch nach dem Prinzip: „Wer zuerst kommt malt zuerst!" geregelt. Das Hören von Frauchens verlockender Stimme verwandelte uns immer blitzartig in drei rasende Hochgeschwindigkeitsrhöner, wo wir doch eigentlich Energiesparer sind und gemächlich grasend über die Wiesen ziehen, immer darauf bedacht nicht unnütz Kraft zu verschwenden. Das Ganze wurde, wie bei jungen Schafen so üblich, durch muntere Bewegungsspiele aufgelockert, in denen Kämpfen geübt wird, die Rangordnung festgelegt und der heranwachsende Körper trainiert werden muss. Schulsport und Disziplin für junge Rhönwidder.

Die Disziplin ist in einem Herdenverband Pflanzen fressender Tiere sehr wichtig. Jeder hat seinen Platz in der Rangfolge und hält sich auch exakt daran. Demokratie ist offensichtlich keine Erfindung der Natur. Höchstwahrscheinlich wären wir schon lange ausgestorben, und das wäre jammerschade, denn für gewöhnlich wollen zwar alle die gleichen Rechte, aber keineswegs die gleichen Pflichten. Jeder hätte gesagt wo es lang geht, und keiner hätte gewusst wo das hin führt; der eine hätte nach links gezerrt, der andere nach rechts, so kommt man garantiert nicht von der Stelle, und ist das Schiff erst gesunken, will keiner es gewesen sein. Eine Herde ist ein gut organisiertes, soziales System, mit einem Chef der beschützt und einer Chefin die führt. Ist ganz einfach und klappt immer. Die Weibchen regieren, und die Männchen parieren, sonst noch Fragen? Die Herde reagiert empfindlich auf Veränderungen und Störungen von außen. Wenn zum Beispiel dauernd Fremde dazukommen - die werden alle ausnahmslos erst mal verdroschen, denn jeder will seinen Platz wahren - oder solche, die schon lange im Verband gelebt haben, herausgerissen werden, entsteht viel Unruhe. Ein guter Hirte weiß das und sorgt dafür, dass die friedliche Ruhe möglichst wenig gestört wird. Ein intakter Herdenverband ist einfach eine große Familie, die so wesentlich leichter durchs Leben kommt. Nach dem Prinzip: „je größer, je besser!" Kleine Gruppen oder Einzelgänger werden viel leichter zu Beutetieren. Eine große Herde bedeutet Sicherheit, Organisation und Schutz. Da wissen die renitenten Bälger schnell wo die Grenzen sind. Ihr fragt euch vielleicht, woher ich das weiß? Papa Rammses hat uns das ganz unmissverständlich klar gemacht.

Wir tragen diese Ordnungsregeln im Blut, darum stritten auch wir drei kleinen Rhöner und maßen unsere Kräfte, denn einer musste ja wohl oder übel wieder der Chef sein, der letzen Endes entscheidet, wann, wohin und wie schnell. Leider kann ich nicht behaupten, der Schnellste von uns zu sein, denn ich habe eindeutig die kürzesten Beine. Ich bin aber ein sehr sportliches Modell, kratze entschieden schärfer die Kurven, was meine Brüder, auf der langen Geraden, mit ihren längeren Beinen erst einmal aufholen müssen. Meistens erreichen wir die Ziellinie, hinter der Frauchen dann mit köstlichen Trophäen wartet, ziemlich Kopf an Kopf. Jemand, ich meine Tio, ist mit seiner superlangen Nase vielleicht ein bisschen im Vorteil.

Heute stritten wir uns um die begehrten Treppenliegeplätze. Einfach klasse, direkt vor der Haustür auf einer von drei Seiten zugänglichen und von Sonne beschienenen Blattform zu liegen und wiederzukäuen, Panoramablick inklusive. So kann einem aufmerksamen Rhönwidder, der diesen Aussichtspunkt für sich beansprucht, nahezu nichts entgehen. Man ist der Erste, wenn Frauchen die Türe aufmacht und der Letzte, bevor Frauchen die Tür wieder zumacht und somit Genießer des ersten und des letzten Leckerlis.

Dieses geniale Plätzchen war für mich wie geschaffen, um von dort aus mein Hoheitsgebiet zu überblicken. Meine Brüder waren uneingeschränkt anderer, anstatt meiner maßgeblichen Meinung. Wir quetschten also alle drei, beengt wie die Ölsardinen in einer

Weißblechdose, auf der kleinen Plattform, die nur dann Platz für alle bietet, wenn man ganz und gar einer Meinung ist, flach atmet, den Bauch einzieht und sich nicht bewegt. Fängt einer an zu schubsen, oder auch nur an zu husten, läuft der außen Stehende sofort Gefahr, den Steinthron unfreiwillig und auf unangenehme Weise zu verlassen. Kurz, er fällt runter.

Nun gab es drei Meinungen, anstatt einer, wer nun den Steinthron zu besetzen hatte. Es wurde geschoben, gestemmt, gerangelt, gedroht und sich im Kreise gedreht, denn zum Boxen konnte man keinen Anlauf nehmen, es sei denn zehn Zentimeter. Es gab also keiner nach, so purzelten wir schließlich, angeschubst wie die Dominosteine, in rascher Folge herunter. Ich hatte den meisten Schwung, denn mein voller Pansen bekam mächtig Übergewicht und folgte erst der Fliehkraft und dann der Schwerkraft. Rumms! Ich landete unsanft auf dem Rücken, kam mit meiner rundlichen Maikäferstatur nicht sofort wieder auf die Beine und zappelte einen Moment lang ziemlich hilflos mit allen Vieren in der Luft. Diese unangenehme Lage kannte ich schon vom unfreiwilligen Reisen und dem rasanten Kurvenstil meines Hausfrauchens.

Meine Brüder nutzten den Vorteil sofort für sich, ich hätte es, ehrlich gesagt, auch getan, und ich handelte mir mit meiner schlechten Deckung zwei ordentliche Treffer ein. Tio setzte noch einen drauf, bekam aber, als ich wieder Boden unter den Klauen hatte und blitzartig aufsprang, einen wüsten Kinnhaken an seine lange Nase. So, das hatte gesessen. Hammlet wich meinem erneuten Angriff mit einer geschickten Linksdrehung aus, und meine Stirn landete in seiner dicken, alles dämpfenden Wolle. Tio puffte mir eine ins gut gepolsterte Hinterteil, so dass ich einen ungewollten Satz nach vorne machen musste, um nicht erneut auf die Nase zu fliegen. Mit einer geschickten Wendung präsentierte ich seiner gesenkten Stirn die meine, und wir donnerten wütend aufeinander los. Im Hintergrund hörte ich die Stimme des Menschenkindes Anne, die „Aufhören" brüllte wie ein wild gewordener Tiger im Dschungel.

Dieser Augenblick der Unkonzentriertheit, in dem ich mich nur einen winzigen Moment ablenken ließ, und den man sich im Gefecht nie leisten darf, verschaffte meinen Brüdern den entscheidenden, strategischen Vorteil. Ich erhielt einen erneuten Bums von vorne und einen von der Seite, verlor das Gleichgewicht und schlug platschend wie ein Meteorit im kleinen Gartenteich ein, der extra als Sommerquartier für Mulles drei Goldfische angelegt worden war. Gott sei Dank, war er weder breit noch sonderlich tief, und da das Wasser von der Wucht meines Aufpralls weitgehend verdrängt worden war, stand ich wie ein begossenes Pudelschaf, fast auf dem Trockenen. Im knöcheltiefen im Teich verbliebenen Nass zappelten die erschrockenen Goldfische, um ihr Leben fürchtend, um meine Hinterbeine herum, die bis zu den Fesseln in klebrigem Schlick staken. Das nur zum Thema Teichpflege. Die Seerose schmückte mit ihrer auffälligen Blüte anschließend die Astgabel des benachbarten Apfelbaumes.

Mit den Vorderläufen versuchte ich mich aus meiner misslichen Lage zu befreien und rauszuklettern, rutschte aber immer wieder an den steilen und von Algen glitschigen Wänden ab. Wie sonst über den Rand des Tisches, blickte ich jetzt über den Rand des ausgetunkten Teiches. Mein wild umherspritzender Regenschauer hatte meine wasserscheuen Brüder erst mal in die Flucht geschlagen. Mit der Wucht meiner Popobombe hatten sie nicht gerechnet, aber langsam pirschten sie sich aus ihrer Deckung unter den Büschen näher heran, um sich an meinem peinlichen Schicksal zu weiden. Meine Sprungkraft nützte mir diesmal nichts, denn ich saß fest, und meine Wolle hing triefnass und bleischwer an mir herunter. Mein Anblick war sicher eine Schande für das edle Geschlecht kampferprobter Rhönwidder. Ich war geschlagen und meine Autorität im wahrsten Sinne des Wortes aufgeweicht.

Zu alle dem lachte meine Hirtin, angesichts meines jämmerlichen Bildes, auch noch aus voller Kehle, als sie mit Anne und Mulle zur Hilfe eilte. Es geschah ihnen recht, dass sie sich tüchtig anstrengen mussten, um mich nach oben an Land zu ziehen und, obwohl sie kreischend zu Seite sprangen, ziemlich nass wurden, als ich mich schüttelte. Das Auslachen fand ich wirklich nicht sehr nett, schließlich hatte auch ich meinen Stolz. Gut, dass wir Schafe nicht nachtragend sind.

Der Teich wurde wieder aufgefüllt und mit einem stabilen Zaun umgeben. Die kleinen Stauden, die einmal um das Gewässer herum gepflanzt worden waren, begannen zum ersten Mal richtig zu gedeihen, da sie nun nicht mehr ständig abgefressen wurden. Baden ist nicht meine Sache, schon gar nicht unfreiwillig. Wahrscheinlich bin ich weltweit das einzige Schaf, das jemals mit Goldfischen in einem Zierteich gebadet hat. Irgendwie musste der von mir ausgelöste Regenschauer meine Brüder beeindruckt haben. Sie waren sich wohl nicht ganz sicher, es hier nicht doch mit einer revolutionären Kampfmethode zutun zu haben. Das festigte meinen Stand und ich sonnte mich zum Trocknen unangefochten auf dem Plateau meiner geschätzten Treppe und genoss die Streicheleinheiten meines mich bemitleidenden Frauchens. „Du Armer, du bist ja ganz nass.", flötete es und kraulte mich voller Hingabe hinter den Ohren. Das tat mir so gut. Es dauerte allerdings eine Weile, bis ich wieder ganz trocken hinter denselben war, und meine Wolle war jetzt ganz sauber, sah aus wie frisch blondiert und roch nach Fisch.

Nun, liebe Freunde, nichts wie ab ins goldgelbe Strohbettchen. Ich bin müde vom Erzählen. Was ich euch morgen zu berichten habe, ist eine Geschichte, die zwar traurig ist, aber da sie zu meinem Leben gehört, will ich sie euch nicht vorenthalten. Gute Nacht und träumt einen schönen Traum.

Die Rosenkavaliere und ein verhängnisvoller Irrtum

So ging der erste Sommer unseres Lebens zu Ende. Wir hatten Wichtiges gelernt, viele Tiere und Menschen zu Freunden gewonnen und eine tolle Zeit verlebt. Die Blätter, die jetzt von den Bäumen fielen, waren eine willkommene Ergänzung auf unserem Speiseplan, denn langsam wurde das Gras auf unseren Wiesen rar. Natürlich bekamen wir jetzt mehr Heu dazu, es fehlte uns an nichts, außer vielleicht an etwas Abwechslung. Oft habe ich den wunderschönen Rosengarten meines Frauchens bewundert, welche Pracht, welche Fülle, welch ein Duft. Gar nicht auszudenken, wie gut die Blüten schmecken könnten. Leider standen die Chancen schlecht, an die begehrten Blümchen heranzukommen. Der kleine lang gestreckte Garten, der mit seinen bunten Beeten an der Vorderseite des Hauses lag, wurde stets gut abgeschlossen. Mit einem entschiedenen: „Nein, hier dürft ihr nicht rein!“, wurden wir abgewiesen, wenn wir Frauchen in das verbotene Paradies folgen wollten.

Für uns wäre es keine Schwierigkeit gewesen, die Tür, die aus kräftigen, weißen Holzlatten bestand, mit unserer Stirn zu zertrümmern, aber auf diese unerlaubte Weise wollten wir uns keinen Zutritt verschaffen. Also warteten wir geduldig auf ein, vielleicht einmal versehentlich, offen gelassenes Törchen. Wir würden lange Widerstand leisten, unsere Gier auf zartes Rosenblatt mit aller Macht bezwingen, um dann irgendwann willenlos dem knurrenden Pansen und den süßen Düften zu erliegen. Aber könnten wir in diesem Falle wirklich etwas dafür? Macht nicht die Gelegenheit die Diebe? Immer wieder rein zufällig an dem verbotenen Paradies vorbei schlendern, den Kopf betont in die entgegengesetzte Richtung halten, mit meinen Brüdern

Banalitäten beblöken, und dann doch den einen oder anderen verstohlenen Blick auf den offenen Türspalt werfen, durch den, kaum wahrnehmbar, das Sonnenlicht blitzte.

Magie der Rosen. Was für einen herrlichen Strauß meine Hirtin heute wieder gepflückt hatte, einfach zum Vernaschen schön. Ich folgte den beiden Begehrlichkeiten wie hypnotisiert vom Rosengarten bis zur Haustür. Welch eine Versuchung zog durch meine Nase, den eintönigen Speisezettel etwas zu bereichern. Aber unerbittlich verschwanden Strauss und Frauchen im Haus."

„Du bleibst draußen!" Mit diesen Worten fiel die Türe vor meiner Nase ins Schloss, und einige duftige Blütenblätter schwebten schaukelnd herab, um sich lautlos vor meine Klauen zu legen. Ich schnupperte daran und fraß sie sofort auf. Mein Appetit auf mehr war geweckt und trieb mich zurück, bis zum Tor des Rosengartens. Vielmehr lenkten mich die in der Luft schwebenden Duftwölckchen dahin - mal roch ich Rose, dann wieder Frauchen, mal war ich entschlossen, dann nagte das Gewissen, je nach dem, welchen Duft von beiden ich gerade in meiner Nase hatte - und ein ganz bestimmter Verdacht.

Ich hatte das vertraute Geräusch des zuschnappenden Schlosses diesmal eindeutig nicht gehört, was mir sonst immer zuverlässig sagte, dass es jetzt garantiert kein Hineinkommen ins Rosenparadies mehr geben konnte. Dass meine Ohren und mein Gedächtnis nachgelassen haben sollten schien mir ausgeschlossen, darum verschaffte ich mir Gewissheit. Schließlich könnte ein fremdes Schaf, falls doch offen war, wie auch immer, z. B. vom Himmel fallen, was weiß denn ich wie? Nicht auszudenken! Das Eindringen Unberechtigter musste auf alle Fälle verhindert werden. Das war einfach meine Pflicht, als Hüter der Schwelle auch die Rosen zu sichern.

Ich schnüffelte am Türgriff. Hier war vertrauter Duft nach Frauchens Hand, was anziehend war und abschreckend zugleich. Für einen Augenblick war ich zum Skrupelschaf geworden. Dann drückte ich aber doch, mit der Nase und klopfendem Herzen, vorsichtig gegen die Holzlatten, so wie im Stall, wenn Frauchen mir die Türe entriegelte und ich sie dann selbstständig öffnen durfte, um zu folgen. Meine Hirtin hatte es mir immer wieder gezeigt und war sehr stolz auf mich, als ich es zum ersten Mal schaffte die Türe alleine und ohne ihre Hilfe zu öffnen. Sie lobte mich, das hatte ich mir gemerkt, und ab diesem Tag tat ich es immer, wenn ich das Geräusch des Entriegelns hörte.

Und tatsächlich, das Törchen des Rosengartens war nur angelehnt. Ich überlegte einem Moment. Unsere guten Vorsätze verblassten langsam unter dem Reiz der Versuchung. Das Wechselspiel von Standhaftigkeit und Erliegen ließ Justizias Waage pendeln, bis die eine Schale, bis zum Rand mit Neugier und Rosenappetit gefüllt, den Ausschlag gab.

Hurra, ich durfte also endlich rein, blökte ich mir ein. Frauchen hatte das Tor sicher extra für uns offen gelassen, aber vergessen mir Bescheid zu sagen; sie würde mich jetzt sogar loben, wenn sie hätte sehen können, dass ich durchaus alleine in der Lage war, eine Türe zu öffnen, ohne sie zu zertrümmern. Ich schob mich durch den geöffneten Spalt in den Garten hinein, das Tor flog auf, und meine beiden Brüder drückten sich hinterher, zu feige den ersten und alles entscheidenden Schritt zu wagen. Das Holztörchen hatte ordentlich Gewicht, und kaum war die verfressene Rhöner Bande drinnen, fiel es, mit ordentlichem Schwung, wieder ins Schloss zurück. Ich hörte das vertraute Geräusch, und somit schien unser Schicksal und das der Rosen besiegelt.

Natürlich hätte ich sofort wieder versucht heraus zu kommen, aber nun war ich ja regelrecht von der Vorsehung, mit samt meinen Brüdern, unschuldig hier eingesperrt worden. Wir grasten noch verlegen um den ersten Rosenbusch herum. Der Schlag, mit dem das Tor ins Schloss gefallen war, hatte uns ganz schön zusammenfahren lassen. Der englische Rasensalat reichte aber kaum als Vorspeise, war eher ein einheizendes Appetithäppchen. Heruntergefallene Rosenblütenblättchen verführten unsere Gourmetzungen. Dazu drehte sich dauernd der Ohrwurm des berühmten Chansons: „Das Vieh en rose“ oder so ähnlich, in meinem Kopf.

Ich erinnere mich nicht, wer zuerst in die Büsche biss. Es hat fürchterlich gepiekst, und wir bekamen unsere wohlverdiente Strafe von den wehrhaften Rosen, aber es gab kein Halten mehr. Wer den enormen Appetit heranwachsender Schafsböcke kennt, und das Fassungsvermögen ihrer dehnbaren Pansen, kann sich ausmalen, wie viele der Rosen am Ende der Orgie übrig blieben.

Nachdem nahezu alle Blüten geerntet waren, wurde das köstliche Mal noch mit einem appetitlichen Dessert aus Rosenblättern abgerundet. Ich kletterte mit den Vorderbeinen an der Steinmauer des Hauses hoch, stemmte meine stabilen Hinterläufe ins Erdreich, streckte mich so weit nach oben wie möglich und versetzte damit die kletternden Sorten mit meinem maßlosen Rückschnitt ebenfalls in einen erbärmlichen Zustand. Wir sind mit den Zähnen im Rosengarten wie die Männer mit der Motorsäge im Wald. So eine Art Blutrausch.

Mit leidlich von Dornen zerstochenen Mäulchen, Rosenklauen will gelernt sein, legten wir drei uns dann nach getaner Arbeit, zum wohlverdienten Wiederkäuen, zwischen die trost-, blatt-, und blütenlosen Stängel, die nackt und kahl wie bizarre, stachlige Kunstwerke aus dem Boden ragten. Unsere Hirtin würde stolz auf uns sein, wir hatten alles nach bestem Schafswissen erledigt.

Es kam dann doch etwas anders, als sie uns nach erfolgloser Suche und völlig aufgelöst in ihrem geheiligten Rosengarten wieder fand. Einerseits erleichtert, denn wir waren ja Gott sei Dank alle da - hatten aber als Eingesperrte weder ihrem Ruf Folge leisten können, noch war es möglich gewesen, mit vom Wiederkäuen gefülltem Mäulchen Antwort zu blöken, denn mit vollem Maul blökt man nicht -, schaute sie dennoch seltsam erschrocken, beinahe ungläubig drein. Ihr zwar zum Schrei geöffneter, aber stumm gebliebener Mund schien irgendwie zu klemmen. Er blieb offen stehen, und sie versuchte ihn mit vorgehaltener Hand zu verschließen. Ich sah besorgt zu meinen Brüdern hin, die sahen aber aus wie immer, keineswegs Besorgnis erregend, lagen friedlich und käuten wieder.

Jetzt sorgte ich mich aber plötzlich um meine Hirtin. Sie starrte uns an, rührte sich nicht, war ja wie gelähmt, als schliefe sie, mit weit aufgerissen Augen ein Gespenst sehend. Ich ging langsam zu ihr hin, denn Schlafwandler darf man nicht erschrecken, und wer weiß, was sie grade träumte, schob meine warme Nase vorsichtig in ihre schlaff herunterhängende, eiskalte Hand und blökte zärtlich. Sie erwachte, und die Erstarrung löste sich in einem Seufzer. Es musste ein Albtraum gewesen sein!

Sie schüttelte sich, als wollte sie etwas los werden, schluckte und atmete mit geschürzten Lippen einmal tief ein und wieder aus. Sie bekam ganz große, runde Augen, bließ noch einmal mit geblähten Backen hinterher, senkte dabei geräuschvoll den Brustkorb und sagte: „Oh je!" Sie bewegte den Kopf langsam hin und her und schwieg eine Weile.

Wir warteten. Meine Brüder hatten das Wiederkäuen vorzeitig beendet, waren aufgestanden und beobachteten Frauchen aus sicherer

Entfernung. Es fuhr sich langsam mit der linken Hand über den Mund und wieder zurück. Aber mit einem Mal begann es zu prusten und laut los zu lachen. Es wollte sich gar nicht mehr beruhigen. Was war denn jetzt wieder mit meiner Hirtin los? Zuerst stand sie schweigend wie angewurzelt, dann bog sie sich vor lachen, bis sie sich erschöpft den Bauch halten musste, auf die Treppe sank, nur noch stöhnte und Tränen über ihre Wangen liefen. Der Veitstanz war über sie gekommen. Und da hieß es immer, ich sollte mich bremsen.

Wir drei Jungs gingen vorsichtig wieder ein paar Schritte zurück. Einen ganz kurzen Moment lang war uns unsere geliebte Hirtin etwas unheimlich. Sie erholte sich zwar zusehends und schnell von dem Anfall, aber wer wusste schon, ob jetzt nicht einer den nächsten jagte. Nach einer längeren, anfallsfreien Zeit haben wir das Ganze dann vergessen.

Den Rosengarten, das heißt, das was wir von ihm übrig gelassen hatten, hielt sie zukünftig fest verschlossen. Eigentlich schade, wo sie sich doch so amüsiert hatte. Diese Freude hätten wir ihr gerne öfter gemacht.

Der Herbst schritt voran, die ersten Schneeflocken tanzten in der Luft. Als wir eines Morgens aus dem Stall kamen, war unsere Koppel, unser Garten und einfach alles verschwunden. Eine weiße Schneedecke hatte alles versteckt. Zuerst traute ich mich keinen Fuß auf den Boden zu setzen und schnupperte erst mal misstrauisch. Schnee hatten wir noch nie gesehen, ohgottohgottohgott.

Meine Hirtin lief vorweg und lockte uns. „Na, was ist los? Sonst habt ihr drei doch auch immer die ganz große Klappe." Ich spreizte die Beine und stellte mich ziemlich dumm an, und bauz lag ich auf der Seite. Der mit Kopfsteinen gepflasterte Hof, über den wir drüber mussten, wollten wir unseren Garten erreichen, war spiegelglatt, aber wir sollten ja unbedingt an die frische Luft, zur gesunden Bewegung und zur angeblich dringend nötigen Mütchenkühlung. Man könne ja schließlich nicht den ganzen Tag im Strohbett bleiben und nach dem Schlafen sinnlos herumraufen, und sich bis zum Platzen überfressen, war Frauchens unmaßgebliche Meinung, und frische klare Winterluft sei ja so gesund.

So gesund konnte klare und kalte Winterluft gar nicht sein, denn schließlich war ich hingefallen. Trotz Frauchens unmaßgeblicher

Meinung möchte ich hier anmerken, dass ich die Sachen, die man angeblich nicht den ganzen Tag tun kann, den ganzen Tag völlig problemlos tun kann. Da aber meine unmaßgebliche Meinung anscheinend noch unmaßgeblicher war, als Frauchens angeblich unmaßgebliche Meinung, musste ich hinaus, koste es was es wolle. Gott sei Dank, hatte ich dicke Wolle und war weich gelandet.

Also, was nun? Meine Aufstehversuche misslangen, da meine vielen Beine auf Glatteis nicht unter Kontrolle zu bringen waren. Meine Bemühungen müssen ziemlich dämlich ausgesehen haben, denn Spagat, mit meinen kurzen Beinchen eher „Spaghetti", war kaum meine Stärke. Meine Brüder standen noch, also grinsten sie, wie nicht anders zu erwarten. Ich blökte meine Hirtin Hilfe suchend an, und sie verstand, packte mich, klemmte meine Vorderbeinchen fest unter ihren rechten Arm, drückte mich an ihre Hüfte, und mein Hinterteil lief ganz von selbst und sicher hinterdrein. Nicolin schnappte sich den Hammel Hammlet, Anne kümmerte sich um Jemand, ich meine Tio, und so gelangten wir sicher auf die andere Seite des Hofes.

Der Schnee wurde schnell zum tollsten Spaß. Wir durchpflügten ihn mit unseren Nasen, wälzten uns darin, verfolgten lustig die Menschenkinder, die ebenfalls große Freude an ihm hatten.

Diese merkwürdige Gestalt, die die Kinder bauten und ihren Schneemann nannten, obwohl sie wie eine entartete Vogelscheuche aussah, mit drei dicken, übereinander getürmten Bäuchen und einer Möhre im Gesicht, war mir eher unheimlich. Er hatte keinen Geruch, aber ein Gesicht, grinste breit mit schwarzen, faulen Zähnen und trug einen Kochtopf als Hut, das irritierte mich. Die ganze Nacht gruselte mir vor ihm, wenn ich ihn, vom Stallfenster aus, bleich im Mondlicht leuchten sah. Lediglich die Karotte im Gesicht, die wohl die Nase darstellte, interessierte mich, die wollte ich fressen. Meine Brüder waren offensichtlich von derselben Absicht getrieben. Und wie lösten wir jetzt dieses Problem einer Karotte für drei gierige Rhöner?

Der kalte Mann begann im Sonnenlicht zu schmelzen. Er wurde zusehends kleiner und unser Mut größer. Wir boxten ihm den Topf vom Kopf, und weil nichts drin war, biss ich ihm zur Strafe noch die gefrorene Nase ab. Den Rest besorgten wir gemeinsam, zerboxten und zerstampften den weich gewordenen Schneemann, bis nur noch ein kleiner matschiger Schneehügel übrig war.

Der Winter wurde uns lang, trotz Spaß und Spiel im Schnee. Wir vermissten die saftige Wiese und kratzten das letzte Grashälmchen unter der Schneedecke hervor, kürzten erreichbare Hecken ein und fraßen alles Grün, um unsere eintönige Kost zu bereichern. Ein Busch, der neben unserem jetzt geleerten Teich stand, die Goldfische waren ins Haus umgezogen, erregte plötzlich unser Interesse. Er sah noch richtig saftig grün aus, obwohl es mitten im Winter war. Ich hatte im Sommer schon mal von seinen Blättern gekostet. Sie waren hart und schmeckten bitter. Ich spuckte sofort alles aus, es gab ja genug köstliches Gras. Jetzt aber, wo das schmackhafte Grün nahezu gänzlich von der Speisekarte verschwunden war, sah dieser teuflische Busch umso verlockender aus.

Ob seine Blätter jetzt besser schmeckten? Hammlet ging zuerst hin, um zu probieren. Er riss ein Blatt nach dem anderen ab und zerkaute es. Dann Tio, dann ich. Es schmeckte zwar immer noch etwas bitter, aber es war saftig und schien uns besser als nichts. Ich hatte es schlimmer in Erinnerung, dennoch traf es meinen Geschmack nicht wirklich. Nach einer Reihe von Blättern hatte ich genug. Auch Tio hörte auf zu fressen. Nur Hammlet konnte scheinbar wieder mal nicht genug kriegen.

Ich ging mit Tio in die Scheune und fraß mich am Heu satt. Gegen Abend wurde mir plötzlich sehr seltsam zu mute. Ich fühlte mich schwindlig, mein Bauch war dick und drückte mich. Als ich Hammlet sah erschrak ich, er hatte Schaum vor dem Maul und torkelte hin und her. Er riss die Augen auf und hatte Atemnot. Als meine Hirtin kam, schrie sie auf vor Schreck. Anne kam angerannt. Nun spürte auch ich diesen ekligen Schaum aus dem Pansen aufsteigen, und, oh Schreck, auch Tios Mäulchen war weiß. Ich bekam schreckliche Angst, es war mir wahnsinnig übel, und ich rang nach Luft. Irgendwann sah ich mein Frauchen durch einen dichten Schleier. Es hatte den Tierarzt mitgebracht. Wir ließen alles willenlos über uns ergehen, die Spritzen, die Infusionen, die Untersuchungen. Ich bin dann erschöpft eingeschlafen.

Als ich erwachte, war alles still. Mein Frauchen lag neben mir im Stroh und schlief. Gott sei Dank, Tio und Hammlet waren auch da. Der Tierarzt lächelte und weckte meine Hirtin. Sie weinte vor Freude, als sie Tio, Hammlet und mich wiederkäuen sah, denn das bedeutete, wir waren gerettet. Das Heu, das wir nach den giftigen Blättern gefressen hatten, war unser Glück.

Für Hammlet, der so viel von dem giftigen Rhododendron genascht hatte, kam beinahe jede Hilfe zu spät. Das Menschenkind Nicolin war mit den Nerven am Ende. Mein Frauchen war sehr bestürzt, denn es hatte nicht gewusst, dass ein Rhododendronbusch für Schafe tödlich giftig sein kann. Hammlet hatte, gierig wie er war, zuviel davon erwischt und war nur um Haaresbreite einem qualvollen Tod entkommen. Es würde viel Zeit brauchen, bis er sich wieder erholt hatte. Wenn er jemals wieder richtig gesund werden würde, aber das schien dem Tierarzt zu diesem Zeitpunkt noch kaum vorhersehbar. Er bekam einen Platz neben unserer Box, denn er sollte Ruhe haben und sich schonen. Man würde sehen. Die Menschen gingen wieder herum, schüttelten den Kopf und kratzten sich am Kinn. Das kannte ich ja schon.

Der Busch wurde gefällt und ins Feuer geworfen. Meine Hirtin hatte gelernt, dass Schafe im Winter alles fressen, was grün ist und dass sie leider die Urinstinkte ihrer Ahnen für Giftpflanzen verloren haben, denn sie sind verpäppelte Haustiere und keine Wildschafe mehr. Unser Garten wurde auf Giftpflanzen durchforstet und alles abgeholzt, was nicht eindeutig auf unseren Speiseplan gehörte. Hammlet hatte Frauchens mangelndes Wissen fast mit dem Leben bezahlt.

„Liebe alleine nützt nichts“, sagte es anschließend, „man sollte sich auch mit den Bedürfnissen seiner Schützlinge auskennen!“ Bis morgen, meine lieben Freunde, ich muss jetzt schleunigst ins goldgelbe Strohbettchen. Schlaft gut und träumt einen schönen Traum.

Der kleine Blonde mit dem schwarzen Fuß

Tio, und ich hatten uns schon bald etwas erholt und durften wieder auf die verschneite Wiese. Tio war noch ein bisschen wacklig, aber ich war schon wieder zum Raufen aufgelegt. Noch mal Glück gehabt! Hammlet machte nur langsame Fortschritte, aber immerhin. An den Tod bringenden Busch erinnerte nur noch ein winziger Stumpf seines abgesägten Stammes.

„Ihr seit ja wieder in guter Form", sagte die große Hirtin, streichelte uns und klopfte geräuschvoll unseren gut mit Heu gefüllten Pansen. Sie nahm mein Gesicht in beide Hände, und dann drückte sie ihr Gesicht ganz fest an meines.

„Komm her Tiolein, dich hab ich doch genauso lieb, und dich auch mein Hammlettchen". Oh Gott, wie sich das anhörte, Hammlettchen, fast wie Kottlettchen. Egal, ich freute mich jedenfalls über meine langsam wieder genesenden Spielkameraden. Ein einzelnes Schaf ohne Artgenossen ist ein sehr armes und trauriges Schaf, also wurde der immer noch etwas schwächelnde Tio zu Hammlet gesteckt, damit die beiden sich gegenseitig etwas Gesellschaft leisten konnten. Frauchen war der Meinung, dass es sich zu zweit besser gesundete, und das die Konkurrenz Hammlets mäßigen Appetit belebt. Mit dem Fressen hatte er es noch nicht so recht. Aber das würde schon werden, wenn Tios Mäulchen ihm nur tüchtig was wegfräße. Uns war ein Unglück widerfahren, aber mein Frauchen hatte daraus gelernt und ließ sich keineswegs entmutigen.

Tio und Hammlet wurden gepäppelt und ich, nur weil ich schon wieder vollends gesund und fit war, musste allein bleiben. An mich dachte keiner, oder? Als ich einsam und leicht gelangweilt mit meiner schwarzen Nase den weißen Schnee durchpflügte, immer auf der Suche nach einem kleinen, grünen Grashälmchen, welches noch nicht vor dem Frost kapituliert hatte, hielt quietschend Frauchens Knattermobil neben meiner Winterwiese. Mein Kopf flog hoch, und ich musste sehr komisch ausgesehen haben, mit einem weißen Häubchen auf der schwarzen Nase, denn so laut hatte ich die Hirtin nicht mehr lachen hören, seit dem Rosendrama.

„Na, du Schneemützchen, siehst aus wie ein kleiner Weihnachtswidder." Keine Ahnung, was sie damit meinte. „Schau mal her, wen ich mitgebracht habe." Ich sah keinen Hänger, aber aus dem Fenster des Knattermobils, strahlte uns die kleine Hirtin entgegen, wie ich sie noch nie hatte strahlen sehn. Frauchen öffnete die Tür des Knattermobils und Nicolin hatte beide Hände voll zu tun, einen kleinen, wilden Rhönwidder zu bändigen, der auf ihrem Schoß still sitzen musste, das gar nicht komisch fand, wie verrückt strampelte und die Menschen offensichtlich noch nicht besonders leiden konnte.

Irgendwie kam mir das kleine, freche Gesicht mit der stark gebogenen Superbanane, die man eine Ramsnase nennt, bekannt vor. Wir Schafe können uns das Profil sämtlicher Herdenmitglieder einprägen, um uns gegenseitig wiederzuerkennen. Der Neue war ein kleines, stämmiges und wohl gerundetes Böckchen aus meiner Geschwisterherde. Auf der Talwiese, mitten im Wald, hatten wir früher öfter zusammen gerauft und gespielt. Nach dem schweren Unwetter, damals an dem schwülen Sommertag, verlor ich ihn, so wie die meisten meiner Herdenmitglieder, aus den Augen.

Die Hirtinnen mussten tüchtig zupacken, sonst wäre der eigensinnige Bursche auf und davon gesprungen. Sie öffneten das Törchen nur einen Spalt und schoben ihn zu mir hinein. Er war davon nicht sonderlich begeistert und stemmte sich mit Kräften dagegen. Die Frauchen mussten tüchtig schieben und sehr aufpassen, denn ich wollte unbedingt zu ihm hinaus, während der Neue keineswegs zu mir hinein wollte. Erst gab es einen kleinen Tumult, dann beschnupperten wir uns neugierig. Das übliche Begrüßungsritual wollte nicht so recht in Gang kommen. Der Neue zitterte etwas und war unsicher. Er ahnte wohl schon, was auf ihn zukommen würde. Das übliche Festlegen der Rangordnung. Ihr kennt das ja alles schon. Der Neue wurde erst einmal von mir mit gesenktem Haupt über die verschneite Wiese gejagt, dass der Schnee nur so stob, anschließend sofort von allen Futterplätzen vertrieben, die er ansteuerte, mit einem vernehmlichen: „Das ist mein Heu, hau gefälligst ab!" Ich ließ ihn dann später, als alles nach meinen Wünschen geklärt war, natürlich in einiger Entfernung mitfressen und tat nur so, als ob. Ein bisschen einschüchtern und so, ihr wisst, was ich meine. Das übliche Getue halbstarker Jungs. Als wir uns so richtig ausgetobt hatten, lagen wir noch am selben Abend friedlich nebeneinander in der Schlafzimmerscheune im dicksten Stroh, waren sattgefressen und sehr zufrieden.

In Wahrheit war ich sogar froh, dass er da war. Ich hatte wieder einen Spielkameraden. Wenn die zwei anderen wieder gesund würden, wären wir dann eine richtige kleine Schafherde, mit mir als Boss, malte ich mir aus und fühlte mich wichtig.

Die kleine Hirtin hatte keine halbe Stunde gebraucht, um Brogh, so hieß der Neue, die Angst vor dem Menschen zu nehmen. Sie hielt seinen Kopf im Arm, streichelte ihn sanft, und beide schienen glücklich. Tio kuschelte neben Hammlet, und ich kuschelte höchst zufrieden, Seite an Seite mit Frauchen.

Ich will euch ein Geheimnis verraten. Wisst ihr was? Unsere Hirtinnen sind echte Schafsflüsterer. Das sind Menschen, die die Sprache der Schafe verstehen. Ihr könnt das auch lernen. Um mit Schafen zu flüstern braucht man wenig Worte, aber viele Leckerlis, um den Geheimcode unserer Kommunikation zu entschlüsseln. Wer uns mit Achtung und Respekt und jeder Menge Leckerlis begegnet, den achten auch wir. Wer ruhig und konsequent und angstfrei mit uns umgeht, den akzeptieren wir als verlässliches Herdenmitglied, und er darf uns bedingungslos folgen, so lange es nach unserem Willen geht. Das Geheimnis ist aber in Wahrheit, dass wir die Menschen unsere Sprache lehren, und nicht umgekehrt. Sie ist einfach, viele Jahrtausende alt, klar und unmissverständlich und hat keine Worte für Hinterlist, Gemeinheit und Lügen, denn so etwas kennen wir nicht. Unsere Sprache besteht nur aus Aufrichtigkeit.

Wir Schafe sind die Seelentiere unserer Hirtin, und sie sagt, dass es so wie für Hunde, Katzen und Pferde auch Menschen gibt, die Schafe innig lieben, sie beschützen und verstehen. Das Flüstern mit Pferden, Hunden und so weiter, kommt ja jetzt richtig in Mode. Ich finde das gut, allemal besser, als die meisten Erziehungsmethoden. Wenn das liebevolle Schafsgeflüster meiner Hirtin bei uns dennoch manchmal auf taube Ohren stößt, und uns die sprichwörtliche Bocksturheit das Gegenteil von dem machen lässt, was wir eigentlich tun sollten, bleibt Frauchen gelassen und hat uns bis heute noch immer mit einer Möhre oder einem Stück trockenem Brot in die gewünschte Richtung gelenkt. Ich liebe mein Frauchen, und manchmal spielten wir Abends „Heu oder Liebe", weil Fernsehen so langweilig war. Und das ging so: Es setzte sich gegenüber der Heuraufe an die Wand, und ich rannte mit gefülltem Mäulchen zu ihm hin, ließ mich streicheln, bis mein Mäulchen wieder leer war, rannte zur Heuraufe zurück, stopfe mein Mäulchen wieder voll und so fort. Frauchen meinte, auf diese Weise bliebe ich schlank. Wäre vielleicht auch eine Methode, um Frauchens füllige Hüften zwischen Kühlschrank und Schafstall wieder in Form zu bringen!

Ja, Schafe machen glücklich und schön, ob man in unserer Milch badet oder verträumt in unserer Wolle kuschelt. Von Kashmir bis Flokati, von Socke bis Handschuh, von Schafsmilch bis Weichkäse, Schafe machen glücklich und schön. Jetzt aber schnell ins goldgelbe Strohbettchen. Ich bin schon richtig müde. Morgen erzähle ich euch wieder eine lustige Geschichte, wenn ihr wollt. Und jetzt gute Nacht und träumt einen schönen Traum.

Netter Besuch in weißen Hosen

Brogh verstand sich schon bald bestens mit uns und seinen neuen Hausmenschen. Hammlet und Tio waren mittlerweile wieder putzmunter, und wir wurden schnell eine richtige Rasselbande, waren immer zu allerlei Blödsinn aufgelegt. Die Schlittenhündin Edda interessierte sich ebenfalls sehr für Brogh, kam regelmäßig auf Stallbesuch, heulte ihn zur Begrüßung an und schleckte ihm zärtlich die Ohren ab. Brogh war so ein richtiger Ladykiller und bildete sich sonst was ein, auf seinen schwarzen Fuß. Was die nur alle an ihm fanden, für mich blieb es ein Rätsel. Solange er nicht versuchte mein Frauchen für sich zu gewinnen, und ich der Chef und Frauchens erklärter Liebling blieb, war es mir auch ein bisschen egal.

Aus dem kleinen Blonden wurde jedoch langsam aber sicher ein großer Blonder, mit schwarzem Fuß, der selbstbewusst einher schritt und auch gelegentlich nach meinem Frauchen und meiner Position schielte, gerade eben weil er wusste, dass mir das absolut nicht in den Kram passte. Mit seiner stetig wachsenden Kraft würde ich wohl zukünftig rechnen müssen.

Der Tag des Kräftemessens rückte unaufhaltsam näher. Ich ließ mir natürlich nichts anmerken und wirkte äußerlich arrogant und überlegen, wie es sich für einen unanfechtbaren Souverän gehörte. Noch verstanden wir uns.

Die kleine Anne, das jüngste Menschenkind und vermutlich auch zukünftiges Schafsfrauchen, besuchte uns täglich mit Max. Sie beschwerte sich nie, dass sie noch keine Hirtin sein durfte und noch kein eigenes Schaf hatte, denn sie war ja nun mal noch zu klein. Darum passten wir Schafe immer besonders gut auf das zarte Geschöpf auf.

Sie saß abends gerne zusammen mit den beiden Frauchen und uns Schäfchen im Stroh, und wir wurden gestreichelt. Wir bekamen sogar einen großen Sessel ins Schafsschlafzimmer. Wenn meine Hirtin darauf Platz nahm, durfte ich immer auf ihrem Schoß liegen, saß Nicolin darauf, beanspruchte Brogh den begehrten Schoßplatz. Tio kümmerte sich liebevoll und rührend um die kleine Anne, da sie ja noch kein eigenes Schäfchen hatte und darüber sichtlich ein bisschen bekümmert war.

Anne hatte immer tolle Ideen. Sie baute uns Hindernisse aus Holzstangen, die sie auf Strohballen legte, rannte mit dem lustig bellenden Max und einer vollen Haferschwinge vorweg, sprang über die Stangen und wir Schafe hinterdrein. „Schafe für Olympia.", rief sie und hüpfte wieder und wieder mit uns über die kleinen Barrieren. Wir wurden richtig tolle Springschafe, und sie malte uns sogar ein Boxenschild, mit der Aufschrift: „TURNIERSCHAFE". Und das habe ich heute noch. Wir waren mächtig stolz und wurden für unsere sportlichen Leistungen fürstlich mit Hafer und Möhren belohnt, und der Max bekam die Wurst, aber auch nur, weil sie mir nicht schmeckt. Der Max hat allerdings meistens gemogelt, wie nicht anders zu erwarten und hat gar keine Wurst verdient, denn er ist anstatt drüber zuspringen, unter den Stangen hindurchgekrochen.

Eines Morgens, beim Füttern, wurden wir offiziell zum gemeinsamen Frühstück ins Hirtenhaus eingeladen. Wir sollten Frauchens Freundin vorgeführt werden. So was tat Frauchen gerne und immer voller Besitzerstolz auf uns prachtvolle Rhönwidder. Für Anlässe dieser Art legten wir immer unsere feinen Lederhalsbänder an, mit Frauchens Hilfe versteht sich. Meines war rotbraun und hatte Nieten, Tios war schick verziert, sehr breit und in zartem Beige, Brogh, dieser unverbesserliche Macho, machte einen auf dezent, ganz schlicht in mattschwarzem Leder, genau passend zu seinem Fuß. Wir waren die perfekten Models für eine Rhönschafmodenschau und wurden auch diesmal wieder fein rausgeputzt, bis auf unsere Klauen, die waren immer etwas dreckig, so wie Frauchens Fingernägel, die dauernd in irgend welchen Blumenkübeln herumgraben.

„Nee, mit Handschuhen kann ich nicht!", sagt Frauchen immer. Schließlich leben wir auf dem Land, und vor allem im Stall und auf der Wiese. Ich glaube, deshalb lässt Frauchen seine Hände immer unter dem Tisch, wenn ein Gast da ist. „Heute kommt lieber Besuch, und ihr dürft in der Küche dabei sein. Vorausgesetzt ihr benehmt euch anständig und macht mir keine Schande. Ich habe euch in den höchsten Tönen gelobt und hoffe, dass ich mich auf euch verlassen kann!", sagte meine Hirtin mit energischer Stimme. Sie nahm aber gleich mein Gesicht in die Hände, und ich bekam einen dicken Kuss auf die Nase, daraus schloss ich, dass es nicht ganz so ernst gemeint war wie es klang. Mein Stummelschwänzchen wackelte vor Vergnügen, denn ich liebte es sehr, wenn sie so zärtlich zu mir war. Die anderen kamen natürlich auch nicht zu kurz, schließlich hatte sie uns alle sehr gern und wollte Eifersüchteleien unter ihren Schützlingen vermeiden Wenn sie aber mein Vorderfüßchen kraulte, was ich ihr gab, wenn ich gestreichelt werden wollte, bekam sie sogar manchmal ein Küsschen von mir auf die Backe. Kein Schaf außer mir beherrscht meines Wissens dieses tolle Kunststück, und niemand außer meinem Frauchen wurde von mir je geküsst.

Wenig später, die Kastanienfrau und der schwarze Hund waren gerade vorüber geklappert, holte die große Hirtin uns ab, und wir durften ihr in die Küche folgen. „Darf ich vorstellen: Wolltaire, der Hammel Hammlet, Tio und Brogh, unsere vier stolzen Rhönwidder." Am Tisch saß eine Blondine, deren Frisur unsere Wolle ähnelte, nur glatt und viel länger. Mit dieser Haarflut konnten selbst die Heidschnucken nicht mithalten. Die Farbe stimmte aber genau überein. Der Rest der Blondine, die uns sehr freundlich unter ihrem Flokati hervor anlächelte, steckte in strahlend weißem Pullover und die langen Beine, die sie unter den Tisch streckte, in noch weißeren Stoffröhren, wie Frauchen sie auch immer trägt, nur in blau.

Das Beste aber war der Duft. Süß, verführerisch und einfach unbeschreiblich stieg er in unsere Nasen. Eine heidschnuckenblonde Menschenfrau, die sich mit Brötchenduft umgab. Ein außergewöhnlich belebendes Parfum, das sie sehr gut kleidete. Und dann auch noch das Rascheln einer Papiertüte, ein Geräusch, welches uns sofort in erhöhte Alarmbereitschaft versetzte. Hier war also die Quelle des hypnotischen Duftes. Wir verfielen dem Duft, dem Flüstern der Blondine, dem Geräusch der Tüte und in Trance. Sofort waren alle guten Vorsätze vergessen, und es gab kein Halten mehr. Wir wurden so magisch angezogen wie Odysseus von der Sirene, überrannten die Dame, die die duftenden Brötchen auch noch verhängnisvoller Weise mit gestrecktem Arm in die Luft hielt, und uns damit ungewollt dazu animierte ihren Schoß zu erstürmen, um der Tüte nebst begehrlichem Inhalt habhaft zu werden. Die nette Blonde schüttelte den Flokati, schrie wie am Spieß, kreischte und lachte gleichzeitig, als würden ihre Fußsohlen gekitzelt, gab sich geschlagen und uns die Tüte samt Brötchen. Was anderes blieb ihr nicht übrig, auch nicht von den Brötchen, die eigentlich gar nicht für uns, sondern für das gemeinsame Frühstück mit den Gastgebern gedacht waren. Die freundliche Blonde hatte sie als netten Beitrag zur Frühstückseinladung beisteuern wollen und für uns einen Bund knackiger Möhren, der bis dahin unbemerkt auf dem Tisch lag und dessen zartes Aroma im Brötchenduft untergegangen war. Und die weiße Hose, jetzt mit dunklem Schafsklauenmuster, die war sprichwörtlich im Eimer, laut der beiden Damen.

Das würde eine Standpauke geben, ahnte ich. Ich fand, es sah gar nicht mal so übel aus, dieses Schafsklauendruckmuster. Eben mal was anderes, besonderes, extravagantes, das nicht jede hat und geschweige denn tragen kann. Die Blondine konnte! Es hat mich aber leider keiner nach meiner Meinung gefragt, und bis auf die Brötchen sind unsere Geschmäcker etwas verschieden. Wir hatten uns wohl trotz aller Vorsätze leicht daneben benommen. Wir wurden „streng“ von Frauchen gerügt. Aber das war für die Blonde schlimmer als die fleckige Hose, und so wurden wir von ihr wiederum gestreichelt und gelobt für das, was wir eigentlich nicht durften und waren hinterher leicht schizophren, wie die meisten Kinder, die gemeinsam von beiden Eltern erzogen werden. Schulterschluss bei der Erziehung der Jungen ist das Wichtigste Prinzip des Erfolges, deshalb halten Kinder auch immer zusammen!

Bis heute sind wir mit dieser netten Blondine, die nach Frauchens unmaßgeblicher Meinung auch eine ganz kleine Ecke in der Kurve hat, ganz dicke befreundet. Wegen der ländlich bedruckten Hose war sie kein bisschen böse. (Manche Schaffans tätowieren sich so was sogar auf den Oberarm!) Ihre Möhren haben wir natürlich auch noch verputzt. Sie bringt uns immer was Köstliches mit, wenn sie kommt, und ist mal einer von uns erkrankt, macht sie Besuche im „Heupital“ und beteiligt sich an den Tierarztkosten, unter denen Frauchen unentwegt stöhnt.

Auch brauchen wir dauernd irgendwas zur Vorsorge, um gar nicht erst krank zu werden, von der Wurmkur bis zur Impfung, und eine Krankenversicherung für Schafe gibt es ja unverständlicherweise noch nicht. Die höckerlosen Kamele sind außerdem um ein Vielfaches teurer. Das muss hier auch mal gesagt werden. Ständig neue Schuhe aus Eisen, möglichst orthopädische, wegen der „scheppen Füße“, wie der Schmied immer schimpft. Außerdem Sättel, Zaumzeuge und Decken, da vermutlich ihr Fell nichts taugt. Und dann die Leckerlis! Berge, kann ich euch sagen, Berge! Was in die riesigen Dinger alles reinpasst. Das haut den stärksten Rhöner aus der Wolle. Mein Gott, wie bescheiden wir dagegen sind! Allerdings etwas willkürlich, wie ich meine, und ein bisschen erzwungener Maßen, die Maße, die hier angelegt werden. Trotzdem, unser Leben ist keineswegs eintönig, sondern wirklich kunterbunt und sehr abwechslungsreich, auch mit kleinen Mengen Leckerlis. Ich will ja nicht so undankbar sein.

Morgen erzähle ich euch von unserem ersten Weihnachtsfest, dass wir mit den Menschen und allen Tieren des Bauernhofes feierten. Ich kuschle mich jetzt in mein Strohbettchen und träume vom Christkind. Und Euch wünsche ich eine gute Nacht und träumt einen schönen Traum.

Wir feiern Weihnachten oder eine schöne Bescherung

Es war sehr kalt geworden. Der Winter war gekommen, und er hatte uns außer Schnee nichts mit gebracht und zu allem Überfluss der kalten Pracht, auch noch unser schönes, grünes Gras unter sich begraben. In unserem Stall wuchs eine glitzernde Eisblume am Fenster. Mein Frauchen, überwältigt vom Anblick dieser filigranen Grazie, fiel fast in Ohnmacht vor Wonne.

„Da, da, nein nicht da, dort, nein, Menschenskinder, na da oben!" Wir schauten nach links, dann nach rechts, nach oben, nach unten und im Kreis. „Herrgott noch mal, kann man denn so blind sein?" Eine andere Richtung fanden wir nicht, um zu kucken. Also schauten wir wieder nach links und so weiter. Frauchen tobte weiter vor Entzücken, und wir gaben auf. Endlich, am Fenster entdeckten wir das Bild der Verherrlichung, das den Kniefall und die gefalteten Hände ausgelöst hatte. „Meine Güte, das hat ja gedauert!"

Weihnachten rückte näher, man spürte es allenthalben. Frauchen konnte natürlich nicht begreifen, dass wir das farblose Gewächs schon die ganze Nacht beobachtet hatten, wie es geräuschlos, geruchlos und unheimlich im Mondlicht an unserem Fenster hochgewachsen war. Das konnte doch wirklich keiner ahnen, dass das bei den Menschen eine solche Reaktion hervorrufen würde, ohne ein einziges für uns Schafe attraktives Attribut. Kein süßer Duft, kein sattes Grün, keine leuchtend bunte Blüte. Aber Frauchen liebte eben alle Blumen, sogar solche, die völlig zum falschen Zeitpunkt wuchsen, und anstatt im Garten an Fensterscheiben. Also schauten wir verklärt und artig, denn wir sind immer artig, in die gewünschte Richtung, und Frauchen war zufrieden. Es wollte ja nur seine Begeisterung mit uns teilen, von der es stets mehr hatte, als es selbst verbrauchen konnte. Deshalb bekamen immer alle etwas davon ab. Begeisterung ist ansteckend, also freuten wir uns mit, obwohl wir meistens nicht so genau wussten, warum und worüber. Aber das macht ja nichts.

Wir Widder sind somit eindeutig die besseren Ehemänner. Muss man immer gleich auf stur, taub oder die Sportschau schalten, wenn die holde Weiblichkeit um Weihnachten herum sentimental wird? Jetzt geht es uns doch besonders gut. Der Pansen wird genudelt, die Halskrause gekrault.

Alles wirklich wunderschön da draußen, mit dem Schnee und dem Eis, nur eben leider nicht essbar. Für die Kinder, die ja Eis in jeder Form lieben, verständlich. Für Schafe ist das nichts. Eis schmeckt nicht nach Gras, und Kälte schadet den Bakterien im Pansen. Die haben es lieber warm und gemütlich. Und nicht jeder macht so ein Tamtam wegen der Schneeflocken, die vom Himmel fallen. Wo kämen wir denn da hin, wenn wir bei jedem Flöckchen in Euphorie ausbrächen. Riecht nicht, schmeckt nicht und vergeht sofort auf meiner Nase, während ich verkrampft versuche auf die schwarze Spitze zu schielen, um dieses weiße vergängliche, und ach so viel Begeisterung auslösende, zarte Etwas, vorsichtig balancierend mal aus nächster Nähe zu betrachten. Kaum gelandet, schon geschmolzen. Mir persönlich sind die saftigen Sommerblumen auf meiner Wiese lieber, aber Frauchen war ja ganz verzückt, beim Anblick dieser kalten Flocken und falschen Blumen. Das mit dem Schein und dem Sein, ich meine, ob es jetzt essbar ist oder doch nicht oder einfach nur so aussieht, sollte mich in nächster Zeit noch öfter beschäftigen.

Wir fühlten uns mollig warm und geborgen, in unserem herrlichen, dichten Schafswollmantel. An diesen gemütlichen Abenden vor Weihnachten, wenn der Hauch unseres Atems vor unserer Nase gefror, saß die Hirtin, nebst Kindern, meist stundenlang bei uns im Stall. Frauchen lehnte mit dem Kopf an meinem Rücken, wenn wir gemeinsam im Stroh lagen oder saß auf dem Sessel und hielt mich im Arm und wärmte ihre ständig kalten Finger in meiner kuscheligen Halskrause.

Nicolin ermunterte Brogh, der neben ihr stand, mit sanfter, weicher Stimme, sich doch gemütlich hinzulegen und klopfte leise und unermüdlich lockend mit der Hand neben sich ins Stroh, ihn mit der anderen in einem fort streichelnd. Irgendwann verstand Brogh die ständig wiederholten Worte: „Mach mal fein Schläfchen, mein Schäfchen!“, kratzte erst das Stroh zurecht, senkte den Kopf, knickte erst mit den Vorderbeinen, dann mit den Hinterbeinen ein und kuschelte sich gähnend an die Seite seiner Menschenfreundin. Meine Güte, hatte der eine lange Leitung!

Die kleine Hirtin aber, lächelte glücklich. Sie genoss die Nähe zwischen Mensch und Tier, die bekanntlich die natürlichen Sprachbarrieren, und auch die eingebildeten, das sind die meisten, mühelos überbrücken kann. Menschen werden dann gleich rührselig und kriegen Glanz in die Augen.

„Guck doch mal wie goldig.“ Mit mir hätte sie das schneller haben können. Genug gelästert. Die kleine Hirtin freute sich über das Geschenk des Vertrauens, das Brogh ihr gemachte hatte. Brogh hat diese kleine Geste der Zuneigung, ich nenne es seine Masche, ein Leben lang beibehalten. Bis heute legt er sich ins Stroh, wenn man geduldig genug auf immer dieselbe Stelle am Boden klopft, und beharrlich die Wolle kraulend, seine „Wunder wirkende“ Zauberformel spricht. Und schon ist man zum Schafsflüsterer geworden. Bis einen das begabte Wundertier, bei der ersten besten Gelegenheit und vor versammelter Mannschaft sensationshungriger Zuschauer, mit dem berühmten und ebenso gefürchteten Vorführeffekt, trotz strahlender Sonne, im sprichwörtlichen Regen stehen lässt.

Ist es immer so, wie alle glauben? Vielleicht sind wir Schafe einfach nur schlauer, als ihr Menschen denkt? Vielleicht spielen wir manchmal mit und manchmal nicht. Da wird nach Gründen gefahndet, warum das Meisterstück doch gestern noch gelang und heute nicht. Da ich hier ausnahmsweise mal nicht im Mittelpunkt stehe, könnte ich ja mal aus dem Nähkästchen plaudern und mein Näschen pudern. Schließlich nagt der Neid.

Wenn es klappt, und Brogh legt sich hin, schreit jeder „Bravo“, und er ist der Held, um den sich die gesamte gegenwärtige Menschenwelt dreht. Mir stinkt das ein bisschen, denn wenn hier einer der Held ist, dann ich. Und wenn mein Frauchen dann auch noch anfängt zu flöten und zu klopfen, ist das Maß ziemlich schnell voll. Wenn ich mich zum Wiederkäuen hinlege, und das tue ich hundertmal am

Tag, klatscht keiner Beifall. Das Rumstehen wird einem irgendwann einfach zu ungemütlich, mit dem dicken Pansen, und wenn die Menschen dann oft genug „Mach mal fein Schläfchen, mein Schäfchen!", geflötet haben, legt man sich eben hin. Wenn sie den Mund von vorne herein so lange gehalten hätten, wie sie zuvor geflötet haben, hätte man sich vermutlich auch hingelegt. So ist das eben. Nur die Menschen interpretieren das anders, und zwar immer so, wie sie es gerne hätten. Hat das dann endlich geklappt, was sowieso immer klappt, sind sie zu Tränen gerührt. Alle denken jetzt, Brogh wäre besonders schlau, und das finde ich blöd. Gelegentlich schaltet er auf stur, so als verstehe er kein Wort und genießt es in vollen Zügen, die Damen im Griff zu haben und noch mehr Streicheleinheiten zu bekommen. Er, der Göttliche, möchte gebeten werden, und zwar immer und immer wieder, bis er dem unermüdlichen Frohlocken der Damen endlich seine Gunst erweist, schlicht und ergreifend, weil er irgendwann genug hat, von dem ganzen Geknutsche und Herumstehen. Welchem Macho würde das nicht den Pansen pinseln, so viel demutsvolle, weibliche Zuwendung? Davon können die meisten Männer nur träumen.

Wir Schafe genossen die Winterzeit, denn obwohl wir nicht zum Weiden auf die Wiesen konnten, waren wir mit all den Stallgenossen eine stattliche Herde, das vermittelte uns Sicherheit, Geborgenheit und Schutz. Wohlige und vertraute Geräusche umgaben uns. Die Pferde fraßen leise mahlend ihr Heu, schnaubten ab und zu den aufsteigenden Staub aus den Nüstern oder raschelten mit den Hufen durchs Stroh. Manchmal ließen sie sich unterbrechen und lauschten aufmerksam, mit aufgestellten Ohren und erhobenem Kopf, dem geheimnisvollen Ruf einer Schleiereule, die im Gebälk unserer Scheune wohnte. Mäuschen huschten lautlos vorbei, ohne dass wir einander erschreckten. Wir waren friedfertige Nachbarn, die im selben Stall wohnten. Sie lebten ein gutes Leben und futterten die Haferkörner, die den Pferden aus den Krippen fielen. Nur vor den Menschen, dem „Königs-Tiger" und der Schleiereule nahmen sie sich in Acht. Von uns hatten sie ja nichts zu befürchten, und das wussten die schlauen, flinken und possierlichen Kerlchen auch. Ich glaube, dass alle Kinder mit mir da einer Meinung sind, dass Mäuschen sehr niedlich aussehen, mit ihren runden Öhrchen und den kleinen blank geputzten Knopfäugelchen.

Mein Frauchen saß, an solch einem lieblichen Vorweihnachtsabend in trauter Schafsrunde, nichts ahnend auf dem Sessel und kraulte mich. Eine Ratte kroch vorsichtig aus einem Loch der roten Backsteinmauer, vor der der Sessel stand. Sie hielt vorsichtshalber erst einmal Ausschau nach ihren Erzfeinden: dem „Königs-Tiger" und dem Yorkshire-Terrier Sally. Da die Luft rein war, und Max oder Toloose, ganz wie man will, friedlich träumend, mit blubbernden Lefzen im Stroh neben der Box schnarchte, nahm sie lautlos und friedlich, grau und unscheinbar, unweit von uns, auf der breiten Rückenlehne Platz, um dem gemütlichen Zusammensein als Zaungast beizuwohnen. Ihren langen, dünnen, rosafarbenen Schwanz hatte sie sorgfältig neben sich auf das grüne Polster gelegt. Ganz nach dem weihnachtlichen Motto, des allenthalben wirkenden Friedens auf Erden.

Frauchen liebt, wir erinnern uns, ausnahmslos alle Geschöpfe des Göttlichen; das glaubte außer Frauchen vermutlich auch die Ratte. Da ich sie von häufigeren Besuchen schon kannte und sie für mich nichts war, als eine dicke, ungefährliche Supermaus, nahm ich nicht weiter Notiz von ihr. Die kleine Anne schaute aus sicherer Entfernung über die Boxenwand zu uns herüber, zeigte kichernd mit dem Finger nach der Seite, auf der die Ratte saß und entspannt, einem Hamster ähnelnd, ihre Vorderfüßchen putzte.

Man soll nicht mit dem Finger auf andere Leute zeigen, schon gar nicht, wenn sie irgendwie anders aussehen. Denn was ist dabei heraus gekommen? Genau das Gegenteil von Nähe und Tiefe, die Verstandesbarrieren zwischen Mensch und Tier überbrücken sollen; eher im Gegenteil, nämlich nichts als Vorurteile, Geschrei und Verwirrung. Mensch und Ratte, Auge in Auge, das konnte nur schiefgehen, das sah ich sofort. Von wegen weihnachtlicher Frieden und bedingungslose Liebe zu allen göttlichen Mitgeschöpfen.

Einen Augenblick waren beide vor Entsetzen starr, dann flüchtete Frauchen schreiend aus der Box, und die Ratte, die ebenfalls kurz und zutiefst erschrocken auf dem höchsten Ton der Leiter fiepte, so dass unsere Trommel- und alle sonstigen Felle elektrisiert zu Berge standen, quetschte sich durch einen Mauerspalt, durch den sie nach schaflichem Ermessen niemals hätte passen dürfen, es sei denn als Briefmarke. Etwa so, als wollten wir fünf Schafe gleichzeitig und mit vollem Pansen durch unsere Boxentür. Mit dem letzten Zipfel, Frauchens um die Ecke wehendem Rockes, war auch das letzte Spitzchen rosa Rattenschwanzes in der roten Backsteinmauer verschwunden und der gemütliche Abend auf „spektakuläre Weise“ zu Ende gegangen.

Bei Ratte und Mensch besteht eindeutiger Bedarf an gegenseitiger Aufklärung. Ich bin in der glücklichen Situation, mich weder vor der Einen, noch vor dem Anderen zu fürchten, aber die Menschen sind gefährlicher für uns Schafe. Mein Frauchen war fortan nicht mehr zu bewegen, vor der Backsteinmauer zu sitzen. Der Sessel musste umziehen. Der neue Standort gewährte freien Blick auf die gefährliche Mauer, mit den geheimnisvollen „schwarzen Löchern, die die Blicke meines Frauchens magisch anzogen.

Jedes Mal, wenn meine Hirtin bei völlig gewöhnlichen Geräuschen zusammenzuckte und mit angstvoll aufgerissenen Augen hinüber stierte, als ereilte sie gleich ein furchtbares Ereignis, schüttelte sie sich mit einem vernehmlichen „Brrr“, erstarrte und fröstelte erschauernd. Mir war, glaube ich, ähnlich zumute, als ich das Wasser aus meinen blonden Löckchen schüttelte, nachdem ich versehentlich, mit meiner saugfähigen Wolle, den kleinen Gartenteich leergetunkt hatte wie eine trockene Semmel die Suppe.

Es dauerte einige Zeit, bis Frauchen auf den erschreckenden Vorfall hin wieder normal wurde und nicht mehr einer Ohnmacht nahe auf die Mauer starrte, und sich die für Hausfrauchen typische Hysterie zu legen begann. Die Ratte hatte Eindruck gemacht. Das musste der Neid ihr lassen. Frauchen brauchte nun unsere ganze liebevolle Unterstützung und Geduld, um ihr Rattentrauma zu überwinden. Es würde noch viel von uns Schafen lernen müssen.

Gott sei Dank wissen wir, dass man mit den Menschen, vor allem den Großen, sehr viel Nachsicht und Geduld haben muss. Sie tappen mit ihren verkümmerten Instinkten bisweilen etwas unsicher durchs Leben. Sie bedienen sich dann ihres angeblichen Verstandes, der wie eine Krücke das Hirn stützen soll, was die Sache komplizierter macht. Die Kinder haben noch Instinkt und somit Intuition. Sie brauchen keine Krücke für ihr Hirn und verstehen alles ganz leicht. Es sei denn, die Erwachsenen haben sich schon eingemischt. Aber mit viel Schafsgelassenheit kriegen wir das wieder in den Griff. Die erschrockene Ratte ließ sich nie wieder bei uns blicken.

An der Rückwand unseres Stalles brachte unser Hirtenfrauchen eines Wintermorgens ein großes Bild an. Es zeigte einen verlockend geschmückten Tannenbaum in der Mitte, der von vielen Tieren, wie sie auch in unserem Stall lebten, umgeben war. Nur einen grauen Esel, den hatten wir hier nicht. Der Baum war ganz nach meinem Geschmack, mit Äpfeln, Möhren, Brezeln und vielem mehr. Er sah richtig lecker aus, war aber leider nur ein Bild. Was drauf zu sehen war existierte überhaupt nicht. Es gab weder Duft noch Geschmack. Es war alles nur eine ärgerliche Mogelpackung mit Etikettenschwindel. Frauchen machte jeden Tag voll unbeugsamer Hoffnung ein weiteres kleines Türchen in dem Bild auf, immer auf der Suche nach wertvollen Inhalten. Aber dahinter erschien nur noch ein weiteres Bild, mit wieder nichts drin. Es probierte es täglich erneut und verlor nie den Mut.

Mit welcher Gelassenheit es die Enttäuschung jedes mal hinnahm. Immer wurde das seltsame Ritual mit dem Kommentar beendet, dass demnächst Weihnachten sei und wir dann auch einen solchen Baum bekämen und zwar einen echten! Klar, es wollte uns trösten. Na hoffentlich hatte der dann wenigstens Duft, echte Möhren und war essbar, sonst versprach Weihnachten wohl ein fragwürdiges Vergnügen zu werden. Vermutlich das einzige Versprechen, an das sich gehalten werden würde. Bis zum letzten Türchen – dieses war ein besonders großes, mit, dreimal dürft ihr raten, wieder nichts drin -, blieb dieses Bild, das die Hirtin einen Adventskalender nannte, für uns eine komplette Enttäuschung.

Ich beobachtete Frauchen immer ganz genau, wenn es sich an ihm zu schaffen machte und das „Oh wie schön!“ oder „Ach wie süß!“, beim Öffnen dieser merkwürdigen Türchen, hinter denen absolut nie irgend etwas Fressbares zu finden war, begriff ich überhaupt nicht. Wollte Frauchen vor uns nicht zugeben, wie enttäuscht es war?

Dann war er da, dieser tolle Tag, um den alle so ein unglaubliches Geheimnis machten. Alle tuschelten und schlichen auf Samtpfoten herum, damit das Christkind nichts merkte. Das lag nackicht in der Krippe und merkte sowieso nichts mehr. Vermutlich erfroren! Wäre eine ganze Herde Rhönschafe im Anmarsch gewesen, hätte ich das Aufhebens ja verstanden. Und so wurde er uns denn endlich feierlich überbracht, dieser tolle, sagenumwobene Weihnachtsbaum, für uns unerreichbar und umständlich auf einem viel zu hohen Fensterbrett montiert, mit einer langen, schwarze Schnur mit einem merkwürdigen Mauseloch in der Wand verbunden, das wie eine Schweinsnase aussah und den Baum irgendwie zum Leuchten brachte, dann wieder nicht, dann wieder doch, an aus, an aus.

Es gab Gezeter, Gemecker, recht laute Verhandlungen, wo denn was zu sein hätte, aber dann doch nicht war, sondern ganz woanders, und ich vermeinte sogar ein paar deftige Worte gehört zu haben, die so gar nicht zu dem Samtpfotengeschleiche passen wollten, weil die Lichter mal brannten, dann wieder nicht, und so weiter. Frauchen meinte, das wäre ja wie Weihnachten in Amerika, mit Blinklichtbäumen, bei denen man immer das Gefühl hätte, sie machten nur Reklame fürs Fest und von denen einem ganz komisch würde, als hätte man einen Kurzen im Schaltkasten; oder man bekäme das seltsame Gefühl, sich bei all dem Lichtergeflacker im falschen Milieu zu befinden, ohne zu wissen, wie man da hinein geraten sei, und dass die Heilige Jungfrau mit dem Kinde da auch nicht so recht hinpasste, oder wie in Las Vegas, fehlte nur noch der elektrische Reiter als Weihnachtsmann.

Es wurde gerannt, gesucht, gefunden und ausgetauscht. Nach einem endlosen, nervtötenden Hin und her war es dann geschafft, der grüne Baum strahlte, und alle Beteiligten verfielen in Andacht und strahlten mit. Es hingen aber, trotz aller Versprechungen, keine Äpfel, Brezeln und Möhren dran, und er hatte weder Duft, noch war er essbar. Hatte ich es nicht geahnt? Weihnachten würde mit solch einer falschen Tanne, die nicht duftete, somit gewiss auch nicht schmeckte, denn wir Schafe probieren stets erst mal mit der Nase, nicht nur ein ziemlicher, sondern ein kompletter Reinfall.

Die Menschen sind bisweilen für uns Schafe etwas schwierig zu verstehen. Da haben sie einen großen, echten Stall, voll mit duftendem Heu und goldgelbem Stroh, mit vielen lebendigen Tieren drin, sogar mit Schafen und gleich reihenweise Krippen und somit den idealen Platz, um das wirkliche Weihnachten zu feiern und das Christkind würdig unterzubringen. Schließlich gehört dieses Fest ja angeblich in einen Viehstall mit Haustieren, in dem selbstverständlich die Schafe nicht fehlen dürfen.

Als ob das nicht die absolut idealen Voraussetzungen wären, bauen die Menschen also noch einen kleinen Stall in den großen hinein, auch noch mit einem kaputten Dach drauf, als wenn es hier geradezu reinschneien sollte, und das blasse Kindlein, welches da nackicht drin liegt, nicht schon genug fröre, bei all dem Durchzug. Nass werden soll es jetzt wohl auch noch! So eine windschiefe Hütte als Stall; bei jedem Durchschnittsbauer stände sofort das Veterinäramt auf der Matte, brächte er sein Vieh so unter, und da soll der kleine Herr Jesus anständig und artgerecht untergebracht sein? Ich weiß nicht! Eine klappriger Holzverschlag ohne die umweltfreundliche Fußbodenheizung einer wärmenden Mistmatte, wie wir sie hier alle haben, dafür aber mit winzigen Figuren wie falschen Pferden, Schafen, Kühen, einem Esel und auch Menschen drin, die dauernd umfallen und immer wieder hingestellt werden müssen, da sie nicht selber aufstehen können und wahrscheinlich unsterblich sind, denn sie riechen wie die modernen Butterbrotdosen der Schulkinder, die angeblich auch in tausend Jahren noch nicht verrottet sind.

Mein Frauchen sagt, man könne von diesen Dosen Tupperkulose kriegen, die Krankheit wäre teuer, brauche viel Platz, spiele sich hauptsächlich in der Küche ab und wäre für Männer nicht ansteckend. Diese ständen unter dem wirkungsvollen Schutz der Immunität des Zahlenden. Auch wären diese Döschen heutzutage durchaus zeitgemäße Grabbeigaben, damit die Frauen auch im Jenseits einen gut organisierten Haushalt führen könnten. Wer weiß, was die Grabräuber in tausend Jahren so vorfinden?

Nur das Heu und das Stroh in dem maroden, kleinen Stall waren echt, aber das mochten die geruchlosen Viecher offenbar trotzdem nicht. Auch noch verwöhnt! Wie einer der fast verhungert ist, aber das ihm gereichte Brot zurückweist, mit den Worten: "Ich will aber einen Hamburger!"

Und mitten drin in der Futterkrippe, ein kleines Menschenkind, nackt, noch nicht mal ein bisschen Wolle zum Zudecken, brrr. Das sollte also Weihnachten sein? Ich wusste bis zu diesem Zeitpunkt wirklich nicht, was davon zu halten war. Schlimmer, so fand ich, konnte es ja kaum noch kommen, mit diesem angeblich schönsten Fest des Jahres. Duftlose Bäume und frierende Kinder, darüber sollten wir uns jetzt freuen! Vermutlich war das Christkind mittlerweile erfroren, weil das so ewig gedauert hatte, bis der Baum nicht mehr nur blinkte, sondern endlich brannte, und nun konnte es gar keine Geschenke mehr bringen. Ich hätte so gerne etwas Wolle für das kleine Bündel gespendet, um es schön warm einzukuscheln, dann wäre alles wahrscheinlich ganz anders verlaufen. Zu spät, es tat in der Krippe keinen Mucks mehr.

Dann singen auch noch plötzlich alle „fröhölische Weihnacht überall" - nur nicht bei uns -, um von der Katastrophe abzulenken, na Mahlzeit! Gott sei Dank, kam mir am selben Abend dann doch noch die Erleuchtung, für dieses mir bis dahin unverständliche Theater.

Wir hätten die Ehre unsere Hirtinnen durch den ganzen Stall begleiten zu dürfen, denn alle Tiere sollten beschert werden, sagte alsbald Frauchen, nach dem der letzte Ton der rührseligen Weihnachtshymne verklungen war. Das war ein Schock! Hatte das Bescheren womöglich was mit dem Scheren zu tun? Wurden die Pferde nun womöglich auch geschoren? Sollte ich jetzt auch nackt frieren? Sollten wir nun alle frieren? Würden auch die Hirtinnen und Hunde bald nackt und frierend herumlaufen? War Weihnachten in Wahrheit gar das Fest des Frostes, anstatt des Friedens und der Freude? Wahrlich ein zweifelhaftes Vergnügen. Und das bei der Kälte.

Mir fiel wieder das leblose Kindlein ohne Wolle und Duft in der winzigen Krippe ein. Ob das nun meine Wolle kriegen sollte? Zu spät, jetzt da es ja sowieso schon erfroren war, brauchten sie es auch nicht mehr zuzudecken. Meine Wolle teilen ja, aber nacktscheren nein, entschied ich stillschweigend. Unter diesen mysteriösen und für ein Schaf völlig unzumutbaren Umständen, verzichtete ich lieber freiwillig auf diese seltsame Bescherung, der alle, vermutlich erkältet, so ungeduldig entgegenfieberten, und beschloss den Schafstall nicht zu verlassen, um das Weihnachtsfest mit einem Stehstreik zu boykottieren. Ich klemmte mein Stummelschwänzchen zwischen die Pobacken und mich in die Ecke und bockte. Stand-bye-Schaf! Nur noch meine Augen leuchteten.

Meine Brüder standen schon draußen, Frauchen hielt die Türe offen. „Was ist denn? Komm jetzt, Wolltair!" Begriffen diese hirnlosen Hammel denn überhaupt nichts? Hatten sie mit ihrer Männlichkeit auch ihr Gehirn eingebüßt? Frauchen hielt mir eine Möhre vor die Nase. Ich bin nicht bestechlich. Ich folgte nicht der Möhre, sondern gehorchte nur meiner Nase und musste, erst einmal willenlos gemacht, nachgeben. Ich folgte meiner an mir festgewachsenen Nase, die der hypnotischen Macht der Möhre folgte, welche wie ein gelber Pendel vor meinen Nasenlöchern und meinen Augen hin und her schwankte. Sich pendelnden, verführerisch duftenden Möhren zu widersetzen ist natürlich deutlich schwerer, als dem Willen der Menschen Standzuhalten. Schließlich können sich nur sehr gelenkige Schlangenschafe die Nase so dicht zuhalten, dass kein betörender Möhrenduft reinkommt.

Die Pferde freuten sich, als sie uns dann endlich kommen sahen, wieherten und scharrten ungeduldig mit den Hufen, denn sie bekamen eine Extraportion Hafer, Möhren, Äpfel und Brot, wurden gestreichelt, und es wurde ein Segen ausgesprochen. Ohne die Extraportion Leckerlis wurden wir von den höckerlosen Kamelen sonst nie so freundlich empfangen. Diese Biester waren ja so leicht zu manipulieren. Wir gingen von Box zu Box und erhielten auch immer eine Kleinigkeit, des lieben Friedens und des Futterneides wegen. Ich entspannte mich langsam, mit jeder weiteren Portion Leckerlis. Ganz zum Schluss, als alles beschenkt worden war und ich eigentlich schon satt, fanden wir doch tatsächlich in unserem Strohbettchen alles, was ein Schafsherz höher schlagen lässt. Es gab Möhren, Äpfel, Brot und natürlich ein klitzekleines bisschen, von dem süßen, goldgelben Hafer und viele, viele Streicheleinheiten.

Das war es also, dieses mit dem Verstand unfassbare Mysterium des Bescherens ohne Schere. Wenn ich das unserem Schafsscherer erzähle; das glaubt der mir nie! Ich atmete erleichtert auf. Weihnachten bedeutete also für uns Tiere, das verstand ich nun, eine große Extraportion Futter. Die bekamen wir als Wiedergutmachung geschenkt, weil das kleine Kindlein in der Krippe, in dem baufälligen Stall, erfrieren musste, die Wiesen verschneit waren, alle Blumen und Bäume weder dufteten noch essbar waren, und somit auch wir vom Hungertod bedroht. Die Menschen hatten deshalb zurecht ein schlechtes Gewissen und wollten das mit Geschenken wiedergutmachen. Soweit hatte ich mir die seltsamen, und für gradlinige Schafe schwer fassbaren, Ereignisse mühsam zusammengereimt. Wir wurden ebenfalls gesegnet, obwohl wir ja an sich schon ein Segen für Frauchen sind, und nach anfänglichen Zweifeln musste ich dann doch noch zugeben, dass das eine schöne Bescherung war.

Falls nächste Weihnachten wieder ein frierendes Kindlein nackt in der Krippe liegen sollte, werde ich ihm etwas von meiner Wolle schenken, das habe ich mir fest vorgenommen. Kein Kindlein auf der Welt soll frieren, solange Wolltair noch Wolle auf dem Rücken trägt. Nun, meine lieben Freunde, mit einem Satz ins goldgelbe Strohbettchen. Bis morgen, wenn ihr wollt, schlaft gut und träumt einen schönen Traum.

Halbstarke Lümmel

Unser erster Winter ging zu Ende, und wir genossen es stundenlang in der milden Frühlingssonne zu träumen. Langsam schmolz der Schnee auf unserer Wiese, und durch unsere Klauen quoll der Matsch. Es wurde klitschig, und bei jedem Schritt klebten wir fest in Knatsch und Schlamm. Wir durften um diese Zeit seltener in Frauchens Hütte, denn wir hinterließen eindeutige Spuren, die wir gleichmäßig und in kunstvoller Regelmäßigkeit über sämtliche Böden und Teppiche verteilten. Der miese Max und die rote Röhre folgten aufgeregt schnüffelnd, hetzend und wedelnd, mit schlabbernden Lefzen, ebenfalls Abdrücke hinterlassend, den Spuren und Düften in Kreisen und Linien, auf dem Wildpfad mitten durchs Wohnzimmer, denn sie hatten ja sonst nichts zu jagen. Zwei Pseudojagdhunde, die ansonsten ja völlig an ihrer natürlichen Bestimmung vorbei, auf Schößen genudelt und verpäppelt, dahindegenerierten.

Erste grüne Grashälmchen wurden auf den benachbarten Weiden sichtbar. Sofort meldete sich unser Appetit auf saftiges Grün. Gras hat bei Mensch und Schaf wohl eine ähnlich halluzinierende Wirkung. Allein die Vorstellung von Gras reicht aus, um das Bewusstsein zu verändern, vor allem nach der langen, kalten Jahreszeit. Schon im November war Kleingrün aus. Ab dann mussten wir bis zur nächsten Weidesaison mit unserem kahl gefressenen Winterauslauf vorliebnehmen, denn die empfindliche Grasnarbe, so nennt man die Gemeinschaft der Pflanzen, die eine Wiese bilden, sollte nach dem Winter solange geschont werden, bis sie kräftig herangewachsen ist und dem Tritt von Klauen und Hufen standhalten kann. Wir hätten uns sofort und ohne Gnade auf das zarte Gras gestürzt, alles mit Stumpf und Stiel kahl rasiert und den vom schmelzenden Schnee aufgeweichten Boden in eine Schlammsuhle verwandelt, auf der im Sommer, außer hartnäckigem Unkraut, kein schmackhaftes Hälmchen mehr gewachsen wäre. So blieben wir unfreiwillig und ungeduldig auf unserem tristen Auslauf, bemitleideten und langweilten uns, mit sehnsuchtsvollen Blicken in unser versperrtes Weideparadies schielend.

Eigentlich sind wir heranwachsenden Schäfchen brave Musterkinder, wie sie im Buche stehen, bisweilen etwas neugierig und, da wir Böckchen sind, auch bockig. Wir tun dann das Gegenteil von dem, was wir sollen, ganz normale Kinder eben. In dieser schwierigen Zeit des Geduldübens, sind wir auf Rücksicht und Verständnis der Menschen angewiesen, und jede kleine Abwechslung ist willkommen. In der Weidesaison, von Mai bis Oktober, verbringen wir den größten Teil des Tages mit Grasen und Wiederkäuen, stetig im Wechsel wie Ebbe und Flut. Sehr anstrengende, wenn auch angenehme, Tätigkeiten, die unsere ungeteilte Aufmerksamkeit erfordern. Da im Winter das Futterangebot begrenzt ist und wir unser Heu stets recht flott verputzt haben, stehen uns Energien im Überfluss zur Verfügung, die verbraucht werden wollen, denn unsere Batterien haben nur eine begrenzte Speicherkapazität. Sinnvolle Beschäftigungen sind hilfreich, besonders diese, die uns Böcken Spaß machen. Wir sind darin durchaus erfinderisch, aber leider mit unseren Hirtinnen nicht immer einer Meinung. Missverständnisse lassen sich ja dann im Nachhinein meistens klären, aber eben selten bis nie im Voraus. Da gibt es, trotz aller Liebe und Bedingungslosigkeit meinem Frauchen gegenüber, gelegentlich ganz unbedeutende Verständigungsprobleme darüber, wie etwas ankommt und wie es eigentlich gemeint ist.

Im Hausgarten, der uns als Winterauslauf zur Verfügung stand, wurden in der ersten Frühlingssonne, zwischen drei hohen Pfosten, die Wäscheleinen gespannt. Die Fenster wurden plötzlich kahl, aber dafür unser noch schmuckloser Garten liebevoll mit frisch gewaschenen, blütenweißen Gardinen dekoriert. Wenn Frauchen dann kam, einen schweren Korb vor sich her tragend, um in den ersten warmen Strahlen die weiße Pracht, den Stolz jeder Hausfrau, aufzuhängen, standen wir nur allzu gerne in den Füßen herum, und staunten darüber, wie mühelos der Wind die Segel blähte. Wir erschraken uns fürchterlich vor den bleichen Gespenstern an der Wäscheleine, tollten und bockten lustig herum, vom Flattern der Wäsche angestachelt, und waren zu allerhand Albernheiten aufgelegt. Besonderen

Spaß machte das Umstoßen des Wäschekorbes und das Untersuchen des Inhaltes. Meine Brüder waren stets eifrig bemüht, mir dabei zu helfen. Die Hirtin schimpfte und lachte dann immer gleichzeitig, aber ernstlich böse wurde sie darüber nie. Das hat mich vermutlich etwas zum Übermut ermuntert, denn ich katapultierte sie daraufhin, als sie sich arglos über einen frisch gefüllten Korb beugte, durch einen gut platzierten Stoß ins weich gepolsterte Hinterteil mit samt den frisch gewaschenen Gardinen in den Dreck. Diesen einladenden Aussichten konnte ich einfach nicht widerstehen.

Frauchen schimpfte tüchtig, als ich „ganz in weiß“ wie eine verschleierte Braut in reiner Unschuld mitten in den Schlafzimmervorhängen stand. Die Menschenkinder, die aus dem gardinenlosen Fenster hingen und alles mit angesehen hatten, schüttelten, anstatt der Betten, ihr herzerfrischendes Lachen aus, und da es schön ist, wenn meine Hausmenschen lachen, tat ich alles mir Mögliche, um sie auch regelmäßig dazu zu bringen. Beim Wäscheaufhängen wurden wir zukünftig leider immer des Gartens verwiesen, oder anderweitig beschäftigt, und das Frauchen hat uns auch nie mehr arglos beim Bücken das Hinterteil hingehalten. Eigentlich schade!

Wir hatten nichts zu tun, und das frische Grün lockte. Nun können wir wohlerzogenen Schafe einer Versuchung schon eine ganze Weile widerstehen, wenn aber die Sonne immer wärmer und die saftigen Hälmchen immer länger werden, muss ein Holztor schon ein stabiles und ernstzunehmendes Hindernis darstellen, um den Frühlingsgefühlen dreier kraftstrotzender Rhönwidder standzuhalten.

Mit den Säften der Pflanzen stiegen uns auch die unseren zu Kopf und weckten Sturm und Tatendrang. Wir strotzten geradezu vor Kraft und Lebenslust. Anfänglich kuckten wir ja auch nur ganz harmlos durch die Bretterschlitze, ohne etwas Unerlaubtes auch nur zu denken, rieben ein bisschen die Stirn am Holz, um festzustellen, ob sich über den Winter etwas gelockert hatte, wie wir es eigentlich immer machen, sozusagen, als Auftakt zum Boxen. Wir Boxen nie ohne herausfordernden Grund! Schließlich hatten wir die ganze Zeit brav nur die Hälmchen gezupft, die wir demutsvoll kniend, mit ausgestrecktem Hals, schief gelegtem Kopf und angelnden Lippen, unter Zaun und Törchen hindurch erreichen konnten. Das war sehr anstrengend, kann ich euch sagen, aber das eine oder andere saftige

Kräutlein verschwand dennoch in unseren gierigen Mäulchen. Das hat unseren Willen standzuhalten vermutlich geschwächt und den Appetit auf frisches Grün angefacht wie der Wind das Feuer.

Die Pferde auf dem gegenüberliegenden Auslauf machten es ähnlich. Sie lehnten sich mit der Brust so fest gegen den Holzzaun, das er fast umfiel. Es knackte immer wieder bedenklich im Gebälk, es bog sich, ächzte und stöhnte, und manches gab unter der Last dieser fetten Viecher dann doch irgendwann nach. Sie reckten die langen Hälse wie Giraffen untendrunter durch, oder oben drüber, und leider schafften es diese braunen Akrobaten, mit den abenteuerlichsten Verrenkungen, den für sie erreichbaren Rand meiner Wiese mit Stumpf und Stiel abzufressen und somit die Grenze unseres Hoheitsgebietes zu verletzen. Das kam gar nicht gut bei uns an! Wir Schafe benahmen uns anständig und hatten dafür auch noch das Nachsehen; eine harte Nuss für den Übermut „hungriger“, leicht gelangweilter, halbstarker Rhönwidder im Flegelalter.

Ich hatte aber im Nachhinein doch den Eindruck, dass die Hirtin uns verstand, als sie das völlig zu Kleinholz zerlegte Törchen achselzuckend und, wie mir schien, leicht amüsiert, betrachtete. Bei derartigen Herausforderungen sind wir Böcke uns immer einig und halten zusammen. Wir haben das störende Hindernis kurzerhand Kopf an Kopf aus dem Weg gerammt. Man konnte ja nun schwerlich mehrere Rhönwidder nacheinander einzeln abstrafen.

„Räuber“, kommentierte Frauchen, mit in die Seiten gestützten Händen unsere Bluttat, als sie meine leicht verletzte Stirn sah. „Geschieht dir ein bisschen recht, oder?“, sagte sie kopfschüttelnd. Ihrem energischen „Kommt!“ war augenblicklich und ohne Umwege Folge zu leisten. Wir wissen schon, wann jeder Widerstand zwecklos ist. Zur Strafe wurden wir in die Scheune gesperrt, und bei Wasser und Heu darbten wir, bis der Schaden weitgehend behoben war. Bei genauerem Hinsehen entdeckten wir dann doch noch ein paar klitzekleine Möhrchen, die Frauchen, sicherlich rein zufällig und in der Eile, in der Heuraufe vergessen hatte. So eine Art mildernde Umstände für reuige Knastrhöner, die ja eigentlich nichts dafür konnten. Gras macht eben unzurechnungsfähig.

Wir schmorten bis zum nächsten Morgen artig und ohne Protestgeblöke, bei Wasser, und Brot und voller Raufe in unserer Scheunenzelle, bevor wir unsere Freiheit dann doch wiedererlangten. Die Arbeiten an dem neuen Tor waren noch nicht gänzlich abgeschlossen, und neugierig sammelten wir uns im Halbkreis um den Ort des Geschehens. Wir standen im Weg rum, für uns selbstverständlich, und beobachteten jeden Handgriff mit eifrigem Interesse. Schließlich galt es auch Handwerkskisten und ähnlich Unbekanntes zu untersuchen und umzuschubsen. Alles Neue wird zuerst misstrauisch und mit gebührendem Abstand beobachtet, dann auf seinen Spielwert getestet.

„Wehe, wenn ihr noch einmal … !“, Frauchen drohte mit dem Finger. Wenn die Hammerschläge auf die Eisennägel nur ganz knapp neben den Fingernägeln niedersausten, zuckten wir jedesmal zusammen, blinzelten mit den Augen, drehten ein bisschen den Kopf weg, wichen aber keinen Millimeter. Sture Böckchen eben. Wir können sehr aufdringlich werden. Frauchen nennt mich dann die „kleine Impertinenz“, was auch immer das zu bedeuten hat.

Meine Hirtin hatte den Stallknecht zur Hilfe in den Schafsgarten geholt. Er sollte helfen, den entstandenen Schaden schnellstens zu beheben. Wir kannten diesen muffeligen Typen schon von den Pferden, machten aber immer einen großen Bogen um ihn. Vermutlich waren die Pferde wegen ihm manchmal so seltsam. Erstens roch er irgendwie streng, keineswegs dieser liebliche, blumige Frauchenduft, dann ignorierte er uns auch noch. Keine Anerkennung, kein Wort, kein Möhrchen, also war ihm ganz klar nicht zu trauen. Das war einer von der Sorte, dessen Magen sich nur äußerst schwer umgehen lässt. Also stand er zu Recht auf unserer Abschussliste. Auf Begrüßungsgeblöke gab er von Anfang an gar keine oder eine unfreundliche Antwort.

Wir kannten das schon von manchen Dorfbewohnern. Wir grüßten stets freundlich und erhielten selten einen ebenso freundlichen Gegengruß. Vermutlich sind manche Leute einfach zu arrogant, um einem höflichen Schaf ebenso höflich zu antworten. Eine gute Kinderstube ist eben in einer gebildeten Gesellschaft von unschätzbarem Wert. Manche Leute halten sich zwar für etwas Besseres, dabei haben sie einfach nur schlechte Manieren! In unseren Kreisen unmöglich! Durch Frauchens Vorbild ist es zu unserer zweiten Natur geworden, Mitgeschöpfe zu achten und ihnen mit einem lang gezogenen Bääāh einen schönen Tag zu wünschen. Schließlich sind wir Gentlewidder mit standesgemäßer Erziehung.

Dieser müffelnde, muffelige Stallknecht – Mufflons riechen entschieden besser -, der jetzt auch noch Seite an Seite mit Frauchen kniete, sich wahrhaft einbildend, er könne uns durch sein mickriges, neues Törchen davon abhalten, auf die Wiese zu gelangen, war mir ein Dorn im Auge. Ich wich nicht von seiner übel riechenden Seite und ließ ihn auch nicht aus den Augen. Sein Geruch nahm zu, er geriet ins Schwitzen. Irgendwie schien er sich in meiner Nähe unbehaglich zu fühlen. Das gefiel mir. Er saß in der Hocke und brachte sich in eine leicht schräge Position. So konnte er mich besser beobachten. Allerdings wurde es so für ihn etwas schwieriger, ohne zu schielen, den Kopf des Nagels zu treffen, den er gerade, in männlich überlegener Pose, einschlagen wollte, leider infolgedessen, geringfügig verfehlte und etwas daneben traf, nämlich auf den Daumen. Tja, auch schielen will offensichtlich gelernt sein. Er schrie auf, fluchte und lutschte danach eine Weile eifrig und quietschend an seinem schmerzenden Finger, so, wie das Menschenbabys zu tun pflegen.

Ich bekam einen giftigen Blick zugeworfen, der mehr als herausfordernd war. „Es fehlte nur noch dass er mich … !“, als wenn ich etwas dafür gekonnt hätte. Ich mag es nicht, wenn mir jemand böse in die Augen starrt, mir ebenso böse Absichten unterstellt, ob ich sie nun hatte oder auch nicht, und mit seinem Arbeitshandschuh nach mir haut.

„Hättest Du ihn angehabt, bräuchtest du jetzt nicht damit zu hauen. Wolltair hat doch noch gar nichts gemacht, oder?“ Frauchen nahm mich in Schutz. Noch nichts gemacht, das war der springende Punkt, den es, sicherer als der Hammer den Nagel, getroffen hatte. Und ich würde meinerseits vielleicht gleich auch zu einem springenden Punkt werden.

Ach tat mir das gut, so von Frauchen verteidigt zu werden. Nun konnte ich mir etwas herausnehmen. In mir verlangte alles nach Genugtuung.

„Danke für den tollen Tipp mit dem Handschuh“, antwortete die gekränkte, Angstschweiß dünstende „Eitelkeit“ „Leider passt der mir im Moment gerade nicht mehr!“, vorsichtig auf den langsam schwellenden, dunkelblau anlaufenden Daumen blasend, als wäre er die zarte Blüte einer reifen Pusteblume.

Es lag jetzt eine zunehmende Spannung in der Luft. Menschen können ja alles beleidigen, sogar Leberwürste, und ich war zwar Gott sei Dank keine Leberwurst geworden, aber trotzdem beleidigt. Wenn uns kampflustigen Widdern der Angstschweiß von übel riechenden Stallburschen in die empfindliche Nase steigt, die dazu auch noch unverschämt nahe neben dem geliebten Frauchen knien, am Daumen lutschend herumjammern, um möglichst ausgiebig getröstet zu werden und zu Unrecht mit Handschuhen hauen, können wir manchmal ein klein wenig unangenehm werden. Das wurden wir dann auch, zumindest ich. Meistens fällt mir in meiner Position des Ranghöchsten, obwohl ich unbestritten der Kleinste bin, die Aufgabe zu, solche unangenehmen Angelegenheiten zügig und diskret aus der Welt, bzw. aus meinem Revier zu schaffen.

Brogh flüsterte: „Ich bin dein Sekundant, geh fünf Schritte rückwärts und dann los. Du wählst die Waffe: Stirn oder Breitseite, schließlich hat er dir den Handschuh ins Gesicht gehauen." Die beliebteste Angriffszone ist für uns Widder nun einmal das Hinterteil des Menschen. Gut gepolstert, du landest sicher, es bleibt die Verletzungsgefahr für beide Seiten relativ gering, der Stoß wird für unsere Stirnplatte angenehm weich abgefedert, ohne dabei an durchschlagender Wirkung zu verlieren. Der Gegner kann wie ein Katapult und mit hoher Geschwindigkeit in die gewünschte Richtung befördert werden; in diesem Fall raus aus meinem Garten, und möglichst weit weg von meinem Frauchen.

„Pass auf deinen unberechenbaren Bock auf!", drang es meine Ohren. „Wolltair, reiß dich zusammen!", ermahnte mich Frauchen, aber ohne mich so richtig ernstzunehmen. Ich wartete in scheinbarer Gemütsruhe ab, nachdem mich diese vorsorgliche, zwar berechtigte, aber dennoch ziemlich peinliche Zurechtweisung meines Frauchens - und dann vor diesem Kerl -, noch ärgerlicher gemacht hatte.

Dann ging alles ganz schnell. Der Gegner begab sich in die richtige Haltung, bot mir eine günstige Chance zum Angriff und sein Hinterteil. Irgendwann würde er ja schließlich mal aufstehen müssen, das wusste ich. Warten kann ich gut, um meine Wut in Ruhe wachsen zu lassen. Dann stand er auf, steif und träge, beugte sich erst nach hinten, dehnte seinen Rücken, streckte seine Arme in die Luft, beugte sich dann nach vorne, drückte mit den Händen die eingeschlafenen Knie durch, bemerkte nebenbei, dass das Törchen jetzt wohl stabil genug sei - hier war ich gänzlich vom Gegenteil überzeugt -, und flog im nächsten Augenblick, in dem berühmten hohen Bogen, durch einen gezielten Volltreffer in sein gebücktes Hinterteil, segelte knapp, auf unsichtbarer Ziellinie, an meinem sprachlosen und staunenden Frauchen vorbei, und landete, mitsamt dem ach so stabilen Tor, im schmierigen Schlamm der „verbotenen Wiese".

So, das war geschafft. Wir sprangen hinterdrein; ich war mit mir zufrieden und hatte meine Meinung und unser Recht für alle Beteiligten eindrucksvoll vertreten. Wie immer, so auch hier, und stets zum höchsten Wohle aller! Der würde so schnell nicht mehr meine Stelle an Frauchens Seite einnehmen und vor sich hin stinken, das stand somit zweifelsfrei fest.

Tatsächlich gelang es meiner redseligen Hirtin ungewöhnlich lange, sprachlos zu bleiben. Sie klappte klatschend ihre Hand über den Mund, als müsse sie diesen krampfhaft davon zurückhalten etwas, zu diesem Zeitpunkt völlig Unpassendes, zu sagen oder laut loszulachen. Dann begannen ihre Augen zu glitzern, als schwämmen sie in Tränen. Sie riss sich noch einen Moment zusammen und die Augen auf, verzog tapfer und zuckenden Mundes keine Miene, angesichts des mittlerweile sicher im feuchten Schmutz gelandeten Stallknechtes. Dieser erhob sich mühsam von seinem zähen, schlüpfrigen Untergrund, hatte ein paar Fehlversuche, schaffte es schließlich doch, setzte erst seinen erdbraunen Hut und dann seine vorwurfsvollste Miene auf.

„Bloß nicht lachen", entfuhr es hinter Frauchens vorgehaltener Hand. „Ich wusste gar nicht, dass Du fliegen kannst", fügte sie mit bereits bedenklich zitternder und halb erstickter Stimme hinzu. Bei allem guten Willen; es würde nichts nützten; das kannte ich bereits, und schon brach das berühmte Lachen mit einer solchen Wucht über uns herein, dass es einem ordentlichen Donnerwetter in seiner Lautstärke in nichts nachstand. Das Tollste aber war, dass das zutiefst beleidigte, triefende und getroffene Opfer, leicht humpelnd und sich den geschundenen Schinken reibend, erst empört kuckte, dann zu schmunzeln anfing und sich schließlich gekrümmt auch noch den Bauch halten musste.

Offensichtlich ist Lachen hochgradig ansteckend, führt bisweilen zu leichten Bauchkrämpfen, ist auch, so glaube ich, keine ernstzunehmende Krankheit, derer die Menschen sich aber nur äußerst schwer erwehren können. Nun ja, Frauchen war wohl etwas außer Fassung geraten und meine Wut verpufft. Wir waren auf der gelobten Wiese und labten uns am Grün. Ich hatte mich wieder unter Kontrolle, mein Frauchen mich allerdings nicht, wie es mir später verkündete:

„Und das wird sich jetzt ganz energisch ändern." So lernte ich damals, was es heißt, wenn die Menschen sagen: „Wer den Schaden hat, braucht für den Spott nicht zu sorgen." Leider mussten wir jetzt lernen, und das war unangenehm, dass es fast unsichtbaren Zaun gibt, welcher blitzt und vor dem man sich sehr in acht nehmen sollte. Einmal mit dem feuchten Näschen daran geraten, ließ ich es mir eine Lehre sein, und das in seinem Schutz nun neu erstandene Tor blieb somit unbehelligt. Der erste, heftige Biss des Zaunes in meine empfindliche Nase, erschreckte mich allerdings zutiefst, wo ich doch nur an Frauchens Hand schnuppern wollte. Unbewusst brachte ich diese Erfahrung mit der, sonst immer so sanften, Hand in Verbindung. und verzeihen konnte ich es erstmal nicht. Ich war plötzlich misstrauisch, was Frauchen traurig machte. Ich mochte keine hinterhältigen, beißenden Silberschlangen. Meine Hirtin gab sich alle erdenkliche Mühe dieses Missverständnis auszuräumen, was ihr schließlich mit liebevoller Geduld gelang. Später, als die Weidesaison eröffnet wurde, verschwand der blitzende Zaun wieder. Zukünftig entschieden wir uns, freiwillig hinter geschlossenen Toren, Türen und Barrikaden aller Art zu bleiben, außer bei ausdrücklichen Notfällen, auf die ich später noch zu sprechen kommen werde.

Und nun liebe Freunde, nach dieser doch recht amüsanten Geschichte, nichts wie, na ihr wisst schon, ab ins goldgelbe Strohbettchen. Morgen erzähle ich euch, wenn ihr wollt, die Geschichte von drei frierenden Schäfchen und wie wir unser Frauchen, ohne es zu wollen, in Angst und Schrecken versetzten. Und nun, schlaft gut und träumt einen schönen Traum

Viel Aufregung um nichts

Endlich war es soweit. Die warme Frühlingssonne hatte das Gras tüchtig wachsen lassen, und die feuchte Erde war abgetrocknet. Wir durften zum ersten Mal wieder auf unsere geliebte Wiese. Appetitliche Düfte nach Kräutern, Gräsern und köstlichen Blümchen stiegen in unsere Nasen und erweckten die Muse. Wir nahmen Aufstellung und blökten erst mal voller Inbrunst: „Wir sind geboren, um zu grasen, auf den Wiesen hinterm Haus …“ Kleine maßlose Rhöner würden sich buchstäblich um Kopf und Kragen fressen und viel zu viel frisches und weiches Frühlingsgras auf einmal in sich hineinstopfen, bis zum Platzen, wenn möglich. Wenn es ums leckere Futter geht, ist mit Verstand nicht zu rechnen. Das kann sehr gefährlich werden, für Mensch und Schaf. Doch zum Glück hatten wir tüchtige Hirtinnen, die das wussten, uns trockenes Heu zum Frühstück reichten, für den ersten Hunger und als solide Grundlage für das weiche und ungewohnte Futter. Wenn die warme Sonne dann den Wiesentau getrocknet hatte, war die richtige Zeit für einen kleinen Aufenthalt auf der Weide. Zuviel und zu nass bekommt uns nicht. So wurde unser erster Weidegang, auch wenn es uns nicht passte, auf eine halbe Stunde beschränkt.

Es ist schier unglaublich, wie viel kleine gefräßige Rhöner in einer so kurzen Zeit fressen können. Wir stehen einem Rasenmäher kaum nach. Unsere Pansenseite wölbt sich dann wie eine kleine Tonne nach außen, und mit solch einer verrutschten Figur sehen wir bisweilen etwas unförmig aus. Schiefe Schafe, die auf der einen Seite dicker sind, so als hätten sie einen Fußball verschluckt, haben vermutlich gerade erst gut und üppig gefressen. Anschließendes ausreichendes Wiederkäuen bringt uns dann schnell wieder in die gewünschte Form. Für weibliche und eitle Schafe von unbestrittenem Vorteil.

Die warmen Frühlingstage hielten an, und wir konnten nachts kaum schlafen, vor lauter Vorfreude auf das morgendliche Weidevergnügen. Es war wohl eher ein Zufall, dass ich eines Nachts bemerkte, dass unsere Boxentür nicht verschlossen war. Es war schon dämmrig draußen, durch unser Fenster strömte verlockender Wiesenduft, ich hatte ausgeschlafen und meine Morgentoilette aus Dehnen, Strecken, Gähnen und Schütteln bereits abgeschlossen. Der Hammel Hammlet, Brogh und Tio dösten oder käuten wieder, ich aber langweilte mich, denn es war noch immer nicht Futterzeit.

Wieder einmal, wie schon so oft, war nur eine Tür im Weg. Türen, Tore und Gatter haben eine geradezu schicksalhafte Bedeutung im Leben von uns Schafen, und meistens stehen sie zwischen uns und dem Futter, also im Weg. Diese war eine große und stabile Türe aus massiven Holzbohlen, ein interessantes Spielzeug für meine unbändigen Kräfte und die Stabilität meiner Stirnplatte. Ich widerstand der Versuchung des Boxens noch eine Weile, trotz ansteigenden Tatendranges. Schließlich hatte ich, seit meiner Bekanntschaft mit dem bissigen Zaun, Besserung gelobt, und es lag auch kein akuter Notfall vor, der es rechtfertigte, dieses unliebsame Hindernis aus dem Weg zu räumen. Schließlich wusste ich, das wir am Vormittag sowieso auf die Weide gehen würden. So rieb ich meine Nase, weil sie juckte, an der Türe, lehnte mich dagegen und rutschte mit dem ganzen Körper hin und her, um mich ausgiebig und genüsslich zu scheuern, als hätte sie Borsten.

Die Türe klapperte, das tat sie sonst nie, denn sie wurde stets zusätzlich mit einer schweren Eisenkette gesichert. Das sind die Erfahrungen aus den Zeiten abgefressener Gemüsebeete und Rosengärten. „Denn bei vier kleinen, frechen Rhönern kann man nie genug aufpassen.", behauptet mein Frauchen. Und eine schwere Eisenkette ist, wie ich finde, bei solchen Kraftprotzen angemessen.

Ich untersuchte das Phänomen genauer, stellte fest, dass die Kette lose herunterbaumelte, war aber nicht in der Lage die Türe zu öffnen, da sie nach innen anschlug. Meine Spezialität ist es eher Türen einzurennen, anstatt sie vorsichtig zu öffnen, indem ich meine Nase zwischen das Blatt und den Rahmen bringe, um sie mit einem kräftigen Schwung nach hinten aufzuwerfen. Ich versuchte es mehrmals vergeblich, wollte schon wütend werden und Anlauf nehmen, als mein Bruder Brogh, seines Zeichens ein Meister der Strategie, von mein Lärm aufgeweckt, sich lässig von seinem Strohlager erhob, gelangweilt unter Gähnen seine Morgentoilette verrichtete, mit einem spöttischen Seitenblick auf mich und einem kaum hörbaren: „Dilettant, lass mich mal, du weißt doch, in der Ruhe des Rhöners liegt die Kraft!", die Nase zwischen Tür und Rahmen schob und mit einem eleganten Kopfschwung das lästige Hindernis so weit zur Seite warf, dass er bequem hindurch schlüpfen konnte. Ich schaffte es gerade noch mich mit hindurch zu quetschen, indem ich von hinten mit der Brust schob und drängelte, meinen Kopf dabei hoch über Broghs Hintern hielt. Und dann noch ein kräftiger Stoss von hinten, der dicke Tio hatte in letzter Sekunde auch noch kapiert, worum es geht. Um ein Haar wäre die Türe wieder zugefallen, und Hammlet hätte alleine zurückbleiben müssen, von der Herde getrennt, ein Alptraum für jedes Schaf. Außerdem hätte sein Geblöke garantiert Frauchen auf den, bis dahin nicht besonders gut durchdachten, Plan gerufen.

Geschafft, wir standen in der Stallgasse und zwar alle! Leider war das Haupttor auch verriegelt. Zu dumm. Was sollten wir also nun mit unserer auf den Vorraum des Stalles beschränkten „Freiheit" anfangen? Zugegeben, wir waren also nicht sonderlich weit gekommen. Was nun? Es blieben uns noch zwei Möglichkeiten: entweder durch den Vorraum in die Küche, wo es immer leckeres Brot gab, eine sehr verlockende Vorstellung, oder durch den Vorraum, rechts ab in die Waschküche und von dort nach draußen. Wir zwängten uns also zu dritt durch die enge Seitengasse und standen schon wieder vor einer Türe.

Drei Rhönmodels, die nicht dufteten, grinsten uns von einem Poster mit saftiggrüner Wiese, die man nicht fressen konnte, mit einem losen Spruch herausfordernd entgegen. „Echt Schaf hier!" Ich schnüffelte noch einmal voller Sehnsucht an den verführerischen Schafschönheiten. Denkste, wieder so eine Mogelpackung, das erinnerte mich irgendwie an Weihnachten.

Die Türe stand ein Stück offen, eine Kleinigkeit für Brogh. Er öffnete sie vorsichtig, machte eine Schritt nach vorn und wich dann aber entsetzt zwei Schritte zurück. Da wir wie gewöhnlich drängelten, bekam ich bei dieser Vollbremsung Broghs und Tio meinen Hintern und Hammlet Tios Po ins Gesicht. Brogh bückte sich und untersuchte mit der Nase aufmerksam im Halbdunkel den Untergrund. Er war auf eine wacklige Stufe getreten und von dort mit der Klaue ins Leere, das hatte ihn so erschreckt und ruckartig zurückweichen lassen. Nachdem er sich im diffusen Licht der Straßenlaterne, die durchs Fenster schien, einen leidlichen Überblick verschafft hatte, sprang er, mit einem beherzten Satz über die unheimlich wackelnde Stufe hinweg, in den Vorraum.

Ich war als Nächster dran und lehnte mich erstmal misstrauisch so weit ich konnte nach vorne, schob meine vier stämmigen Beine unter dem Bauch zusammen wie eine Bergziege, keineswegs von der Ungefährlichkeit des bevorstehenden Manövers überzeugt. Es blieb mir wenig Zeit zum Überlegen, ob ich nun Angst hatte zu springen oder nicht, denn Tio beendete mein Abwägen, indem er mich kurzerhand mit einem kräftigen Schubs in den Allerwertesten in den, wie mir schien, gähnenden Abgrund stürzte, um dann seinerseits wie versteinert in Bergziegenmanier an der Stufe kleben zu bleiben.

„Feiglinge", zischte Brogh und beschnupperte die verschlossene Küchentüre. Die Waschküchentüre war von innen angelehnt, also ein typischer Fall für mich. Ich stieß sie auf und drängelte mich durch den schmalen Eingang, dicht von Brogh gefolgt. Tio hatte endlich auch den Sprung ins Unvermeidliche gewagt, geschubst und gefolgt von Hammlet, und schob uns mit Angst geweiteten Augen vor sich her. Diesmal war ich es, der erschrak und entsetzt bremste, woraufhin Brogh, von mir gnadenlos rückwärts geschoben, Tio auflaufen ließ, dann Hammlet in der Kurve einquetschte, so dass dieser, da er in dem engen Raum unmöglich ausweichen konnte, mit seinem sperrigen Wollhintern die Waschküchentüre zuknallte. Sie fiel ins Schloss, wir saßen fest. Die Türe zum Hof war ebenfalls fest verschlossen.

„Hätte ich doch nur die Küchentür aufgedrückt, da wären wir wenigstens an die Brotkiste gelangt", dachte ich mir, vom langweiligen Ende des nächtlichen Spazierganges enttäuscht. Sollte unser Abenteuer wirklich in der Schmutzwäsche enden? Durch den Fenstereinlass in der Türe fiel jetzt etwas schwaches Licht in den Raum.

Der große, weiße Kasten, der sich undeutlich an der Wand abzeichnete, mit einen runden, weit aufgerissenen Auge in der Mitte, erschreckte mich zuerst ganz furchtbar, weckte aber bald meine Neugierde. Da ich von Natur aus, wie fast alle Männer, ein furchtloser Draufgänger bin, dessen Angst kleiner ist, als seine Neugierde, untersuchte ich das seltsame Phänomen. Ich steckte vorsichtig meine Nase in den offenen Schlund, fluchtbereit, mit langem Hals, soweit das uns Schafen möglich ist, die Vorderbeine zurückgestreckt, um wie ein Flitzebogen angespannt, jederzeit nach hinten losgehen zu können. Als nichts geschah, was mich weiter hätte beunruhigen können, stupste ich dann, in Erwartung eines vielleicht fressbaren Inhaltes, eine kleine Pappkiste um, die oben auf dem Kasten drauf stand. Das weiße Pulver, das zu meinen Füßen auf den Boden rieselte, erwies sich leider als völlig ungenießbar. Nachdem ich daran gerochen hatte, musste ich erst einmal tüchtig niesen.

Man stelle sich vier kräftige Rhönwidder im vollen Schafspelz vor, die dicht gedrängt in einer engen Waschküche zusammengepfercht sind wie Sardinen in der Dose. Es war schlicht unmöglich, sich aus dem Weg zu gehen, oder sich einfach nur umzudrehen, ohne den anderen zu rempeln und irgendetwas umzustoßen oder über den Haufen zu werfen.

Wir entdeckten gleichzeitig einen interessanten großen Sack, der offensichtlich mit Fressbarem angefüllt war. Selbstverständlich versuchten wir somit auch alle gleichzeitig an den Inhalt heranzukommen. Tio setzte überlegen seine Körpermasse ein und schob mit verbissener Kraft seinen Kopf als erster in die Riesentüte, stemmte energisch seine Masse gegen mich und versuchte mich abzudrängeln. Da man seine Beute schlecht gegen zwei starke Konkurrenten gleichzeitig verteidigen kann, kam nun Brogh zum Zuge. Schließlich nahmen wir Tio von beiden Seiten in den Schwitzkasten, und er musste rückwärts ausweichen. Dabei rammte er einen Sattel von einem Bock an der Wand.

Brogh und ich quetschten uns nun gemeinsam in die viel versprechende enge Tüte, waren aber mit unseren empfindlichen Nasen auch genauso schnell angewidert wieder draußen. Durch Hammlets sicher platzierten Schuss ins Kontor tauchte ich noch einmal bis zu den Augen unter. Die Riesentüte, die ekliges Hundefutter enthielt, fiel mit leisem Rascheln um, ergoss ihren krümeligen Inhalt über die Wäsche, die wir aus dem zuvor umgestoßenen Korb, mit unseren Füßen gleichmäßig über den gesamten Fußboden verteilt und ausgiebig mit kleinen, braunen Schafsrosinen bestreut hatten Nicht, dass das unsere Absicht gewesen wäre, denn wir Schafe lieben Ordnung, aber mal blieb ich mit der Klaue in einem Handtuch hängen, dann zog Broghs Hinterhuf irgendein Kleidungsstück schleifend hinter sich her und so weiter. Hammlet trat in den Ärmel einer weißen Bluse, daraufhin hatte das Kleidungsstück nur noch einen. Hammlet trug dafür vorne rechts einen Stulpen. Und diese ständige Aufregung regte auch noch zu allem Übel mächtig unsere Verdauung an. Das Schuhregal an der Wand neben der Türe kippte um, von Tio gerammt, der erfolglos versuchte, Brogh auszuweichen. Es musste irgendwann umkippen, es war bei der Enge einfach nur eine Frage der Zeit. Es kam dann direkt und sehr passend vor der Türe zu Liegen, und somit war diese endgültig hoffnungslos verbarrikadiert.

Wir behielten die Nerven, legten uns in die Wäsche, käuten wieder und warteten ab. Wenn gar nichts mehr geht, Wiederkäuen geht immer. Es ist wie Grasen eine Tätigkeit, bei der wir uns nicht stören lassen, eine Art Schafsmeditation, bei der alle Antennen nach innen gerichtet werden. Wir entgleiten den störenden Einflüssen der äußeren Welt, mit all ihren Irrungen und Wirrungen, und sammeln unsere Aufmerksamkeit in unserer gedachten Mitte, dem Pansen. Wohlige Verdauungsgeräusche und gleichmäßige Kieferbewegungen versetzen uns in eine Art hypnotischen Halbschlaf. Die Menschen nennen so was autogenes Training. Wir stellen unsere Ohren einstweilen erstmal auf Durchzug und reagieren allenfalls auf direkt vor die Nase gehaltene Leckerlis.

So kam es, dass wir auf das ängstliche Flöten von Frauchens Stimme nicht antworteten. Offensichtlich hatte sie uns am Morgen in der Box nicht vorgefunden und war in heller Aufregung. Sozusagen ins Dilemma der Diesseitigkeit verstrickt, dem Gegenteil des Schafsmirwanas, in dem wir grade selig, da noch satt, weilten. Die Stimme des kleinen Hirtenfrauchens kam auch noch mit einem etwas ängstlichen Ton dazu, und so drangen unsere Namen im Duett wie ein ständig wiederholtes und einschläferndes Mantra, in immer derselben Reihenfolge und in allen möglichen verlockenden Tonlagen an unsere Ohren, aber nicht in unser Bewusstsein. Dann entfernten sich die Stimmen für eine Weile und waren nur noch leise in der Ferne zu hören.

Als die innere Arbeit des Wiederkäuens beendet war und sich der Hunger quälend einstellte, war es nun an uns, durch energisches

Protestgeblöke auf uns aufmerksam zu machen. Es tat sich lange nichts, und wir brüllten, was die Stimmbänder hergaben. Tatsächlich war ich völlig heiser, als wir Verschollenen dann endlich entdeckt und gerettet wurden.

Das Ganze gestaltete sich dann doch noch sehr dramatisch, bis man uns fand: Es wurden überall Türen geknallt, Scheunentore geöffnet und wieder zugedonnert. Es quietschten Scharniere und der Hund, dem man vermutlich auf die Pfote getreten war. Wir schienen überall zu sein und nirgends. Immer wenn wir die Hirtinnen hörten, stellten wir, um besser lauschen zu können, das Blöken ein. So suchte man uns überall, da man uns vermeintlich aus jeder Luke, jedem Kellerloch, den Stallungen, den Scheunen und aus Nachbars Garten hatte brüllen hören, nur eben nicht, und das war das Problem, aus der Waschküche, denn was könnten Schafe schon freiwillig in einer Waschküche wollen, so wasserscheu wie wir nun mal sind? Diese Vorstellung schien offensichtlich für unsere Menschenfreunde unvorstellbar.

Menschenfüße und Hundepfoten rannten und trippelten an unserer Türe vorbei, immer wieder auf und ab, auf und ab. Ich hing mit meiner Nase an der trüben Milchglasscheibe, die das Loch in der Türe ausfüllte. Sie ließ zwar Licht herein, ich konnte aber nicht rauskucken. Unsere Mägen knurrten so laut, das man uns auch ohne Blöken bei näherem Hinhören hätte bemerken müssen.

Schließlich heulte erst mein Frauchen, und dann der kalte Motor des Knattermobils laut auf, so wie jeden Morgen, wenn es Zeit war für Frauchen, unser Haferkörner zu verdienen. Somit war alles aus, unser Schicksal besiegelt; der Hungertod wartete vermutlich schon hässlich grinsend auf uns, mit einer leeren Leckerlidose in der Knochenhand.

Es war aber gar nicht der hässlich grinsende Hungertod, sondern das lieblich lächelnde Menschenkind Anne, das, in einem spektakulären Einsatz seiner begrenzten Körperkräfte, die verbarrikadierte Türe aufzustemmen versuchte. Offensichtlich war die sonst so nutzlose Nase von Max, dem Ziegenbärtigen, diesmal doch zu etwas nutze gewesen. Ich hörte Schnüffelgeräusche und leises Gewinsel am Türspalt und roch Hund. So viel Mitgefühl hatte ich dieser borstigen Drahthaarbürste gar nicht zugetraut, und es rührte mich. Er kratzte wie verrückt und bellte hell und aufgeregt. Schnelle Schritte näherten sich und, oh welche Freude, der Türgriff wurde runtergedrückt. Anne rüttelte an der Klinke, stemmte sich gegen die Türe, Max bellte und winselte weiter. Die Türe blieb aber unnachgiebig verschlossen.

„Seltsam", ließ Anne sich vernehmen, „die war doch noch nie verriegelt!" Für mich wäre das ja eine Kleinigkeit gewesen, das Ding einzurennen, wenn nur das Regal nicht im Wege gelegen hätte. Viel Anlauf hätte ich zwar nicht nehmen können, aber mit konzentrierter Körperbeherrschung wäre es mir möglich gewesen, schließlich war ich ja zu diesem Zeitpunkt schon Inhaber des braunen Bandes am Hals, von meinem Frauchen höchstpersönlich verliehen! Anne ließ sich aber nicht unterkriegen, schob und drückte tapfer weiter. Ein Spalt war schon offen, und die aufgeregte Schnüffelnase passte nun durch. Max geriet in Fahrt. Ich hob den Kopf, wölbte etwas die Stirn und zog mich vorsichtig etwas zurück. Schließlich wollte ich nicht mit der Hundebestie zusammenstoßen, falls die Türe wider Erwarten plötzlich nachgab. Das Regal rutschte langsam über den Boden, kreischend wie eine Kreissäge. Dabei fielen, zu guter Letzt, dann doch noch die Schrubber und Besen um, die bisher, wie durch ein Wunder, in der Türecke stehen geblieben waren. Kreuz und quer bildeten sie eine Art Zaun vor unseren Klauen. Jetzt ging die Türe schon ein Stück weiter auf, so dass der miese Max hindurchschlüpfen konnte.

Aber nicht wir waren es, dem sein ungeteiltes Interesse galt, nein, er stürmte den umgeschütteten Hundefuttersack, machte sich, vor Futterneid knurrend, über die darin verbliebenen Reste her, stopfte auch noch gierig schlingend die herumliegenden Brocken in sich hinein, die staubtrocken waren und ständig in seinem gefräßigen Schlund stecken blieben, so dass er würgte, hustete und prustete. Ich hätte es wissen müssen, von wegen Rettungshund. Man soll niemals von seinen eigenen Qualitäten auf die eines Drahthaarvorstehrüden schließen.

Der nahtlose Übergang vom Schreckensgesicht, über den Ausdruck grenzenlosen Erstaunens, bis hin zum schallenden Gelächter, über die von uns angerichteten, aber stets unbeabsichtigten, kleinen oder größeren Katastrophen, ist mir im Laufe meines Lebens mit Menschen vertraut geworden. Der fließende Wechsel vom Schneeweiß des Schocks, zum Puterrot des Lachkrampfes, war auch hier die unvermeidliche Folge des Anblickes, den wir boten.

„Das kann doch wohl nicht wahr sein!", stellte Anne trocken fest, befreite uns aus Besenzäunen und Wäschebergen mit dem Satz: „Gott sei Dank, war das nicht mein Mäxchen! Ab mit euch auf die Wiese, jetzt muss ich erst mal ganz schnell telefonieren." Wir folgten Anne nur zu gerne auf die Wiese, vom Grund unserer Seele erleichtert darüber, dem Wäschekerker und dem Hungertod, der ein beleidigtes Gesicht machte, unversehrt entronnen zu sein. Eine unbändige Freude über die wiedererlangte Freiheit erfasste uns, und wir bockten erst mal tüchtig, um unsere innere Anspannung loszuwerden. Anne warf noch ein Bündel Heu über den Zaun und einen Blick in den Wassereimer, mit den Worten: „Reicht noch!", sprang mit einem Satz die Treppe hoch und verschwand im Haus. Sie hüpfte wie ein Lämmchen; ich glaube sie freute sich sehr, dass sie uns gefunden hatte.

Meine Hirtin hat mich abends so fest gedrückt wie noch nie zuvor. Beinahe gewürgt hat sie mich, vor lauter Euphorie. Wie bei der Heimkehr des verlorenen „Widders"! „Bin ich froh, dass ihr mir nicht davon gelaufen seit, ich hatte solche Angst um euch!" Tränen rollten ihr übers Gesicht, aber ich glaube diesmal waren es Tränen der Erleichterung. Ihre Freudentränen kannte ich ja schon. Menschen können so anhänglich, ja fast aufdringlich sein. Ich glaube es liegt daran, dass sie so schlecht allein sein können und nichts mit sich anzufangen wissen, wenn der Fernseher kaputt ist und die Schafe abgehauen sind.

„Was alles hätte passieren können, ich mag gar nicht dran denken", seufzte sie und dachte trotzdem daran, alle nur möglichen Katastrophen aufzählend. Sie war glücklich, und wir waren es auch. Die völlig verwüstete Waschküche hatte das Annekind schon wieder aufgeräumt und kein Wort darüber verloren. Wirklich ein prachtvolles Mädel. Nur die Sache mit der einarmigen Bluse hatte noch ein Nachspiel: Der Max wurde von Frauchen, für die von uns versehentlich zerrissenen Klamotten, ins Gebet genommen, fühlte sich total missverstanden, wo er doch unser Versteck erschnüffelt hatte und zog ein Gesicht wie ein Märtyrer.

Ich fand es, anlässlich dieses schicksalhaften Ereignisses, sehr an der Zeit, dass Anne endlich eine kleine Schafhirtin werden sollte. Schließlich hatte sie uns Rhöner in selbstlosem Einsatz aus einer der unangenehmen Lagen befreit, in die unsere Neugierde uns, wie schon so oft, wieder einmal gebracht hatte.

Nun, meine lieben Freunde, wünsche ich euch wie immer eine gute Nacht. Mit einem Satz ins goldgelbe Strohbettchen und träumt einen schönen Traum. Was passieren kann, wenn der Winter, obwohl er schon längst vorbei ist, noch einmal zurückkommt, und was es mit vier bunten Rhönern im Schnee auf sich hat, erzähle ich euch gerne morgen, wenn ihr wollt.

Vier bunte Rhöner im Schnee

Der Mai war gekommen und mit ihm eine ungewöhnlich anhaltende Wärme. Wir schwitzten tüchtig, wenn wir, toll vor guter Laune, über die mit bunten Frühlingsblumen betupfte Wiese jagten. Kurzum, die Wolle musste runter und zwar schleunigst, wie mein Hirtenfrauchen entschied. Die vorsichtigen Einwände des Schafscherers, schließlich hatte er schon mit Frauchens Temperament Bekanntschaft gemacht, und ob man denn nicht vielleicht die Schafskälte im Juni abwarten wolle oder wenigstens die Eisheiligen, auf die mehr Verlass wäre, als auf alle anderen Heiligen zusammen, und schließlich würde es schon immer so gemacht, wurden mit saftigen Argumenten vom Tisch gewischt.

Die Sonne schien kräftig vom Himmel, und damit war jeder Widerspruch zweck- und der Schafscherer wehr- und sprachlos. So kam es wie es kommen musste; die Wolle fiel an einem lauen Maientag und kurz darauf die Temperatur und mit ihr Frauchens Laune, in den tiefsten uns bis dahin bekannten und ziemlich kalten Keller.

Tja, was nun? Wir froren erbärmlich und zitterten um die Wette. Da nützte auch der Stall nichts und kein goldgelbes Strohbettchen. Frauchen versuchte uns Pferdedecken über den Rücken zu legen, die wir aber spätestens nach der dritten panischen Runde im Galopp durch unsere Box verloren hatten. Schließlich sind wir keine Pferde und wollen auch keine werden. Am Ende dulden wir erst die Decken und dann den Reiter. So läuft das doch, und man nennt das dann Einreiten. Die Decken waren also wieder unten, und Frauchen war ratlos und den Tränen nahe, fühlte sich blamiert und deprimiert, schwor zukünftig auf die Altvorderen zu hören, wusste aber leider keine Lösung für die unangenehme Lage, in die sie uns, trotz guter Absichten, gebracht hatte.

Da haben wir es mal wieder. Das Gegenteil von gut ist gut gemeint! Ich hatte ja im Moment noch das Glück auf Frauchens weichem Schoß zu liegen und mich wärmen zu dürfen. Auch die kleine Hirtin war gekommen, um ihr Schäfchen warmzuhalten. Uns drohte eine Lungenentzündung, das war klar. Meine Hirtin kraulte mich gedankenverloren und starrte, das Kinn auf die Hand gestützt, mit unbewegter Miene ins Leere.

„Ich habe es, so wird es gemacht!" Sie schnippte mit dem Finger in die Luft. „Ich nehme euch einfach mit ins Haus. Ihr zieht vorübergehend in die Küche. Immerhin besser als eine vierseitige Lungenentzündung, oder?" Wir dachten an den miesen Max und sagten nichts. Die kleine Hirtin sah ihre Mutter von der Seite an. „Ich mache euch in der unteren Küche ein Strohlager", fuhr sie, sichtlich von der Genialität ihres rettenden Einfalls erleichtert, fort.

Mit überzeugendem Tonfall redete sie sich und uns weiter Mut zu. Mir persönlich wäre es ja sehr angenehm gewesen, in der Nähe der Brotmaschine zu übernachten. Allerdings, als ich an das Hundekörbchen in der Ecke dachte und daran, eventuell mit Max nicht nur unter einem Dach, sondern auch noch in ein und demselben Raum zu schlafen, was bedeutete, dass ich unweigerlich kein Auge zumachen würde, war ich nicht mehr wirklich begeistert von dieser Idee. Ich meine, die ganze Nacht mit Frauchen zusammen, das wäre ohne Zweifel vorstellbar gewesen, geradezu wünschenswert. Aber dieser ziegenbärtige Drahthaarvorstehrüde war und blieb mir irgendwie unheimlich.

„Ich weiß was Besseres!", ließ sich die kleine Hirtin, die offensichtlich meinen skeptischen Gesichtsausdruck richtig verstanden hatte, mit aufgeweckter Stimme vernehmen. „Und das wäre?", antwortete mein Frauchen etwas gedehnt, mit einer dieser schweigsamen, aber bedeutsamen Pausen mitten im Satz. Die einseitig hochgezogene Augenbraue und dazu der ungläubige Blick. Diese Miene kannte ich schon aus dem abgefressen Rosengarten. Das jemand anderes und zu dem viel jüngeres vielleicht einen besseren Einfall haben könnte, schien Frauchen schwer vorstellbar. Sie war als unanfechtbarer Souverän eines männerlosen Haushaltes, von mir mal abgesehen, daran gewöhnt, grundsätzlich alles besser zu wissen, zu können und so weiter. Schließlich war sie vor meiner Zeit mit wichtigen Entscheidungen meist ganz alleine. Das wir jetzt nackt waren und aufgrund ihrer Fehlentscheidung frieren mussten, hatte dieses fest verankerte Denkmuster anscheinend kaum erschüttert. Vier schwarze und hochgespannte Rhönschafgesichter drehten sich mit erwartungsvoll gespitzten Lauschern gleichzeitig in Nicolins Richtung, die sich nicht beirren ließ. Wir platzten fast vor Neugierde, was das mutige Mädchen mit dem Aufbegehren gegen die Mutter im Sinn hatte.

„Von den Schafen, für die Schafe", war Nicolins geheimnisvolle Formel zur Lösung des Problems. Meine Hirtin reagierte mit leicht gereiztem Unterton, ohne ihre angespannte Augenbraue wieder herunterzulassen. „Könntest du ausnahmsweise mal etwas deutlicher werden?" Nicolin grinste und lüftete gleichzeitig Mütze und Geheimnis. „Wir ziehen euch einfach ein paar dicke Wollpullover über, denn was jetzt uns wärmt, hat ja vorher auch euch gewärmt, oder?" Sie sah Brogh zärtlich an und kraulte seine Elvis-Tolle, die beim Scheren versehentlich auf seiner Stirn stehen geblieben war; vermutlich die einzige Stelle, an der er jetzt nicht fror, und die sich eigenwillig zwischen den Horngruben hervorringelte und auf die er sich jetzt, angesichts unserer kahlen Köpfe, mächtig was einbildete. Vor allem mir gegenüber, wo doch mein imposanter Maria-Stuart-kragen, auf den wiederum ich mir viel einbildete, bei der Schur bis aufs letzte Löckchen der Brummschere zum Opfer gefallen war, sehr zu meinem Bedauern.

Ich verstand nicht wirklich, was die kleine Hirtin jetzt mit uns vor hatte, aber die große Hirtin schien begeistert, antwortete aber erst nach einer so langen Zeit, dass es ausgereicht hätte, einen kompletten Rosenkranz zu beten. „Eine Superidee, Mulle", rief sie erleichtert aus, und ihre Augenbraue durfte endlich herunter, worauf die andere gleichzeitig, am Schnürchen gezogen, wie ein Paternoster nach oben wanderte.

„Mulle!" Ich hörte es gerne, wenn Frauchen Nicolin mit ihrem Kosenamen ansprach. Wir haben selbstverständlich auch jeder einen, für besonders zärtliche Momente, die es in jedem Zusammenleben von Mensch und Schaf geben sollte.

Der gereizte Unterton zwischen den Damen wich einer fröhlichen Plauderlaune, und gemeinsam verließen die beiden lachend und scherzend den Stall. Wir drei verlassenen Schäfchen schnatterten noch eine Weile tüchtig und bemitleideten uns sehr und gegenseitig, beim ungewohnten Anblick der Mitbrüder, in Häuten der Gänse. Das einzig Hilfreiche war, pausenlos Heu zu fressen. Obwohl der Hafer eindeutig die besseren Heizeigenschaften hatte, war Frauchen in dem Punkt ziemlich unnachgiebig geblieben. Ein voller Bauch wärmt bekanntlich, darum stopften wir hinein, bis unsere Trommel rund und prall gefüllt war. Zum Wiederkäuen legten wir uns ins Stroh, kuschelten und rollten uns danach so fest zusammen wie die Hunde im Körbchen, so dass unser Mäulchen fast unter dem Stummelschwänzchen zu liegen kam, resignierten und fanden uns erst mal mit unserem traurigen Schicksal ab. Diesmal lauerte nicht der Hungertod, sondern der Kältetod! Nur der warme Dunst, der sich bei jedem Atemzug wie ein kleiner Nebelschleier über unseren Nasen erhob, trennte uns noch von ihm.

Wieder wurde ich an Weihnachten, falsche Bäume und das nackte Kindlein in der Krippe erinnert, das erfroren war, weil es keine Wolle hatte. Da ging es uns ja noch ganz gut. Wir hatten wenigstens zu futtern, auch wenn wir jetzt ebenfalls keine schützende und wärmende Wolle mehr am Leib hatten. Die lag jetzt nutzlos, in Säcke verpackt, in der Stallgasse. Jetzt, bei dieser Kälte draußen sein zu müssen, ohne in einen dicken Schafspelz gehüllt zu sein, schien mir eine furchtbare Vorstellung, und ich überließ mich vorsichtshalber noch stärker meinem Zittern. Es kam in kleinen Wellen, überquerte meinen Körper und verließ mich über die Spitze meines Stummelschwänzchens wieder, um vorne über meine eiskalte Nasenspitze erneut auf mich drauf zu krabbeln. Ich beobachtete dieses lästige Spielchen eine Zeit lang, es kam mir jedes Mal wie eine kleine Ewigkeit vor. Auch kleine Ewigkeiten können verdammt lang werden. Wo blieben denn die Hirtinnen mit der versprochenen Lösung?

Endlich, ich hatte mich schon fast aufgegeben, hörte ich wieder lustiges Stimmengeschnatter und herbeieilende Füße. Die kleineren, leichteren Tippelschrittchen gehörten Anne, dem zukünftigen Hirtenfrauchen, das hörte ich genau heraus. Tio, der Anne sehr liebte, hatte es auch gehört und blökte in freudiger Erwartung eines wärmenden Kinderschoßes. Die drei hatten einen ganzen Arm voller Pullover mitgebracht. Ich wurde ohne zu fragen gepackt, mit dem Kopf durch einen engen Schlauch gezwängt – iiih, wie das kratzte -, der sich, nachdem der Kopf wieder aufgetaucht war, um meinen Hals schmiegte wie eine enge Wurstpelle. Meine Beinchen wurden durch zwei lange Ärmel gesteckt, die, da viel zu lang, aufgerollt werden mussten, damit meine Klauen wieder zum Vorschein kommen konnten; schließlich sollte man ja in seiner Garderobe auch laufen können. Das dicke Ende wurde nach hinten über meinen Rumpf gestrafft und oben auf dem Rücken zusammengeknotet, denn schließlich müsse man ja auch mal müssen können, ohne sich dabei nass machen zu müssen, meinte mein Frauchen. Meinen anfänglichen und auch verständlichen Widerstand, wer will sich schon in eine enge Pelle zwängen lassen, es sei denn, er möchte eine Presswurst werden, gab ich sofort auf, denn nach dem ich mich an das anfängliche Kratzen gewöhnt hatte, breitete sich wohlige Wärme über meinen gesamten Körper aus. Jetzt verstand ich endlich wirklich, warum die Menschen Pullover aus unserer Wolle machen. Es war ein unvergleichliches Behagen, als das unangenehme Frieren aufhörte.

Tja, die Menschen sind arm dran, so ganz nackig, ohne eigene Wolle; dass heißt sie haben ja ein bisschen minderwertige auf dem Kopf, wo man sie, nach meiner unmaßgeblichen Meinung, am wenigsten braucht, denn schließlich gibt es ja wunderbar warme Mützen. Wer trägt da noch freiwillig die eigene Frisur? Sie wird das ganze Leben lang gehegt und gepflegt, geschnitten, rasiert, gefärbt, gekämmt, toupiert, hochgesteckt, hängen gelassen, geglättet, gelockt, dann grau, fällt selten zur allgemeinen Zufriedenheit aus, und letztendlich dann irgendwann vollkommen aus. Dann werden die Frauen deprimiert und die Männer interessant.

Also, ich meine, die Natur hat uns da ganz eindeutig mal wieder bevorzugt, denn die Wolle wächst stets nach, und die Frisur sitzt immer. Man ist auf uns Schafe angewiesen, will man ordentliche warme Wollpullover und Mützen haben. Wir sind auch in diesem Punkt, wie in vielen anderen, mit unserer Wolle eindeutig im Vorteil, bis auf, na ja, diesen besonderen Ausnahmefall, für den wir wirklich nichts konnten.

Tio ließ die leidige Prozedur des Ankleidens – bei ihm war es eher eine des Anprobierens -, mit stoischem Gleichmut über sich ergehen. Er wehrte sich nicht, half aber auch nicht. Er betonierte sich regelrecht mit allen Vieren ein und setzte eine Unschuldsmiene mit Steinerweichungsblick auf. Das kann er gut. Die Anprobe gestaltete sich daher etwas schwierig und Kräfte zehrend, denn es ist eine Sache der Geduld und der Kraft für Damen, einen knappen Zentner bockstures Rhönjungschaf zur Kooperation zu bewegen.

„Nein, mein Füßchen hebe ich nicht, und ich will auch nicht mit dem Vorderbein in den Ärmel des Pullis." Dann, als endlich die wahrscheinlich schon völlig steif gefrorenen Vorderbeine drin waren, fand sich kein Rollkragen, durch den Tios Dickschädel gepasst hätte. Der Dickkopf blieb stecken, sprengte Nähte, ging weder vor noch zurück, oder wenn er doch irgendwie hindurchgepasst hatte, war er bewegungsunfähig wie in einer Zwangsjacke mit zu engem Hemdkragen. Auch Tios mächtiger Brustumfang machte eine entschieden umfangreichere Konfektionsgröße nötig.

„Mama", ließ sich die kleine Hirtin mit vorsichtig unterdrücktem Grinsen vernehmen, „unsere Kinderpullis sind eindeutig zu eng und klein. Ich glaube, er hat oben rum eher deine Größe, kann das sein?" „Eigentlich nicht, aber wenn ihr meint", antwortete mein Frauchen mit pikiertem Blick auf Tios üppige Rundungen. Er erwiderte diesen mit unschuldig erhobenen Augen und sah es fragend und hilflos an. Das eine Bein steckte im Ärmel, der Hals sprengte fast den Kragen; insgesamt sah seine Lage ziemlich angespannt aus. „Du bist halt ein echter Rubens", sagte die Hirtin lachend, streichelte seine zusammengeschobenen Speckrollen, die sich prall und knackig über dem Nacken wellten, befreite ihren Schützling mit Zerren, Reißen und Schieben aus seiner Umklammerung und beeilte sich, ein passendes Modell zu besorgen.

„In Modeboutiquen für kleine Größen kriegt man ähnliche Schauspiele öfter zu sehen, nicht wahr Mami?", ließ sich Anne anschließend, mit leicht spöttischem Unterton, vernehmen. Mein Frauchen überhörte dies diplomatisch.

Schließlich wurden Tios barocke Formen doch noch, nach einigen weiteren und Kraft zehrenden Anproben, kältesicher in einem weiten Pullover mit tiefem V-Ausschnitt untergebracht. Jeder noch so elastische Rollkragen war zuvor an seinem üppigen Nacken und seinem kräftigen Dickschädel gescheitert, nach der Anprobe unbrauchbar und überdehnt wie ein Ofenrohr. Hellgelbes, quergestreiftes Bienenmuster auf nachtblauem Untergrund machte Tio nicht gerade zierlicher, stand ihm aber ausgezeichnet. Fehlte nur noch, dass er jetzt einen Stachel bekam, summte und abhob, um den ersten Nektar zu sammeln.

Mit meinem Modell in babyrosa Häkellook, mit Rüschen und gepufften Ärmeln, musste ich mich erst noch etwas anfreunden. Fehlten nur noch Brogh und Hammlet, die immer noch finster blickend vor sich hin bibberten. Als modebewusstes Schaf mit Elvistolle und Backenbart, entschied sich Brogh spontan für einen dunkelbraunen, klassisch schlichten Pullunder, mit links, rechts oder so ähnlich gestricktem Zopfmuster. Er machte sich klein, lang und schlank, so dass dieser Pulli einfach passen musste. In Gelb und Blau oder in zartes Rosa gekleidet, für diesen Ladykiller einfach untragbar. Hammlet wurde in einem letzten Schrei aus Himmelblau mit gesmokter Brust untergebracht, den ich zuvor schon mal an Anne bemerkt hatte, an der er wahrlich hinreißend wirkte. Hammlet hätte ansonsten nur noch die Wahl gehabt, wie eine ausgemusterte Heulboje in Neonorange herumzulaufen.

Wie herrlich schliefen wir vier in dieser Nacht im Strohbett und den warmen Wollpullis. Lediglich das Aufstehen am nächsten Morgen bereitete gewisse Schwierigkeiten, denn die aufgerollten Ärmel waren mittlerweile wieder heruntergerutscht und zu einer Stolperfalle geworden. Bei Tio, Hammlet und mir, bis über die Klauen und darüber hinaus, was bedeutete, dass wir bei jedem Schritt auf die Zipfel traten und uns bald nur noch hopsend und humpelnd, mehr fallend als laufend, durch die Box bewegen konnten.

Die Hirtinnen lachten uns aus, als sie zum Füttern in den Stall kamen. Wir fanden das mal wieder wenig nett, aber wir kannten das ja schon. Broghs Garderobe saß natürlich tadellos und wie an gegossen. Mein Frauchen entschied kurzerhand, die Ärmel unserer Garderobe umzunähen, um zukünftige Verwicklungen zu vermeiden. So wurden wir ausgezogen, umgenäht und wieder angezogen und schließlich, zur Freude des Tages, für eine Weile auf die Wiese geschickt.

Frauchen Geburtstag fiel auf diesen frostigen, aber sonnigen Maientag, inmitten der Eisheiligen, der so kalt war, dass man hätte glauben können, sie wären alle auf einmal als Gäste erschienen. Vermutlich hatte Frauchen bei seiner Geburt einfach Glück, dass es nicht auch in irgendeinem zugigen Stall mit kaputtem Dach zur Welt kam, ohne etwas Wolle zum Zudecken und in der Krippe erfroren war.

Wir waren an diesem kalten Frühlingstag unbestritten die größte Sensation, der denkwürdigste Anblick, den die Dorfbewohner jemals zu Gesicht bekommen hatten. Wir trugen mit Stolz unsere ausgefallene Garderobe. Niemals zuvor und niemals danach habe ich so viele Spaziergänger an unserem Weidezaun entlang pilgern sehn. Uns störte es nicht, wie waren es ja gewohnt, im Mittelpunkt zu stehen, und meine Hirtin nahm es gelassen, schließlich war sie schon daran gewöhnt, Fragen Interessierter zu beantworten, in punkto alternative Schafhaltung. Nein, wir wurden nicht gehalten, sondern wir hielten selbst, und zwar Hof, wurden geliebt, verehrt und verwöhnt und leben bis heute in einer Gemeinschaft mit den Menschen, die auf gegenseitiger echter Freundschaft beruht.

Mein Frauchen sagt gelegentlich zu hochnäsigen Menschen, sie könnten sich glücklich schätzen, wenn sie auch so einen edlen Stammbaum hätten wie ich, der über so viele Generationen lückenlos nachweisbar ist. Haben sie aber nicht, was man eindeutig an ihren Manieren merkt! Tja, alter Rhönadel eben, über viele Generationen vererbt. So einen Titel kann man nicht kaufen. Adel verpflichtet bekanntlich, und wir sind durchaus aristokratische Erscheinungen mit hohem Wiedererkennungswert. Und dann Brogh in seinem braunen Pullover; ich musste schon zugeben, dass er hinreißend aussah.

Als die Tage wärmer wurden, durften wir schon wieder für längere Zeit unbekleidet auf die Wiese. Anfänglich fühlte ich mich allerdings etwas nackt, bereits an die wärmende Kleidung gewöhnt. Als wir uns dann energisch gegen unsere abendliche Prozedur des Ankleidens zu wehren begannen, da nun wieder neue warme Wolle spross und die Temperaturen stiegen, ließ Frauchen uns wieder „oben ohne" hinaus.

Somit war das Dorf war wieder um seine Hauptattraktion ärmer, fiel wieder zurück in die Bedeutungslosigkeit, und der Zuschauerstrom riss langsam ab.

Es hatte sich in der Zwischenzeit genügend neuer Dorfklatsch angesammelt, der dringend bearbeitet werden musste. Somit waren die Leute wiederum anderweitig beschäftigt. Den Rat des erfahrenen Schafscherers, wann der richtige Zeitpunkt für die Schur denn nun tatsächlich gekommen war, hat meine Hirtin seit dem immer beherzigt, denn frieren mussten wir bis heute nie mehr. Unser Leben war und ist im wahrsten Sinne manchmal bunt und abenteuerlich, findet ihr nicht auch?

Nun bin ich wieder müde vom Erzählen und muss schon tüchtig gähnen. Mein goldgelbes Strohbettchen lockt. Und euch, meinen lieben treuen Freunden, wünsche ich von Herzen eine gute Nacht und träumt einen schönen Traum, vielleicht von einem eigenen kuscheligen Schmuseschäfchen. Morgen erzähle ich euch, wenn ihr wollt, wie es passieren kann, dass eine bewährte Schafsfreundschaft, die durch Dick und Dünn gehalten hat, plötzlich aus Eifersucht zu erbitterter Feindschaft wird. Ich glaube, die Menschen kennen so was auch!

Schmerzhafte Trennungen

Von dem kleinen Hirtenfrauchen mit Frühstücksheu versorgt zu werden, schien uns eigentlich nichts Besonderes zu sein. Wir kannten sie schon, die seltenen Ausnahmen, wenn die große Hirtin einmal keine Zeit für uns hatte. Sicherlich würde sie spätestens zur Mittagszeit kommen, um uns zu versorgen, dann eine Extraportion Zeit und Leckerlis im Überfluss mitbringen, um es wieder gut und uns eine Freude zu machen. Darum warteten wir wie immer ungeduldig auf ihr Erscheinen.

Die grüne Wiese ließ uns die Zeit vergessen, als es uns zu lang wurde. Noch waren wir vergnügt und grasten, käuten wieder, spielten und genossen unser herrliches Dasein. Es wurde Mittag, und die Dame mit der hohen Nase, dem schwarzen Hund und den klappernden Kastanien, schritt in ausgreifende Marschtempo vorbei, ganz so wie immer, ohne uns auch nur eines Blickes zu würdigen, oder den garstigen Schnüffler in die Nähe der Hecke zu lassen, auf der Hut, vor der wütenden, keifenden Dackelröhre. Vermutlich hatte sie Angst, bereits nach Schafen zu riechen, wenn sie uns auch nur anschauen würde.

Frauchen hingegen, liebte unsere Düfte: „Schaffnell Nr. 1, 2, 3, und 4" und schnuppert gerne an unserer Wolle. Schließlich sind wir äußerst reinliche Tiere und wählen sehr genau aus, was wir essen und woraus wir trinken. Maxens Pfützengeschlabber ist nicht unser Stil. Na ja, zugegeben, die Ziegen, unsere entfernten Verwandten, riechen bisweilen schon etwas streng. Das trifft für uns Schafe kaum zu. Nur die Böcke haben in der Paarungszeit einen strengeren Duft, welcher für menschliche Nasen vielleicht etwas gewöhnungsbedürftig ist. Den Schafsdamen scheint es aber zu gefallen, und darauf kommt es doch an, oder? Schließlich parfümieren sich die Menschen auch.

Was für Menschen gut duftet, kann für unsere empfindlichen Nasen allerdings zu einer echten Herausforderung werden. Die Geschmäcker sind auch hier verschieden. Sympathische Menschen duften immer klasse, mit und ohne Parfüm, aber unsere Frauchen tragen einen absolut unerreichten Lieblingsduft, den wir immer mit angenehmen Ereignissen verbinden. Von Möhre bis Rose, das Feinste für die Nase eines Schafes.

Gerade eben wogte der wenig erquickliche, äußerst feindselige Mief des schwarzen Schnüfflers vorbei, den wir, obwohl wir ihn absolut nicht riechen können, schon auf große Entfernung sofort in der Nase haben. Dieser unangenehme Geruch erinnerte uns daran, da er immer pünktlich am frühen Morgen mit der hochnäsigen, klappernden „Turmuhr" vorüberflanierte, dass schon viel Zeit seit dem Morgen vergangen, unsere große Hirtin aber immer noch nicht erschienen war. Unser Feindbild sickerte langsam in die tieferen Dimensionen unserer nachtragenden Psyche, um sich dort hartnäckig festzusetzen.

Wir nahmen geschlossen am Gartentor Aufstellung, um keinesfalls Frauchens Ankunft zu verpassen, die wir uns so sehnlich erhofften. In meiner Vorstellung türmten sich Berge von Wiedergutmachungsleckerlis und quollen, als schierer Überfluss, aus den unvorstellbaren Tiefen von Frauchens Handtasche.

Wir begannen monoton zu blöken. Das tun wir immer, wenn wir dem schmerzlich vermissten Menschen fürchterlich auf die Nerven gehen müssen, damit er zügig erscheint, um seine letzten noch übrig gebliebenen Nervenreste zu retten und unsere, über alle Maßen wichtigen und unaufschiebbaren, Bedürfnisse zu befriedigen. Erst dann stellen wir unser lästiges Dauergeblöcke ein.

Der erzieherische Auftrag an unserem Hausmenschen wurde von uns konsequent umgesetzt und hat dem Praxistest standgehalten. „Na also, geht doch!" Selbst unbeteiligte Hausmenschen aus dem näheren Umfeld profitieren von unserer zwanglosen Dressurmethode, auf dem Boden der freiwilligen Mitarbeit.

Arglose und sehr tierliebe Nachbarn bräuchten allerdings mitunter etwas mehr Erfahrung und ein umfassenderes Studium des Blökabulars, um zu erkennen, dass es sich bei ununterbrochenen Dauerblökern, sogenanten Schreilämmern, nicht zwingend um sträflich vernachlässigte, Hunger und Durst leidende, arme Schäfchen handeln muss, und auf deren forderndes, bis zu unglaublichen Längen gedehntes Bäääääääh, in den herzzerreißendsten Tonlagen, nicht auf der Stelle mit einer Wagenladung Heu, einem Zentner Möhren und drei Körben getrocknetem Brot anzurücken ist, eskortiert von allen möglichen erreichbaren Tierhilfsorganisationen, mit völlig überkandidelten, alles tyrannisierenden, meist weiblichen Tierschützern, um das hier bedrohte Leben zu retten, in allerletzter Sekunde versteht sich.

Ganz im Gegenteil, es könnten auch über alle Maßen verwöhnte Vorgartenexemplare dahinterstecken, die wie verzogene Plagen daran gewöhnt sind, ihrem abgerichteten Menschenhofstaat mit einem gleichmäßig sägenden Wurm im Ohr herumzukriechen, bis er völlig entnervt aufgibt, der Mensch, nicht der Wurm, wie in unserem Falle. Da wir uns, verständlicher Weise, nicht an gesetzlich verabredete Ruhezeiten halten können und wollen, ist man als stolzer Schafsbesitzer stets gut beraten, unsere Wünsche umgehend und zügig zu erfüllen, um Konfrontationen mit den Hütern des Gesetzes und, trotz grenzenloser Tierliebe, gestressten Nachbarn zu vermeiden, oder, falls sich der Streit nicht gänzlich vermeiden lässt, ihn doch auf ein erträgliches Maß für alle Beteiligten zu beschränken.

Ständig bellende Hunde und blökende Schafe sind darum in nobleren Wohngegenden ungern gesehene Gäste. Wo man an Fluglärm, Autos und Eilzüge gewöhnt ist, braucht man nicht noch lästigere Geräusche, wie solche von Tieren und Kindern. Was zu viel ist, ist zu viel! Das anfänglich süß geflötete: „Ach sind die niedlich!" - natürlich sind wir damit gemeint und zwar zu Recht -, macht dann schnell weniger schmeichelhaften Bemerkungen Platz, denn wir machen Geräusche, haben einen speziellen Duft und müssen ab und zu!

Blöken auf dem Bauernhof ist, wie das Muhen der Kühe, das Wiehern der Pferde und das Bellen der Hunde, bis zu einer gewissen Grenze gestattet, normal und gehört zum Landleben wie der Duft des Misthaufens. Kein Mensch regt sich weiter darüber auf. Hier hat nur der, der nach acht Uhr abends, wegen des Dauerregens, heimlich sein Auto benutzt hat, um zum Zigarettenautomat zu fahren, obwohl ohne Gang geräuscharm den Berg hinunter gerollt, schon von (der unberührten) Natur aus, mindestens drei Tage lang ein schlechtes Gewissen, wird schräg angekuckt und geht deshalb lieber zu Fuß oder nimmt das Rad.

Alles ist friedlich und still, es sei denn, wir werden abends nicht so, wie wir es von unseren sorgfältig erzogenen Hausmenschen gewöhnt waren, von unserer Hirtin nach unserer Weidearbeit abgeholt und mit ausgiebigem Streichelritual und Leckerlis ins Strohbettchen gebracht. Dann sehen wir uns gezwungen, die allabendliche dörfliche Stille, die Herzen mitleidvoller Nachbarn und deren Nerven zu zerreißen, um unsere vernachlässigte Beachtung zu erzwingen. Von verschiedenen Seiten wird unser Konzert für gewöhnlich durch kräftiges und sehr lautes Hundegebell unterstützt.

So viel Mitgefühl hätte ich diesen Biestern gar nicht zugetraut. Vom Coloratursopran des Lippen stanzenden Yorkshireterriers, über Eddas heulenden Schlittenhundemezzo, bis zum tiefen, röhrenden Bass des Nachbarschäferhundes, waren an diesem denkwürdigen Abend alle Ruhe störenden Tonlagen und Lautstärken vertreten. Die kleine Hirtin brachte uns schließlich eilig in unseren Stall, mit geröteten Ohren, nach einer kleinen, peinlichen nachbarlichen Zusammenkunft am Gartenzaun.

Als verzogen und verwöhnt abgestempelt, hatte niemand unseren Schmerz erkannt, der ja nur von der Sehnsucht nach unserer Oberhirtin herrührte, geschweige denn, ihn ernst genommen. Schließlich waren wir, völlig unverständlicherweise, um wichtige Rituale in unserem Leben und die damit verbundenen Freuden gebracht worden. Kein Schaf, das etwas auf sich hält, gibt sich kampflos damit zufrieden, dass völlig alltägliche Qualitäten des Daseins auf ein Mindestmass reduziert werden. Schließlich lebten wir bisher in einem gut organisierten Sozialstaat, wenn auch einem sehr kleinen, indem für unsere Bedürfnisse, unsere Gesundheit, unsere Freizeit und selbstverständlich für unsere zukünftige Altersvorsorge alles bestens von unserer Hirtin geregelt schien, und jetzt war sie plötzlich verschwunden, wie vom Erdboden verschluckt. Wir waren sozusagen ohne Oberhaupt, so dass ich mich, durch meine verantwortungsvolle Position an schnelle Entscheidungen gewöhnt, sofort für dieses Amt berufen fühlte. Leider wurde die Wahl nicht ganz einstimmig angenommen.

Ein gewisser Mitrhöner, namens Brogh, hielt sich ebenfalls für diesen Posten geeignet, und das Herdenklima wurde angespannter. Wir rivalisierten zuerst nur in den üblichen Kleinigkeiten, von: „Das ist mein Grasbüschel!“, bis: „Das ist mein Platz, mein Heuhalm, mein

Freund, ich trinke zuerst, obwohl ich gar nicht durstig bin, meine Mulle, meine Anne, mein, mein, mein und nochmals mein und überhaupt ... !" Wir rangelten, schubsten, boxten, aber es verlief alles halbwegs harmlos, außer, dass wir uns leider zunehmend weniger leiden konnten. Keine Frage, es war alles Broghs Schuld, warum sollte ich denn auch nachgeben? Ich war kleiner, schneller, schlauer, schöner und außerdem, und das möchte ich hier besonders betonen, Frauchens Liebling! Brogh war Mulles Liebling und argumentierte giftig dagegen. Aber bis jetzt fehlte noch der entsprechende Anlass, um es zum alles entscheidenden Kampf kommen zu lassen, wer hier ein für allemal das Sagen hatte und den Rang des Oberwidders beanspruchen durfte, erst einmal bis zur Rückkehr unseres Frauchens.

Tage kamen und gingen. Die Dame mit der hohen Nase war schon zahllose Male vorbei geklappert. Bis jetzt schien es, als wäre ich der Chef.

Genauso plötzlich und mysteriös, wie unsere Hirtin im Nichts verschwunden war, tauchte sie aus demselben wieder auf. Sie flötete zärtlich unsere Namen, und natürlich waren erst einmal jeder leckere Grasbüschel und die dummen Rangeleien darum im selben Moment vergessen. Wir stürmten los, blökten vor Wiedersehensfreude und natürlich wollte sie jeder zuerst begrüßen. Leider hinderten mich meine geringfügig kürzeren Beine und die Tatsache, dass es Schnurgeradeaus ging und es keine Kurven zu kratzen gab, wo ich immer im Vorteil bin, daran, als erster im Ziel zu sein. Meine höchstpersönlichen und wohlverdienten Wiedergutmachungsstreicheleinheiten hatten Brogh, Hammlet und Tio, bis ich endlich ankam, denn sie lagen um Längen voraus, schon größtenteils und unverschämter Weise unter sich aufgeteilt. Ich graste zu allem Unglück zu diesem Zeitpunkt auch noch am entgegengesetzten Ende der Koppel.

Eines viel zu kurzen Blickes gewürdigt, zu oberflächlich geherzt, mit nur noch einem mageren Leckerli abgespeist, um gleich darauf wieder allein gelassen zu werden, nur weil eines der Menschenkinder und eine ganze Schwadron begrüßungseifriger, völlig überflüssiger Hunde die gesamte Aufmerksamkeit meines sehnsüchtig erwarteten Frauchens auf sich zogen. Ich wurde in meiner stillen und unaufdringlichen Art hoffnungslos übergangen, überbellt, überblökt, überschrieen und, zu meinem Verdruss, auch noch übersehen, als ich zwischen den dicken Bäuchen meiner „großen“ Brüder unterging und fast zerdrückt wurde.

„Na warte Frauchen!“, dachte ich, tief in meiner Widderseele verletzt, gekränkt und enttäuscht. Es würde ein Nachspiel haben, eines von dem Frauchen bis heute nie gewagt hatte zu träumen. Den Schlag des Elektrozaunes durch Frauchens Leichtsinn konnte ich ja noch vergessen, schön und gut, Fehler macht schließlich außer mir jeder, aber völlig unerwartet allein gelassen zu werden, war schon mehr, als ich verkraften konnte. Und jetzt diese kurze Abspeisungsbegrüßung. Ich war empört, würde es, wenn möglich links liegen lassen, und ich war zornig, sogar sehr zornig, eifersüchtig, verletzt, und ich würde kämpfen, denn ab diesem Tage war Brogh mein Todfeind, und er sollte es bleiben für alle Zeit.

Widder sind treu und lieben ganz tief, das muss man wissen, wenn man mit uns eine Freundschaft eingeht. Wir dulden keine Nebenbuhler und können sehr nachtragend sein, wenn man unser Vertrauen nicht würdigt. Nichts und niemand, was oder wer auch immer, hätte mich davon abhalten können, mein Frauchen zuerst und hingabevoll zu begrüßen, wie es sich gehört. Selbstverständlich erwartete ich dasselbe von ihm! Das sollte meine Hirtin jetzt lernen, und zwar ein für allemal und so deutlich, dass sie es nie mehr vergessen würde! Ich war zwar zu allem entschlossen, stürzte mich aber keineswegs blindwütig auf meinen ehemaligen Bruder Brogh. Mein Bruder war er jetzt die längste Zeit gewesen. Jetzt war er ein Rivale! Gezielter Zorn, anstatt blinder Wut, das war meine Methode.

Ich graste den ganzen weiteren Nachmittag, nach außen völlig gelassen, Seite an Seite mit ihm. Ich ließ mir nicht das Geringste anmerken, ohne ihn jedoch eine Sekunde aus den Augen zu lassen. Frauchen würde schon irgendwann kommen, aber dann! Ich brauchte also nur zu warten. Auf Tio und Hammlet war ich nur sauer, schließlich waren sie keine echte Konkurrenz für mich. Sie hatten einfach nur superlange Beine, aber ihre Köpfe waren nicht halb so schnell wie ihre Füße, sonst hätten sie vorher überlegt, das galt es zu bedenken. Ich verhielt mich diplomatisch, Strategie ist im Kampf bekanntlich die halbe Miete, und graste großzügig um die schmackhaftesten Grasbüschel herum. Brogh merkte nichts von dem düsteren Unwetter, das sich bedrohlich hinter meiner, an diesem Tage besonders schwarzen, Stirnplatte zusammenbraute. Wie an einem drückend heißen Sommertag musste es zu einer heftigen Entladung kommen, wollte ich meine Vorrechte so wie meinen Seelenfrieden zurückhaben und meine angekratzte Widderehre wiedererlangen.

Es war wohl gerade Mittag, denn die Kastanienfrau, nebst schwarzem Ungeheuer, klapperte zum zweiten Mal vorbei, hochnäsig wie immer, uns keines Blickes würdigend, als unsere Hirtin endlich erschien. Sie schaute der Edeldame hinterher, stutzte und brach in schallendes Gelächter aus. Die hohe Nase blieb stehen, drehte sich so abrupt um, dass die langen Rüschen des Rockes um ihre Füße tanzten und warf einen empörten Blick in unsere Richtung.

„Ihr Rock", prustete Frauchen amüsiert los. „Waaas?", brüllte die „hohe Nase" unwirsch zurück, winkte, da sie nichts verstand, ungeduldig ab und setzte erst einmal unbekümmert ihren Weg fort.

„Hallooho, ihr Rohock", flötete mein Frauchen schadenfroh und vernehmlich in den hellsten Tönen, und dabei so durchdringend, dass es alle Nachbarn und zufällig Anwesenden deutlich hören mussten. „Er klemmt hinten mit dem Saum, oben im Höhöschen!" „Frauchen, das war nicht sehr fein, oder?" Diese Aussicht hatte mich kurz von meinem eigentlichen Vorhaben abgelenkt. Ich hätte der Dame, die mit einer missmutigen Handbewegung den Rocksaum aus der Hose fetzte und sofort die peinlich berührte Nase wieder in der ihr entsprechenden Höhe platzierte, so dass man kleine Schäfchen einfach übersehen musste, gerne einmal einen kleinen „Denkanstoß", in ihr allerwertestes Hinterteil in weißem Höschen, verpasst.

So kam es, dass die nun schon einmal alarmierte Nachbarschaft ungewollt Zeuge eines beispiellosen Gladiatorenkampfes zweier wild gewordener Schafsböcke wurde, die, rücksichtslos um die Gunst ihrer Herrin streitend, aufeinander losgingen. Erlaubte Waffen waren steinharte Stirnplatten. Brogh hatte sich unvorsichtigerweise einen Schritt auf Frauchen zubewegt. Bevor die ausgestreckte Hand seine Stirn berühren konnte, versetzte ich ihm einen kraftvollen Seitenhieb in seinen vollgefressenen Pansen, so dass ihm fürs Erste Hören und Sehen verging. Völlig überrascht und erstmal aus dem Gleichgewicht gebracht, traf ihn mein zweiter Tiefschlag ebenso unvorbereitet wie der erste, so dass er zu Boden musste. Diese Runde ging eindeutig an mich. Frauchen schrie, Brogh sprang behände auf die Füße, wir schritten erst rückwärts, den Gegner im Visier wie bei einem echten Duell, stürmten los, prallten mit den Stirnplatten aufeinander, dass es schepperte; wie auf einem waschechten Ritterturnier eben.

Wir zogen alle Register kämpferischer Raffinesse. Unsere Arena war der Vorgarten, und hier blieb kein Stein auf dem anderen, kein Blümchen auf dem Stängel. Als Schiedsrichter und Sekundant erwies sich Tio als völlig unbrauchbar. Er pufffte jeweils in die Seite des gerade Unterlegenen und hoffte wohl so am Ende auf der Seite des Siegers zu stehen. Hammlet war vollständig überfordert und suchte erst mal Deckung. Wir tobten, dass uns die Zunge aus dem Mäulchen hing. Wir drehten uns aneinander gepresst im Kreis, den Kopf am Hinterteil des Gegners, knurrten und brummten wie zwei bösartige Bären. Immer wieder rannten wir rückwärts, um mit Anlauf auf einander loszugehen, bis die Stirn schmerzte, die Haut platzte und blutete.

Da wir von Sinnen waren, hörten wir nicht auf die Schreie unserer Hirtin, die keine Chance hatte, uns Kampfhähne irgendwie zu trennen. Plötzlich traf mich Brogh mit einem unglaublich harten Schlag in den Bauch, so dass ich hinfiel. Er gab mir keine Möglichkeit mehr auf die Füße zu kommen und bombadierte mich in seinem rasenden Zorn mit einem Trommelfeuer an Tiefschlägen. Kein Zweifel, er schien zu allem entschlossen. Frauchen warf sich verzweifelt auf Brogh und umklammerte seinen Hals, Anne öffnete das Törchen und schubste mich sofort hinaus. Als ich wieder richtig Boden unter die Klauen bekam, und bevor ich wusste, wie mir geschehen war, hatte sie die Türe geschlossen, und der Kampf war unentschieden beendet.

Meine Hirtin weinte und zitterte vor Aufregung am ganzen Körper, als sie ihre Arme um meinen Nacken schlang. „Du bist ein Dummkopf, er hätte Dich umbringen können." Leider hatte sie recht, denn ich hätte nie und nimmer klein beigegeben und mich vertreiben lassen, sondern um mein Frauchen gekämpft, bis zum letzten Atemzug. Aber Brogh, so musste ich einsehen, war stärker, als ich es je für möglich gehalten hätte.

Es gab noch einen weiteren Versuch, uns Streithammel zu versöhnen, aber vergeblich. So war ich plötzlich auf mich allein gestellt, durch einen starken Holzzaun von meinen Brüdern getrennt; sicherheitshalber, wie Frauchen meinte. Vielleicht würde ich ja erneut Streit suchen.

Anfänglich sah es so aus, als wolle meine Hirtin mir den Verlust einer Herde ersetzen. Sie widmete mir viel Zeit, das gefiel mir ungemein, und ich genoss die Blicke meiner benachbarten Neidhammel. Na ja, eigentlich waren sie ja zu diesem Zeitpunkt noch keine Hammel, wurden es nach Beschluss meiner Hirtin aber bald. „Sicher ist sicher, dann werdet ihr untereinander etwas umgänglicher", rechtfertigte sich mein Frauchen. Ich durfte zum Glück ein Böckchen bleiben, denn ich war kleiner und äußerst wohlerzogen.

Meine Hirtin hatte natürlich noch mehr zu tun, als mir die Langeweile zu vertreiben. So ließen kleinere Konflikte nicht lange auf sich warten, denn wollte sie den Garten wieder verlassen, war ich strikt dagegen. Ich versperrte ihr kurzerhand den Weg, blieb ihr dicht auf den Fersen und boxte manchmal sogar ein bisschen, wenn sie vor mir her zum Ausgang lief. Sie versuchte mich zu besänftigen, denn sich mit einem ohnehin schon übellaunigen Bock anzulegen wäre sehr unklug gewesen, und das wusste sie. Sie verstand, streichelte und tröstete mich, denn sie spürte genau, wie unglücklich ich war. Ich hatte keine Aufgabe mehr, kein Spiel. Das Leben war langweilig geworden.

Mein Frauchen wäre nicht mein Frauchen, wenn es nicht Rat gewusst hätte. Es sorgte auf wunderbare Weise für Abhilfe. Seine Entscheidung mir eine, bzw. zwei sehr verantwortungsvolle Aufgaben zu übertragen, veränderte mein Leben schlagartig und grundlegend. Wie das geschah, erzähle ich euch gerne morgen. Wenn ihr wollt, begleitet ihr mich in den aufregendsten Abschnitt meines Lebens.

Nun, liebe Freunde, wartet mein goldgelbes Strohbettchen auf mich. Das Erzählen hat mich so müde gemacht, als wäre der Kampf mit Brogh heute gewesen. Nun schlaft gut und träumt einen schönen Traum.

Anne wird endlich ein Hirtenfrauchen

An diesem warmen Junimorgen herrschte große Aufregung in meinem Garten. Tische wurden hin und her getragen, wieder Leinen mit bedrohlichen Papierbällen zwischen die Bäume gespannt, es wurde gedeckt und geschmückt, ganz wie damals, als wir Schafe zu Mulles Geburtstag die ganz große Überraschung waren. Yorki und Tiger bewachten wieder regungslos Mauselöcher, die rote Dackelröhre Wiewaldi bewachte wieder in Hochspannung den Zaun, dem der schwarze Schnüffler von gegenüber, nach der völlig unmaßgeblichen Meinung des Dackels, sicherlich wieder zu nahe kommen würde. Alles eine Frage der Zeit.

Die Hecke um mein Hoheitsgebiet war seit letztem Jahr genauso viel gewachsen wie wir, vielleicht sogar ein bisschen höher, so, dass die neugierige Kastaniendame die Nase noch höher recken musste, um drüber zu kucken; vermutlich schlich sie auf Zehenspitzen, denn man vernahm keine klappernden Absätze.

Die Blätter der Hecke begannen verdächtig zu rascheln. Der Dackel startete durch. Wie ein geölter Blitz raste er innen an der Hecke entlang, an dem schwarzen Schnüffler, der außen lauerte, vorbei, dieser hinterher, so dass die hohe Nase ruckartig abtauchen musste, um mitzukommen. Das weit auseinandergezogene und mit hartem Aufschlag aufkommende Kastanienklappern und der in großen Abständen regelmäßig über der Hecke auftauchende und abtauchende, auf einer grünen Welle reitende, hochelegante, für die Ländlichkeit reichlich exotisch anmutende Damenhut, ließen auf große Schritte schließen, auf sehr große Schritte sogar. Tja, der Hund, der Dame mit der hohen Nase, schien auch ordentlich gewachsen zu sein und mit ihm auch eine immense Kraft, mit der er sein Frauchen an der Leine hinter sich her zerrte, wie ein Fähnchen im Wind, so dass dem Fähnchen wohl Hören und Sehen verging und sich das Kastaniengeklapper erstaunlich schnell immer weiter in der Ferne verlor, seines Taktes verlustig, denn es musste wohl ein Kastanienabsatz abgerissen sein.

Unser höflicher Schlittenhund Edda, der nicht bellen konnte oder wollte, begrüßte derweil am Tor jeden Gast mit seinem lauten Freudengeheule. Er warf den Kopf in den Nacken, rollte verklärt mit den Augen, dem braunen und dem blauen, dachte an den Mond und den Schnee der fernen Heimat, formte die Schnauzenspitze ein wenig zur Tüte und bließ darauf, dass es sich anhörte wie ein Trio, aus Trompete, Wolf und röhrendem Hirsch, welches ihm im Halse stecken geblieben war, wie auch immer es da hinein gekommen sein mochte.

Max, der Ziegenbärtige, nieste, schüttelte unentwegt geräuschvoll die schlabbernden Ohren, und sein eifriges Stummelschwänzchen ging fleißig hin und her, wie es das immer tut, wenn jemand kommt, den es begrüßen möchte, ob es ihn nun kennt oder auch nicht. Der miese Max wurde dann immer ausgiebig gestreichelt, wegen des Dackelblickes, obwohl er gar keiner war. Das missfiel mir etwas, denn bei meiner imposanten Erscheinung waren fremde Leute, die mich noch nicht kannten, äußerst vorsichtig und mit ihren Streicheleinheiten und Leckerlis knauserig. Der Max schmatzte und mein Pansen knurrte; das versprach eine äußerst bescheidene Party zu werden.

Brogh und Tio standen hinterm Zaun ihrer Koppel und wurden gehätschelt und gefüttert, da sie niemandem zu nahe kommen konnten. Die meisten Gäste waren demnach Feiglinge, denn sie zogen die Schafe in der Sicherheitsverwahrung vor. Ich wurde ärgerlich.

Mein Frauchen war gerade damit beschäftigt, eine Schnur an einem der Stühle der Geburtstagstafel festzubinden. Ich gesellte mich zu ihr und wollte gestreichelt werden, denn ich war der Meinung, dass doch irgend eine x-beliebige, daher gerollte Schnur nun wirklich einmal einen Moment warten konnte. Fehlanzeige, auch hier nur Zurückweisung. Es wagte zwar niemand, mich herum zu schubsen, denn das wäre für mich ein akzeptabler Grund gewesen zurück zu schubsen, das riskierte natürlich keiner, ich spürte aber deutlich, dass ich irgendwie überall fehl am Platze war. Wo blieben nur die Hirtenkinder, mit denen hätte man wenigstens spielen können. Ich warf einen Stuhl um. Das reichte aus, um meine Hirtin in erhöhte Alarmbereitschaft zu versetzen und ihre Aufmerksamkeit von dem roten Faden abzulenken. Sie hielt noch immer das Schnurknäuel in der Hand und begann langsam es abzurollen, während sie vorsichtig rückwärts ging, ohne mich aus den Augen zu lassen.

„Wolltair komm!", befahl sie leise, aber energisch. Ich folgte ihrem hypnotischen Blick willenlos aus dem Vorgarten, über die Treppe, durch den Hausflur, bis in die Küche. Diesen Weg kannte ich im Schlaf, hier gab es immer ein Stück Brot, und ich wurde auch heute wieder für meine Folgsamkeit belohnt. Ich folgte meiner Hirtin über den Hof, die das Schnurknäuel immer weiter abwickelte, das sich hinter uns her ringelte wie ein immer länger werdender Wurm, der mir sehr seltsam vorkam. Ich beobachtete misstrauisch den dicken roten Faden. Nur nicht drankommen, man weiß ja nie, vielleicht irgendeine extrafiese Elektrozaunvariante, also hielt ich Abstand.

Erinnerungen an den beißenden Zaun kamen auf. „Stell dich nicht an, der ist aus Schafwolle gemacht!" Nach diversen Verwicklungen - es wurde gezerrt und geflucht, was nicht geholfen hat, und mit dem Fuß aufgestampft, was auch nicht geholfen hat -, knotete meine Hirtin den seltsamen, roten und eigensinnigen Wurm an der Klinke der Stalltür fest, vermutlich, dass er sich nicht wieder zu dem dicken Knäuel aufrollen konnte, das er zuvor gewesen war.

„Damit Anne euch nachher auch findet", erklärte sie mir flüsternd. Ich verstand nichts und außerdem, wieso euch? Sie öffnete vorsichtig einen Spalt weit die Stalltür, spähte hinein, als wolle sie erst mal schauen, ob die Luft da drinnen auch rein sei, drehte sich nach mir um, legte den Finger an den Mund und machte: „Schhhht!"

Jetzt wurde ich erst recht neugierig und ungeduldig. Ich drängelte meine Nase vorwitzig in den Türspalt und atmete süßen Milchlammduft ein. Ich traute meinen Augen nicht, mitten im Stroh stand mit gespreizten Beinen ein Lämmchen und ließ ein verunsichertes Bääääh hören. Gott, war das hinreißend. Mir bis dahin völlig unbekannte Beschützerinstinkte und Vatergefühle brachen wie eine Flutwelle über mich herein, nahmen sofort vollständig von mir Besitz und ich ging unter, in einem Meer von Mitgefühl, für das kleine, einsame Ding. Ich war absolut wehrlos und auf der Stelle diesem kleinen, wackligen, stelzfüßigen, x-beinigen Wollknäuel, mit schwarzem

Köpfchen und glänzenden Knopfäuglein, ausgeliefert. Und dann dieses markerschütternde Bäääh, das einem durch und durch ging, durch sämtliche Knochen und Mägen, bis ins innerste Herz und wieder zurück. Mit meinem Kennerblick sah ich sofort, dass der kleine Schreihals männlich war und etwa genauso alt wie ich, als ich damals meine Mami verlor. Ich wusste, was ihn ihm vorging, ahnte was er jetzt durchmachte. Alle Erinnerungen wurden wieder in mir lebendig, und das auch noch mit allen damaligen Gefühlen, die mich bestürmten, und zwar alle gleichzeitig, dass mir ganz schwabbelig um die Knie wurde.

Ich näherte mich behutsam und vorsichtig, schließlich wollte ich das zarte Geschöpf, welches offensichtlich meiner sorgsamen Obhut anvertraut werden sollte, nicht unnötig mit meiner imposanten Erscheinung erschrecken. Der kleine Dreikäsehoch zeigte aber keinerlei Furcht, als ich an im schnupperte und den frischen Milchlämmchenduft gierig in mich aufsog. Ganz im Gegenteil, er wurde sofort aufdringlich und suchte gleich, was mir etwas peinlich war, unter meinem Bauch, nach der mütterlichen Milchquelle.

Wer Lämmchen schon mal beim Trinken beobachtet hat weiß, dass sie dabei nicht unbedingt sehr zartfühlend vorgehen. Sie stoßen mit der Nase kräftig von unten nach oben gegen das Euter, damit dieses die Milch freigibt. Da ich gar kein Euter hatte und hier eine eindeutige Verwechslung mit meinem Bocksbeutel vorlag, die das sture Böckchen, mit seinem gesunden Überlebenswillen, partout nicht wahrhaben wollte, wurde ich dementsprechend heftig in meine empfindlichsten Körperteile gestoßen, um endlich meine angebliche Milch herzugeben. Weder Muttermilch noch Frankenwein waren, trotz eifriger Suche, bei mir zu finden.

Ich bekam richtiggehend Schuldgefühle, als ich das feindselig kalte Wasser in der Schüssel glitzern sah, dass der Kleine jetzt trinken sollte. Es erinnerte mich an meine eigenen schmerzlichen Erfahrungen, als es unwiederbringlich aus war, mit der süßen, warmen Milch. Schon das eine Tröpfchen, das die Zunge benetzte, war mir so oft ein Trost, als ich auch noch so klein war. Wenn man sich das klebrige Zeug aber erst mal abgewöhnt hat und ein erwachsener Mann geworden ist, gibt es genügend Ersatz, mit ähnlich tröstlicher Wirkung. Wie schnell kann man doch ein schlechtes Gewissen kriegen, wenn man ein ernstzunehmender Muttterersatz sein möchte und sofort in seine biologischen Grenzen verwiesen wird! Ach ja, dieses unergründliche Mysterium der Mutterschaft und ihre unersetzbaren Kräfte der Schöpfung! Ich kam leider nicht umhin, den kleinen, aufdringlichen Lästling, mit einem kleinen Schubs aus reiner Notwehr, ins Stroh zu befördern, um ihn wenigsten kurzfristig abzuschütteln. Hier war noch Aufklärungsarbeit zu leisten. Ich ahnte, dass anstrengende Zeiten auf mich zukommen würden. Man erwartete von mir das nahezu Unmögliche. Ich war ein Mann und sollte eine Mutter ersetzen!

Dann steckte endlich, und das war in diesem Moment des abgrundtiefen Selbstzweifels meine Rettung, die kleine Anne den Kopf zur Tür herein. Sie war dem roten Faden bis zur Stalltür gefolgt und drückte der Mutter das verwickelte Durcheinander, beim Anblick des Lammes, ungeduldig in die Hand.

„Ach wie goldig", stammelte sie mit bewegter und unendlich zärtlicher Stimme, die dann nur noch halb verschluckte Silben hergab und schließlich gar nichts mehr sagen mochte. Das dieses muntere Persönchen einmal ganz still sein konnte, da musste schon etwas Besonderes geschehen sein.

Als das kleine, rote Mündchen nichts mehr sagen wollte, gingen dafür die beiden Knie ins Stroh, weil sie es dort vor lauter Gezitter vermutlich gemütlicher hatten, und rutschten ganz langsam näher heran, kleine Strohberge vor sich herschiebend. Da „die kleine wollige Neugier" unbedingt an der Kinderhand schnuppern musste, die ihr entgegengestreckt wurde, konnte Anne das weiche, zappelige Bündel schon bald darauf in ihre Arme schließen. Sie zog es an sich, mit solch einer Behutsamkeit, wie es nur eine echte Puppenmutti konnte, die schon zuvor fleißig im Kinderzimmer geübt hatte. Die „kleine Aufdringlichkeit" kuschelte sich, voller Sehnsucht nach der Mutterwärme, an Annes Brust, fühlte sich dort geborgen und schlief auf der Stelle ein, als es ihr Herz schlagen hörte und die schwarzen, glänzenden Knopfäugelein noch ein paar mal schwer auf- und leicht wieder zugegangen waren. Da hing das Lämmchen nun schutzbefohlen in ihrem Arm, mit seinem kugelrunden Bäuchlein, schwer wie ein gut gefülltes Säckchen, das mit jedem tiefen Atemzug, der durch das schwarze, feuchte Näslein ging, ein wenig dicker und wieder dünner wurde. Was für ein zartes, unendlich weiches und zerbrechliches

Geschöpfchen, mit langen schlaksigen Beinchen und dabei so rührend, dass man es einfach lieb haben musste. Und so sollte es ja auch sein. Ein Lämmchen, das auf die Erde gekommen war, um nichts anderes zu werden, als eine Herzensfreude für ein Menschenkind. Ich wurde ganz sentimental. Kaum zu glauben, dass diese „kleine Unschuld" mir noch kurz zuvor, auf schmerzhafte Weise, die Weichteile malträtiert haben sollte.

Anne war soeben ein Hirtenfrauchen geworden, und die Tränchen stürzten wie salzige Bächlein über ihre kindlichen Wangen; die restlichen schluckte sie tapfer hinunter, denn wo hätte sie, obwohl die Mutter tüchtig mithalf, die ganzen Tränen der Rührung auch auf einmal hinweinen sollen, die alle gleichzeitig hinaus wollten, vor lauter Seligkeit, als sie das kleine Wesen zum ersten Mal an sich schmiegte. Sie schniefte und schluckte, schluchzte und schniefte und atmetet tüchtig ein und tüchtig wieder aus, die kleine Kostbarkeit, wie eines ihrer teuersten und schönsten Püppchen im Arm wiegend. Die Mutter schnäuzte in die roten Fäden, und weil das Kind kein Händchen zum Schnäuzen über hatte, blieb das Taschentuch wo es war, und das Rotznäslein rutschte, dass es auch so rot wurde wie die Fäden, am Arm auf und ab, wie es die Kinder eben so machen, bis der Rinnsal endlich versiegt war.

Jetzt verstand ich auch vollends den Sinn des roten Fadens. Er war an Annes Stuhl im Garten festgebunden worden, damit sie den Weg zu ihrem Geburtstagslämmchen hatte finden können und diente obendrein meiner Hirtin als Ersatz für ein Schnupftüchlein. Mir wurde jetzt die ehrenvolle Aufgabe übertragen, den kleinen, kostbaren Schatz zu behüten und aufzuziehen. Ich war stolz, unheimlich stolz und ebenso tief gerührt, hatte aber keine Tränen zum weinen, und obwohl ich das Krokodil in diesem Moment aufs heftigste beneidete, war ich dennoch froh und erleichtert, dass ich keines geworden war.

„Caruso soll er heißen, weil er so eine schöne Stimme hat", gab Anne, wieder Herrin ihrer Stimme, bekannt, als der Kleine erwachte, um mit seinem hungrigen Bääääh auch sofort seinem Namen alle Ehre zu machen. Er hüpfte von Annes Arm, die ihn, im Stroh sitzend, die ganze Zeit auf dem Schoß gehalten hatte, und begab sich natürlich sofort wieder auf die mir lästige Eutersuche. Ich ahnte, was auf mich zukommen würde, also legte ich mich wieder hin und war damit in

Sicherheit. Anne war ganz steif vom langen Stillsitzen und Lämmchenwiegen und krabbelte umständlich auf ihre Füße.

„Ich hab mich ja kaum getraut zu atmen, aus Angst, er wird wach. Mir sind die Beine eingeschlafen“, sagte sie lächelnd und schüttelte die kribbelnden Waden aus, während die „kleine Wollschrecke“ fröhlich um uns herumsprang. „Komm, wir gehen jetzt zu deinen Gästen. Wir können sie ja nicht ewig warten lassen, die sind bestimmt schon auf der Suche nach dir“, überzeugte die große Hirtin die kleine Hirtin und nahm sie an der Hand.

„Ich möchte ja eigentlich lieber hier bleiben!“, seufzte Anne und folgte zögernd zu Tür. Sie drehte sich noch mal zu uns um und lachte. „Den roten Faden hab ich gleich komplett mitgenommen, sonst wäre die ganze Mannschaft schon längst hier.“

„Prima, Du bist eine kluge Hirtin. Das wäre noch zuviel Trubel für den Kleinen. Die Beiden müssen sich jetzt in Ruhe aneinander gewöhnen und möglichst ungestört sein.“ „Tschüß, ihr zwei Süßen. Pass mir bloß gut auf mein Prinzlein auf!“, sagte Anne mit strenger Stimme zu mir und sah mir fest in die Augen.

Ich erhob mich, blökte ein strammes „Jawohl“, war sehr stolz und nahm die meiner Aufgabe gebührende Haltung an. Schließlich sollte das frischgebackene Hirtenfrauchen wissen, dass es sich bedingungslos auf mich verlassen konnte.

Anne verschwand, die Türe wurde äußerst sorgfältig verriegelt, ich atmete aus und erschlaffte. Geschafft. Jetzt erst bemerkte ich, wie hungrig ich war. Das Heu, das auf dem Boden lag, denn für die Raufe war mein Schützling noch zu klein, war von ganz zarten und duftenden Hälmchen, und gemeinsam nahmen wir beide unsere erste Mahlzeit ein.

Einige Zeit später, ich hatte mich gerade zum Wiederkäuen hingelegt, erschienen viele lachende Kinderköpfe hinter der hohen Stallfensterscheibe wie auf dem Fensterbrett übereinander gestapelte, fröhlich grinsende Bälle und drückten sich die Nasen platt. Die Scheibe lief an, bei so viel feuchtem Hauch, und lauter kleine, eifrige Kinderhände wischten quietschend kreisrunde Gucklöcher auf das beschlagene Glas. Mittendrin grinste Annes Ball, mit zwei leuchtend roten Bäckchen, und ein weiterer Ball hüpfte immer etwas über die anderen Bälle drüber, um doch auch etwas von dem Wunder zu sehen. Es wurde gedrängelt und geschubst, so wie bei uns, wenn es Leckerlis gibt und jeder der Erste sein will.

Leider konnten meine Brüder mich nicht sehen und beneiden, jetzt und hier, auf dem Gipfel meiner Wichtigkeit. Vermutlich wären sie vor lauter Neid erblasst, so dass ihre schwarzen Nasen ganz grau geworden wären. Dieser Vorstellung gab ich mich gedankenverloren und voller Genugtuung eine Weile hin, bis die kleine „unwiderstehliche Lästigkeit" mich wieder als willkommenen Spielgefährten auf den strohbedeckten Boden der Tatsachen zurückholte. An diesem Abend sank ich völlig erschöpft in mein goldgelbes Strohbettchen, als der kleine Racker denn endlich, wie ein Hündchen eingerollt, eingeschlafen war. Und in mein Strohbettchen will ich jetzt auch.

Morgen erzähle ich euch, wie es mit meiner neuen kleinen Familie weitergeht, denn wir bekommen Zuwachs. Also, gute Nacht und träumt einen schönen Traum.

Kleincaruso braucht Spielgefährten

Ich hatte sehr viel zu tun, mehr als mir lieb war. Meine Hirtin musste sich schweren Herzens damit abfinden, dass meine bisher uneingeschränkt ihr geltende Zuwendung, es sei denn es gab gerade ein leckeres Fresschen, nun hauptsächlich meinem kleinen Adoptivsohn galt. Häufiger als sonst blieb ihr Rufen nach mir unbeantwortet, und zu ausgiebigem Schmusen hatte ich weder die nötige Geduld noch Zeit. Es gab Wichtigeres zu tun, ich wuchs förmlich über meine mir sonst so wichtigen Bedürfnisse und damit über mich selbst hinaus.

Der Kleine war für mich ein strammes „Trimm Dich Programm“. Ich begann abzunehmen und zwar sehr schnell, deutlich schneller, als es meiner Hirtin recht war. „Er wird mir doch nicht krank werden?“ Aus ihrer Stimme sprach deutliche Sorge, und in Sorgenfalten legte sich auch ihre Stirn, als sie mich anschaute und zärtlich meinen Nacken kraulte, auf dem ihre Hand es bisher gewohnt war, liebevoll über die Wellen dreier draller Speckrollen zu gleiten, die nun verschwunden waren.

„Da ist viel zu viel Haut, ähnlich wie bei dem Dackel!“, beanstandete sie meinen dünner gewordenen Nacken und zog an der schlabbrigen Pelle. „All der schöne dralle Speck ist weg.“

Nein ich wurde nicht krank, sondern rank und schlank, dabei allenfalls etwas genervt. Mein munterer, kleiner Kampfrhöner hielt mich dauernd auf Trab, und mit einem bis zum Anschlag voll gestopften Pansen kommt man nicht hinterher, absolut keine Chance. Und da ich nun deutlich weniger Zeit hatte, um zu fressen, fraß ich schlicht und ergreifend auch weniger und nahm ab. Ich dachte wieder an Anne und ihr Schafstraining für Olympia. Das Hüten einer Kinderschar ist wahrhaft eine olympische Disziplin; ich hatte schon mit einem Lamm meinen Kampf. Zusätzlich stresste mich meine, trotz ausreichender Ablenkung, wieder aufkeimende Eifersucht, als, mein von mir unfreiwillig vernachlässigtes Frauchen, sich mit meinen Brüdern zu trösten begann.

Sie standen schamlos am Zaun der Nachbarkoppel, so dass ich alles genau beobachten konnte, geradezu beobachten musste. Frauchen schmuste ungeniert mit Brogh, meinem Feind. Seine schadenfrohen Blicke trafen mich mit voller Wucht. Ich rannte von meiner Seite aus ebenfalls zum Zaun, blökte und versuchte Frauchens Aufmerksamkeit wieder in meine Richtung zu lenken, immer ein Auge auf meinen ungehorsamen Zögling, der es trotz energischen Rufens und strenger Blicke, sowie beeindruckender Posen meinerseits, keineswegs für nötig hielt, mir nachzufolgen. Ganz im Gegenteil, er rannte in die andere Richtung. Ich hatte ihn zu diesem Zeitpunkt schon viel zu sehr verwöhnt. Der verzogene kleine Bursche wusste, dass ich ihm auf Schritt und Tritt folgen würde. Er sah es verständlicherweise nicht ein, dass es diesmal andersherum gehen sollte. Jeder Schafspsychologe, der sich mit renitenten Lämmern auskennt, kann das bestätigen. Also auch diesmal, nichts wie hinterher.

Wir spielten dieses, für mich äußerst anstrengende, Spielchen eine ganze Weile. Es riss mich im wahrsten Sinne hin und her, zwischen meinem Frauchen und meinem allzu selbstständigen Schützling. So entschied ich mich, da ich ja sehr verantwortungsbewusst bin, und die Schnauze voll hatte, vom Hin- und Herrennen und gänzlich außer Puste war, voller Großmut und Einsicht in die Notwendigkeiten des Moments, gegen die in mir aufkeimende Sehnsucht und Eifersucht und für meine väterlichen Pflichten. Außerdem Sehnsucht, Eifersucht, alles überflüssige Süchte. Ich hatte den kleinen Burschen ja selbst daran gewöhnt, dass nicht er mir, sondern ich ihm hinterherzulaufen hatte.

So kam es wie es kommen musste. Er tat genau das, was alle Kinder in einer solchen Lage tun, er begann mir auf der Nase herumzutanzen. Ich musste, wohl oder übel, noch eine ganze Menge lernen, wenn ich wieder in meine innere Mitte, den Pansen, kommen wollte. Ich bemühte mich nun auch noch, neben dem geduldigen Ersatzvater, ein abwechslungsreicher Spielgefährte zu sein. Eine ganz schöne Anforderung, wie ich meine. Aber auch Schafe wachsen an ihren Aufgaben. Wollte ich tatsächlich einmal meine Ruhe haben, so musste ich mir schon was Interessantes einfallen lassen, um den kleinen Lästling anderweitig zu beschäftigen. Anstrengend kann ich euch sagen. Wenn ich da an Mutterschafe mit Zwillingen dachte, wurde mir ganz blümerant.

Kleincaruso legte sich besonders gerne in die pralle Sonne, mittags natürlich, um auszuruhen, während ich, der ich ja über seinen Schlaf stehend wachen musste, in der Hitze bratend versuchte, mit meinem Pansen einen möglichst großen Schatten auf den kleinen Schläfer zu werfen. Die Sonne ließ meinen Pansenschatten langsam um mich herumwandern, bis das kleine freche Böckchen wieder voller Tatendrang erwachte. Nach knapp überlebter Wüste bedurfte ich der Ruhe einer schattigen Oase.

„Aber erst noch ein bisschen Fangen spielen!" Also nichts wie hinterher. Was tut man nicht alles, für so einen kleinen, unwiderstehlichen Nichtsnutz. Aber so sind wir Schafsväter eben. Wenn, dem Himmel sei Dank, das kleine Hirtenfrauchen Anne kam, und die niedliche Nervensäge auf den Schoß nahm, um mit ihrem Schäfchen kuschelnd unter dem dichten Blätterdach des Zwetschgenbaumes zu sitzen, hatte ich, wenn auch knapp bemessen, etwas Freizeit. Da saß das kleine Miststück dann ganz lange still und rührte sich nicht. Ich hätte wirklich eine Vater-Lammkur ohne Lamm nötig gehabt, denn ich war schon gehörig gestresst und, im Angesicht meiner schlanken Linie, nur noch ein Schatten meiner selbst, in dem ich jetzt erschöpft lag, um endlich mal auszuruhen.

Meine Hirtin begann sich Gedanken zu machen, das gefiel mir, und ich stellte mich noch ein bisschen mehr an, als es die Sache eigentlich wert gewesen wäre, eben typisch Mann. „Mal schauen, was dabei herauskommt, ein kleinwenig auf der „Burnout Welle" zu reiten", überlegte ich mir. „Vielleicht ist es ja doch zu anstrengend für dich", flüsterte Frauchen, während sie unendlich zärtlich meine Ohren kraulte.

So wurde beschlossen, dass mein kleiner Wildfang einen Spielgefährten bekommen sollte. Oh Gott, was hatte ich mir jetzt mit meiner Wehleidigkeit angetan? Ich sollte Adoptivvater von Zwillingen werden. Ich dachte mit Schrecken an die Mutterschafe, denen doch mein ganzes Bedauern galt. So würde aus meiner harmlosen „Burnout Welle“ vermutlich eine Springflut. Ich sah schwarz. Ich sah zwei rabenschwarze Rhönlammköpfchen, die mich, aus frechen, glänzenden Augen, mit ihrem unwiderstehlichen Blick anstrahlten wie die leibhaftige Unschuld und meine Gefühle überrumpelten. Ich versuchte auf der Stelle mein Frauchen von meiner Gesundheit und meiner zufriedenen Springlebendigkeit zu überzeugen, legte eine ganze Salve ausgelassener Bocksprünge hin, wobei Kleincaruso begeistert mitbockte. Ich setzte alles daran, Frauchen klarzumachen, dass so viel Mühe und Aufhebens um mich doch nun wirklich nicht nötig wäre, aber es nützte nichts. Frauchen war nicht mehr zu bremsen. Hatte es ein Lämmchen auch nur einmal gedanklich auf dem Arm gehalten, wurde es spätestens am nächsten Tag gekauft, vor dem Kochtopf gerettet und jeder Schafsesser, der mit „Verstandesargumenten“ versuchte dagegenzuhalten, mit Todesverachtung gestraft.

„Bei mir steht das Lamm vielleicht in den grünen Bohnen, aber es liegt nicht in den grünen Bohnen, Punkt!“ „Außer es schläft!“, kicherte Anne, einer Backpfeife bedenklich nahe gekommen. Seiten mit Lammrezepten wurden konsequent aus allen Kochbüchern entfernt – „Mensch Mami, auf der Rückseite war so was Leckeres!“ -, und Restaurants mit anrüchigen Speisekarten grundsätzlich wie die Pest gemieden. Selbstverständlich war unser gesamter Freundeskreis über kurz oder lang kaum mehr in der Lage, die kulinarische Todsünde schlechthin zu begehen und Lamm zu essen. Schon gar nicht, nachdem es süß – zu viel Süßes ist ja auch ungesund -, schnarchend und träumend, watteweich und niedlich von Arm zu Arm weitergereicht worden war, um gewiegt, nicht aber gewogen zu werden. Der Inbegriff der Reinheit und Unschuld eben.

Die Liebe zu den kleinen, über alle Maßen rührenden Wesen war ansteckend wie die Windpocken und hatte ruck zuck alle Menschen befallen, die es, in Unkenntnis der Ereignisse die ihrer harrten, wagten, unsere heiligen Schafshallen zu betreten. Die Lämmer sorgten schon dafür, dass einem der Appetit auf Ihresgleichen verging. Die Verwandlung ging kaum spürbar, dafür aber unaufhaltsam vor sich. Spätestens dann, wenn ich, stubenrein und wohlerzogen, in der fulminanten Pracht meiner Erscheinung und im Gefolge der Lämmchen das Haus betreten durfte, um der Kaffeetafel beizuwohnen, war die

Gehirnwäsche abgeschlossen und auch der letzte Skeptiker von der Richtigkeit unseres Konzeptes überzeugt, dass man keine gemordeten Lämmchen verspeisen durfte, wollte man nicht die Unsterblichkeit seiner Seele gefährden.

Das Mutter Teresa-Syndrom für Schafe hatte meine Hirtin auch diesmal wieder fest im Griff und ich wusste in diesem Moment, dass sehr wahrscheinlich ich es wieder ausbaden würde. Aller Widerstand war zwecklos, ich saß mal wieder mittendrin in Frauchens gespannter Helferfalle. Diese schnappte zu und ich fügte mich gehorsam in mein Schicksal.

Am nächsten Tag schon hielten zwei weitere kleine Wollmäuschen Einzug in meinen Kindergarten. Die kleine munteren Zappler ruderten mit den X- Beinchen und wollten sofort runter von Frauchens und Mulles Armen, denn sie sahen Kleincaruso, den sie als einen der Ihren erkannten. Sanft wurden sie ins Gras gesetzt, als wären sie aus dem zerbrechlichsten Meissner-Porzellan. Der Dackel wollte die Neuankömmlinge beschnüffeln und wedelte freundlich und kuckte friedlich. Der Dackel konnte auch anders. Das wusste jeder, der den Dackel kannte. Aber diese zwei Lämmchen waren für ihn kleine Welpen, die sofort adoptiert und beschützt werden mussten, genau wie die Fohlen. Der Größenunterschied, die Andersartigkeit, die angelegten Ohren und gebleckten Zähne der Mütter, sofern noch dabei, interessierten den Dackel wenig.

Wenn eines der Menschenkinder krank war, fühlte er sich ebenfalls zum Beschützer des bedrohten Lebens berufen und saß auf der unteren Bettkante, aber gut getarnt und kaum zu sehen, verborgen unter dem äußersten Zipfel des Federbettes, so dass nur die kleine, feuchte, schwarze Nase herauskuckte. Er ließ keinen vor, noch nicht einmal den Doktor, als Anne mit Fieber und Mumps im Bettchen lag. Er hat geknurrt, die Lefzen hochgezogen und die Giftzähnchen gefletscht, dass der Doktor, vor lauter Schreck, erst den Mut und dann auch noch sein Stethoskop verloren hat, denn er hatte den Dackel versehentlich für ein Stofftier gehalten und ihn zur Seite schieben wollen, um auf der Bettkante Platz zu nehmen. Diese Respektlosigkeit ärgerte den Dackel dermaßen, dass er, völlig verblüfft, erst kurz nachdenken musste, ob er erst bellen oder gleich beißen sollte. Dieses knapp bemessene Zeitfenster reichte aus, um den Fluchtreflex des Doktors auszulösen, so dass sich seine Hand noch rechtzeitig in Sicherheit bringen konnte und die scharfen Zähnchen nur ein Loch in die Luft bissen.

Jetzt verließ unsere zwei neuen Lämmchen nach der Mutter auch noch der Mut, obwohl der Dackel sie sicher nicht beißen wollte und sich bemühte, so harmlos wie möglich zu erscheinen. Offensichtlich roch er etwas streng, für empfindliche Lämmernäschen. Er saß ganz friedlich hinter dem Zaun, aber immer die berüchtigte Hecke zum Nachbarn im Focus, jederzeit mit dem Erscheinen des schwarzen Schnüfflers rechnend, dem er zwar schon mehrfach Heckenschnüffelverbot erteilt hatte, ihm aber auch zu gerne mal in den schwarzen, wedelnden Schinken gehackt hätte.

Die zwei Kleinen versteckten sich erst mal hinter Frauchens üppigen Waden, die eine gute Deckung boten, schielten schüchtern mit einem Auge und lauschten vorsichtig mit einem Ohr, hinter den schützenden Kniekehlen hervor. Caruso ging behutsam auf die Neulinge zu, und die klitzekleinen Hälschen wurden immer länger, weil die winzigen, schwarzen Stupsnäschen aneinander schnuppern wollten, die Beinchen aber allesamt nicht mitgehen konnten, weil sie vor lauter Angst wohl festgewachsen waren, sich aber so weit wie möglich nach vorne lehnten, dass sich die neugierigen Näschen doch noch, kurz vor dem Umfallen, in der Mitte treffen konnten.

Es dauerte aber nicht lange, da tollten die drei schon munter und auf einander neugierig um mich herum und, ohne Rücksicht auf Verluste, unter mir durch. Immer im Kreis, mir wurde ganz schwindlig. Nicht, dass es jetzt ruhiger für mich geworden wäre, nein keineswegs; die kleinen Biester wollten dauernd „Lammbarda“ mit mir tanzen; aber wenigstens meine Hirtin schien sichtlich erleichtert, mir noch mehr Arbeit und Unruhe aufgebürdet zu haben, ganz abgesehen von der nun dreifachen Verantwortung.

Nun ja, das Gegenteil von gut ist gut gemeint. Erstmal hieß es die Augen offen zu halten, jeder aufsteigenden Müdigkeit zu trotzen und die kleinen zu bewachen wie ein rohes Ei, das heißt drei rohe Eier. Was sollte werden, wenn nun alle gleichzeitig in der Sonne schliefen und ich doch nur einen Pansen hatte, um kühlenden Schatten zu werfen? Was, wenn sie in verschiedene Richtungen davon stürmten? Wem sollte ich dann folgen? Einer von ihnen war vermutlich immer ausgeschlafen und zu neuen Taten aufgelegt. Wann sollte ich da noch schlafen, geschweige denn fressen?

Frauchen beobachtete mich. Mir wurde unbehaglich. Ich gab mich den ungesunden Gedanken des Selbstzweifels hin und wurde wieder wehleidig, was meine Hirtin sofort spürte. Ich rief mich aber sofort wieder streng zur Ordnung, denn auf der „Burnout-Welle“ wollte ich ganz gewiss nicht noch einmal reiten. Ich nahm Haltung an, straffte meine Brust, hob meinen Kopf und legte, so gut es ging, meinen weich gewordenen Nacken in, wenn auch kleinere, Speckröllchen. Frauchen war besänftigt, als sie ihre Hand über mein Genick gleiten ließ. Dann ließ sie uns ruhigen Gewissens allein.

Die kleinen Wilden gingen natürlich sofort auf Welteroberungstour. Caruso vorweg, schließlich kannte er sich aus und hielt sich schon für sehr erwachsen, Babygumb mit vor Neugier gespitzten Öhrchen hinterdrein und Rottimohr ganz am Schluss. Kein Loch im Zaun, welches die drei nicht gefunden hätten und dann leider auch eins, durch das sie hindurchgepasst haben. Ich stürmte in wilder Panik hinterher. Ich versuchte mich auch hindurchzuzwängen, klemmte eine Weile hilflos zwischen Pansen und Dickschädel, blieb mit meinem Maria-Stuart-Kragen hängen und ließ beim Zurückziehen einen Haufen Wolle. Die Kleinen aber, im Wetteifer, nichts wie auf und davon. Ich war wie von Sinnen, rannte laut blökend innen am Zaun entlang. Welch eine Katastrophe!

Ich hatte die Aufgabe unterschätzt, mein Frauchen hatte mir das Kostbarste anvertraut und ich, kläglich versagt. Ich ertrank fast in einem See aus Selbstmitleid. Meine drei niedlichen, über alle Maßen zuckersüßen, mich niemals nervenden und unkomplizierten Schmuselämmchen ganz mutterseelenalleine, da draußen in der feindseligen Welt. Ich war dem Nervenzusammenbruch nahe. Sogar meine Brüder erkannten den Ernst der Lage, blökten aus Leibeskräften und rannten ebenfalls innen am Zaun mit.

Oh je, bitte jetzt alles, bloß kein Kastanienklappern! Wenn jetzt die „hohe Nase“ mit dem blutrünstigen Hund …., einfach nicht auszudenken! Drei kleine Lämmerpopos, sechs neugierig gespitzte Lämmeröhrchen, zwölf kleine, stramme Lämmerbeinchen, ganz viel Übermut und ohne jede Lebenserfahrung, war eine, für die drei, lebensgefährliche Mischung. Mit fielen die zehn kleinen Negerlein

ein. Und keine strenge Mami und kein Respekt einflößender Papi zum Schutz in der Nähe und dann auch noch ein Zaun dazwischen.

Gott sei Dank, hörten unsere Hirtinnen den Höllenlärm, den wir veranstalteten, bevor meine Phantasie, die auch nicht vor dem Zaun haltgemacht hätte, endgültig mit mir durch denselben ging. Was für eine Aufregung! Es dauerte schon eine ganze Weile, bis die kleinen Welteroberer wieder eingesammelt waren. Unsere Hirtinnen waren nicht sehr geübt, im Einfangen von kleinen Wollheuschrecken, die riesige Sätze machen. Schließlich musste ich, als Retter in der Not, hinter einer gefüllten Futterschüssel herlaufen, in Panik und außer Puste, woraufhin die kleinen Ausreißer wiederum hinter mir herliefen. Vorweg mein Frauchen, dann die Schüssel gefolgt von mir, dann Kleincaruso, Rottimohr und ganz zum Schluss Babygumb. Das Ganze natürlich im stürmischen Tempo, damit Frauchens Röcke, nebst dem Fahrtwind, tüchtig wehten und keiner, bei all der Eile und der Angst den Anschluss zu verlieren, auf dumme Gedanken und Abwege kam. Da nützte das ganze Strampeln und Protestieren nichts. Die Flüchtlinge wurden unter meiner Obhut im Stall verwahrt und von mir wie ein kostbarer Schatz gehütet, bis auch der letzte Zentimeter Zaun untersucht und auf Tauglichkeit geprüft worden war.

Fürs Erste hatten die drei genug und schliefen eingerollt im Stroh. Mir zitterten noch die Beine vor Schreck. Abenteuer machen müde. Vor allem solche, deren Ausgang ungewiss ist. Ich fühlte in diesem bewegenden Moment mit allen Müttern dieser Welt. Ich hatte eine physische und psychische Grenzerfahrung gemacht, aber das interessierte ja keinen, Hauptsache die Kleinen waren gut und sicher untergebracht. Ja, ja, Wolltaire macht das schon! Immer ich! Immer wollen alle ein süßes Lämmchen, und wenn es brenzlig wird muss ich ran und hab das schwarze Knopfäuglein an der Backe. Wenn diese Biester nur nicht so wahnsinnig goldig wären. Man müsste viel härter sein, bin ich aber nicht. Und außerdem, die bleiben nicht so niedlich und süß. Die wachsen und zwar ziemlich schnell. Das werden stramme, kernige, eigensinnige, kampflustige Burschen!

Nach einer seligen Runde Schlaf, ganz so, als wäre nichts gewesen, weckte die kleinen Süßen ihr tüchtiger Appetit. Abenteuer machen hungrig. Kaum zu glauben, dass die mal erwachsen werden könnten.

„Au weia, wenn die jetzt alle gleichzeitig nach einem Euter suchen“, schwante mir unheilvoll. Ich stand immer noch tapfer auf meinen vier wackligen Beinen, zwar schon bedenklich schwankend, traute aber nicht mich hinzulegen. Man weiß ja nie, auf was für Ideen kleine abenteuerlustige Rhönböckchen sonst noch kommen. Wache schieben ist sehr anstrengend. Schon wieder beneidete ich das Krokodil. Es war hart und hatte Tränen.

Ich dachte an die regungslosen Wächter in den Häuschen vor dem Buckingham-Palast und riss mich zusammen. Die dürfen sich nicht kratzen, auch wenn ihnen die Fliegen kitzelnd über die Nase trippeln. Die Augen fielen mir fast zu; eine Fliege auf der Nase weckte mich, und ich dachte wieder an die Wächter, bevor mir die Beine einknickten. So bin ich wahrscheinlich auch weltweit das einzige Schaf, das weiß, was ein Sekundenschlaf ist, und jetzt wollten die quirligen Nervensägen auch, wie befürchtet, wieder Milch von mir, wo ich doch gar keine hatte. Nun gut, also doch hinlegen, aber nur um wenigsten in diesem Punkt der aufdringlichen Lästlinge Herr zu werden. Da sonst kaum verfügbares Spielgerät in der Nähe war, diente ich als Klettergerüst und Trampolin - der Schwerpunkt liegt hier auf Trampolin -, wurde von kampflustigen Gebärden eingeschüchtert und geboxt, denn ich war liegend offensichtlich nicht besonders Respekt einflößend. Ich hielt aber tapfer durch, bis die Hirtinnen uns wieder zurück in den Garten brachten, der nun ein bisschen einem Hochsicherheitstrakt ähnelte, aus dem es, nach schaflichem Ermessen, kaum ein Entrinnen geben dürfte.

Welch eine Erlösung für mich. Endlich Pause! Die kleinen, bis zum geht nicht mehr verwöhnten und verzogenen Durchlauchten, machten mich zum Geschlauchten. Nun waren sie erst einmal beschäftigt, eventuell übersehene Löcher im Zaun zu suchen, und da sich leider nicht eines finden ließ, kundschafteten sie gemeinschaftlich ihr Territorium auf Spielmöglichkeiten aus. Den halben Tag wanderten sie von einem Menschenschoß auf den nächsten, wurden geherzt und geliebt. Ich aber wurde ganz besonders gelobt und belohnt, für meine herausragenden Verdienste in Sachen Aufsicht und Erziehung. Ich fand jetzt, anstatt der Lücken im Zaun, kleine in meinem anstrengenden Tagesablauf, um mich endlich etwas auszuruhen, vom nervenaufreibenden Beruf des Erziehers in einer Schafskita.

Wenn die kleine Hirtin Anne ihren Caruso, den sie, wenn er lieb war, zärtlich „Röschen", und wenn er böse war, ebenso zärtlich „Grusel" nannte, mit ins Kaminzimmer nahm, um ihn am gemütlichen Feuer auf dem Schoß zu halten, durften Babygumb, Rottimohr und ich natürlich mit. Wenn auch Gumb seinen Schmuseschoß gefunden hatte und Rottimohr versorgt war, durfte ich wachsam dazwischen stehen, um von allen übrigen Händen und allen Seiten zärtlich gekrault zu werden, und in regelmäßigen, nicht zu langen Abständen, verschwand mal von rechts, mal von links, ein Leckerli in meinem Mäulchen. Einfach herrlich, die ganze Welt war nach meinem Geschmack und alle Mühsal vergessen.

Mich von meinen Zöglingen jetzt noch zu trennen wäre schlicht unmöglich gewesen, so musste ich überall mit hin genommen werden, wohin die Kleinen auch gingen, sollten alle Tore und Zäune heil bleiben. Das gefiel mir. Wir gehörten schließlich zusammen, und das sollte auch fürs Erste so bleiben. Außerdem musste ich meine Menschen im Auge behalten, die beständig meine strenge Erziehung, die heranwachsende Rhönwidder nun mal brauchen, um stramme Jungs zu werden, mit ihren antiautoritären Spinnereien unterwanderten. Freche und übermütige Kampflämmchen, die ihre Hausmenschen verschaflichen, müssen rechtzeitig in ihre Schranken verwiesen werden. Kleine Widder sind kein Spielzeug, das anfängliche Boxen, nur so zum Spaß, kann gefährlich werden, wenn sie erst einmal zu kraftvollen Tieren herangewachsen sind.

Auf der einen Seite mein kleines wohlerzogenes Röschen, ein zartes Etepeteteböckchen, mit den besten Manieren in den Armen seines Hirtenfrauchens, auf der anderen Seite ein kleiner eifersüchtiger Fiesling im Umgang mit seinen Brüderchen und immer gleich beleidigt. „Mit Dir blöke ich nicht mehr!", war sein Lieblingsspruch, wenn etwas nicht nach seiner langen, geraden und äußerst verwöhnten, schwarzen Nase ging. Er wuchs mir schnell – natürlich nur in der Höhe -, über den Kopf, war halb so breit, überschlank, feingliedrig und edel von Gestalt. Bald erinnerte nur noch die Farbgleichheit der Wolle an unsere gemeinsame Herkunft. Obwohl, mein Frauchen behauptet ja bis heute hartnäckig, dass wir eng verwandt seien. Sie ließ sich selbst dann nicht von ihrer Meinung abbringen, als sich zeigte, dass Gumbs bisweilen etwas deftige Manieren, anfänglich deutlich mehr an die meinen erinnerten, als Carusos empfindsames Etepetete. Er versuchte von Anfang an seinen Willen mit der Stirn durchzuboxen; da biss er allerdings bei den Hirtinnen auf Granit. Erst als er begriffen hatte, mit den bei uns im Hause üblichen Methoden zu betteln, wurde er mit den begehrlichen Leckerlis verwöhnt.

Auch Rottimohr konnte manchmal richtig übellaunig werden. Er knuffte seine Brüder immer dann, wenn sie am allerwenigsten damit rechneten. Ich denke, es war die Eifersucht darüber, dass er noch kein eigenes Hirtenfrauchen hatte, welches nur ihm gehörte. Wie gut ich das verstand! Welch eine aufregende Zeit, aber alles in allem hat es mir viel Spaß gemacht, auf die Kleinen aufzupassen, wenn sie so hilflos im Gras lagen, zusammengerollt wie kleine schutzbedürftige Welpen. Caruso galoppierte manchmal im Traum, meckerte leise und formte seine Lippen, geradeso, als wolle er Milch trinken. Man konnte sogar ein leises Zutzeln und Schmatzen hören. Vielleicht vermisste er ja seine Mami auch so schmerzlich, wie ich damals die meine. Ich hätte das Leben meiner kleinen Schützlinge mit dem meinen verteidigt, ganz so, wie unser Frauchen es auch tun würde.

Wie schnell war die Kinderzeit vorbei, und es mussten neue Aufgaben gefunden werden, damit die jungen halbstarken Burschen auch etwas Sinnvolles zu tun hatten und einen Nutzen brachten, für die Gemeinschaft zwischen Schaf und Mensch, deren Gleichgewicht manchmal schon durch kleinste Missverständnisse empfindlich gestört werden kann. Aber davon morgen mehr, wenn ihr wollt.

Jetzt freue ich mich auf mein goldgelbes Strohbettchen, in dem man so wunderbar schlafen, und das man sogar aufessen kann. Also meine lieben Freunde, schlaft gut und träumt einen schönen Traum. Gute Nacht.

Sommerquartier am Forsthaus

Das Weidefutter war in diesem trockenen Sommer schnell knapp geworden, denn wir mussten ja alle Wiesen mit den mächtigen und ständig hungrigen Pferden teilen. Was in diese riesigen Bäuche hineinpasste! Mit diesem, unserem Pansen durchaus konkurrenzfähigen, Dehnungsvermögen ihrer Wänste, die vermutlich auch solche magischen Panzergummifasern enthalten wie die Speckpressen der Damen, mit denen sie, immer vorausgesetzt, es gelingt ihnen sich hinein zu quetschen, sich salonfähige Silhouetten verleihen, welche eine feenleichte Anmut vorgaukeln, die durch die magische Alkoholbrille der Männer dann erst richtig ihre verführerische Wirkung entfaltet. Werden Presse und Brille nach erfolgreicher Balz dann nicht mehr benötigt, um die Polster in Schach zu halten, kommt bei ernüchterter Betrachtung eine gänzlich überraschende Fülle, mit der man bei aller Vorstellungskraft nicht rechnen konnte, zu Tage. Mindestens vier Konfektionsgrößen liegen wie Welten zwischen dem kleinen Schwarzen von gestern und dem Bierzelt von heute.

Ähnlich fassungslos hält wohl mancher Reiter den Sattel in der Hand, der gestern noch maßangefertigt passte, bevor das Ross auf die Weide ging. Und dann sind sie so undankbar, essen alles nur einmal, wollen dauern was Frisches und käuen nicht wieder; die Pferde meine ich. Die hatten ständig die großen Köpfe, am Ende ihrer langen Hälse, unten im Gras und fraßen ohne Unterbrechung. So mancher saftiges Büschel, den ich unwiederbringlich in ihren gigantischen Mäulern verschwinden sah, tat mir in Seele und Pansen weh. Welch eine Verschwendung! Wie viele Schafe hätte man mit der Grasmenge füttern können, die ein einziges von diesen großen, überflüssigen Kamelen ohne Höcker vertilgte. Wir hingegen waren so bescheiden und genügsam und aßen alles zweimal und begnügten uns, wohl oder übel, mit den paar Kräutlein, die diese Monsterrasenmäher uns übrig ließen. Was Frauchen wohl von diesen nimmersatten Ungeheuern hatte, wo ich doch da war, um alle Wünsche nach Zuneigung zu erfüllen? Es nützte nichts, sie waren da, fraßen alles leer, und mir schien es sinnvoll einen Sicherheitsabstand zu halten, bei diesen dicken Füßen, so groß wie Maxens Futterschüsseln. Frauchen bezeichnet sie treffend als Waldbrandaustreter.

Es kam wie es kommen musste. Die Wiesen waren eines schönen Tages so abgenagt, dass kaum noch ein Grashalm seinen Kopf nach oben streckte, vor lauter Angst, auf der Stelle abgebissen zu werden. Abgefressene Wiesen haben für Schafe etwas zutiefst Deprimierendes. Wer wird schon gerne arbeitslos. Also wurde uns sozusagen fristlos gekündigt, mit dem Argument, der Regen ließe weiterhin auf sich warten und somit auch das Gras, welches abzufressen unsere naturgemäße Aufgabe war. Neue Weidegründe mussten also erschlossen werden und zwar bald, schließlich wuchsen junge Rhönböcke heran, und die musste man erst mal satt kriegen.

Da bot sich der Förster an, als Retter in letzter Not. Wir zogen schon am nächsten Morgen geschlossen hinter Frauchen die Strasse hinauf zum Forsthaus, unserem neuen Arbeitsplatz. Mit vier Köpfen hinter unserer Hirtin, sicherlich nur ein magerer Almauftrieb, bis auf die Hirtin, denn schlank war ich auch wieder geworden, was eher Frauchens unerreichbarem Schönheitsideal entsprach, denn meinem. Immerhin, wir waren eine kleine Herde, wurden als solche ernst genommen, waren im Forsthausgarten willkommen und sollten sofort unsere Tätigkeit aufnehmen.

Ich bin ja grundsätzlich gegen Lämmerarbeit, aber sie mussten ja nun mal lernen, dass es, nach ständig prall gefüllten Eutern, Heuraufen und Frauchens schier grenzenlosem Leckerlivorrat, langsam Zeit wurde, selbständig zu werden und einer geregelten Beschäftigung nachzugehen. Wir Schafe sind ja, im Gegensatz zu unseren Hausmenschen, durchaus in der Lage, uns selbst zu versorgen.

Eine saftige, dicht bewachsene Blumenwiese erwartete uns. Es duftete nach Gräsern und Kräutern, die noch feucht waren vom Tau der Nacht und im Licht der Morgensonne glitzerten wie winzige Sternlein, die des Nachts vom Himmel herab in unsere Wiese hineingefallen und an den Grashalmen haften geblieben waren. Alles für uns, und weit und breit kein Kamel ohne Höcker zu sehen. Wir inspizierten aufmerksam unser neues Reich. Es war für alles Nötige gesorgt. Wir hatten sogar eine geräumige Gartenhütte, die uns als Regen- und Sonnenschutz dienen würde. Verschiedene Obstbäume standen herum, voller Äpfel, Birnen und Zwetschgen. Und dann die leckere, knusprige Rinde um die Baumstämme herum, der ideale Beißring für den Zahnwechsel meiner Schützlinge. Mir knurrte der Magen, und ich stürzte mich auf das kühle, feuchte Gras. Wie gut das schmeckte! So richtig sattgefressen, dösten wir zufrieden in der Vormittagssonne und käuten wieder. Das Leben war einfach herrlich.

Leider hat jedes Paradies seine Schlange und so auch dieses. Eigentlich gleich zwei Schlangen, wenn man es genau nimmt. Nämlich die beiden Hunde des Försters, deren offensichtliches Interesse an Schafen eher unangenehmer Natur war.

Geradezu haarsträubende Kreuzungen, mit nicht zu leugnenden Dackelanteilen. Der eine, ein kurzsichtiger, schnauzbärtiger, weißgrauer Wichtigtuer mit krummen Säbelbeinen, die unten nach außen zeigten und oben nach innen standen, so, dass er eigentlich beim Laufen über das X in der Mitte hätte fallen müssen, und trotzdem konnte diese Fehlkonstruktion ein Tempo entwickeln, als hätten seine Vorfahren irgendwann mal einen Windhund gestreift. Vermutlich ein Afdrahdackschnala mit Bob.

Es soll ja jetzt sogar eine anerkannte medizinische Hunderasse geben, die keinerlei Allergien auslöst und ein Löckchenfell hat, den Labradudel.

Der andere Försterhund war etwas langhaariger, ein mindestens drei Yorkshirestockwerke hoher, punkgestreifter Gemischtköter mit Dauerwelle, der mindestens fünf verschiedene Rassestandards auf sich vereinigte. Vermutlich ein Dackterriepuretrieweiler und sicherlich als billige Flohabsteige permanent ausgebucht, Waldführungen mit Wildbesichtigung inklusive. Das konnte ja heiter werden.

Schon früh morgens, die Sonne hatte vermutlich verschlafen, denn bis zum Forsthaus war es der Frau mit der hohen Nase und den klappernden Kastanien zu weit, standen dieses viel zu hoch geratene Flohhotel und der Stacheldrahtdackelwindhundverschnitt breitbeinig auf der Mauer und beobachteten uns. Dieses Saugrau, das Morgengrau, die graue Mauer, alles umhüllt von grauen Nebelschwaden und dem grauen Dunst aus den dampfenden Hundenasen, in den sie sich hüllten, um uns zu belauern, weckten meine Wolfsphobie. Es war zum Heulen! Gott sei Dank, war auf der Mauer ein engmaschiger Drahtzaun, den die, aus mindestens einem Dutzend Sorten, wie billiger Whisky gepanschten Jagdfuselhunde in Brust- und Augenhöhe vor sich hatten. Ihre Ahnentafel glich wohl eher einer Weltkarte, auf der man sich hoffnungslos verirren konnte, wollte man auf den Spuren ihrer mutmaßlichen Vorfahren wandeln, denn einem edlen Pedigreé. Man konnte mit ihnen vermutlich grenzübergreifend so ziemlich jede Spezies jagen: Vom Entenjäger, über Saupacker bis zum Ratten- und Staubfänger waren vermutliche alle nur vorstellbaren Spielarten des Jagdtriebes vorhanden.

Dem Himmel sei Dank, verschwanden diese für uns eher unheimlichen Zeitgenossen meist schon früh, und begleiteten den Förster in den nahen Wald, bevor die Sonne über dem Horizont meines Hinterteiles aufgegangen war und meine Wolle rötete. Irgendwann hatte der Förster mal einen der beiden bei der Wildschweinjagd verloren, aber leider nach einigen Tagen wieder gefunden, dass heißt, das, was die Bache mit den Frischlingen von ihm übrig gelassen hatte. Vermutlich hatte das intelligente Tier ihn wieder nachhause gejagt. Seitdem war er auch uns gegenüber etwas zurückhaltender geworden. Nur das lästige Kläffen konnte er einfach nicht lassen.

Wir genossen das Leben in unserem üppigen Paradiesgarten, direkt hinter dem malerischen Forsthaus. Unter der dichten, alten Kastanie konnte man wunderbar im Schatten stehen, und als die harten, braunen und glänzenden Früchte im Herbst, mit ihrem typischen „Plopp“, zu Boden fielen, musste ich mit einer unerklärlichen Schwermut an die Dame mit der hohen Nase denken, die, nachdem sie einen Kastanienabsatz eingebüßt hatte, mit unsicheren Flamencoschrittchen in Sommersandaletten mit Kastaniettenabsätzchen hinter ihrem Hund hergesteppt war, die Rüschen ihrer spanischen Röcke durch die Luft wirbelnd.

Von hier oben ließ ich, wie einst Papa Rammses, den Blick über den herrlich grünen Spessartwald schweifen und über die Höhen des Vogelsberges, bis hinaus in die Rhön. Morgens stieg der Nebel aus den zahlreichen kleinen Tälern zu uns herauf, und wenn er uns nicht vollends in seinen feuchten Schleier hüllte, war es, als wären die bewaldeten Höhen den watteweichen Wolken entwachsen, allerdings falsch herum, so dass die Wolken unten waren und die Hügel oben und wie kleine Bergspitzen herauslugten. Wir schienen mit unserem Dörflein auf den luftigen Höhen der Götter zu wohnen. Ich vermisste Papa Rammses, seine ruhige Haltung, seinen stolzen Blick und seine glänzende, schwarze Bananennase, die im Abendlicht der alles vergoldenden Sonne blau und schwarz schimmerte wie das Gefieder einer Amsel. Unser Leben hier im Forsthausgarten kam dem Paradies schon ziemlich nahe, durch die giftigen Hunde manchmal sogar bedenklich nahe.

Wir fraßen, nachdem wir die größte Gier an dem frischen, saftigen Gras gestillt hatten, jene Köstlichkeiten, die für gewöhnlich nicht auf unserem alltäglichen Speisezettel zu finden waren. Zuerst einmal die süßen, hellgrünen Weintrauben, die sich in dichten Dolden vom Spalier der Scheunenwand stürzten und prall und saftig im Winde und direkt vor unserer Nase gondelten. Kurzum, da sie für uns erreichbar waren, haben wir sie verspeist, die Reben samt Zweigen und Blättern, mit Stumpf und mit Stiel. Wir sind uns ja wirklich für keine Arbeit zu schade, aber diese hier hat besonders viel Spaß gemacht.

Wir meinen im Nachhinein, man hätte es wissen können, und zwar im Vorhinein, oder? So viel Umsicht haben wir unseren Hausmenschen und unserem neuen Arbeitgeber einfach zugetraut. Mit Trauben gefüllte Weinblätter, von der Rebe bis zur Ranke, all das, für uns Schafe einfach unwiderstehlich. Wir sorgten für einen gesunden Rückschnitt und haben die emporrankenden Triebe des Weinstocks sehr ordentlich auf ein und dieselbe Länge eingekürzt. Von unten versteht sich. Und wer das schon einmal bei seiner eigenen Hecke versucht hat weiß, wie schwierig das ist, es so hinzukriegen, dass es hinterher auch anständig aussieht. Keine Heckenschere hätte das exakter gekonnt als wir, und außerdem braucht man derartiges Zeugs nicht, wenn man Schafe hat.

Das Hecken an Bauernhöfen ungiftig sein sollten und dabei auch schmackhaft, halte ich für selbstverständlich! Schließlich wünschen auch wir uns angenehme Arbeitsbedingungen. Aber diese Rebenhecke hier, in ihrer Köstlichkeit kaum zu übertreffen, trug zwar Trauben, aber keineswegs zu unserem Ruhme bei. Natürlich bekamen wir wieder mal, anstatt eines verdienten Lobes, einen Zaun vor die Nase.

Es ist mit den Menschen stets dasselbe. Erst führen sie einen in Versuchung, und dann haben sie den Salat, das heißt, dann haben sie ihn meistens nicht mehr, und wir sind wie immer alleine an allem Schuld. So was Ungerechtes! Wir bewegen uns doch immer nur im grünen Bereich, was doch normalerweise erwünscht ist. Wie wäre es, mit klaren Absprachen und gerechter Arbeitsaufteilung. Nicht, die Hausmenschen ernten und wir jäten! Die Trauben waren ja nun schon alle gefressen, also hätte man sich den Zaun eigentlich sparen können, das heißt, ihn vielleicht woanders aufbauen sollen, um die Bäume herum, zum Beispiel, denn diese waren unser nächstes kulinarisches Ziel.

Nach der erfrischenden und Appetit anregenden Vorspeise a`la Wanderkarte: „Alsberger grüne Wiese" mit gehackten Kleeblüten, nun diese leckeren „Rindencrossis" als knusprige Chips für Schafe, vor allem im Zahnbruch und nach der Schur. Wir kauten Apfelrindenchips, dann Birnbaumchips, Zwetschgenstammchips, und zum Dessert gab es Süßkirschenstammchips an Moosdip. Einfach klasse, dieser leichte Snack nach getanem Tagwerk, nachdem man in gemütlicher Runde ausgiebig wiedergekäut hat und der Pansen noch nach einer Kleinigkeit verlangt. Kirschbaum mit roter Rinde schließt den Magen und war der kulinarische Schlusspunkt des heutigen Tages.

Die nervtötenden Kläffer des Försters alarmierten mit ununterbrochenem Gebelle denselben. Vermutlich ärgerten sie sich darüber, dass sie nichts abbekamen, und bevor wir uns richtig satt genascht hatten, rückte ihr Herr und Gebieter mit schwarzen Netzen bewaffnet an. Keine Bange, er warf sie nicht über uns, sondern er spannte sie missmutig und verdrossen um die Baumstämme, um das an Rinde zu retten, was wir noch nicht vollständig abgenagt hatten.

Ich kann euch sagen. Als der Förster mit seinem verdrießlichen Werk fertig war, fanden wir uns umgeben von lauter Bäumen in schwarzen Strumpfhosen. Erstens ein peinlicher Anblick, der eitle Apfelbaum litt besonders, und zweitens, was sich angeblich bei nagenden und fegenden Rehen - vermutlich halten diese die Waldwege sauber -, bewährt hat, muss noch lange nicht jungen Rhönwiddern standhalten. Mit den kleinen, scharfen und außergewöhnlich widerstandsfähigen Zähnchen, derer wir eine blitzende, funkelnde Reihe im Unterkiefer haben, schabten wir von unten nach oben die verbliebene Rinde von den Stämmen und führten sie uns fein zerrieben und durch das schwarze Netz gesiebt zu Gemüte. Jetzt erst recht, weil wir es erstens nicht durften und es zweitens nicht einsahen, uns von schwarzen Strumpfhosen das Fressen verbieten zu lassen. Sie wurden so gnadenlos zerfetzt und in Streifen von den Stämmen gerissen, dass die Bäume wahrhaftig beeindruckenden Vogelscheuchen glichen, in denen kein Vogel sich mehr traute zu landen, und mit ihren geometrischen Mustern im Holz wie interessante Skulpturen aussahen, die es mit ihren bleichgenagten Knochen durchaus mit den gespenstischen, Schafe hütenden Gardinenmonstern in Tante Elviras Garten aufnehmen konnten, die ihr im nächsten Kapitel kennenlernen werdet. Ich glaube, dem Zwetschgenbaum gefiel es, dass die gierigen Stare ihn jetzt umkreisten und sich nicht mehr an seine Früchte wagten.

Der Dackterriepuretrieweiler und der x-beinige Stacheldrahtdackel kläfften wie verrückt, als sie der befremdlichen Gestalten in ihrem Revier gewahr wurden. Der herbei geeilte und vom Schlag getroffene Förster stand völlig überwältigt vor unserem Werk, war sprachlos und schien sichtlich beeindruckt wie die Bäume von unseren Zähnen, suchte erst das Weite und dann mit meinem Frauchen wieder das Nahe. Der Förster drohte und gestikulierte, nannte uns Terroristen, aber mein Frauchen blieb gelassen, bedauerte ausgiebig und voller Reue, lächelte gewinnend und versuchte diplomatisch unsere saftigen Weidegründe zu retten. Wir wirkten betont unschuldig und versammelten uns anhänglich um Frauchens stramme Waden.

Da der Förster „nur“ ein Mann, und mein Frauchen außerordentlich hübsch ist, kamen die beiden doch noch zu einer Einigung, zum höchsten Wohle aller, und man einigte sich auf einen Kompromiss. Kompromisse zerstören aber bekanntlich das zarte Band, dass uns mit der Wahrheit verbindet. Was hätte es also für uns anderes bedeuten können, als den Verzicht auf ein Stück Lebensqualität!

Eine Gruppe uns misstrauisch beäugender Waldarbeiter - denn man weiß ja nie -, rückte mit Brettern, Pfosten, Hämmern und Nägeln unserer Naschlust, unserer künstlerischen Gestaltungsfreiheit und den Holzskulpturen zu Leibe. Alle Baumstämme verschwanden in seltsamen, fresssicheren Holzkästen - wäre vielleicht auch eine Option für Frauchens Kühlschrank -, die aus hohen Brettern auf die Schnelle zusammengezimmert wurden. Jetzt gab es auch schon Kasten für Bäume, wo man sie in Indien doch mittlerweile abgeschafft hat. Was für ein Rückschritt für den Spessart! Ich halte besser den Mund. Man darf ja keine Williams-Christ-Birne futtern, ohne gleich als Religionsfanatiker verschrien zu werden.

Die Waldarbeiter jedenfalls, nannten ihre unterschiedlichen „Kasten“: Schutz vor Verbiss und hämmerten, nagelten und sägten vermutlich deshalb so verbissen; auch an meinem Nerven, denn als meine Hirtin den unwillkommenen Herren auch noch zur Hilfe eilen wollte, kam ich ihr zuvor und arretierte sie mit einem bedrohlichen Seitenhieb in die Kniekehlen, bei mir in der Wiesenmitte. Hier blieb sie artig bei Fuß stehen, aber nur weil ihr nichts anderes übrig blieb. Sie hatte den Ernst meiner Absichten intuitiv erfasst.

Wenn wir Böcke einmal wirklich nicht mit uns reden lassen, zum Beispiel, wenn es um ein geliebtes Herdenmitglied geht, welches abtrünnig zu werden droht, ist man gut beraten, sich nicht von der Stelle zu rühren und zu warten, bis das Kommando „Rührt euch“ gegeben wird. Einmal wild geworden hätte ich alle verdroschen, die meinem Frauchen zu nahe gekommen wären. Aber mal ehrlich, welches Weibchen wünscht sich das nicht insgeheim? Erst als die Herren unwillkommenen Waldarbeiter verrichteter Dinge das Terrain wieder verlassen hatten, gewann auch mein Frauchen seine Freiheit zurück.

Diese nun unüberwindlichen Hindernisse ließen unser Interesse für die Bäume, deren Rinde und Früchte erlahmen, und wir begnügten uns mit dem Obst, das herunterfiel und uns vor die Füße kullerte. Wir arbeiteten nur noch Teilzeit. Es wurde deutlich langweiliger, und so freuten wir uns ungemein über den Besuch der“ Dame in weißen Hosen“, diesmal allerdings in leuchtend roten.

Ich erkannte sie sofort wieder, rannte in Erwartung der Leckerlis stürmisch auf sie zu und sie vor mir auf und davon. „Juhu, wir spielen Nachlauf“, dachte ich, und das versprach Spaß. Wann wohl würde sie die Tüte mit den Leckerlis fallen lassen? Das war die entscheidende Frage. Meine Jungs schlossen sich im gestreckten Galopp an, und so spielten wir eine Weile mit der laut schreienden Dame und drehten einige flotte Runden. Frauchens dröhnendes, polterndes Lachen, ihr auf und ab wippender Bauch, den sie sich keuchend hielt, all das kannten wir ja schon aus früherer Zeit, und es ermunterte uns mit der lustigen Jagd unbeirrt fortzufahren.

waren und unvertraut mit den örtlichen Gepflogenheiten, dachte ich öfter bei mir, wohin wir gebildeten Schafe hier wohl geraten waren, wenn es mit tiefem männlichen Bass lautstark „Kloppstock, aus!" brüllte, worauf der kleine Feger nur noch heftiger kläffte. Noch immer suche ich hier die einleuchtende Querverbindung zu dem Dichter und Denker Kloppstock. Bisher sind meine Recherchen allerdings ergebnislos geblieben. Mittlerweile wundern sich hierüber nur noch die Fremden und Pilger, die den Ort besuchen.

Wir vier wichtigen Rhöner pflegten fortan den nachbarlichen Rasen, mehr oder weniger gründlich, je schmackhafter, je kürzer eben. Wir pflückten, rupften, grasten und düngten, alles in einem einzigen Arbeitsgang. Vorne das Gras und Unkraut rein, schreddern, schlucken, Schnellkompostierung und hinten, mit wedelndem Schwanz fein und gleichmäßig über die gesamte Wiese verteilt, in winzigen Dungkügelchen von vorteilhafter Größe wieder heraus. Fließbandarbeit, stressfrei an frischer Luft, Arbeit und Urlaub in einem, die perfekte Verbindung von Ökologie und Ökonomie. Wir fressen für gewöhnlich alles und bestreiten unseren Lebensunterhalt damit selbst. Wir brauchen keine Gewerkschaft und streiken nur, wenn die Wiese und somit unser Pansen leer ist und fordern dann lautstark nach noch mehr Arbeit.

Wieder einmal zeigte sich, wir Schafe sind vielseitig, gründlich und von angenehmem Wesen. Kein halbwegs intelligenter Schafskenner würde das jemals bestreiten. Wir sind eben unersetzlich, unersättlich und arbeitssüchtig. Und dann war die Wiese leer, als Ergebnis unseres unermüdlichen Eifers, und wir setzten, mit der für uns Schafe typischen und unkomplizierten Logik, die den Menschen bisweilen Rätsel aufgibt, den treudeutschen Satz: „Arbeit macht frei", in doppeltem Sinne in die Tat um, denn Blöken ist nicht unser Ding, sondern Handeln.

Ohne Fleiß kein Preis, und um an die schmackhaften Trophäen zu kommen, heiligte der Zweck selbstverständlich auch die Mittel. Wir brachen also erstmal aus, was zwar verboten war, aber, da der Zaun unserer naturgemäßen Bestimmung im Wege stand, war dies unumgänglich, und machten uns frisch, fromm, fröhlich und endlich frei ans Werk. Da das nachbarliche Gemüse ja sozusagen auch auf unserem Mist gewachsen war, beanspruchten wir nichts weiter, als einen uns rechtmäßig zustehenden Anteil an der Erntearbeit. Wir fraßen uns durch wie vier große wollige Raupen. Nun wird unsere Auffassung von Recht vom Geruchssinn unserer hochfeinen Nasen bestimmt und unser daraus resultierender Schluss, was denn Recht eigentlich ist, heißt das abzubeißen, was gut riecht und infolgedessen auch gut schmeckt, es wiederzukäuen, runterzuschlucken, zu verdauen und anschließend großzügig als Dung zu verteilen. Zum höchsten Wohle aller, auch zu dem des Gemüses.

So sind wir eben! Von der Erdbeere bis zum Kraut roter Rüben, vom Wirsing bis zum Heidelbeerbusch, von der Himbeere bis zum Kopfsalat; wir schätzen neben unserer Hauptmahlzeit, die aus Gräsern und Kräutern besteht, alle Köstlichkeiten des Gartens, inklusive aller Obstarten, vor allem jene, die auf Bäumen gedeihen, um uns irgendwann, von ganz alleine und zuckersüß, vor die Klauen zu fallen. Wir brauchen nichts zu tun, als uns zu bücken und die kulinarischen Schätze aufzuheben, denn es geschieht immer alles von ganz alleine, wenn die Zeit und das Obst reif sind.

„Wer warten kann, zu dem kommt das Glück!", ist, wenn ich mich recht entsinne, die Weisheit eines chinesischen Zenschaflamas mit buddhistischer Ausrichtung. „Siehe die Vögel unter dem Himmel und die Schafe im Garten, sie sähen nicht, sie ernten nur!" Nur das Ernten der Äpfel und Birnen, unsere eigentliche Lieblingsbeschäftigung und wirklich keine Mühe, wurde uns nun verwehrt, indem man alte Gardinen um die für uns erreichbaren Äste wickelte, um uns – wie einfallslos -, damit zu erschrecken, anstatt sie, wie es sich gehört, an unsere kahlen Stallfenster zu hängen. Eine Abwandlung der nie funktionierenden Vogelscheuche zur nie funktionierenden Schafsscheuche. Warum ich die Gardinen dennoch unberührt ließ, hatte schlicht und ergreifend den Grund, dass ich schon einmal wegen dieser wehenden Fahnen mit Frauchen auf Kollisionskurs war.

Erinnert ihr euch noch an die Geschichte mit der Wäscheleine? Gardinen im Garten, man denke mal kurz darüber nach. Habt ihr vielleicht schon mal einen Birnbaum mit Fenstern gesehen, eine Spatzenfamilie, die ihre Privatsphäre vor dem Einblick neugieriger Nachbarspatzen schützen möchte? Völlig irre, oder? Vielleicht haben die Bürger des verschlafenen Örtchens zuerst gedacht, die „Tante Elvira" wäre nun vollständig um den Verstand und um die Wäscheleinen gekommen, und habe mangels des Ersteren und des Letzteren und mit tatkräftiger Unterstützung von „Onkel Paul“ gehandelt, der ja bisweilen auch schon etwas verdächtig wirkt. Jetzt hatten die sauberen Nachbarn endlich was zum Ratschen, und viele Gerüchte, warum, wieso und weshalb, machten unter neugierigen Blicken die Runde. Nur das treue Milchmädchen schleppte, unter der Last der gefüllten Flaschen und treu wie Gold, sich und die Milch den Berg hinauf, den Blick auf den Boden geheftet und kehrte wie selbstverständlich bei „Tante Elvira ein“; Milch und ein Likörchen wechselten den Genießer, und wenn das Milchmädchen dann im Dämmerlicht den Heimweg fand, wunderte es sich kein bisschen über die wehenden Gestalten, denn wer die Post bringt oder die Milch, sieht gar manches im Lauf der Zeit und gewöhnt sich das unnötige Wundern ab.

Aber die zufällig daher gelaufenen Leute müssen bei diesem Anblick gedacht haben, sie seien jetzt endgültig verrückt geworden, wenn diese bleichen Vogelschafscheuchen bei Mondlicht im Winde wehten und wie Gespenster aussahen, die Schafe hüten sollen. Wir lagen friedlich wiederkäuend darunter, blökten manchmal leise im Traum und machten das schaurigschöne Idyll so richtig stimmig. Vermutlich hat sich außer uns jedermann davor erschreckt. In diesem Garten ist mir kein Apfelklau, außer wir haben ein Früchtchen unter der verrutschten Landbaumgardine stibitzt, je zu Ohren gekommen.

Schon bald wurden wir bei üppigstem Futterangebot wieder kugelrund, und unsere Begeisterung für die Arbeit des Grasens ließ nach. Was blieb uns da noch übrig, außer Klauenpflege, Wiederkäuen, Schachspiel und Müßiggang? Wir langweilten uns. Da musste ab und zu etwas Aufregung her, für uns und unser Frauchen.

Natürlich verstehen wir Schafe unter sinnvoller Tätigkeit in erster Linie Weidearbeit, gutes, abwechslungsreiches und reichhaltiges Fressen, und Letzteres haben wir wiederum gemeinsam mit den Raupen und mit Frauchen. Wir sind dabei ausgeglichen, immer mit uns selbst und der Welt im Einklang, geborgen zwischen Ying und Yang, Sellerie und Sonnenblumen wie zufrieden lächelnde Wollbuddhas mit runden Bäuchen, inmitten der Fülle eines paradiesischen Obst- und Gemüsegartens, den Gott der Herr gießt und in dem ein Engel der Schafe, nämlich mein Frauchen, erntet.

Nur das mit dem Verpuppen der Raupen zum Schmetterling klappt noch nicht so recht, darüber müssen wir noch einmal meditieren, während des täglichen Wiederkäuens. Mich als Schmetterling würde man vermutlich eher für ein Relikt aus der Zeit der Dinosaurier halten. Hier bitte keine falschen Rückschlüsse auf die Größe meines Gehirns. Verpuppen, so eine Art Mischung aus Wiedergeburt und Geistreise. Weiß doch jeder, dass der Geist den Körper verlassen kann, um zu reisen, aber reicht das wirklich aus, ist das tatsächlich ein Ersatz für ein echtes Abenteuer? Außerdem, was ist dann mit Streicheln und den köstlichen Leckerlis? Wer frisst die dann, wenn ich grade mal nicht in meinem Körper bin? Nein, mir reicht es schon, dass ich einmal jährlich meine Wolle verlassen muss. Mir gefällt es in meinem Körper.

Wir Schafe sind aufmerksame Beobachter, und die anstrengenden Bemühungen der Menschen, die vornübergebeugt, stöhnend und schwitzend in den Beeten hacken, graben oder knien, bleiben uns nicht verborgen. Es erfüllt mich geradezu mit Mitgefühl, wie sie sich abkämpfen, es sei denn sie bauen Möhren an. Dabei leben wir es doch perfekt vor, wie es gemacht wird, ohne ständig irgendwas zu machen. Wir sind das lebendige Beispiel dafür, wie man an Herzinfarkt und Rückenschmerzen, Nervenzusammenbruch und burnout vorbeientspannt und dabei trotzdem Sinnvolles tut.

Unser Hobby ist unser Beruf. Wir sind die „grünen Psychiater", absolvieren ein umfangreiches Studium der Gelassenheit inmitten der Natur, kommen nicht von der Uni, sondern direkt und unverbogen von der grünen Wiese, inmitten eines entspannten Lebens. Unser Leitspruch heißt: „Immer mit der Ruhe, und nie mit den Wölfen heulen!", und dabei bleiben wir ständig in Bewegung und frischer Luft; darin liegt das Geheimnis. Wir mussten noch nie für unser Futter kämpfen und bekamen alles stets schmackhaft serviert. Schmeckte mal ein Heuballen nicht, wurde er sogleich gegen einen anderen ausgetauscht, möglicherweise sogar mehrmals. Solche positiven Erfahrungen prägen ungemein.

Für uns Schafe wäre es normal, unser Gras, „das grüne Gold" und unser Heu neidlos mit den Menschen zu teilen. Unser Großmut stößt hier allerdings auf geringe Gegenliebe und wird als wertvolle Charaktereigenschaft, unter den vielen uns eigenen, kaum geschätzt. Ich kann mich nicht erinnern, einmal Seite an Seite mit meinem Frauchen grasend über die Wiese gezogen zu sein. Es blieb ein unerfüllter Traum. Aber wenn ich mir das bildlich vorstelle! Bedauerlicherweise wollen die Menschen auch nichts von dem köstlichen Heu aus unserer Raufe, sondern immer nur den Löwenanteil der Äpfel, von denen wir ohnedies nie genug haben. Auch bei den Karotten sollen wir anständig teilen, aber ihr Gemüse, das im Überfluss im Garten auf unserem Mist wächst, davon wird nichts freiwillig mit uns geteilt. Und um ihrer schamlosen Ungerechtigkeit noch die Krone aufzusetzen werden Zäune errichtet, um nichts an uns abgeben zu müssen.

Die Menschen tun sich schwer, wenn es ums Teilen geht, sind aber geradezu Meister im Errichten von Grenzen und Zäunen.

Um aber der Wahrheit die Ehre zu geben; nicht alle Menschen sind Meister im Errichten von Zäunen. Meine Hirtin, zum Beispiel, gerät immer wieder in die wildesten Verwicklungen mit Elektrozäunen. Beim Aufbauen oder Abbauen tritt oder fällt sie hinein und verwurstelt garantiert binnen kürzester Frist sämtliche Drähte. Nachdem das Echo des berühmtesten aller Flüche mindestens drei mal bis zum Waldrand zu hören war und, mit etwas abgeschwächter Lautstärke, wie ein Bumerang zu uns zurückgekehrt ist, wird gezogen, gezerrt und gestöhnt, bis sich die ersten zwei von mindestens fünfzig Metern verknotetem Zaun, nach gefühlten Ewigkeiten und vielen verlorenen Nerven, wieder glatt aufrollen lassen.

Nach weiteren Knoten und diversen verflochtenen Geflechten sitzt Frauchen wie eine der Schicksalsnornen, allerdings nicht weissagend: „Nichts mehr gewahr ich!", sondern heulend, vor Zorn versteht sich, und fluchend inmitten eines unentwirrbaren Knäuels, gibt schließlich entnervt auf und, wenn sie dann lang genug mit der Ungerechtigkeit des Schicksals gehadert hat, greift sie, aus Rache auf den biestigen Zaun, zur Schere. Hier sind wir einer Meinung. Das Resultat ist dann eine sehr persönliche und wenig salomonische Deutung des Gleichnisses des berühmten „Gordischen Knotens".

Auch kleine, kriechende, völlig harmlose, schlüpfrige Schleimtierchen, mit und ohne Häuschen, sind eigentlich weiter nichts Außergewöhnliches in einer feuchten Wiese oder im Frühtau zu Berge. Man begegnet ihnen gelassen und sogar mit Bewunderung, wenn sie ihre Behausungen gleichmütig und gemächlich durch die Weinberge schleppen. Diese entzückenden, kleinen, tragbaren Eigenheime, die klassischen Vorläufer des heute so beliebten Wohnmobils, sind ja nun wirklich die Freude eines jeden Kindes.

Allerdings gibt es auch Schnecken, die sich kein Wochenendhaus im Weinberg leisten können und nackt, ohne Dach über dem Kopf, in einer Wiese leben und dort heimatlos herumkriechen. Da kommen doch frauenlos herumstehende Sommerballerinas wie gerufen, auf dieser mühevollen Suche nach einem geeigneten Unterschlupf. Es wird selbstverständlich sofort eingezogen und es sich mit einer ordentlichen Portion klebrigem Schneckenschleim gemütlich gemacht, während sich Frauchen, völlig verklärt durch Sonnenschein und feuchtes Grün wandelnd, vom kühlen Morgentau die Hühneraugen aufweichen lässt.

„Ach, tut das gut!" Und dann mit den nackten Füßchen und den weich gewordenen Hühneräuglein, die unter dem gehobenen Rüschensaum – denn der soll ja nicht nass werden -, des schimmernden Chiffonsommerkleides hervorschauen, wieder hinein in die Schühchen, nicht ahnend, dass da zwischenzeitlich schon ein Untermieter eingezogen ist. Das brachte mit den schlagartig einsetzenden Fluchtreaktionen meines „iiiiiiihgitttt" schreienden Frauchens einen fast fertigen Elektrozaun zum vorzeitigen Einsturz. Das muss man wenigstens einmal miterlebt haben!

Obwohl, wir Schafe wundern uns ja eigentlich über fast nichts mehr, wie das Milchmädchen. Wir sind schon so ziemlich an alles gewöhnt, denn wir haben außer Grasen noch ein weiteres aufregendes Hobby, welches wie Extremklettern oder Bungee-Jumping für den ultimativen Adrenalinkick sorgt, nämlich unsere Hausmenschen. Sie sind eine ständige Herausforderung, selbst für gestandene Rhönwidder. Man weiß nie, was sie als nächstes anstellen.

Und dann ihre hilflosen und tollpatschigen Versuche, uns zu überlisten, einfach süß. Je raffinierter und ausgeklügelter ihre Zaunmodelle ausfallen, die uns davon abbringen sollen, uns von dem zu nehmen, was für alle da ist, desto meisterlicher unsere Kunst, diese ausgeklügelten Barrieren, wenn sie denn endlich einmal stehen, wieder einzurennen, umzuwerfen, zu umgehen, zu überspringen oder geschickt zu unterwandern.

Mit diesen bissigen, spinnenbeindünnen Drahtzäunen, die scheinbar nirgendwo enden und die wie eine Zeitbombe ticken, so dass man ständig damit rechnen muss, dass sie irgendwann hochgehen, habe ich jedoch deutlich unangenehmere Erfahrungen gemacht, als mit den stabilsten Holzzäunen. Man kann diese unscheinbar wirkenden und äußerst gemeinen Dinger nur schwierig überlisten. Ein kleiner aufklärender Ratgeber für Schafe, zum Umgang mit Elektrozäunen im Alltag, wäre hier sinnvoll. Man muss bestenfalls einfach abwarten. Irgendwann kommt immer der Tag X, an dem, aus welchem Grund auch immer, kein „Saft auf der Leitung“ ist. Mit unseren sensiblen Tasthaaren lässt sich das ganz gefahrlos feststellen – mein Frauchen braucht dafür, da weiblich, mangels Tasthaaren im Gesicht, ein E-Zaunprüfgerät -, und dann nix wie durch und ab durch die Mitte und in die Beete.

Wir Schafe nehmen den Volksmund wörtlich, der da sagt: „Man muss lernen, sich im Leben so richtig durchzubeißen!“ Das tun wir dann auch, genau wie die Raupen, wenn sich endlich eine schmackhafte Gelegenheit dazu bietet. Und wenn diese Gelegenheit vorher wochenlang unerreichbar war und der Duft ihrer Köstlichkeiten die Phantasie unserer hochfeinen Nasen beflügelt hat, wer wollte es uns verdenken?

Eine vom Schlachter abgehauene und in unsere eingeschworene Männergesellschaft geschleuste, unglaublich eingebildete Schwarzkopfdame - sie behauptete doch allen Ernstes, sie habe die bessere Wolle, diese ließe sich leichter verarbeiten, und die daraus gefertigten Babyhöschen kratzten weniger als solche aus unserer Wolle -, erwies sich schon bald als sehr gescheit und mutig, im Umgang mit unberechenbaren Hausmenschen und Drähten und war ihrerseits mindestens genauso unberechenbar.

„Fräulein Hedwig“, eine wahrhaftig Gewiefte, mit allen Wassern Gewaschene, entpuppte sich, trotz anfänglicher Bedenken, unsere Geheimgesellschaft der Freiwiddder, zu der bisher nur erlesene Vertreter des männlichen Geschlechtes Zutritt hatten, würde nun durch ein Frauenzimmer entweiht und aufgeweicht wie Frauchens Hühneraugen im Frühtau und aus unserem Patriarchat womöglich jetzt ein Matriarchat, als eine Meisterin der Ausbruchskünste. Sie lehrte uns zirzensische Akrobatik im Überwinden von Barrieren, im Austricksen bissiger Elektrozäune und im unerlaubten Ausrücken, trotz vertracktester Zaunkonstruktionen, um ihren unersättlichen Freiheits- und Fressdrang zu befriedigen, sehr zum Verdruss unserer Hirtinnen.

Eines schönen Tages, es war um die Zeit der Apfelernte, wurden wir von Fräulein Hedwig darin unterwiesen, wie man gefahrlos im

Schutze fettreicher Wolle, die perfekt isoliert, unter einem geladenen Weidezaun hindurchkriechen kann. Bei den Schnecken habe es das gelernt, behauptete Fräulein Hedwig, während es sich flunderplatt unter dem Zaun durchschob. Lediglich den Kopf, der nicht von dichter Wolle geschützt ist, musste man bei diesem gewagten Unterfangen unter allen Umständen in Acht nehmen. Bloß nicht mit der Nase drankommen, war die wichtigste Devise.

Also wanden wir uns drunter durch wie die Raupen auf gefräßigem Feldzug, und fielen ein in die Beete und kamen übers Gemüse und die Mühen der Menschen wie eine biblische Plage. Die verwirrende Vielfalt der Genüsse, die uns nun plötzlich uneingeschränkt zur Verfügung stand und auf die wir nicht vorbereitet waren, unsere grenzenlose Gier, das schier luftballonartige Dehnungsvermögen unserer Pansen und das zu späte Auftauchen unserer Hirtin; es kam wie es kommen musste. Zu der erheblichen Dezimierung der zu erwartenden Gemüseernte kam noch eine weitere Katastrophe, denn bekanntlich kommt ein Unglück selten allein.

Wir hatten uns gehörig überfressen und wurden kurzerhand, vom kläffenden Stöckchen eskortiert, auf die abgegraste Ausnüchterungswiese verbannt. Hier folgten auf die sieben fetten, nun die sieben mageren Tage. Bei trockenem Heu und Wasser darbten wir einer schlanken Linie und der Wiederherstellung unserer Gesundheit entgegen. Das hätte gewaltig schief gehen können, denn ein von im Überfluss genossenem Kohlgemüse geblähter Pansen kann nicht nur sehr unangenehm, sondern lebensgefährlich werden.

Bei unserem nächsten Freigang im nachbarlichen Garten regnete es in Strömen. Das bisher relativ harmlose Elektrogerät war hinter unserem Rücken auf Bullenstärke eingestellt worden, als wären wir nun wilde Wisente, und entpuppte sich schnell als reaktionsstarke Klapperschlange. Es tickte nur kurz, und sie biss sofort zu. Aber wie! Fräulein Hedwig bekam beim ersten Ausbruchsversuch eine gefunkt, so dass ihm die Wolle zu Berge stand, und hatte anschließend erst mal die Nase gestrichen voll. Der Fall schien diesmal zu Gunsten der Menschen geklärt. Offensichtlich hatte die regenfeuchte Wolle nicht isoliert, sondern der Schlange erst den richtigen Biss verliehen.

So wanderte Fräulein Hedwig bisweilen etwas missmutig innerhalb des Zauns auf und ab, schielte sehnsüchtig nach Gemüse, Salat und den Äpfeln, die jetzt seinem Zubiss entzogen waren.

Die Vielfalt der Genüsse war nun deutlich spärlicher, dafür bedachte Fräulein Hedwig uns um so reichlicher, mit seiner um so übleren Laune. Sicherlich war diese Drahthirtin und strenge Schlange, die ohne Zähne beißen konnte und die ohne Augen alles sah, nur zu unserem Besten.

Rollte wirklich mal ein Apfel in unser Sperrgebiet, gab es sofort Ärger, wer von uns denn jetzt eigentlich in den Genuss der verbotenen Frucht kommen sollte. Fräulein Hedwig konnte nur allzu gründlich mit seiner breiten Stirn austeilen, und wenn die geballte Kraft seines massigen Körpers so richtig in Fahrt kam, hieß es ihm möglichst geschickt auszuweichen, darum versuchten wir Konflikte lieber friedlich zu lösen, was nichts anderes bedeutete, als Verzicht zu üben. Aber schließlich ist man ja Kavalier.

Eines Tages dann wurde „Headdi" zu meinen Brüdern umquartiert, um dort, nach anfänglichen Rangeleien, ebenfalls das Zepter an sich zu reißen. Sollten die sich doch mit ihr rumärgern. Mir war es recht, denn meine große Liebe war sie sowieso nicht gewesen. Obwohl, ein mutiges Herzchen war sie, das musste man ihr lassen.

Ich aber träumte von einem zarten und feingliedrigen Rhönmädchen, mit großen braunen Rehaugen, weicher lockiger Wolle, einem lieblichen Blöken - bei Headdis Stimme konnte man denken, es röhre ein ausgewachsener Elch -, und zierlichen Beinchen, nicht mit solchen Sauerkrautstampfern, die aussahen wie die stattlichen Klauen eines frisch geborenen Kalbes. Meine Hirtin hatte mir irgendwann mal, als ich krank war, ein solches Schafsmädchen versprochen, um mich aufzumuntern. Sollte wirklich einmal der Tag kommen, an dem sich mein innigster Herzenswunsch erfüllen würde? Wir lassen uns überraschen.

Wie es weitergeht, und ob mein Frauchen Wort hält, erzähle ich euch morgen. Nun, meine lieben Freunde, mit einem Satz ins goldgelbe Strohbettchen. Wer dort auf mich wartet, könnt ihr euch ja jetzt schon fast denken. Also gute Nacht, und träumt einen schönen Traum.

Heidemariechen

Eine kleine entzückende Schafsprinzessin von unbeschreiblichem Liebreiz. Ihr zartes Köpfchen wie von Bildhauerhand gemeißelt. Riesige sanfte Rehaugen und ihr Wesen so scheu und zurückhaltend. Ich hätte sie so gerne beschnuppert, als sie in unserer Nachbarbox einzog. Leider war eine unerbittliche Bohlenwand dazwischen, die auf meine Angriffe mit trotziger Standhaftigkeit reagierte, so dass ich nicht zu ihr gelangen konnte. Einzig mit verzehrenden Blicken durch die Bretterschlitze anhimmeln durfte ich sie. Mein Gott, war die süß! Ich war hingerissen und erst mal nicht mehr im Stande zu essen oder zu trinken, geschweige den wiederzukäuen, und das will was heißen! Ich konnte einfach keinen Blick mehr von ihr wenden und hatte mich Hals über Kopf in sie verliebt.

In diesem Zustand völliger Fixierung, auf die sehr geschmackvoll in gepflegte Wolle gekleidete junge Dame - Kaschmir war ja geradezu Raufaser dagegen, und mir erschien sie, wie in feinste Seide gehüllt -, entging mir völlig, dass meine jugendlich erstarkten Zöglinge die holde Schafsjungfrau genau so begehrlich betrachteten wie ich. Die Situation wurde aber erst brenzlig, als ich, kurz aus meiner hypnotischen Trance erwacht, bemerkte, dass, neben meiner schwarzen Nase, noch eine schwarze Nase links von mir und eine weitere rechts von mir, begierig versuchte, sich durch die engen Bretterschlitze zu quetschen, um möglichst nah an meine Angebetete heranzureichen und ihren süßen Duft zu inhalieren.

Er war ein hochwirksames Suchtmittel, welches unsere Sinne vernebelte. Dieser himmlische Duft, der alles betörend wie eine Zauberwolke über unserer ansonsten eher etwas streng riechenden Mistmatte schwebte, gehörte alleine mir und war ausschließlich für meine Nase bestimmt. Basta! Ich funkelte einmal mit giftigem Blick nach rechts und einmal nach links; die jungen Herren wichen keinen Millimeter zurück und schienen ebenfalls, mit verschleiertem Blick, in einen seltsamen Wachschlaf versunken. Offensichtlich bemerkten sie außer des entzückenden Schafsfräuleins nichts und niemanden mehr. Auch meine Anwesenheit schien ihnen völlig entfallen zu sein. Ich war für sie zu Luft geworden, denn sie sahen mich scheinbar nicht, und ich fühlte mich ja auch ein wenig so, als würde ich schweben.

Zum ersten Mal, seit dem ich die Jungs adoptiert und an meiner väterlichen Brust gewiegt hatte, ging mir auf, dass sie zu strammen Burschen herangewachsen waren, jeder einen guten Kopf größer als ich und deutlich massiger. Hier schien strategisches Vorgehen ratsam; mit ihrer Körperkraft war zu rechnen. Mann oh Mann, und ich hatte sie auch noch zu verwegenen Streithammeln erzogen, sie mit Kampfeslist und -tücke bekannt gemacht, ihren Mut gestärkt und ihre Wolle mit allen Wassern gewaschen. Wer hätte gedacht, dass ich jemals in die Situation kommen könnte, mich gegen die geballte Übermacht meiner selbstgezogenen Krieger in Acht nehmen zu müssen. Meine altersgemäße Überlegenheit, Wendigkeit und Autorität, die Gunst des Augenblicks, denn die Herren waren ja sprichwörtlich paralysiert, darin lagen einzig meine Chancen. Außerdem war es natürlich die Gelegenheit, der holden Weiblichkeit mit einem glänzenden Auftritt zu imponieren.

Ich verstand meine Halbstarken, ich hätte es sicher nicht anders gemacht. Jetzt bloß kein Mitgefühl aufkeimen lassen, denn das zerstört jede Kampfmoral! Lange bestand zwischen uns ein friedliches Band. Ich war der Boss und zwar uneingeschränkt, und so haben wir besten, ja nahezu konfliktfrei zusammengelebt. Die Halbstarken durften raufen, und ich hatte meine Ruhe und immer Recht. Ein paradiesischer Zustand.

Dann taucht plötzlich ein Frauenzimmer auf und verspricht einem mit betörenden Blicken ein noch schöneres Paradies als das, was man sowieso schon hat, angefüllt mit immerwährenden Liebesfreuden. Und was tun die Männer?

Genau, sie tappen als willenlose Opfer in die Falle der Leidenschaft. Das ist aber erst der Anfang der Schicksalsschläge, denn beraubt werden sie nun auch noch, und zwar ihres Verstandes. In einer Art selbst zerstörerischer Ekstase legen sie auf der Stelle das Paradies, das sie schon haben, und in dem sie zwanglos mit anderen Junggesellen glücklich waren, in Schutt und Asche und „Ihr“ zu Füßen. Und das alles für ein Paradies, das sie wahrscheinlich niemals kriegen, denn ohne Frau kommen sie da gar nicht erst rein, geschweige denn ungeschoren wieder raus. Und dabei finden sie sich auch noch ganz toll.

Der Sieger ist ein Held – zumindest tut er so -, die anderen fühlen sich als Trottel und werden jetzt auch noch blind von der Eifersucht. Und in nicht allzu ferner Zukunft wird das, was einmal eine Männerfreundschaft war, aller Wahrscheinlichkeit nach zutiefst betrauert werden Und an einem heimlichen Stammtisch erzählt man sich Geschichten, aus der herrlichen Zeit vor der verlorenen Freiheit. Ohne dass „Sie“ was davon weiß, versteht sich.

Dort verbündet man sich, und zwar diesmal gegen die holde Weiblichkeit, spielt Puzzle mit den verbliebenen Bruchstücken des verlorenen Junggesellenparadieses. Nun hält „Mann“ zusammen, damit so was nicht noch mal passiert, bis das nächste hübsche Weibchen auftaucht, ihnen die Sinne vernebelt, und der Zirkus fängt von vorne an. Das klassische Perpetuum mobile. So oder so ähnlich steuert Mutter Natur vermutlich den gesamten männlichen Schöpfungsanteil.

Wir Rhönwidder, wie immer auf der Sonnenseite der Vorsehung, leben meist friedlich, mit vielen hübschen, blonden Weibchen in einem naturgegebenen Harem zusammen. Sogar aus Sicht der meisten Hausmenschen wünschenswert. Es hat eben immer wieder entscheidende Vorteile, von der Gnade der Schöpfung, zum Schafsbock bestimmt worden zu sein. Aber wehe, ein attraktives Weibchen und mehrere Jungs!

Ich betrachtete meine Jungs, einen nach dem anderen, argwöhnisch von oben bis unten. Erst Grusel, Rottimohr und dann Babygumb, der seinem „Baby“ nun wohl auch endgültig entwachsen war. Noch waren sie geradezu in einem träumerischen Halbschlaf versunken, aber wehe sie erwachten, und die Bombe ginge los! Diesmal war ich geradezu erleichtert, dass wir keine „Krone der Schafsschöpfung“ mehr auf dem Kopf trugen. Es wurde auch so ziemlich gefährlich, aber nicht für mich, wie sich schon bald herausstellte, sondern für meine drei völlig abwesenden Möchtegernkonkurrenten.

Wir hatten uns bis dahin noch nie ernstlich in der Wolle, meine Autorität war immer respektiert worden, von kleinen Ungezogenheiten, wie sie alle Kinder haben, mal abgesehen. Darum kam mein plötzlicher und unerwarteter Angriff für die drei so überraschend, dass sie zuerst einmal verblüfft zurückwichen. Was ich natürlich in meiner blinden Wut völlig vergessen hatte, sie waren längst keine Widder mehr, sondern Hammel seit frühen Lämmerbeinen an – aber nur des lieben Friedens willen, wie Frauchen meinte -, und konnten meiner Schafsherzdame somit gar nicht ernsthaft zu nahetreten, selbst wenn sie gewollt hätten. Bei den Schafsdamen gibt es, ganz im Gegensatz zu den Menschendamen, keinerlei Diskussion, sie wollen alle ausnahmslos Nachwuchs und möglichst einmal jährlich und zwei Lämmer auf einmal. Dennoch suchten meine schamlosen Möchtegernwidder die Blicke der begehrenswerten Rhönschönheit auf sich zu ziehen. Einfach unerhört!

Hatte Heidemariechen da nicht eben einen heimlichen Seitenblick riskiert, haarscharf an mir vorbei, ich meine, nur so aus Versehen, und hatte Caruso ihn nicht mit voller Absicht aufgefangen und erwidert, anstatt sich in dezenter Weise einfach so unsichtbar wie nur möglich zu machen? Dann dieses süße Blöken von ihr, die reinste Schafsirene, verlockend und herausfordernd, und das nicht nur für mich. Vermutlich erreichte dieser unwiderstehliche Lockruf auch noch ganze Heerscharen anderer Schafsböcke, löste womöglich eine ganze Odyssee aus, die sich nun auf den Weg machten, um ihrerseits dem Fortbestand des Schafes zu dienen. Eine echte Herausforderung für meine bis dahin mit eisernem Willen gewahrte Selbstbeherrschung.

Ich wirkte nach außen gelassen und kühl, aber wer den Blick eines Widders kennt und zu deuten weiß, der konnte auch das wild lodernde Feuer in meinen Augen sehen. Ich verkochte vor Eifersucht innerlich fast zu Irish stew. Es brodelte hinter meiner Stirnplatte wie in einem glühenden Hochofen, mein Herz dröhnte wie ein Schmiedehammer, und mein Atem ging tief in die Lunge wie die Luft in einen Blasebalg. Ich hätte mir selbst in dieser Verfassung nicht begegnen wollen. Mein Heidemariechen, mein, mein, mein … ! Das übliche männliche Besitzdenken.

Heidemariechen, kokett, adrett und wohlerzogen, erteilte mir sogleich eine herbe Zurückweisung, indem sie mit kühlem Blick durch mich hindurch sah, als wäre sie ein Röntgengerät. Sie fachte meinen Eifer damit nur noch mehr an; natürlich in voller Absicht.

Sie gab sich wie die Unschuld vom Lande, wackelte mit dem Hintern, dass die lockigen Rüschen des engen Wollhöschens nur so wippten. Sechs Stielaugen folgten ihr, sechs Knie wurden weich. Dann warf sie Caruso einen noch tieferen Blick zu. Der stand dummer Weise genau richtig, um ihn aufzufangen und dahin zu schmelzen, dass ihm das Wollfett vom Kragen tropfte. Er hielt die Nase so hoch, dass er beinahe über mich drüber gefallen wäre und tat ganz so, als wäre ich einfach Luft. Dicke Luft, das kann ich euch versichern. Diese offensichtlich außergewöhnlich selbstbewusste und emanzipierte junge Schafsdame schien mir kaum so unschuldig, wie sie sich gab. Die würde sich garantiert nicht von mir herumkommandieren lassen, nein, sie würde ihrerseits mir auf der Nase herumtanzen.

Ich stellte mir vor, wie die kleine, leichtfüßige Schafsballerina auf meiner Nasenspitze herumbalancierte und ich mich verzweifelt bemühte, dabei noch das Gleichgewicht zu halten. Sie würde zukünftig den Ton angeben und den Eigenwillen aller männlichen Mitbewohner mit ihrer Liebenswürdigkeit ausschalten. Oh ich ahnte, dass es schon zu spät sein würde, ich ihr bereits verfallen war. Mein konfliktarmes Dasein neigte sich unwiederbringlich einem neuen, turbulenten und mir völlig unbekannten Zeitalter zu. Mein letztes inneres Aufbegehren gegen die weibliche Versklavung fiel kraftlos in sich zusammen wie ein durchlöcherter Luftballon.

War ich doch bisher der geborene Pascha, unangefochten den Stolz des männlichen Rhönergeschlechtes repräsentierend. Sollten mir die, im Grunde meines stolzen Widderherzens schmerzlich vermissten, Hörner nun von meinen eigenen Zöglingen aufgesetzt werden, meinem eigenen Fleisch und Blut sozusagen?

Caruso senkte verschämt den Blick, von dem Zauber des ihren geblendet. Er schubberte sich lächerlich verlegen an der Wand. Ich beobachtete ihn mit zusammengekniffenen Augen und senkte meinen Schädel. Er beachtete mich in der Verblendung seines Liebesrausches nicht, und auch nicht seine tief gekränkten Brüder, die keine besondere Beachtung der Schafschönheit erfahren hatten. Caruso wähnte sich schon weit entrückt in himmlische Sphären, nahe des Honigmondes, auf dem Gipfel seiner Seligkeit. Ein kleiner Fehler, würde ich im Nachhinein meinen. Dann schritt er, mit dieser nur ihm eigenen graziösen Haltung, in der Box auf und ab, damit man seine gut gewachsene und elegante Erscheinung, hier sehr wirkungsvoll präsentiert, auch gebührlich in Augenschein nehmen konnte. Wie auf Federn schwebte er leichtfüßig dahin. Das gewisse Etwas, der besondere Touch eines supersoften Rhönschafdandys.

Das andere gewisse Etwas, dass ich noch hatte und er nicht mehr, schien Heidemariechen noch gar nicht vermisst zu haben, denn ihr schien die Vorstellung zu gefallen. Sie genoss es in vollen Zügen uns gegeneinander aufzubringen. Frei weg nach dem Motto: „Mal sehen, wer hier der Stärkste ist!" Ich platzte vor Eifersucht! Grusel war groß und schlank, ich klein und untersetzt. Bloß keine Komplexe jetzt; ja hatte ich die denn auf einmal nötig, ich, der bis dahin vor gesundem Selbstvertrauen Strotzende? Nein, Liebe ist, wie wir alle wissen, nicht nur von Äußerlichkeiten abhängig. Zumindest bei den Weibchen.

Aber ist es auch so bei uns Männchen? Sind wir doch mal ehrlich und stehen offen zu unseren grundlegenden Bedürfnissen. Jeder will die Schönste, als geworbene Trophäe seiner kraftvollen Männlichkeit. Keinesfalls aber die Klügste! Welches Männchen, und wir sind doch alle notorische Besserwisser, Alleskönner, Supermänner, die reinsten Idole der Schönheit und Stärke, tut sich so was schon freiwillig an?

Weibchen müssen vor allem schön sein und möglichst unerreichbar, wegen des Erwachens des Jagdtriebes und der Überwindung des bei Männern allgegenwärtigen Phlegmas, sonst bemerkten wir sie erst gar nicht, und Heidemariechen war schön, einfach wunderschön und noch dazu blond, wie goldenes Stroh in der Sommersonne und, dank des Bretterzaunes, erst mal auch unerreichbar.

Wenn zur Schönheit dann auch noch andere löbliche Eigenschaften wie Zurückhaltung, Demut, Zierlichkeit, Anhänglichkeit, der Wille zu dienen und das Fehlen einer eigenen Meinung hinzukommen, steht einer glücklichen Beziehung nichts mehr entgegen. Welcher Mann träumt nicht von diesem Glücksfall, ist doch so, oder? Die meisten Weibchen wirken am Anfang selten so schlau und gerissen wie sie tatsächlich sind. Ihre Anmut und ihre Schönheit müssen uns erst zum Verhängnis geworden sein, bevor sie die Katze aus dem Sack lassen.

Caruso hatte seinen Auftritt. Er wurde allzu offensichtlich für seinen äußerlichen Adel bewundert. Ich hingegen wurde mit strengem Blick gemustert. Wie mir das stank, trotz des süßen Parfüms, das meine Angebetete reichlich verströmte und welches mir dazu noch obendrein die Sinne vernebelte. Dabei kam es doch gerade jetzt darauf an einen kühlen Kopf zu bewahren. Sie genoss es in vollen Zügen, mich und meine glühende Birne aus der Fassung zu bringen.

Jetzt fing ich einen hochnäsigen Seitenblick auf, als sie, anscheinen doch nicht völlig desinteressiert, mit dem Hinterteil wackelnd, an mir vorbeischlenderte, immer eine Nasenlänge zu weit weg. „Macho!“ Das saß!. Gumb stand wütend in der hintersten Ecke der Box. Ich hatte ihn geboxt, im wahrsten Sinne tief getroffen, in Stolz und Pansen und damit unsanft aus Liebesträumen geweckt. Sein Bruder stahl ihm obendrein noch die Schau und genoss seinen Triumph in vollen Zügen. Es hagelte Blitzeinschläge wütender Blicke auf Grusels Rücken. Als die beiden dann endlich wutschnaubend aufeinander losgingen, konnte ich unserem Blökabular den Begriff des Streithammels hinzufügen und verstand, was es bedeutet: „Wenn zwei sich streiten freut sich der Dritte!“

Hammlet nutzte es, um allein das restliche Heu aufzufressen, und ich ergriff meine Chance, atmete tief durch, gewann meine Fassung zurück, riss mich zusammen, Brust raus, Bauch rein, schlenderte lässig, meine zittrigen Knie unter Bergen von Wolle kaschierend und nutzte die Gunst des Augenblicks zu einer zwanglosen Plauderei am Boxenzaun.

Mein Herzklopfen erinnerte an kleine, wild trampelnde Lämmchen. Die armen Muttern, wenn sie Zwillinge kriegen. Wie es schien, war mir der Himmel hold. Es hatte meiner Angebeteten offensichtlich sehr imponiert, dass ich es für überflüssig hielt, als Draufgänger mit Halbstarken zu raufen, nur, um meine enorme Kampfkraft vorzuführen. Ich hatte wieder mal völlig souverän die Aufmerksamkeit einer jungen Dame auf meine wirklichen Stärken gelenkt. Wie damals bei Frauchen. Die kraftvolle, männliche Ausstrahlung und meine überlegene Autorität waren überzeugend.

Siehe da, es wirkte hier und vermutlich bei allen Weibchen auf diesem Planeten gleichermaßen. Ich war wieder der Größte, einzigartig und „unwidderstehlich“! Ein Pfundskerl, wie mein Hirtin zu sagen pflegte, wenn sie meinen dicken Pansen knetete. Männer mit Bauch haben eben den eindeutig höheren Kuschelfaktor. Die Sache war somit entschieden und die Lümmels in ihre Schranken verwiesen.

„Jage dir Gänser die Gans und lass Du künftig die Schwäne in Ruh!" Von wem war das noch mal? Tja, so schnell kann es gehen, und man wird vom Leit - zum Leidhammel. Die jungen Wilden hatten begriffen und noch einiges zu lernen. Heidemariechen, zärtlich „Miechen", zog bei mir ein, und wir zwei wurden ein Paar. Ich war ja so verliebt, in diese hinreißende kleine Rhöndame, und ich bin es noch heute.

Nun, meine lieben Freunde, habt ihr das wichtigste Schaf in meinem Leben kennengelernt. Wie es mit uns weitergeht, denn natürlich bekommen wir bald Nachwuchs, erzähle ich euch, wenn ihr wollt, ein andermal, denn das Lämmchen braucht noch ein wenig Zeit. Jetzt ab ins goldgelbe Strohbettchen. Schlaft gut und träumt einen schönen Traum.

Apropos artgerechte Haltung und Domestizierung des Hausmenschen

Sperren Zäune Schafe ein oder Menschen aus? Diese oder ähnliche Fragen beschäftigen mich von jeher. Beobachte ich die Menschentiere in meiner Umgebung mitunter etwas genauer kommt mir der Verdacht, dass die Zäune ursprünglich wohl zu unserem Schutz erfunden wurden. Diese fahrbaren Weidehütten der Menschen, also ich kann euch sagen, die machen vor nichts halt. Wäre kein Zaun um unsere Wiese, würden die garantiert mitten durch brettern. Auch Hunde bleiben draußen, was ich als durchaus angenehm empfinde.

Wir haben hinter dieser Grenze unsere eigene kleine Welt auf einer Wiese, ganz nach Frauchens gut gemeinter Vorstellung, haben Artgenossen, können den ganzen Tag futtern und herumlaufen, finden Schutz vor Sonne und Regen, in einer kleinen, gemütlichen Holzhütte nach bayrischem Vorbild, mit karierten Übergardinen am Fenster und einem Blumenkasten – die Geranien wurden natürlich sofort gefressen -, haben ganz viel Zeit, was ja bei den Hausmenschen als unerschwingliche Kostbarkeit gilt, und ein zärtliches Frauchen, welches uns nahezu alle Wünsche von den Augen abließt, sofern des Lesens mächtig.

Manche Botschaften werden aber falsch oder überhaupt nicht wahrgenommen, denn die Menschen, und unser Frauchen ist ein Mensch, sehen meistens nur das, was ihnen ins Konzept passt, so wie die blauweiß karierten Gardinen an unserer Weidehütte. Wegschauen, nicht wahrnehmen oder nicht wahrhaben wollen sind geschickte

Strategien unserer Hausmenschen, sich die Wirklichkeit nach ihren Vorstellungen zurecht zu legen, bis sie in eine noch freie Schublade ihrer selbst gezimmerten Brockhauskommode passt. Sie sind großartige Strategen in der Verteidigung der Grenzen ihres Horizontes. Davor ist die Erde immer noch eine Scheibe, und dahinter gähnt nach wie vor der Abgrund, Wissenschaft hin oder her. Wer weiß schon wirklich, was dort anfängt, wo die Wiese aufhört.

Über den eigenen Horizont hinauswachsen, ja wohin denn bitteschön? Warum sollte sich der Mittelpunkt unserer Galaxie, nämlich ich, überhaupt bewegen, außer um zu fressen? Schließlich bewegt sich sogar die Sonne um mich herum. Ich bleibe stehen und warte ab, bis sie kommt. Ich versichere euch, außer bei ganz schlechtem Wetter kommt sie immer. Wenn ich mein Hinterteil morgens nach Osten halte, weiß sie genau, wo sie aufgehen muss, und wenn ich es abends nach Westen halte, weiß sie, wo sie untergehen muss. Warum also sollte ausgerechnet ich meinen Standpunkt ändern? Womöglich noch mit einer fremdartigen Schafrasse anderer Wollfarbe und ausländischem Blökabular auf ein und derselben Wiese des selben Planeten grasen müssen. Obwohl, die Bayern bilden da eine Ausnahme, die sollen ja angeblich die größte „Wiesen“ haben.

Das eigene Weltbild ist und bleibt aber der Mittelpunkt des Universums, an dem unsere Laufleine festgetüdert ist. Das eigene Spiegelbild ist der Maßstab, an dem alle Lebewesen dieses Universums bewertet werden. Woran denn sonst, wenn ich mal fragen darf? Wahrhaftig, nichts macht so frei wie die eigene Meinung. Es befreit einen fast von allem, was zum gegenseitigen Verständnis beiträgt.

Das, was in Frauchens sentimentaler Vorstellungskraft als richtig erscheint, nennt es dann automatisch artgerechte Haltung von Schafen. Welche Art hier gerecht ist und welche nicht, wer hier wen hält, und wer an wessen Leine getüdert ist, bleibt noch zu klären. Frauchen macht sich das vielleicht ja doch ein bisschen einfach, uns auf Wiese, Hütte und einige Artgenossen zu reduzieren. Schließlich sind wir intelligente Wesen mit hohen Ansprüchen, dafür gemacht in großen Herden herumzuziehen, auf der Suche nach Futter und immer auf der Hut vor dem Feind. Vom bei uns üblichen Frieden des Zusammenlebens kann manche Hausmenschenherde sowieso nur träumen, immer vorausgesetzt, sie kann es sich überhaupt vorstellen! Ich habe

Schafe zwar schon laut blöken, aber nie brüllen hören. Trotz allem Luxus des Lebens, mit bayrischer Weidehütte, jeden Morgen einer ordentlichen Trockenbrotzeit auf einer umzäunten Wiese; egal wie groß die Wiese auch scheint, im Gegensatz zur Steppe ist und bleibt sie winzig, und das wird schnell langweilig, selbst wenn der bedeutendste Stern unseres Sonnensystems am Horizont meines Hinterns auf- und untergeht.

Wir haben überhaupt kein Spiel, kein Abenteuer. Wir wollen Abwechslung und Beschäftigung, geistige und körperliche Entfaltung. Außerdem sind die Möglichkeiten interessanter Freizeitgestaltung, auf einer Weide mit einigen wenigen Schafen drauf, eher gering. Das hält doch kein Schaf aus, den ganzen Tag fressen, wiederkäuen, Klauenpflege, streiten, Wolle spalten und Schach spielen. Mein Gott, wie oft schon habe ich Frauchen matt gesetzt, wenn wir wieder mal ausgebrochen waren und es vergeblich versuchte uns einzufangen.

Keine Katastrophen, kaum Gründe zur Flucht, keine echten Kämpfe, ganz selten mal ein Sterbefall und noch seltener eine Geburt, denn heute trauen sich Muttern mit mehreren Lämmern ja kaum mehr auf eine öffentliche Wiese, kurzum keine echten Herausforderungen eines Lebens in der Wildnis mehr. Keine Grizzlys, nur noch Stachel-, Gummi-, Blau- und Erdbären. Nur vor den Stachelbären muss man sich in Acht nehmen. Luxe gibt's nur noch in Glühbirnen und einen Wolf muss man sich schon selber laufen. Tagtäglich nur die Wohlstandslethargie, die ein ständig überfüllter Pansen nun mal mit sich bringt.

Man könnte nun leicht dem Irrtum verfallen, dass die ganze Welt für uns aus einer Wiese, ein paar Schafen, dem Postboten, den Nachbarn und einigen lästigen Insekten und Hunden besteht. Weit gefehlt! Wir haben das Bedürfnis unser Potential zu entfalten und unser Dasein einer höheren Aufgabe zu widmen. Und um das uns zugestandene Ghetto herum, nervtötend tickender, bissiger Elektrozaun, zwei, drei oder vier Reihen übereinander, um uns vor äußerer Bedrängnis zu schützen, die Abenteuer der Welt auszusperren und außerdem, um uns daran zu hindern, unserer inneren Stimme, dem Knurren des Pansens, zu immer neuen Weidegründen zu folgen. Wollen wir unsere uralten Fähigkeiten und Instinkte, unsere sechs, sieben oder acht Sinne nicht verlieren, müssen wir der Gefahr des

Degenerierens entgegenwirken, unseren inhaltslosen Alltag mit neuen Herausforderungen füllen. Darum empfehle ich aus eigener und sehr guter Erfahrung, sich eine Beschäftigung, eine wirkliche Aufgabe zu suchen, die nicht nur dem Wohle des Schafes, sondern ebenso dem der Allgemeinheit dient und sich einen Hausmenschen anzuschaffen. Natürlich will das gut überlegt sein. Schließlich übernimmt man eine hohe Verantwortung für den Rest seines Lebens.

Je nach Herkunft, vor allem aus problematischen Verhältnissen, oder mit einer durch zuviel Inzucht dekadenten Abstammung vorbelastet, kann unser Hausmensch eine gewisse Dünnhäutigkeit, Nervosität, eine schwach entwickelte Stirnplatte, schwierige, eingefahrene und wenig löbliche Gewohnheiten mitbringen. Ist sein Blut nicht rot sondern blau kann die Erziehung schon schwierig werden. Um gestandene Exemplare der eingesessenen Landbevölkerung ist ebenfalls ein riesiger Bogen zu machen, wegen des anpassungsfähigen Magens.

Der leicht nervöse, zumeist vegetarisch lebende Stadtflüchter, der von Tuten und Blasen keine Ahnung hat, aber eine Spessartranch eröffnen will, um sich mit viel überflüssiger Arbeit um seinen wohlverdienten Ruhestand zu bringen, ist unser angestrebtes Zielobjekt. Wenn man hier viel Geduld aufbringt, und Geduld haben wir Schafe ja mehr als genug, kann das Ergebnis eine beglückende und stabile Beziehung werden, an der beide Seiten lange Zeit viel Freude haben.

Wie aber sieht nun eine artgerechte Haltung des Hausmenschen für uns Schafe aus? Als im verantwortungsvollen Umgang mit Menschen erfahrener Schafbock habe ich zu diesem Thema, welches bisher alle Menschenliebhaber vor unlösbare Probleme stellte, Interessantes zu sagen. Zu den praktischen Tipps und deren Umsetzung für den problemlosen Umgang im Alltag kommen wir noch. In erster Linie sollte man die ungezähmten und somit hochgefährlichen Raubmenschen mit den eigenen Waffen schlagen. Nein, natürlich nicht mit den Zähnen. Wir nutzen einfach die Tatsache, dass sie allen Ernstes glauben, wir könnten sie nicht verstehen und merkten nicht, was sie im Schilde führen.

Schilder haben sie unvorstellbar viele. Vor allem Warn- und Verbotsschilder. Sich da zurechtfinden zu wollen ist eine Wissenschaft für sich. Deshalb bezeichnet man sie bisweilen, und sie sich selbst, auch als Schildbürger. Und da sie sehr naturverbunden sind und gerne spazieren gehen, pflegen sie ihren Schilderwald mit Liebe und Hingabe. Da der Schilderwald aber nicht grün ist und nur in der Stadt wächst, hatte die städtische Forstpolizei früher wenigstens grüne Autos und grüne Dienstkleidung und griff rigoros durch, wenn mal ein solch kostbares Schild umgefahren wurde. Manche Schilder sind schon auf der Liste der bedrohten Arten oder sogar schon ausgestorben wie zum Beispiel Erlaubnisschilder für Ballspielen und Radfahren, wohingegen sich die widerstandsfähigeren Verbotsschilder im günstigen Klima meines Heimatlandes explosionsartig ausgebreitet haben. Wir brauchen höchsten ein Schild vor unserer Koppel. Welches, überlasse ich eurer Phantasie.

Das Besserwissen und Bevormunden ist typisch für das Menschentier und auch immer zu denken, dass es alles besser weiß und besser kann. Na das kennen wir ja auch zur Genüge von unseren Halbstarken. Also stellen wir uns dumm und lassen die Menschen, mit ihrer völlig einseitigen Vorstellung von Intelligenz, erst mal an uns herankommen. Wir tun so als ob, schleichen uns mit kleinen Schritten in ihr Herz ein, denn das ist die einzig sichere Möglichkeit, ihren gefräßigen Magen zu umgehen, der so ziemlich alles verdauen kann, was Flossen, Beine und Flügel hat.

Bei Kindern, den Lämmchen der Menschen, kommt es seltener zu Verständigungsschwierigkeiten. Sie sehen in uns nicht in erster Linie etwas Fressbares, sondern ein Kuscheltier, mit dem man Freundschaft schließen kann und haben auch noch Reste von Verstand und gutem Geschmack. Sie bevorzugen in erster Linie, Pommes, ein wenig Obst und viel Süßes und ersetzen Blut durch Ketchup.

Der Fresstrieb des Erwachsenen macht ihn außerordentlich gefährlich, das muss man im Auge behalten. Er hat ein starkes Gebiss, und es soll sogar Exemplare geben, die bei Bedarf ihre Zähne, wahlweise die untere Reihe, die obere Reihe oder sogar beide, herausnehmen können, um so besonders harmlos zu wirken und ihre Sprache in Richtung Babyblubbern zu verniedlichen, oder solche, die ihr gesamtes Gebiss zur Reinigung und zur Abschreckung von aufdringlichen Artgenossen des anderen Geschlechtes in Wassergläsern auf den Nachttisch stellen, wo die Frontzähne dann besonders groß wirken, wenn sie von der Nachttischlampe ins rechte Licht gesetzt werden.

Und wieder andere, die unter dem Vollmond ihre Zähne wieder hineinstecken und ihre Eckzähne bis auf Maxens Länge wachsen lassen können, mutieren zum Blutsauger oder Werwolf, indem sie ihre Gestalt fast so schnell wechseln wie ihre Meinung. Obwohl ja angeblich die Menschen unter dem Halbmond die für uns gefährlichsten sein sollen. Alle aber haben ihre Launen und sind mitunter ziemlich unberechenbar, das darf man nicht verharmlosen. Sie verleiben sich so ziemlich jedes Tier ein; gegrillt, gebraten, gesotten, geschmort, roh oder gekocht. Gefüllt, gerollt, geschnitten, gehackt, als Pastete oder als Wurst landet man in Töpfen, Schüsseln und Terrinen, als ein Hochgenuss auf Platten und Tellern und dann, als Meisterstück der Haute cuisine und mit Sternen dekoriert, im Magen irgend eines genusssüchtigen Gourmets. Fehlen die Zähne, nehmen sie die Speise püriert, als Suppe oder Soße – eben alles eine Farce! In Extremfällen verschlingen sie sogar Menschentiere, habe ich gehört, brrrrr!

Es sein denn, sie verlieben sich in ihr Haustier. Dann ist man außer Gefahr und sie tun alles für einen. Vom besten Futter über Schmusen, Pflegen, Freizeitgestaltung, bis hin zum teuersten Tierarzt, alles nur vom Feinsten. Manche beichten und werden dann Vegetarier. Sie nehmen das auch äußerst ernst, solange sie nicht auf Lederschuhe und Käse verzichten müssen. Und auf genau diesen formbaren Typ Hausmensch haben wir es abgesehen. Üblicherweise geben sie dann mehr Geld für ihr Haustier aus als für sich selbst und verzichten sogar auf ihre Ferienreise oder nehmen uns einfach mit. Und ein Hotel, in dem ihr Hausschaf nicht ebenfalls willkommen wäre, ist überhaupt nicht der Rede wert. Einmal Nordpol mit Frauchen, ein Traum!

Erst mal ist aber das Herz unseres Hausmenschen das erstrebenswerte Ziel, denn da müssen wir unbedingt hinein, wollen wir in Sicherheit und Harmonie mit ihm zusammenleben. Zahllose Hunde, Hasen, Vögel und höckerlose Kamele, bis hin zu allerlei exotischem Getier, mit und ohne Schuppen, haben das ja auch schon erfolgreich geschafft. Was die können, können wir auch. An unserer Schönheit und Ausstrahlung sollte es nicht liegen; wo bleibt bitteschön euer Selbstbewusstsein? Schließlich gilt es, auf lange Frist, das in jedem Kinderzimmer vorhandene Stoffschaf durch ein lebendes Original zu ersetzen. Ich gebe zu, das ist ein ehrgeiziges Ziel.

Nun kommt es eben darauf an, ausreichende und geschickte Überzeugungsarbeit zu leisten. Es ist Zeitverschwendung, sich mit dem

Verstand, den der Mensch ja angeblich haben soll und dessen er sich so gerne rühmt, auseinanderzusetzen. Daran sind schon die hehrsten Geister zu allen Zeiten gescheitert. Ich bezweifle die Existenz dieses Phantoms; mir ist bis jetzt noch kein erwachsener Mensch begegnet, bei dem man diesen wertvollen und seltenen Besitz hätte zweifelsfrei nachweisen können. Vielleicht, wenn überhaupt, im Ansatz. Vermutlich ist die Erschaffung des gesunden Menschenverstandes eine evolutionäre Vision, deren Entwicklung in den Kinderschuhen steckt und noch einige Millionen Jährchen bis zur Reife braucht.

Psychologische Tricks im Umgang mit der Sentimentalität des leicht fanatischen Tierfreundes sind unser Erfolgskonzept. Wir ersetzen langfristig ihre Ideale durch unsere. Schließlich überleben wir schon deutlich länger auf diesem Planeten, und sie brauchen uns, nicht wir sie! Wir haben die warme Wolle und kommen somit auch locker allein zurecht. Sie könnten viel von uns lernen, was sie aber nie zugeben werden. Haben wir erst mal im Bereich des Herzens geankert, arbeiten wir mit Akupressur und üben kräftigen Druck auf die Tränendrüse aus. Das Mitleiderregen fördert die Spendenbereitschaft, das wissen doch alle wohltätigen Organisationen, denn die leben davon. Wir ahmen das mit unseren bescheiden Möglichkeiten nach. Die Idee ist doch klasse. Ich weiß dass es so funktioniert, denn mein Frauchen wurde durch meine konsequente Erziehung geradezu eine „Mutter Theresa" im Schafstall. Ein Knurren ihres Magens schlägt jeden hungrigen Türken in die Flucht. Sie macht mehr Eindruck am Hoftor, als ein Zähne fletschender Wachhund.

Eine schwierigere Hürde, die es zu nehmen gilt, als den eher selten auftretenden Verstand, ist der leider ausnahmslos immer vorhandene, stark ausgeprägte Eigenwille des Menschentieres, des weiteren ist es nie an ein Halfter gewöhnt oder sonst in irgendeiner Weise bereit, sich führen zu lassen, es sei denn, es wurde von einem anderen Menschentier bereits beringt und an die Kette gelegt, die aber, wie so vieles im menschlichen Leben, für uns unsichtbar ist. Bei diesem Fremdeinfluss durch einen gegengeschlechtlichen Artgenossen kann die Dressur dann längere Zeit in Anspruch nehmen. Manchmal schlagen wir aber dann im Endeffekt doch die zwei berühmten Fliegen mit einer Klappe.

Ich habe schon häufiger beobachtet, dass manche Hunde ihre Menschen durchaus an der Leine zu führen in der Lage sind, sie dabei aber oft gnadenlos hinter sich herzerren. Ein extremes Beispiel ist Wiewaldi, Frauchens Dackel. Ziemlich schlechter Stil! Ich bin mehr für die zwanglose Freidressur, in der der Hausmensch ganz einfach und freiwillig der starken Autorität seines Besitzertieres folgt. Ganz ähnlich, wie es die Menschenweibchen, die offensichtlich schon deutlich mehr Verstand entwickeln konnten, mit ihren Männchen machen. Also geht doch. Die typisch menschliche Uneinsichtigkeit in alltägliche Notwendigkeiten - bei den Hausmännchen unter anderem die Zwangsarbeit im Haushalt und die Kindererziehung -, die den reibungslosen Ablauf des störungsfreien Miteinanders gewährleisten - bei uns das reichliche Verteilen von Leckerlis und das ausgiebige Wollekraulen -, muss in kleinen Schritten überwunden werden.

Menschentiere vertragen keinerlei seelische Erschütterung und körperliche Überforderung. Insbesondere das Drängeln, Drohen und das Stoßen, mit dem wir nur allzu gerne unserem Willen Nachdruck verleihen, versetzt sie in Panik. Sie ergreifen die Flucht über den nächsten Zaun, kriegen im ungünstigsten Fall noch einen Stromschlag, was sie vollends verstört und sind somit erst einmal unerreichbar. Sie machen fortan einen respektvollen Bogen um das eigens von ihnen installierte Elektrozaungerät, werden misstrauisch und reagieren linkisch. Genau das wollen wir ja unbedingt vermeiden, und darum ist es wichtig, sie gefühlvoll und in kleinen, für ihr begrenztes Auffassungsvermögen nachvollziehbaren Schritten, an neue Aufgaben heran zu führen.

Sie besitzen keinerlei Stresstoleranz, kreischen sofort los wie eine wild gewordene Kreissäge - vor allem die Weibchen -, wenn man einmal im Überschwang der Gefühle zu schnell oder gar mit gesenktem Kopf, zum Spiel bereit, auf sie zu rennt. Also Vorsicht und immer Ruhe bewahren! Sie brauchen viele regelmäßige Wiederholungen der einzuübenden, wünschenswerten Verhaltensweisen. Da braucht es eine immense Portion Geduld.

Es liegt auf der Klaue, dass ein so außerordentlicher Dressurerfolg wie bei meinem Frauchen eine hohe natürliche Begabung voraussetzt. Dieses zirzensische Miteinander ist die Krönung jahrelangen konstanten Trainings. Und da muss man dran bleiben, mit eiserner Disziplin, denn Menschentiere vergessen schnell und leicht, was sie sich merken sollen und umgekehrt. Also wiederholen und nochmals wiederholen, bis sich das erwünschte Verhalten eingeprägt hat.

Ist es erst mal drin in den Menschenköpfen, geht es nur sehr schwer wieder raus, denn sie sind absolut träge Gewohnheitstiere und entwickeln leicht eine Art Suchtverhalten im Umgang mit ihrem Haustier. Das kann sich dann leicht zu Verwöhnorgien steigern. Hier ist eine gewisse Vorsicht am Platze, denn menschliche Übertreibungen kennen kaum Grenzen. Solange es sich in Zusatzportionen an Leckerlis und anderen angenehmen Aufmerksamkeiten erschöpft, habe ich auch nichts einzuwenden. Bei Pudelfrisuren, Schleifchen zwischen den Ohren, mit Strass besetzten Mäntelchen auf dem Rücken, Täschchen, in denen man stillsitzen muss, Duftsprays und Haarschmuck hört der Spaß aber auf. Manche armen Hunde gehen alle sechs Wochen zum Friseur, nur weil sie ihrem Hausmenschen gefallen wollen. Da ist die Erziehung desselben aber hundertprozentig daneben gegangen.

Es reicht schon voll und ganz, dass wir Schafe diese hässlichen Ohrmarken, die über unsere Herkunft Auskunft geben, lebenslänglich mit uns herumtragen müssen. So eine Art Zwangspearcing im Lammalter, wenn wir noch wehrlos sind. Frauchen hat sie kurzerhand entfernt, und prompt kam es zu enormen Schwierigkeiten mit den zuständigen Behörden, als wir gegen eine gefährliche Krankheit geimpft werden sollten, uns aber nicht eindeutig nachvollziehbar ausweisen konnten, da keiner mehr wusste, welche Marke jetzt aus genau welchem Schafsohr stammte. Das war ein Theater!

Ich persönlich lehne jede Art von Gewalt und Druck während der Ausbildung des Menschen ab. Das Abstrafen durch rüdes Boxen ist eine der fiesen Methoden, wenn man zum schnellen Dressurerfolg kommen will. Die Folgen sind mitunter Misstrauen, Nervosität, Appetitlosigkeit und Depressionen. Es ist am diplomatischsten, dem Hausmenschen zu suggerieren, er mache alles, was wir wollen, freiwillig.

Ihm scheinbar den freien Willen zu lassen und so zu tun, als wäre er der Chef, macht ihn heiter und kontaktfreudig. Zeigt er sich dann willig, steigern wir unsere Anforderungen durch behutsames und gleichmäßiges Betteln. Als ungemein wirkungsvoll hat sich das zärtliche, monotone Blöken erwiesen, wenn dazu auch etwas Durchhaltevermögen von Nöten ist. Haben wir damit einmal den gewünschten Erfolg, können wir es gerne langsam und beliebig zum Nervensägen steigern, bis der Hausmensch seine bereits erlernte Lektion freiwillig wiederholt, nämlich, uns Aufmerksamkeit zu schenken, damit wir endlich mal die Klappe halten, kurz bevor seine überaus zarten Nerven reißen.

Die offensichtlich schlechten Nerven und die Ruhebedürftigkeit der Menschen machen wir uns hier zunutze. Haben wir es erreicht, auf Kommando gestreichelt und gefüttert zu werden, erarbeiten wir behutsam den nächsten Erziehungsschritt. Wir geben uns folgsam und ermuntern das jeweilige Frauchen oder Herrchen, uns beim Verlassen unseres Geheges mitzunehmen und halten es locker an einer Art eingebildeter Leine. Hier ist absolute Vorsicht geboten, denn nur wenn wir jetzt so tun, als würden wir aufs Wort hören und unserem Hausmenschen dicht auf den Fersen bleiben, erreichen wir unser Ziel. Hausmenschen hören nach einer gewissen Eingewöhnungszeit eigentlich sehr gut auf ihr Leitschaf. Ungläubigen Schafen empfehle ich hier einen simplen Praxistest. Einfach und nahezu überall durchzuführen.

Man geht wie folgt vor: In dem Moment, wo sich die Tür unseres Schafsgatters oder Stalles öffnet, stürmen wir davon. Unser Hausmensch wird uns, nachdem er irgendwelche Leckerlis gegriffen hat, sofort in großer Aufregung und so schnell er kann folgen, egal wohin wir rennen. Er versucht aus Leibeskräften mitzuhalten. Rennen wir schnell, rennt er schnell, rennen wir im Zickzack, rennt er auch im Zickzack usw., bleibt er aber stehen, weil er außer Atem ist, bleiben wir auch stehen.

Wir gönnen ihm eine Pause, denn Kondition muss bei einem jungen Hausmenschen langsam aufgebaut werden. Das macht ihm Mut, den er sofort wieder verliert, wenn er langsam heranschleicht, weil er glaubt, wir durchschauen das nicht. Wenn wir sämtliche Leckerlis aus seinen zittrigen Händen gefressen haben, hauen wir sofort wieder ab. Spätestens jetzt fängt mein Frauchen an zu weinen und gibt auf. Jetzt ist es Zeit, brav und folgsam mit ihm nachhause zu gehen. Langsam, sehr langsam.

Man darf, wie schon gesagt, die zarte Psyche des Hausmenschen nicht überstrapazieren. Wenn er ganz den Mut verliert reagiert er über und wird uns bei der erstbesten Gelegenheit einsperren. Der Heimweg kann dauern, je nach dem, ob sich am Wegrand, zwischen den nach Hundemarken stinkenden Grasbüscheln, noch genügend genießbare finden. Locken und Flöten unseres Hausmenschen wird erst mal konsequent ignoriert.

Wenn er dann plötzlich, nach dem er ratlos eine Weile innegehalten hat, wie von der Tarantel gestochen heim rennt, bedeutet das für uns lediglich, dass wir noch getrost die nächste Ladung Leckerlis abwarten können. Erneutes Locken und Flöten in den hellsten Tönen, von dem rhythmischen Geklapper im Eimer wippender Brot- und Möhrenstückchen begleitet, ist dann unser wunschgemäßes Signal zum Sturmangriff. Kurz bevor wir unseren völlig überraschten Hausmenschen erreichen, wird dieser vor unserer geballten Ladung heranstürmender Energie die Flucht ergreifen. Wir jagen ihn dann bis in unseren Stall, und spätestens dort lässt er den Leckerlieimer fallen. Wir machen uns dann in Ruhe über die Leckerlis her, und diese günstige Gelegenheit wird er nutzen, um entweder über die Boxenwand oder durch die noch offene Tür zu entkommen. Jetzt wird die Tür zugeknallt und verriegelt, und es ist nach einem tiefen Atmen das Wort: „Geschafft!" zu hören.

Wir sehen anhand dieses Beispiels, wie leicht sich der Hausmensch abrichten lässt. Er wird noch eine Weile, vor Erschöpfung zitternd, an der Boxentür lehnen und immer wieder leise „Gott sei Dank" flüstern, während wir genüsslich den Eimer leer fressen. Bei meinem Frauchen hat es so jedenfalls viele Male zuverlässig funktioniert.

Wichtig ist es, jetzt bei unserem Hausmenschen wieder neues Vertrauen aufzubauen. Sonst wird er uns einsperren, da er nun fürchtet, uns nicht mehr einfangen zu können. So folgen wir ihm, bei der nächsten sich uns bietenden Gelegenheit, artig in den Pferdestall, spielen die reinsten Unschuldslämmchen, fressen uns dort am Heu der Pferde nach Herzenslust den Bauch voll, stehen beim Boxenmisten anhänglich in den Füßen herum, versuchen an den Inhalt der Futtertonnen zu kommen und verwüsten zuletzt noch die frisch gefegte Stallgasse, mit allem, was Schafe so in der Wolle mit sich herumtragen und auch ansonsten gerne fallen lassen.

So weit so gut. Wir sind schon auf dem Weg zum Erfolg. Der nächste Schritt ist dann das langsame Vordringen in die häusliche

Privatsphäre, den Menschenstall. Zu diesem Zeitpunkt haben wir uns durch unsere liebenswerte Zutraulichkeit meist schon tief in das Seelenleben unseres Menschen eingeschlichen, und einmal drinnen sind wir hartnäckig und kaum mehr los zu werden. Wir beginnen nun auf das Unterbewusstsein, die tiefenpsychologische Ebene einzuwirken, besetzen sie und machen sie für jeden Psychiater unerreichbar. Gott sei Dank. Wenn zukünftig unser Hausmensch tatsächlich an der Seele erkranken sollte, sind wir sofort heilend und geduldig zur Stelle. Ein Schaf in voller Winterwolle, was kann es wärmeres und weicheres zum Kuscheln und Schmusen geben? Wir sind vollendete Seelentröster. Das öffnet uns irgendwann nicht nur die Stalltüre, sondern auch die Haustüre. Dann, wenn wir dem Brotkasten gegenüberstehen und unser Blick wie ein „Sesam öffne Dich" auf unseren Menschen einwirkt, haben wir fast das Ziel aller Sehnsüchte erreicht.

Entgegen allen düsteren Prophezeiungen bin ich durchaus stubenrein. Was der Hund erst lernen musste, das kann ich schon längst, wenn auch nicht so lang. Wer wollte mich auch aus erzieherischen Gründen im Genick packen und schütteln? Wenn ich komme, traut sich „Mamas Liebling" nicht aus dem Korb. Das gefällt mir, dann bin ich nämlich Mamas Liebling. Zu dem Thema: Hund auf Frauchens Couch, lohnt es sich kaum etwas anzumerken. Ich habe dieses Problem „kurzerstirn" vom Sofa gefegt.

Ich finde es toll, an Frauchens Privatleben teilzunehmen, nein, ich bin geradezu der Mittelpunkt seines Privatlebens. Nur dieser laute viereckige Kasten im Wohnzimmer, in dem merkwürdige kleine Wesen eingesperrt sind, und der es immer wieder schafft, Frauchens Aufmerksamkeit von mir abzulenken, ist mir ein Dorn im Auge.

Manchmal fängt meine Hirtin an zu lachen oder zu heulen, wenn sie hineinschaut, dann regnet es da drin, und Frauchen regt sich darüber auf, obwohl draußen die Sonne scheint. Dann wieder redet der Kasten mit ständig wechselnden Stimmen und Gesichtern über schlimme Dinge, obwohl in Wirklichkeit alles Friede, Freude, Eierkuchen ist, bei uns im Wohnzimmer. Scheinbar kann man sich mit diesem Kasten jederzeit so viel schlimme Dinge ins Haus holen, wie man will.

Wenn es dann reicht, drückt Frauchen auf eine bestimmte Stelle, und das Ding wird ruhig und dunkel. Na also, wer sagt's denn? Mein

Frauchen hat offensichtlich doch noch Reste von Verstand. Man soll die Hoffnung ja nie aufgeben. Manchmal zeigt der Kasten sein wahres Gesicht, nur Rauschen, Blitze und Chaos. Dann brüllen alle Mist und einer haut drauf. Nützt es nichts, wird das Ding von einem Sadisten seziert, der es in alle Einzelteile zerlegt, um den Fehler zu finden. Findet er ihn nicht, kommt das Ding in die Pathologie. Vielleicht ist das ja dort, wo der Pfeffer wächst, denn dort soll es immer hin, wenn es nicht funktioniert. Einige Tage später steht es dann doch wieder am selben Platz im Wohnzimmer und redet erneut dummes Zeug.

Neulich schrie Frauchen ganz aufgeregt, als sie wieder hypnotisiert in diesen verwirrenden, ständig für Aufregung und Streit sorgenden Kasten starrte: „Guck mal, Schäääfchen!" Ich dachte, ich höre nicht recht. Das sich manche Schafe für so was hergeben! Das haut doch den stärksten Rhöner aus der Wolle! Irgendwann, wenn ich das Problem mit dem Hausschlüssel gelöst habe, werden dieser seltsame Kasten und ich uns einmal alleine unterhalten. Ich wette, dann sagt er hinterher freiwillig kein Wort mehr. Komisch, nur wenn Frauchen dabei ist macht er den Mund auf, und das auch immer nur abends. Tagsüber steht er friedlich in der Ecke und hält die Klappe. Wenn der Kasten wach wird redet er völlig zusammenhanglos und mit verschiedenen Stimmen, je nach dem, welchen Knopf Frauchen drückt. Es hält ein merkwürdiges Etwas in der Hand, auf das eingedroschen wird, wenn der Kasten nicht will, wie Frauchen will. Hat Frauchen mal zu doll drauf gehauen, bleibt das geheimnisvolle Etwas dann aus Angst am nächsten Tag verschwunden und der Kasten stumm. Sofort drehen alle Hausmenschen durch und suchen akribisch das ganze Haus ab. Nur wenn das Handy weg ist starten sie sonst eine derartig gründliche Suchaktion. In erster Linie finden sie dann die Dinge, die sie überhaupt nicht gesucht haben.

Mit diesem Guckkasten verbindet die Menschen eine seltsame Hassliebe. Die Menschenkinder werden gescholten, wenn sie genauso lange vor dem Ding sitzen wollen wie ihre Eltern. Weil es schadet, sagen die Erwachsenen und verweisen damit auf sich, als ein Beispiel, das die Kinder abschrecken soll. Nützt das nichts, und es nützt meistens nichts, werde ich dann geholt, um die Kinder zu ermuntern, sich mit etwas Vernünftigem zu beschäftigen. Dann kucken wir gemeinsam in dieses Ding, und ich passe auf, dass den Kindern nichts passiert.

Solange der Kasten im Haus ist, kann man den Tag, den ich gerne schon am Morgen lobe, leider nicht vor dem Abend loben. Frauchen hat mich mal ganz lieb gestreichelt, völlig verklärt angestrahlt und gesagt: „Und du, mein Schatz, kommst da auch noch mal rein!“ Was? Ich, bei meiner Größe in diesen winzigen Kasten.? Wolltair im Wunderland? Hab ich irgendwas nicht mitgekriegt? Oh Gott, ich glaube ich bin im falschen Film.

Nun, meine lieben Freunde, muss ich auf dem schnellsten Wege in mein goldgelbes Strohbettchen, denn mir geht die abendliche Gemütlichkeit, mit Streicheleinheiten und genüsslichem Wiederkäuen, über alles. Im Stall vermisst keiner diesen merkwürdigen, viereckigen Kasten.

Morgen erzähle ich euch, wie kreativ die Menschen werden können, und, wie sie aus dem langweiligen Alltag ein uns erheiterndes Theaterstück machen. Also dann gute Nacht und träumt einen schönen Traum.“

Carwash

Wir Schafe sind neugierig, aufgeschlossen und an allem interessiert, was sich außerhalb unseres Refugiums ereignet. Unsere eigenen Menschen und jene, die den Haustieren aus der unmittelbaren Nachbarschaft gehören, bieten uns mit ihren Gewohnheiten ein abwechslungsreich gestaltetes und stets belustigendes Unterhaltungsprogramm. Sie führen sich auf! Es ist wie eine Serie mit vielen Folgen und immer dasselbe Theater. Um Theater zu haben brauchen wir nie ins Theater.

Außerdem, während einer ganzen Aufführung auf einem Klappstuhl zu sitzen, mit abgeschaltetem Handy, ohne wiederkäuen zu dürfen, da lobe ich mir unsere Freilichtbühne vor dem Schafstall. Die Köpfe meiner Herde erscheinen um die Stallecke übereinandergestapelt wie eine chinesische Pagode, wenn das Stück beginnt. So haben wir perfekte Deckung und uneingeschränkte Sicht.

Man könnte anstatt der Linde auch jeden anderen Baum als Namensgeber für unsere Straße wählen, am Inhalt des Stückes änderte sich dadurch vermutlich nichts. Lediglich die Darsteller wechseln gelegentlich und mit ihnen die Posen. Einiges wiederholt sich regelmäßig – bei den Nachbarn allerdings deutlich öfter als bei Frauchen -, wie das Kehren der Strasse oder des Hofes oder das Reinigen des Knattermobils – Frauchen nennt das „Carwash“, denn das klingt hip.

Frauchen führt wie immer Regie. Aus diesen mickrigen Vorgaben ein spannendes Stück zu inszenieren ist eine Meisterleistung. Kein Mord, obwohl wir mitunter im Verlauf des letzten Aktes öfter das Gefühl haben, es passiert gleich einer; kein Raub, obschon ständig etwas angeblich unersetzbar Wichtiges verschwunden ist und es, wie immer, der „berühmte Andere“ war. Keine Entführung, obwohl

Frauchen immer klagt: „Klar, dass heute alle unauffindbar sind!", keine Naturkatastrophen, obwohl ja alle angeblich mal wieder wie vom Erdboden verschluckt sein sollen. Allenfalls den Regen haben wir als ziemlich regelmäßige Naturkatastrophe, der dann auf das noch nicht fertig polierte Auto tropft und über das offene Schiebedach hinein, sowie auf die Fußmatten, nebst allem, was sonst noch so draußen herumliegt. Alle schreien in Panik, rennen wie wild und völlig planlos um das Auto herum, suchen den Schlüssel, den irgend ein Trottel abgezogen hat und somit das Schiebedach nun nicht geschlossen werden kann. Die aufgeweichte Politur läuft in dicken Schlieren über das Blech, das Knattermobil macht einen sehr traurigen Eindruck. Das was der wahrscheinlich dramatische Höhepunkt des Stückes.

In der Regel haben wir jeden Samstag, vom Ende des Frostes bis zum Beginn des Frostes, eine weitere erheiternde Vorstellung. Im Sommer gibt es noch die zusätzlichen Schönwettervorstellungen. Die besucht kein Schaf mehr, da ist die fette Weide interessanter.

Wenn ich mir im Herbst unsere laubbedeckte Straße und den verstopften Rinnstein anschaue, erscheint mir Frauchen eher als ein Statist oder Laiendarsteller im wöchentlichen Spielplan. Das Spektakel ist stets ein kleinwenig abgewandelt, und im Großen und Ganzen passiert nicht viel Neues, dennoch wird das Theaterspielen von den Hausmenschen äußerst ernst genommen. Schließlich sollen wir ja Spannung und auch Spaß haben.

Es immer wieder faszinierend, was unsere Hausmenschen oder die der Nachbartiere diesmal inszenieren, bzw. über welche Nebensächlichkeiten sie sich heute wohl spielerisch ärgern werden. Wie viele verschiedene Facetten sie dem stets gleichen Stoff abgewinnen können, diese verschiedenen Interpretationen von immer und ewig ein und demselben.

Dann diese vielen Varianten ständig wechselnder Staubsauger, die für den neuen Sound sorgen, erstaunen mich immer wieder. Wie viel Phantasie muss ein Mensch aufbringen können, um jedes Wochenende dasselbe Auto mit immer milderen Shampoos – mit mindestens Lichtschutzfaktor 50 -, zu waschen, wegen des empfindlichen Lackteints und der Sommersprossen, die hier aber Rostflecken heißen, und es mit immer wirkungsvolleren Poliermitteln – „Seit ihr völlig durchgeknallt, doch nicht mit Ata!" -, dem Peeling, auf Hochglanz zu bringen und anschließend mit Heißwachs zu bearbeiten, vermutlich wegen der grünen Haare auf den unter den Sitzen liegenden Brotstücken und um den Hundehaaren zu Leibe zu rücken, die sich äußerst zahlreich und hartnäckig mit Widerhaken auf sämtlichen Sitzpolstern festgekrallt haben und jedem aufheulenden Staubsauger erfolgreich Paroli bieten; fehlt nur noch das Deo gegen Achsenschweiß und ein Hauch „Eau de Kolonne“ für den Radkasten, um im nächsten Stau nicht unangenehm aufzufallen.

Wie viel Kreativität und Friedfertigkeit muss ein Mensch haben, um immer dieselbe Straße in immer die selbe Richtung zu kehren, mitunter sogar vor der eigenen Haustür, in Fließbandarbeit und gegen den Wind, wo dort doch immer derselbe Dreck in exakt derselben Menge liegt, wie schon in der letzten Woche und allen vorangegangenen, ohne durchzudrehen, den Besen zu fressen und das Kehrblech zu verbiegen?

Nur nach dem Faschingsumzug oder nach einem Polterabend, da liegt zur Abwechslung mal anderer Dreck auf der Straße. Eine heitere Mischung aus Luftschlangen, Pappnasen und -bechern, Zigarettenstummeln, leeren Bierflaschen, Pommes de Frites, Ketchup, Kaugummis, klebrigen Lollis - Straßenbesen üben eine unglaubliche Anziehungskraft auf Kaugummis und klebrige Lollis aus -, oder allerlei Trümmer aus Porzellan, Steingut, Dachziegeln, die die Hausmenschen nicht mehr brauchen und mit Begeisterung und in Übereinstimmung mit den gesellschaftlichen Gepflogenheiten auf die Gasse und vor die Haustüren schmeißen.

Dazu kommen noch die Myriaden von geschredderten Papierschnipseln in Spaghettiformat, nebst einer halben Tonne leuchtend bunten Konfettis, welches mit Hilfe des Windes in die Baumkronen und alle Richtungen zerstreut wird, so dass sich jeder etwas weiter entfernte Anlieger großzügig bedacht und liebevoll in das „Gepolter“ eingebunden fühlen darf. Zum Glück gibt es noch derartige Herausforderungen, die das sich allwöchentlich, vornehmlich Samstags, wiederholende und streng geregelte Ritual des Straßekehrens auflockern, sonst würden unsere Hausmenschen ja komplett abstumpfen, auf der hoffnungslosen Suche nach Inhalten, Werten und neuen Aufgaben. So haben wir dann zur Abwechslung mal eine gemischte Ballettaufführung sämtlicher Nachbarn beiderlei Geschlechts, mit Handfegern, Schaufeln und Besen aller Art und Couleur als Requisiten bewaffnet.

Im späteren Verlauf einer Verbindung zweier Hausmenschen begegnet einem nur noch selten jene liebevolle Eintracht, mit der man gemeinsam die Hinterlassenschaften eines Polterabends beseitigt hat. Es bleibt oft nur die Erinnerung an das denkwürdige Ereignis des Polterabends. Vielleicht ist ja das Kehren vor der eigenen Haustüre ein unmissverständlicher Hinweis, auf den zu erwartenden Ehealltag.

Die Menschen tun ja nur so, als wären sie genervt, das wissen wir ja, obwohl das Theater, welches sie veranstalten, schon verblüffend echt wirkt. Sie nennen dieses uns erheiternde Stück ihren Alltag. Sie mögen dieses Stück offensichtlich nicht so besonders, aber sie führen es trotzdem immer wieder auf, nehmen es ungeheuer ernst und geben sich alle erdenkliche Mühe, sich während der Vorstellung so gekonnt über völlig belanglose Nebensächlichkeiten aufzuregen, dass es echt wirkt. Uns jedenfalls macht es riesiges Vergnügen, sie und ihre Theaterkünste aus nächster Nähe zu beobachten. Man kann dabei unerhört viel über Temperament, Intelligenz, Durchsetzungsvermögen und Ausdauer sowie Vorlieben der Hausmenschen lernen.

Widmen wir uns zum Beispiel mal dem Stück: „Carwash". Darin geht es um die aufwändige Pflege dieser merkwürdigen, stinkenden, knatternden Gehhilfen, derer sich die Menschen ständig bedienen, um ihre Füße zu schonen, oder ihre höckerlosen Kamele, wenn sie denn welche haben. Sie nennen dieses Knattermobil Auto und seinen Stall Garage. Eigentlich wohnen sie ja schon halb in ihren Autos. Vermutlich handelt es sich dabei um eine Art fahrbarer Weidehütte, die sie bisweilen abgöttisch lieben und ihr bedingungslos die Treue halten, über alle Pannen hinaus, bis dass der Rost sie scheidet. Manche aber, mein Frauchen zum Beispiel, vernachlässigen ihre fahrbare Weidehütte aufs Sträflichste. Es wird alles hineingestopft, was nicht ins Haus passt; Papiertonne, Mülleimer, Altglasbehälter und Kleidercontainer in einem.

Was da alles zum Vorschein kommt, wenn die fahrbare Weidehütte dann endlich mal gemistet wird, man glaubt es nicht. Leere Brottüten, die nur noch gut riechen, sind ja noch die harmlosesten Varianten dessen, was da ans Tageslicht befördert wird. Es gibt manchmal auch freudige Ausrufe über bescheidene finanzielle Schätze, die aus den mühevoll bewegten Erdmassen auf und unter den Fußmatten gehoben werden. Manchmal findet sich ärgerlicherweise aber auch

Kompromittierendes - dann wird einer der Darsteller rot, obwohl die Maske ihn für das Stück eher blass geschminkt hat, die Wahrheit hat eben ihre eigene Farbe -, und dann lauter weiße Blätter, die irgendwie wichtig zu sein scheinen, denn sie werden sorgfältig in einen auf der Straße wartenden Wäschekorb gestopft, mit den Worten: „Gott sei Dank, da ist ja die Rechnung!" oder „So ein Mist, ich dachte, die wäre längst bezahlt!" Leere Dosen und Flaschen werden mit spitzen Bemerkungen und bösen Blicken hinter und unter den Sitzen hervorgeholt, mit viel Elan und Schwung und unmissverständlichen Gebärden auf die Straße gefeuert, um in flottem Tempo und mit lautem Geschepper den Berg hinunter, bis auf und über die Hauptstraße zu rollen, um ungebremst ihren Weg, bei ständig steigender Geschwindigkeit und Lautstärke, vom Oberdorf bis ins Unterdorf fortzusetzen.

Oberdorf und Unterdorf sind sich nicht grün. Selbstverständlich teilen sich die bis dahin im Verbund gerollten Dosen und Plastikflaschen an der ersten Kreuzung in zwei getrennte Gruppen. Hier gibt Frauchen, unter den Augen der hinter den Fenstern erschienenen und jetzt enttäuschten Gesichtern der Zuschauer, die Jagd spätestens auf. Die Dosen und Plastikflaschen liefern sich ein spannendes Rennen, bevor sie dann endlich, nach einhundert bis zweihundert Metern, vor irgendwelchen Toren und in Einfahrten erboster Mitbürger, mitten im Weg und gut sichtbar liegen bleiben. Spätestens jetzt weiß jeder, wo und von wem gerade ein Auto gewaschen wird und worüber man sich gestritten hat. So wird auch diese Inszenierung wieder einmal ein Nachspiel haben.

Die auf den Fußmatten des Autos festgeklebten Kaugummis rühren sich trotz eines heftigen Donnerwetters nicht von der Stelle, sollen also bleiben, wo der Pfeffer wächst oder bis die Kinder kommen. In Frauchens Gewächsauto gedeiht im Sommer und in der fruchtbaren, mit Pferde- und Schafsmist gedüngten, Erde sogar Hafer, von Pfeffer habe ich bislang nichts bemerkt, und im Winter soll es auch schon Glatteis gegeben haben, wegen des Rostloches in der Bodenplatte. Na ja, was die Schafe sich halt so erzählen. Es dauert dann meist nicht lange, und der Wind hat alle Blätter, derer er habhaft werden konnte, gleichmäßig auf unserem und dem nachbarlichen Grundstück verteilt. Er hat es, trotz zahlreicher Theaterproben, offensichtlich immer noch nicht gelernt, zwischen Blättern, die vom Baum fallen und Blättern, die aus dem Auto stammen, zu unterscheiden. An dieser Stelle könnte jetzt der erste Nervenzusammenbruch wirklichkeitsnah eingebaut werden.

Blätter aller Art sind äußerst eigensinnig, wenn sie gejagt werden. Sie bleiben ganz ruhig liegen und fliegen immer erst dann weg, bevor man sie fast erwischt hat. Die Blätter von den Bäumen bleiben hartnäckig dort kleben, wo sie gerade liegen, aber auch nur dann, wenn sie eigentlich auf einen Komposthaufen sollen. Es sei denn, man hat sie gerade mühevoll zusammengefegt, dann fliegen sie natürlich sofort wieder davon. Nicht von A nach B, sondern in alle Himmelsrichtungen und möglichst weit auseinander. Besonders gerne in die Einfahrt des Nachbarn oder in unseren Hof, wenn er denn zuvor endlich mal sauber gekehrt worden war. Der Wind spielt immer gerne mit den Requisiten des Theaters und bringt alles durcheinander. Dann kommt erst so richtig Leben ins Stück.

Und dann diese kleinen schwarzen Klingeldinger, die Handys, die die Identität des Hausmenschen sichern und die beim Autowaschen ausgerechnet immer dann klingeln, wenn man grade staubsaugt und sie nicht hören kann oder wenn man mal wieder nicht weiß, wo sie liegen und außerdem bis zum Ellenbogen im Schaum des Autoshampoo untergetaucht ist. Das stiftet Verwirrung und führt zu totaler Panik, bis hin zum Weinkrampf; nicht vom Trinken, sondern vom Heulen wie bei den Babys, deren Rassel nicht gefunden werden kann und somit jeder Versuch, zur Beruhigung des aufgewühlten Gemütes, fehlschlagen muss.

Klingelnde, unauffindbare Handys können das Ausmisten der fahrbaren Weidehütte des Hausmenschen auf Rekordtempo beschleunigen. Das Knattermobil ist schon völlig geleert. Alles ist draußen, bis auf den Motor, aber das kleine schwarze Ding klingelt unverdrossen weiter und bleibt trotzdem vorläufig unauffindbar. Meine Hausmenschen wirken hilflos und wissen nicht was werden soll, wenn sie das „Mistding" - weitere ihrer Ausführungen erspare ich uns -, nie wieder finden werden. Sie geben sich der apokalyptischen Vorstellung, eines Lebens ohne Handy, mit all ihren darstellerischen Möglichkeiten hin. Hier wird die Komödie zum Drama. Derweil trocknet der Schaum auf dem Auto, und der Lack kriegt Flecken. Dafür muss dann erst wieder ein Mitspieler gefunden werden, der die Rolle des Schuldigen übernimmt, bevor das Stück weitergehen kann.

Das Stück bekommt peinliche Längen. Wir käuen wieder, um zu überbrücken, denn Popcorn ist aus. Frauchen geht in die Opferrolle und stellt sich als Blitzableiter zur Verfügung. Hier wird das Drama zur Tragödie. So sind die Menschen. Am Himmel gibt es kein Wölkchen, aber unten auf der Erde ein tüchtiges Gewitter. Wenn es blitzt, zuckt Frauchen mit den Achseln. Bevor kein Schuldiger gefunden ist, der unter der Androhung der Folter zugibt, dass er das gottverdammte Handy irgendwo hingeschmissen hat, will Frauchen nicht weiter Autoputzen spielen. Die Spannung im Stück steigt. Bei den Hausmenschen ist es grundsätzlich der berühmte „Andere", der für den Schlamassel verantwortlich ist. Jetzt fallen die ersten verallgemeinernde Sätze wie: „Du und dein Handy!", gefolgt von: „Und du und dein Hausschlüssel!" und mehreren anderen Vorwürfen. (Zum Glück werfen uns die Hausmenschen nur das Heu vor!) An diesem Punkt wird der Dialog dann meist lauter. Eindeutiges Überspielen des vergessenen Textes, wie ich meine. Ich souffblöke dazwischen.

- „Nein Wolltair, jetzt nicht!" - Das Handy klingelt weiter, und zwar immer durchdringender. Jetzt ist es gleich soweit. Die Handtasche meines Frauchens wird hektisch ausgeschüttet und zwar auf dem riesigen Haufen, der vorher im Knattermobil war und jetzt in, aber eigentlich mehr neben dem bereits überfüllten Wäschekorb auf der Straße liegt. Ich souffblöke noch mal dazwischen, mache darauf aufmerksam, dass es langsam Zeit wird, für die Leckerlis, sollte den Darstellern nichts mehr Gescheiteres einfallen, als die ewig gleichen, langweiligen Wortgefechte. Die kann ich aus den letzten Vorstellungen schon auswendig und blöke sie alle in richtiger Reihenfolge mit.

„Wolltair, aus!" - Ich bin kein Hund, also blöke ich weiter. Ich blöke immer, wenn mein Frauchen die Tasche in die Hand nimmt, ein antrainierter Pawlowscher Reflex, der sich durch die regelmäßige Verabreichung der Leckerlidroge, in Kombination mit dem Erscheinen der Handtasche, verselbstständigt hat. Außerdem muss ich grundsätzlich das letzte Geblöke haben!

Es kommen viele unverdaute Sachen aus Frauchens Handtasche zum Vorschein, die ein nahezu unbegrenztes Fassungsvermögen zu haben scheint. Mein Pansen staunt Bauklötze und beginnt zu knurren. Unter Mengen an Taschentüchern und Schminkutensilien, sowie Haarbürsten, Kämmen und Parfümfläschchen, Kettchen, Ohrclipsen und Armbändchen - vermutlich handelt es sich hier um die Maske des Theaters -, haufenweise kleine Zettel, auf denen die Futtermengen vermerkt sind, die dieses gefräßige Auto wöchentlich frisst und die mein Frauchen zum Seufzen bringen, als es die leere Futterbörse findet. Dann endlich auch Leckerlis. Wusste ich es doch, und, zu guter Letzt, das lang vermisste Handy. Jetzt klingelt es nicht mehr. Es fallen neben Leckerlis, Handy und ausgelaufenem Lippenstift auch einige ausfallende Bemerkungen, von denen ich nicht glaube, dass sie zum Text gehören. Künstler sind hochsensibel. Wenn Frauchens dichterische Freiheit bei den Mitspielern schlecht angekommen ist, kann es nicht mehr lange dauern, bis es die Leckerlis einsammelt, alles stehen und liegen lässt und erst mal bei mir Trost sucht. Na wer sagt es denn. Diesmal ging es schneller als erwartet. Das Stück ist aus!

Jetzt werde ich belohnt, da ich die ganze Zeit treu und brav zugeschaut habe. Schade, dass man mit den Klauen so schlecht applaudieren kann. Alle Schafe sind jetzt voller Begeisterung von ihren Liegeplätzen aufgesprungen, „Standing Ovations" für die Leckerlis, und blöken ohne Pause: „Bravo!", bis alle verteilt sind. Wirklich erstaunlich. Ich glaube, die Hausmenschen sind fast alle grandiose Schauspieler, wahre Meister der Dramen und der Lustspiele. Sie inszenieren einfach alles und machen jeden Ort zur Bühne. Sie spielen mit solch einer Hingabe. Selbst das Autowaschen wird zur reinsten Seifenoper. Wir verleihen im Geiste „Das goldene Lämmchen"!

Also bis morgen, liebe Freunde. Wenn ihr wollt, im selben Theater. Jetzt nichts wie hinein, ins goldgelbe Strohbettchen. Und schlaft gut!

Hurra, wir kriegen Nachwuchs

Seit Heidemariechen, kurz und zärtlich Miechen, in unsere eingeschworene Männerwelt vorgedrungen war, hatte sich vieles schlagartig geändert. Wir waren von heute auf morgen von ihr in zwei Lager gespalten worden, die sich zwar nicht gerade feindselig gegenüberstanden, sich aber dennoch nicht mehr so wirklich grün waren. Miechen machte das nichts aus. Sie war und blieb der Mittelpunkt unserer kleinen Schafsgemeinschaft, genoss ihre Stellung und rückte immer mehr in das Zentrum des menschlichen Interesses, je wohliger sich ihr Bäuchlein rundete.

Mein Bauch war auch ganz schön rund, aber das schien augenblicklich niemanden ernsthaft zu interessieren. Wohingegen der Bauch meiner Gattin, in dem ja gerade die neue Schafsgeneration unseres Hofes heranreifte, täglich aufmerksam von allen Seiten gemustert und zart massiert wurde.

„Ach, hoffentlich ist alles in Ordnung“, stöhnte Frauchen mütterlich besorgt, wenn es, zum x-ten Male, das mit einem Stethoskop geschärfte Ohr vorsichtig an die Seite von Miechens Bauch hielt.

„Jetzt seid doch mal leise, schschscht, ich hör ja gar nichts!“ Menschenkinder, Schafe, Hunde und sonstiges Getier fielen sofort, wie vom Zauberstab berührt, in geräuschlose Starre. „Ich versteh das gar nicht, ich hab wieder nix gehört. Ihr dürft euch jetzt wieder bewegen.“

Wir rührten uns. Zur Zeit musste ich mich mit einem Schattendasein am Rande des Geschehens begnügen. Das heißt nicht, dass es mir an irgendwas mangelte, wie an gutem Futter oder liebevoller Zuwendung. Ich war es einfach nicht gewöhnt, dass es Wichtigeres geben konnte als mich. Eine ganz neue Erfahrung. Da ich den Grund aber genau kannte und mich wie alle anderen auf den kommenden Nachwuchs freute, übte ich mich großmütig, wie ich nun mal bin, in demutsvoller Bescheidenheit.

Mein geliebtes Eheschaf war in den vergangenen Wochen weniger auf mich, denn auf seinen Bauch fixiert, in dem es gelegentlich zuging wie auf einem Fußballfeld. Es wurde gedehnt, gebeult, getreten und geboxt, dass Miechens Haut Wellen schlug wie die Nordsee bei Springflut oder des Dackels überreiches Fell, wenn es von Frauchen gegen den Strich gestreichelt wurde.

Es zeichnete sich unter der gedehnten Haut ein kleiner munterer Ball ab, der mit lebendigem Temperament hin und her purzelte, sich hob und senkte, hüpfte und einen Schluckauf kriegte und genauso plötzlich wieder unsichtbar in den Tiefen des mütterlichen Leibes verschwand, woraufhin die Mama keinen Appetit mehr verspürte, da sie nicht wusste, wo sie das Heu denn noch hätte unterbringen sollen. Mir wurde ganz elend bei dem Anblick. Was für ein Monster wuchs denn da heran? Die werdende Mutter ertrug es mit Gleichmut und wertete es als Zeichen dafür, dass das Kleine wohlauf und bei bester Gesundheit war. Es waren gesunde Übungen für den Ernstfall, für die Landung auf dem Planeten Erde, wie sie uns wissen ließ. Doch noch schwebte es ja selig wie ein Astronaut in der Schwerelosigkeit, obwohl das Raumangebot seines kleinen Universums mit jedem Tag begrenzter wurde.

Miechen reagierte immer eigensinniger und etwas unleidlich, auf meine äußerst vorsichtigen Annäherungsversuche. Sie verschlang mal gigantische Heuberge, dann zog sie wieder nur einzelne Hälmchen heraus, die offensichtlich besonders gut schmeckten und verschmähte den Rest. Dann dieser abnorme Appetit auf saure Äpfel und Möhren. Mitten in der Nacht weckte sie mich auf und wollte auf der Stelle Äpfel und Möhren. Wo in Gottes Namen sollte ich die denn um diese Zeit herzaubern? Sie wollte das partout nicht einsehen, behauptete, das wäre bei allen Schwangeren so und konnte einen mit ihrer Empfindlichkeit und ihrem Gequengel schier zur Verzweiflung bringen. Nichts passte ihr mehr, die Wolle spannte um die Taille, es roch nicht gut, keiner zeigte Verständnis für ihren Zustand, dies und das und überhaupt!!! Das konnte ja heiter werden. Dieses Wechselbad der Gefühle: mal abweisend, im nächsten Moment wieder Klette, dann wieder abweisend.

Caruso genoss meine Verwirrung, begegnete mir mit unmissverständlicher Herablassung und stichelte herum. Er wäre nur aus

Versehen Schaf geworden, und mit mir blöke er im Übrigen schon überhaupt nicht. Ich bräuchte ihm auch gar keine Antwort zu geben, er blöke sowieso nur mit sich selbst. Ich solle mir auch bloß nicht einbilden, dass er nun Hammel werden würde, in meinem Schafharem, sofern es ein Mädchen würde. Und auch das mit dem Einhüten, während ich es mir mit Miechen auf der Wiese gut gehen ließe, könne ich mir getrost aus dem Kopf schlagen. Er fühle sich zu Höherem berufen. Und ganz nebenbei bemerkte er noch, dass körperliche Liebe ganz und gar unter seiner Würde sei. Schließlich wäre er nur aus Überzeugung Hammel geworden.

Von wegen Schafharem, schließlich gehöre ich zu den wenigen Widdern, die freiwillig und vollkommen zufrieden in einer Einehe leben und zwar glücklich. Sonst hätte Frauchen sicher irgendwie Abhilfe geschaffen. Ich erwäge lieber nicht die verschieden Alternativen. Auf diese Weise konnte ich meine große Kapazität an Potenz sublimieren und höheren Aufgaben zuführen.

Es war wesentlich gesünder für mich monogam zu bleiben, meine Kräfte nicht sinnlos zu zerstreuen und so, trotz meiner hohen Qualität als Vererber wünschenswerter Eigenschaften, auch nicht mit meinem Nachwuchs in den gefährlichen wirtschaftlichen Kreislauf zu geraten. Aber eigentlich habe ich neben meinem Eheschaf ja noch eine zweite Frau, die Bedeutung hat in meinem Leben. Miechen ist meine Liebe und Frauchen meine Muse. Nun war Miechen tragend, und alle warteten ungeduldig auf das sichtbare Ergebnis unserer von Frauchen gestifteten Verbindung.

Eines Abends kam Frauchen, von männlicher Unterstützung begleitet, in den Stall, und gemeinschaftlich bauten sie den Schafstall um. Ich ahnte schon, was da entstehen sollte. Als Frauchens Stall renoviert wurde, hatte ich die gesamte Farbpalette in der Wolle hängen, vom Schlafzimmer bis zum Gästeklo. Ich sah aus wie ein wandelnder Regenbogen. Und von wegen, alles selbst gemacht.

Für das winzige Gästeklöchen, in das man rückwärts rein muss, wenn man wieder vorwärts raus will, hat sie gleich einen ganzen Bautrupp bestellt. Das Vorzeigeörtchen sozusagen, weil die Gäste dort so viel Zeit zum genauen und ungestörten Hinkucken haben, und bei mir hängen immer noch die Spinnweben als Biogardinen vor den Stallfenstern.

Es wurde also gehämmert, gesägt und geschraubt, bis eine geräumige Box für Mutter und Kind entstanden war.

„Tut mir leid, aber es muss sein; die beiden brauchen ihre Ruhe, wegen der Mutter-Kindbindung", klärte Frauchen uns in unheimlich wichtigem Tonfall auf. Erstens wusste ich nicht, was das war, die Mutter-Kindbindung, würde es aber sicher bald erfahren und außerdem, noch war Miechen ja gar nicht Mutter. Dennoch, ich kannte Frauchen und bei diesem energischen Tonfall war jeder Widerstand vergeblich. Miechen wurde ein kleinwenig gegen ihren Willen umgesiedelt, oder sollte ich eher sagen evakuiert? Als wenn wir Männer gefährlich wären. Vermutlich waren wir eher im Wege.

Mie hatte nun ganz viel Platz für sich. Wir vier: Vater, Onkel 1, Onkel 2 und 3, wurden gnadenlos auf die Zuschauerplätze verwiesen, um das Mysterium der schöpferischen Kräfte der Weiblichkeit aus sicherer Entfernung mitzuerleben. Es wurde nun deutlich enger für uns. Wir konnten uns zwar nicht besser leiden als bisher, mussten dafür aber um Einiges näher zusammenrücken. Wenn das mal gut ging.

Wiederum gab es nur Kuck- und Schnupperschlitze in der Bretterwand und einige Stehplätze, mit gutem Ausblick auf das Geschehen. Jetzt bloß keine Raufereien. Wir drängelten. Ich quetschte irgendwo dazwischen, so dass es mir ziemlich blümerant wurde. Die unvorstellbare Neugierde auf den zu erwartenden Höhepunkt der Ereignisse schmiedete uns, ob wir wollten oder nicht, so eng zusammen wie die Musketiere. Einer für alle, alle für einen. Ob für einen oder eine war bis zu diesem Zeitpunkt noch nicht klar. Schließlich war jeder von uns ja auch mehr oder weniger mit dem zu erwartenden Nachwuchs verwandt.

Mir wurde langsam heiß. Man war das spannend! Keine Nacht konnten wir mehr ungestört durchschlafen. Nicht das Miechen uns gestört hätte, die schlief seelenruhig und friedlich, nein wir waren aufgeregt, genau wie Frauchen, das alle Nase lang das Licht anschaltete und allen Ernstes glaubte, nach dem Rechten sehen zu müssen.

Die Menschen und ihre Ungeduld. Als wenn Schafsmuttern sie bräuchten, um ihre Lämmer zu kriegen. Ein bisschen aufpassen muss man allerdings schon. Wenn es zu lange dauert, dann sollte man schon eingreifen. Frauen machen so was ja öfter, und die Männer wissen dann meistens nicht, was sie machen sollen, wenn sich das große Wunder der Schöpfung vor ihren Augen vollzieht.

Diese nächtlichen Besuche zogen alles eher in die Länge, denn Miechen dachte jedes Mal, es wäre irgendwas nicht in Ordnung, weil Frauchen doch sonst nachts auch nie kam, es sei denn, es war einer von uns ernstlich krank. Also wartete meine Liebste vorsichtshalber noch ein bisschen, um das Lämmchen möglichst heimlich und im Schutz der Nacht zur Welt bringen zu können. Man weiß ja nie welcher Feind sonst noch ungebetener Weise zuschaut. Da gehen werdende Schafsmütter lieber auf Nummer sicher.

Darauf hatten wir gewartet! Endlich verschlief Frauchen mal eine Nacht. Und bei dieser sich bietenden Gelegenheit wurde mein Sohn, kurz entschlossen im Schein des Mondes und ohne Komplikationen, von meiner tapferen Schafsgattin an die Luft gesetzt.

Wenn es mir möglich gewesen wäre, hätte ich Tränen vergossen vor Rührung. Kaum war das kleine nasse Bündel, in einer milchigen Blase verpackt, im Stroh gelandet, strampelte es auch schon los, befreite sich sogleich von der lästigen Eihaut, die es noch schützend wie ein schlüpfriger Schleier umgab und wurde von der eifrigen Mutter unermüdlich und zärtlich trocken geleckt.

Da lag es nun, unser süßes kleines Lämmchen, die gespreizten Vorderfüßchen ins Stroh gestreckt, mit gekringelter nasser Wolle und herabhängenden Öhrchen. Ein kleines, rundes, schwarzes Köpfchen und ein ganz weißes Bäuchlein. Ein dünnes, aber energisches „Bäääh!" verkündete seine Ankunft auf der Welt und löste auf der Stelle unser aller begeistertes Echo aus. Wir begrüßten voller Freude das kleine, neugeborene Wunder von allen Seiten.

Der kleine Strampler wollte sofort auf die Beine und kämpfte sich unermüdlich auf die staksigen Stelzen. Nach einigen Stürzen ins weiche Strohbett und fehlgeschlagenen Versuchen wieder aufzustehen, schaffte das kleine Wesen es, für einen Moment mit gespreizten Beinen die Balance zu halten. Es wackelte noch ein wenig unsicher hin und her, um gleich, mit Mutters liebevollem Zuspruch, die ersten Schritte zu wagen.

Das Mäulchen schon zum Trinken geformt, suchte es instinktiv nach dem Euter mit der süßen Quelle des Lebens; erst an der Wand, dann an der Futterkrippe, dann an der Boxentür. Vergeblich!

„Verflixt, wo ist das denn bloß?" Das fing ja gut an. Ich war ganz aufgeregt. Ich hätte so gerne geholfen und ein bisschen geschoben. Man konnte es ja kaum mit ansehen.

„Ja, weiter, noch ein bisschen mehr nach links." Wir machten ihm Mut. „Gut so, gleich hast du es." „Ach Mensch, wieder nichts, knapp vorbei." „Ja, richtig, jetzt pack schon zu!" „Ach Mist, zu hoch, weiter runter." „Ja, so, prima, jetzt kommen wir der Sache schon langsam näher." „Halt, das war schon wieder zu weit rechts."

Hach, ich konnte nicht mehr hinsehen. Wenn das so weiterging, verhungerte das Kleine noch. „Dann kuck halt weg und nerv nicht! Wir schaffen das auch sehr gut ohne Dich!", zischte die frischgebackene Mutter mich an. Na so was? Ich stand vor einem Rätsel. Was war denn in meine sonst so liebliche Gattin gefahren? „Typisch Glucke!", verhöhnte mich Caruso. Ja war mein Lämmchen denn ein Küken? „Jetzt, wo der Nachwuchs da ist, braucht sie dich nicht mehr. Du bist erst mal abgemeldet, Kumpel! Geschieht dir recht. Hätte ich dir gleich blöken können, aber auf mich hört ja keiner." „Ruhe, sonst setzt es was. Ich will in Ruhe kucken!", mischte sich jetzt auch noch Hammlet ein. Der kleine Streit war sofort wieder vergessen, und wir hingen alle wie hingerissen an unserem Heimkino. Auch Brogh, Tio, Rotti und Fräulein Hedwig schauten wie gebannt aus ihrem Stall zu uns herüber. Ihr wurde ganz sentimental zu Mute, und sie bekam feuchte Augen, schließlich hatte sie schon viele Lämmchen – von wegen Fräulein! – zur Welt gebracht und aufgezogen. „Nur die Ruhe Jungs, das wird schon!", blökte sie leise, mit leicht bebender Stimme.

Liebevoll und mit ganz viel Geduld schubste Miechen ihr Lamm immer wieder zum Euter hin, bis es endlich die Zitze gefunden hatte und gierig zu saugen begann. Das klappte sofort, als hätte das Kleine schon vorher tüchtig geübt. Es schmatzte, lutschte, tropfte, ließ die eine Zitze fahren und angelte sich geschickt die andere. Ich erkannte sofort die Ähnlichkeit zu mir. Ein wirklich außerordentliches und talentiertes Lämmchen, so geschickt, so hübsch, so süß. Dann diese strammen Beinchen, wirklich ein Prachtexemplar, ganz der Papi. Ich war verklärt, und auf einmal entdeckte ich auch mein Frauchen, das neben mir im Stroh kniete und sich das heraushängende Unterhemd noch schnell in die Hose steckte. Ich hatte es gar nicht bemerkt, so leise war unsere Hirtin hereingekommen. Auch die Köpfchen der Menschenkinder erschienen mit verschlafenen, aber staunenden Gesichtchen hinter der Bretterwand, rieben sich die Äuglein und schauten dabei so glücklich, als wären sie von einem schönen Traum versehendlich in einen noch schöneren hineingeraten.

Keiner wollt sich dieses Ereignis entgehen lassen. Glänzende Äuglein weinten ein paar verstohlene Tränchen und glitzerten von allen Seiten wie Sterne rings um die kleine Schafskinderstube, in der gerade ein schutzbedürftiges Lämmchen geboren worden war, dass unser aller Fürsorge und Liebe brauchte, wie die kleinen Menschenkinder auch. Vor lauter Rührung waren Menschen und Schafe sprach- und bloklos. Frauchen umfasste mich, lächelte, schluckte und schniefte, und zusammen schauten wir noch eine Weile schweigend zu, ganz still, bis das Kleine todmüde in sich zusammensackte und, wie ein Hündchen eingerollt, in tiefen Schlaf versank.

„Habt ihr gut gemacht!", sagte Frauchen und sah anerkennend in die Runde. Wir wurden alle ein bisschen verlegen und auch ein wenig stolz, dass wir Miechen, zumindest moralisch, eine Stütze gewesen sein sollten. Die Hirtin ging vorsichtig zu der jungen Mutter in die Box, drehte das Lämmchen behutsam um und stäubte einen heilenden Puder auf den noch blutigen Nabel. Miechen passte genau auf und man sah es ihr am Gesicht an, dass ihr das gar nicht gefiel.

„Na, was haben wir denn da? Ein Böckchen!" Miechen legte die Ohren an und kuckte drohend. „Muss sein, wegen der Vorbeugung. Ist ja gut; hast Du fein gemacht, mein tapferes Mädchen." Dann ließ sie die beiden allein und Miechen genoss ungestört ihr frischgebackenes Mutterglück.

Mie und ich hatten einen Sohn, meine Brüder einen Neffen und meine Hausmenschen ein neues Lämmchen. So waren alle hochzufrieden, und keiner fühlte sich benachteiligt und jeder ein bisschen verantwortlich.

„Ja, hm, das mit dem Einhüten und so", Caruso scharrte verlegen mit der Klaue im Stroh, „ich meine, wenn du mich mal brauchst für den Kleinen, also jederzeit gerne. Ich bin ja jetzt Onkel. Könntest mir ja ruhig mal zu meinem Neffen gratulieren." Ich reichte ihm die Klaue zum Gruß. Jetzt waren wir also eine richtige Großfamilie geworden, und das erfüllte mich mit Stolz.

Nun, meine lieben Freunde, nichts wie ins goldgelbe Strohbettchen. Das Lämmchenkriegen ist anstrengend. Ich bin schon vom Erzählen völlig erschöpft. Also schlaft gut und träumt einen schönen Traum.

Mein Sohn, Sir James der Erste

Das Kind brauchte einen Namen. Frauchen entschied sich ohne unsere Einwilligung dafür, den Kleinen Sir James zu taufen. Fragt mich bitte nicht, wie meine Hirtin auf diesen Einfall gekommen ist, einem absolut reindeutschen Rhönschaf, das keinerlei englische Wurzeln hat, diesen Namen zu verpassen. Wo ich doch an Cäsar oder Nero gedacht hatte. Gut, ich gebe zu, dass diese römischen Namen auch nicht gerade deutschen Ursprungs sind, aber es gibt doch ohne Zweifel Pferde, Hunde und Katzen, die Nero, Cäsar oder Herkules heißen, und niemand findet das seltsam. Diese Namen von Kaisern und Helden haben sich, da sie unvergesslichen Persönlichkeiten gehörten, in unser Gedächtnis eingeprägt und in unserem Wortschatz niedergelegt. Aber Sir James für ein deutsches Rhönschaf?

„Wir können ihn auch Ramses nennen, nach seinem Großvater und der ausgeprägten Ramsnase wegen, wenn euch James partout nicht passt!“, meinte Frauchen und war offensichtlich mit sich gänzlich einer Meinung.

Partout nicht passt, dass ich nicht lache, ein Widerspruch in sich, denn Pass partout heißt: Es passt immer und wenn nicht, dann wird es passend gemacht. Wir wurden ja gar nicht erst nach unserer unmaßgeblichen Meinung gefragt und durch geschickte Wortspielereien an der Nase herum geführt. Als das Kind dann endlich einen Namen hatte, von Frauchen einstimmig vergeben, was brauchte es außerdem noch? Einen Kosenamen selbstverständlich, damit Frauchen den Kleinen auch noch verbal verhätscheln konnte. Und mal ehrlich, wer wollte sich schon allen Ernstes an den Rand der Wiese stellen, die auch noch mitten im Dorf liegt, so dass einen jeder hören kann, freiwillig „Sir James“ rufen und darauf warten, dass ein Schaf angerannt kommt, wo doch alle mit der Ankunft eines englischen Edelmannes in grauem Tweedanzug rechnen?

Und dann auch noch einen Kosenamen! „Es könnte jetzt durchaus noch peinlicher werden“, dachte ich mir. Aus Gumb wurde ja auch einst Baby-Gumb! Was tun, wenn aus Sir James nun Baby-James würde? Mein Frauchen neigt sehr dazu, die Kosenamen beizubehalten und die unumstößliche Tatsache zu ignorieren, dass aus kleinen Böckchen große Böcke werden, die keine Böcke auf verniedlichende Kosenamen haben. Nicht auszudenken, als kraftvoller Rhönwidder und Vererber des modernen Milleniumschafstypus mit zukunftsweisenden Rassemerkmalen, von einer ganzen Herde alberner Rhönblondinen ausgeblökt zu werden. Womit hätte dieses unschuldige Lämmchen es verdient, mit diesem Namen gestraft zu werden? Doch Sir James wurde unserer Namenstafel, die noch für reichlich Schafsnachwuchs Platz bot, hinzugefügt.

Vorerst blieben Miechen und James noch für sich, in ihrem Bereich. Der Kleine, neugierig wie alle Kinder, untersuchte sehr interessiert seine neue Umgebung. Wir hingen wartend an den Bretterschlitzen und quetschten die Nasen so weit hindurch wie möglich, denn der kleine James kam immer mal zum Schnuppern vorbei. Wie zart unser Milchlämmchen duftete. Als ich zum ersten Mal sein Näschen berührte, hat der freche Winzling doch gleich nach mir geboxt. Au! Mir und meiner Nase wurde ganz warm ums Herz. Er hielt sich jetzt schon für den Größten.

Miechen durfte natürlich nichts merken, sonst ging sie gleich wieder wie eine Furie auf uns los. „Wehe, wenn ich da was mitkriege!“, schimpfte sie. Also machten wir es heimlich. Im Moment war nicht gut Kirschen mit ihr essen. Sie bewachte ihr Söhnchen mit Argusaugen. Meine Zarte war über Nacht zur Powerfrau, zur Mutter eines Sir James geworden, und wir waren gut beraten, ihrem kleinen Liebling nicht zu nahe zu kommen. Was konnten wir denn dafür, dass er immer an unseren Nasen schnüffeln wollte?

Ich erinnerte mich an meine Mami. Die bewachte mich auch und nahm mich stets in Schutz, egal, was ich auch ausgefressen und wem auch immer ich mal wieder in die Weichteile geboxt hatte. War der Kleine mal wieder rotzfrech und hatte mir eins auf die Nase gegeben, wurde er dafür auch noch ausgiebig von Miechen gelobt und getröstet: „Komm her, mein Schätzelchen, haben dir die bösen Kerle was getan? Soll die Mami sie für dich verhauen, mein Goldhörnchen?“ Goldhörnchen, war mir was entgangen? Also von mir konnte er keine Hörnchen geerbt haben, das stand zweifelsfrei fest. Wir Rhöner haben unsere Waffen schon vor vielen Generationen abgelegt. Wehe da wächst was!

Der Kleine wurde verzogen, verpäppelt und aufs Genaueste untersucht und abgeschnüffelt. Er konnte sich ja schlimmsten Falls das zarte Näschen gestoßen haben, an meinem harten Dickschädel. Na, wenn der mal nicht komplett größenwahnsinnig wurde, und sich für den Nachfolger von Alexander dem Großen hielt!

Wenn James nicht gerade trank oder schlief, erkundete er jeden Zentimeter seiner Kinderstube. Der weiche, rote, mit Stroh gefüllte Puck, auf dem Frauchen immer saß, wenn es zu Besuch kam, wurde schnell sein Lieblingsspielzeug: Den Kopf schütteln, Anlauf nehmen, tot boxen, rückwärtsrichten, Anlauf nehmen, draufspringen, drauf rumhüpfen, Kopf schütteln und wieder runterspringen. Dann im Galopp durchs hohe Stroh, mehrere Bocksprünge, ein bis zwei unfreiwillige Purzelbäume, zum Trost sofort unter Mamis Bauch und das Euter kräftig geboxt: „Wenn jetzt nicht sofort die Milch läuft, dann knallt´s!“, um, rundherum sattgetrunken, nahezu augenblicklich umzufallen und einzuschlafen.

Wie süß er träumte. Seine Füßchen galoppierten ohne sein Zutun, und sein Mäulchen formte sich zu einem Tütchen, das an einem prallen Euter zu saugen schien und schmatzende Geräusche vernehmen ließ. Wenn eine Fliege auf des Schläfers Näschen landete, erschrak er ganz heftig, blinzelte und träumte sofort weiter. Genau wie Caruso, als er noch ganz klein war und, von mir bewacht, zu meinen Füßen schlief. Ich wurde ganz sentimental.

Nach ein paar Tagen durfte James dann mit seiner Mami zum ersten Mal an die frische Luft. Das war ein Theater! Trotz der Sonne war es bitterkalt. Unsere Hirtin trug den Kleinen, von Miechen dicht gefolgt, ganz vorsichtig auf dem Arm in den Hof hinaus. Sie setzte sich in die Sonne und hielt ihn so sanft, als wäre er zerbrechlich wie Porzellan.

Wir blökten wie die Irren hinterher, denn wir wollten mit. James strampelte und wollte runter. Sonne und neue Umgebung, das machte Lust auf Abenteuer. Schwupp, mit einem Satz hatte er sich aus der liebevoll gemeinten Umklammerung befreit. Und jetzt, auf und davon und Frauchen und Miechen hinterher. Ich kannte das von meinen Zöglingen. Die wussten genau, der Alte kommt schon. Frauchen reagierte für ein weibliches Menschentier mit Muttererfahrung völlig artgerecht und geriet sofort in helle Panik wie eine Glucke, der man ihr erstes Ei gestohlen hat. Es gab viel Geschrei: Ohgottohgottohgott, hatte man auch wirklich alle Schlupflöcher abgedichtet, war der Lattenabstand des Zaunes zu groß, zu klein, konnte James mit dem Köpfchen, dem Bäuchlein, dem Füßchen hängen bleiben, war da ein Hund, ein Löwe, ein Säbelzahntiger, ein Ameisenknochen, über den er stürzen konnte? Meine Nerven!

Der Kleine folgte, nachdem er sich ausgetobt hatte, dann doch artig seiner Milchquelle in den sicheren Stall. Nun durften wir anderen hinaus, wollten wir aber jetzt nicht mehr, obwohl frische Luft ja sooo gesund ist. Schließlich war die Attraktion jetzt drinnen und nicht mehr draußen. Wir durften ja nichts verpassen. Es half nichts, wir wurden rausgeschmissen. Auf der Stelle hob erneut ein ohrenbetäubendes Blökkonzert an. Wir durften also wieder rein, aber nur wegen Störens der Mittagsruhe unserer empfindlichen Nachbarn. Am folgenden Tag dasselbe, und auch in den darauf folgenden nichts anderes.

Endlich durfte mein Sohn mit Mama und Frauchen auf die Wiese. Ich wollte natürlich mit. Denkste! Selbstverständlich wurde der kleine Prinz über die Straße getragen. Es fehlte nur noch eine Sänfte für seine Durchlaucht. „Sicher ist sicher!“, meinte Frauchen.

Wir mussten wie üblich drin bleiben, also blökten wir wieder wie die Irren. Frauchen kam in den Stall gerannt und warf uns eine Extraportion duftendes Heu in die Raufe. Frauchen rannte wieder auf die Wiese zurück, um das Lämmchen zu bewachen, wegen der Löcher, Löwen und, und, und... Das Heu half nur kurz, so einfach konnte man uns nicht abspeisen. Wir blökten was die Kehlen hergaben, natürlich mit Erfolg! Blöken, rennen, füttern, fressen, blöken: So eine Art Hamsterrad! Frauchen wurde langsam schlank, von dem vielen Hin und Her.

Als wir dann wieder alleine raus mussten, obwohl wir absolut nicht wollten, wieder lautes Geblöke. Nur diesmal von draußen nach drinnen, anstatt von drinnen nach draußen. Die Nachbarn fuhren jetzt sogar schon manchmal mitten in der Woche auf den Campingplatz, und das im Winter.

Nach einigen Wochen, als der Kleine schon ein ordentliches Stück gewachsen war und nicht mehr in jedem Mauseloch ertrinken konnte, durfte ich erstmals mit ihm und Miechen zum Sonnetanken auf die Wiese. Gras gab es ja leider noch keins. Also tankten wir artig Sonne, ganz wie Frauchen wünschte. Die im Stall verbliebenen Schafe tobten, was sonst? Plötzlich aber, waren sie still. Sie hatten also wieder eine Extraportion Heu bekommen. Ich wurde auf der Stelle hungrig und blökte, ungeduldig meinen Anteil einfordernd. Nichts passierte. Frauchen hatte offensichtlich eine Lektion vergessen, oder etwas dazugelernt.

Endlich war der ersehnte Tag da, und wir durften alle gleichzeitig hinaus. Auch Brogh, Tio und Fräulein Hedwig, allerdings durch einen Zaun von Mutter, Vater, Kind und auch den Onkeln getrennt. Brogh und ich, das war nach wie vor zu gefährlich, und Fräulein Hedwig war einfach zu vernarrt in das Lämmchen.

Wie gut, dass man vorher nicht weiß, was man sich mit einer Hand voll Schafe alles einhandeln kann. Luxusprobleme, wohlgemerkt! Vor allem, wenn man es jedem von uns recht und immer alles richtig machen möchte. Klug wird jeder, der eine früher, der andere später. Frauchen war jetzt klug und schlank, vor allem aber schlank. Besser spät als nie!

Nun, liebe Freunde, bringen wir das zarte Lämmchen gemeinsam ins goldgelbe Strohbettchen. Es ist Zeit zu schlafen. Man kann ja kaum ein Auge zumachen, wenn man so was Süßes, Kleines träumen sieht. Man möchte es immerzu behüten, anschauen und umsorgen. So, wie die Hirten früher die Lämmer unter ihrem Umhang wärmten, vor der strengen Kälte in eisigen Nächten. Richtige Hirten, für Kinder und Lämmchen, die sind in unserer rauen Welt leider selten geworden.

Klein-James wird nun als neues Gemeindemitglied den Nachbarn vorgestellt; von dieser peinlichen Vorstellung erzähle ich euch morgen. Gute Nacht und träumt einen schönen Traum.

Einführung in die Gesellschaft

Irgendwann muss jedes neue Familienmitglied der Gesellschaft vorgestellt werden. Schließlich ist Zuwachs in einer so kleinen dörflichen Gemeinde wie der unsrigen, schon ein bedeutendes Ereignis. Es war aber gar nicht so einfach, die arg von uns strapazierten Nachbarn, zwischen ihren zahllosen Campingausflügen, auch mal persönlich anzutreffen. Alles, was über den Postweg, für unsere Nachbarn bestimmt, in unserem Haushalt landete, musste bei nächster Gelegenheit übergeben werden. Bei der Ersten, die sich bot, wurde sogleich ein Besichtungstermin – Oder sollte ich es lieber eine Audienz nennen? -, vereinbart und keine Ausrede gelten gelassen.

„Wissen Sie, ich äh, ich meine wir, das heißt mein Mann und ich, wir haben ja so wenig Zeit!"

Es half nichts, Frauchens maßlose Freude über das Lämmchen wurde großzügig und rücksichtslos mit den Nachbarn geteilt.

Tja, das mit dem Kosenamen konnte ja im vorhergehenden Kapitel noch nicht geklärt werden. Ich hatte das unangenehme Thema fast vergessen, mich gerade an James gewöhnt, als das Unglück über uns hereinbrach. Es war ja auch völlig unmöglich, aus Sir James einen der Zunge schmeichelnden Kosenamen abzuleiten. So hörte ich, was ich lieber überhört hätte: „Das ist Baby-James!", strahlte mein Frauchen mit rosigen Wangen, die glühten wie die Nase von Rudolf dem Elch. Nicht, das es die Schamesröte gewesen wäre, die Frauchen in die Wangen stieg, nein, es war der Stolz. Es blickte erwartungsvoll in die Runde.

Wie süß, kam es höflich, erst von links und dann von rechts. Baby-James, einfach grauenvoll, Schimpf und Schande. Ich brauchte jetzt dringend eine Tarnkappe, wenigstens eine Teilamnesie, um zu vergessen. Meine Beine versanken ganz langsam im Erdboden. Ein Kulturschock dem Stolz des Rhönergeschlechtes. In diesem Moment schwor ich mir, Widerstand zu leisten. Ein alter, längst überwunden geglaubter Jugendtraum aus meiner Halbstarkenzeit erwachte in mir zu neuem Leben.

Irgendwann, wenn es mir gelingen sollte, mich aus dieser geistigen Diaspora zu befreien und die Ketten abzustreifen, die ich mir mit der Haltung eines eigenen Hausmenschen selbst angelegt hatte, würde ich sie gründen, meine Rockerschafbande, die „Fellangels" und meinen Traum von Freiheit leben. „Ich sage nur eins: Harley Davidson und „Route 66"!

Ich begann zu schrumpfen. Diese gegensätzlichen Welten, meine großartigen Träume und dann diese winzigkleine Realität. Ich spürte förmlich, wie ich immer kleiner wurde vor Scham, wie mein Fell einen Rosenschimmer bekam, als wäre ich nicht ganz reinrassig. Baby-James der Erste, mein Thronfolger und zukünftiger wehrhafter Kampfwidder. Ich beschloss, dass auch das lächerliche „Baby" vor dem „Gump" auf der Stelle ausradiert werden müsse.

„Und das ist Wolltair, der stolze Papa!", drang es wie aus der Ferne und durch Watte an mein Ohr. Ich versuchte vergeblich mich in Luft aufzulösen. Zu spät.

„Komm her mein Schatzilein!" Ich kam nicht. „Was hat er denn heute, vielleicht mag er uns ja nicht?" Die Nachbarin klang pikiert. „Er mag nur Nachbarinnen ohne Hunde!", klärte Frauchen die Situation.

Erst ein im Nebel vor mir auftauchendes Leckerli löste mich aus meinem Schockzustand. Ich kam also doch, ferngesteuert, völlig gegen meinen vom Duft des Leckerlis gelähmten Willen. „Friss nicht so schnell!" Von meiner eigenen Bestechlichkeit wurde mir ganz mies.

Frauchen redete unaufhörlich und mit überschwänglicher Begeisterung auf die hilflosen Nachbarn ein. Sie konnten den Redeschwall nicht unterbrechen, also akzentuierten sie das Spektakel mit gekonnt gesetzten Ooohs und Aaahs, sehr zur Zufriedenheit meines Frauchens.

Eine Hand wanderte vorsichtig durch den Zaun auf James´ Köpfchen zu.

„Nicht anfassen!", schoss es aus Frauchens Mundpistole. Es entstand eine kurze, peinliche, aber wohltuende Redepause. Die Hand erschrak, zog sich ruckartig zurück, von Wort und Elektrozaun getroffen und brachte sich schnell in einer Manteltasche in Sicherheit. Die Nachbarn richteten daraufhin ein Postfach ein und fuhren wieder zum Camping.

„Aaah, diese Ruhe!“, kommentierte Frauchen ihre Abreise. Als die Nachbarn zurückkehrten, wurde es kurzfristig etwas lauter. Nachdem wir Schafe mehrfach ausgerückt waren und ungebeten, während ihrer Abwesenheit, gestalterisch in die Flora des nachbarlichen Vorgartens eingegriffen hatten, boten sie ihr Haus zum Verkauf an. Unsere minimalistischen Vorstellungen in Sachen Heckenrückschnitt wurden nicht geteilt, unsere gestalterischen Vorschläge im Rosenbeet stießen geradezu auf Ablehnung.

Wir Schafe haben eine eigene Beziehung zur Gartenarchitektur. Wir formen ganze Landschaften mit unseren Zähnen, indem wir das Schmackhafte abfressen und das Restliche stehen lassen. Man nennt das mit Recht Pflege der Kulturlandschaft. Die Schönheit der Lüneburger Heide, geformt durch Zähne zahlloser Schafe. Fressen im Dienste der Schönheit, davon kann mein Frauchen aber wirklich nur träumen!

Gleichzeitig verteilten wir auf dem Nachbargrundstück noch großzügig unseren selbst produzierten Dünger. Wir haben also im Grunde gar nichts mitgenommen, sondern was da gelassen, und außerdem ist Maulraub nicht strafbar. Und alles erledigten wir schnell, unbürokratisch, kostenlos und in einem Arbeitsgang, absolut genial! Wir fressen die Rosen lieber, anstatt sie in Vasen vor sich hinwelken zu sehen, bis sie ungenießbar sind und weggeschmissen werden müssen. So eine Verschwendung an Nahrung. Wir schonen aber immer die Brennnesseln und düngen biologisch. Den Schmetterlingen gefällt das. Nur den Menschen kann man nichts recht machen.

„Rosen und Hecken schneidet man aber doch im zeitigen Frühjahr!“, versuchte ich mich rauszublöken. Frauchen resignierte, die Versicherung zahlte, und die Nachbarn blieben. Ich spürte, dass ich jetzt dringend Erholung brauchte. Ich dachte wieder mal über eine Vater-Lamm-Kur ohne Lamm nach. Wenigstens ein Wellnesswochenende im Forsthaus. Lämmer sind teuer, man wird ja so bescheiden. Bis man nur ein Lamm groß hat, könnte man sich glatt eine eigene Wiese leisten.

James wuchs schnell heran und wurde anstrengend. Etepeteteonkel Caruso hatte trotz aller Versprechungen sein Versprechen vergessen und keine Lust zum Einhüten, von Gumb ganz zu schweigen. Aber es kam noch schlimmer, war eine Heidschnucke und von edlem Geblüt, hatte einem Stammbaum, zwei gefährliche Hörner auf dem Kopf und war völlig verrückt in demselben. Sie hieß Fluse aus der Flocke von Flokati, war trotz toller Abstammung aus schlechter Haltung und wollte von Menschen nicht das Geringste wissen. Sie hatte Marilyn Monroe zum Vorbild und träumte von einer Karriere als „Wollywoodschaf". Nach ihrer Zwangsevakuierung kam jetzt die Zwangseinquartierung bei Hedwig, Brogh und Tio. Glück gehabt, dieser gehörnte Kelch war erst mal an mir vorübergegangen. Leider nur vorübergehend vorübergegangen, wie sich schon sehr bald herausstellte.

Das kleine Aas, im fast bodenlangen Hippielook, legte sich sofort mit Hedwig an, die ihrerseits unnachgiebig auf ihr Hausrecht pochte. Hedwig war stärker und größer, die Kleine nutzte geschickt ihre Hörner. Es wurde um jeden Zentimeter gekämpft. Von wegen, Weiberzwist friedet sich bald. Es ging immer wieder von vorne los, die beiden konnten sich einfach nicht ausstehen. Brogh und Tio hielten sich weitgehend raus. Wenn zwei sich streiten, freut sich bekanntlich der Dritte und natürlich auch der Vierte. So wurde das heiß umkämpfte Heu von den beiden Unbeteiligten schon mal vorsichtshalber gefressen. Zum Stallfrieden trug das nicht gerade bei. Nur die Pausen fürs Wiederkäuen, die, ob sie wollten oder nicht, beide Kampfschafe einhalten mussten, sorgten für etwas Entspannung und Ruhe im Stall.

Ein weibliches Schaf mit Hörnern. Und was wuchs aus meinem Kopf? Nichts, außer zweier schwarzer Ohren. Menschen mit Hörnern und einem Bockhuf soll es ja angeblich auch geben, und die nennt man dann Teufel. Dieses kleine Ungeheuer, anscheinend eine denkwürdige Variante des großen Ungeheuers, hatte gleich vier Bockhufe auf einmal und dazu eine Sprungkraft wie eine gespannte Feder. Unsere ruhige Rhönerrunde wurde gründlich aufgemischt.

Sobald ein menschliches Wesen sich diesem kleinen Ungeheuer auch nur ansatzweise näherte, ging es mit riesigen Sätzen über alles drüber, Schafe einschließlich. Es gegen seinen Willen in eine Box einzusperren hätte bedeutet, die Bretter bis unter die Decke zu ziehen. Als der Tierarzt kam, um uns eine Wurmkur zu verpassen, die wir ja vierteljährlich haben sollen, musste er diesen kleinen Zebulon mitten im Fluge packen. Einfangen war fast unmöglich.

So groß ihre Klappe uns gegenüber war, vor Menschen schien sich Fluse mächtig zu fürchten. Das war ungünstig für unser Trainingsprogramm mit Frauchen. Das erklärte Ziel sämtlicher Hirtinnen unseres Hofes war es ab sofort, das Vertrauen dieser kleinen verängstigten Heidschnucke zu gewinnen, die sich aber geschickt jedem Annäherungsversuch zu entziehen wusste. Mein angeblich für alle Schafsfragen gerüstetes Frauchen war schnell mit seinem Latein am Ende! Offensichtlich hatten wir es hier alle mit einer besonderen Herausforderung zu tun. Von wegen: „Ich habe bis jetzt noch jede Schafsseele geknackt!“ Tja Frauchen, bis auf diese.

Engelsgeduld wurde zum Handlungscredo erhoben. Geduld, Geduld und nochmals Geduld. Für mein Hausfrauchen sicherlich eine sinnvolle Übung, denn wir wissen es ja alle; Geduld ist nicht die Stärke des Menschen. Oder sollte ich sagen, nicht die Stärke des Menschenweibchens? Wir wollen keine Diskussionen vom Zaun brechen. Bevor sich alle selbstverliebten Männer und Schafmachos hier angesprochen fühlen; mein Frauchen bewies sie, die sprichwörtliche Engelsgeduld, auch wenn es hier wahrscheinlich wieder nur die Ausnahme für die Regel war.

Es wurde gelockt und gesülzt, gezwitschert und geflötet, das Objekt der Begierde war nicht aus der Ecke zu locken. Kein Leckerli zwischen Nordpol und Südpol schien lecker genug, um diesen kleinen, gehörnten Brettschädel aus der Reserve zu holen. Bei jedem Gang auf die Koppel und wieder zurück musste, im wahrsten Sinne, jedes Hindernis aus dem Wege geräumt werden. Jedes Lebewesen war gut beraten, sich nicht im unmittelbaren Gefahrenbereich aufzuhalten, denn öffnete sich die Tür, stürmten alle Schafe unkontrolliert los, von Fluses Hysterie angesteckt und hoffnungslos verwirrt. Es konnte höchst ungesund werden Hedwig, der Wuchtbrumme, in die Quere zu kommen oder der bulligen Susie Quattro, geborene Lada, einem ABS- Geländeschaf mit Antiblökiersystem und vermutlich russischer Herkunft, die jetzt zu allem Überfluss, weil nach einem tragischen Sterbefall übrig geblieben, auch noch in unserer mittlerweile reichlich damenlastigen Gemeinschaft auf die Schnelle untergebracht werden musste. Wenn die beiden mal so richtig in Fahrt kamen waren sie kaum zu bremsen.

Frauchen rannte mit dem klappernden Futtereimer voraus, die Schafe stürzten wie die Irren hinterdrein. Gott sei Dank, alle in der Koppel drin, bis auf eins. Fluse stand draußen und guckte zwar, aber kam nicht. Also, die Tür zu, damit Hedwig, Brogh und Tio bloß drinnen blieben und nicht auch noch davon rannten. Natürlich waren sämtliche Lockversuche vergeblich. Fluse rannte den Berg rauf, erinnerte sich wohl an den früheren Standort seiner Heimatherde, eben irgendwo da oben. Schafsmädchen können ja so irrational sein!

„Fluhuusi", Frauchens Stimme wurde zittrig; das wird sie immer, wenn sich in Frauchens empfindlichen Magen eine Angstfaust breitmacht. Also alle Schafe wieder raus aus der Koppel, aber nicht in den Stall, sondern allesamt, wie zu erwarten, hinter Flusi her. Im

Herdenverband glückte dann die fragwürdige Sammelrückrufaktion doch noch, angesichts der zu erwartenden Zulagen an Leckerlis. Also noch ein Versuch.

Alle Schafe wieder hinter dem Leckerlieimer her und in die Koppel rein. Prima, gut geklappt, bis auf ein Schaf. Fluse stand draußen, guckte rein, aber kam nicht. Leckerlis wurden auch weiterhin konsequent ignoriert. Frauchen kriegte die Krise, einen Nervenzusammenbruch, drehte durch, ließ sich aber äußerlich nahezu nichts anmerken.

„Jetzt nur keine Hassgefühle, sich bloß nicht versündigen, schließlich ist das arme Geschöpf tief traumatisiert und alles verstehen heißt alles verzeihen.“ Frauchen sprach sich tapfer Mut zu. Fluse rannte ein Stück den Berg hoch, blieb stehen, ließ die kleinen Mausohren spielen und überlegte. Ein Frauchenschritt, fünf Schnuckensätze. Also Koppel auf, im Galopp und mit den Leckerli klappernd, diesmal vor und nicht hinter der hetzenden Schafsmeute her und zwar in Richtung Stall.

Für heute war es wirklich genug, jedenfalls für mein Frauchen. Alle Schafen waren in der Box, die Leckerlis gefressen und Fluse? Sie thronte auf dem seitlich gestapelten Wintervorrat an Brennholz und schaute gelangweilt auf uns herunter. „Könnt ihr vergessen!“

Mein Frauchen, schier der Verzweiflung nahe und ganz leicht angenervt, beschloss, hier müsse etwas geschehen.

Über Nacht blieb der Hauptstall geschlossen, unsere Boxentür geöffnet und Fluse zog, nach reiflicher Überlegung, bei mir ein. Ausgerechnet bei mir! Die ihr nun täglich von Frauchen und mir vorgelebte Eintracht zwischen Schaf und Mensch zeigte bald Wirkung, und Baby-James war zudem noch glücklich, über den neuen, interessanten Spielkameraden.

Fluses Angst galt nicht dem Menschen als solchem, sondern viel mehr seinem fixierenden Blick und seiner Hand, wie sich schon bald herausstellte. So näherte sie sich zwar äußerst langsam, aber täglich ein bisschen mehr, wenn Frauchen, eigentlich darf man es ja niemandem erzählen, ihr mit dem Mund und geschlossenen Augen ein Brotstück hinhielt und somit Hand und Blick nicht ins Spiel kamen. Fluse positionierte sich immer hoch auf der Futterkrippe; da oben fühlte sie sich größer, als sie eigentlich war und offensichtlich sicher vor menschlichem Zugriff. Ich wurde in dieser Zeit geradezu ein Meister, im Aneignen mir nicht zustehender Brotstückchen.

Frauchen sah es gelassen. Irgendwann war der Code geknackt und die Brotstückchenübergabe klappte zwischen Frauchen und Fluse nahezu störungsfrei, sofern ich mich nicht dauernd dazwischen drängelte. Es dauerte fast drei ganze Jahre, bis Fluse sich zum ersten Mal streicheln ließ, das aber auch nur mit der rechten Hand, während die linke sie mit Leckerlis vollstopfte.

Mein Gott, war ich damals blöd. Was hätte ich alles abstauben können, durch die schlichte Verweigerung meiner Zuneigung. Auf diese Weise sah ich viele Eimer köstlicher Leckerlis mir entgehen und in Fluses nimmersattem Schlund verschwinden. Eigentlich eine ärgerliche Verschwendung, wo ich doch so gerne esse. Mich belohnt keiner, wenn ich nicht komme. Freiweg nach dem Motto: „Wer nicht will, der hat schon!"

Für den Schafsscherer war es auch noch einmal eine Nerven aufreibende Herausforderung, des kleinen Fellflummis habhaft zu werden. Zuvor wurden sämtliche Fluchtwege und Schlupflöcher verstopft, und alle atmeten erleichtert durch, als die zappelige, nervöse Unruhe hinterrücks auf dem Scherbock saß, als könne sie kein Wässerchen trüben. Nach dem Scheren sah sie aus wie ein fett gefressener, gehörnter Kugelfisch. Und die wollte nach Wollywood!

Fluse war eigentlich überhaupt nicht in der Lage, sich einen eigenen Hausmenschen zu halten, viel zu sprunghaft, nervös und ungeduldig. Aber all unsere Hausmenschen entwickelten einen unermüdlichen Ehrgeiz, die Sympathie dieses scheuen Geschöpfes zu gewinnen. Im nächsten Leben ziere ich mich auch mehr, wenn Frauchen meine Zuneigung sucht, das steht fest!

Eines Morgens schaute Fluse durch die Bretterwand unserer Box und hatte ein zartes Spinnennetz zwischen den Hörnern und dabei die pure Unschuld im Blick ihrer übergroßen, weißgeränderten Augen. Weiß der Teufel, wo sie es herhatte, aber sie musste ja immer ihre neugierige Nase überall reinstecken.

„Vermutlich willst Du zu einer Halloweenparty!" Frauchen musste sich mal wieder vor Lachen den Bauch halten. Irgendwo her rieselte Kalk.

Also, wenn ihr mich fragt - aber mich fragt ja keiner -, dieses Spinnennetz zwischen den Hörnern hat ihr gestanden, dieser kleinen, pfiffigen Heidschnuckenhexe. Aber ich weiß nicht, so ganz und gar lupenrein kann ihr Karma wohl doch nicht gewesen sein!

Ich grüße Euch alle herzlich und wünsche Euch eine gute Nacht, im goldgelben Strohbettchen, oder wo auch immer ihr schlaft!

Euer Wolltair

„Wolltair hat das Schweigen der Lämmer für immer beendet!“

Hanniball Texel

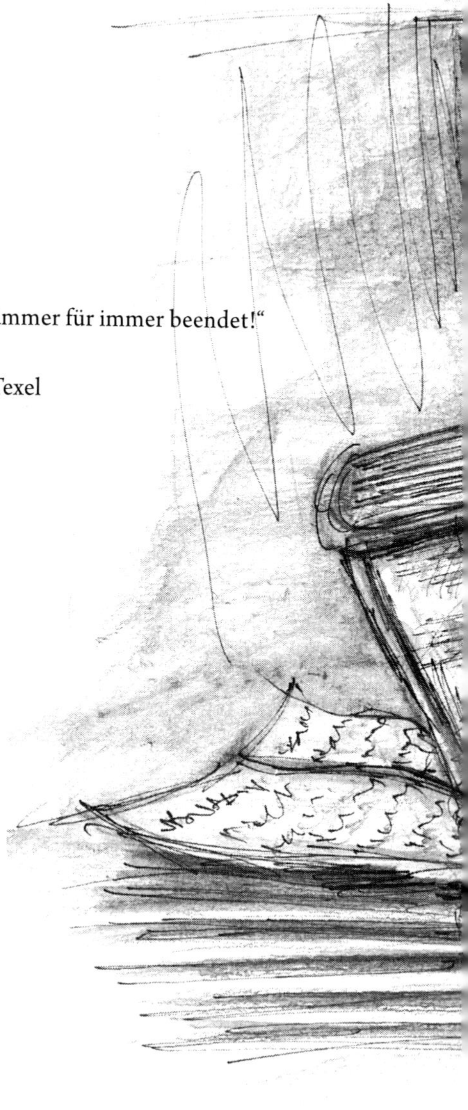